CHRONIKEN DER STERNENKADETTEN

VOLUME 1

MARIE-HELENE LEBEAULT

STERNE JENSEITS DER REICHE

KAPITEL 1

DIE MORGENSONNE WARF goldene Lichtscherben auf die glatten, reflektierenden Oberflächen der Interstellaren Akademie. Von der Aussichtsplattform des Ostturms aus konnte Alex Rivera das Leben in der Luft beobachten – Schwebeflieger, die in präzisen Bögen vorbeizischten und deren Motoren eine Symphonie der Technologie erzeugten, und Studenten, die sich in ordentlichen Strömen bewegten, ihre Uniformen makellos – außer bei den wenigen, die wie Alex ihre eigene Form der Rebellion bevorzugten. Holografische Werbetafeln schwebten in der Luft und verkauften alles, von energieeffizienten Stimulanzien bis hin zu den neuesten Erkundungstechnik-Sets.

Alex stand inmitten dieser geschäftigen Aktivität, mit einem rebellischen Funkeln in seinen Augen, während er die aufragenden Türme der Akademie in sich aufnahm. Die Akademie stand als leuchtendes Symbol menschlicher Errungenschaften unter den Sternen. Jedes Mal, wenn er von seinem Quartier zum Hauptcampus lief, erfüllte ihn sein Status mit Stolz.

Mit zerzaustem Haar und einem rebellischen Funkeln in seinen tiefliegenden Augen war Alex kein typischer Kadett. Seine Uniform saß leicht schief an seinem Körper und stand in scharfem Kontrast zum makellosen Erscheinungsbild seiner Mitschüler. Sein Geist, stets in Bewegung, warf Ideen über Paralleluniversen hin und her, während er durch die Flure der Akademie ging.

Bald erreichte er einen großen Hörsaal, wo seine Freunde Nia, Jaxon und Yasu saßen. Nia blickte von ihrem Tablet auf und schenkte ihm ein wissendes Lächeln. Ihre intelligenten Augen musterten ihn, und sie öffnete den Mund, um etwas zu sagen, überlegte es sich dann aber anders.

»Wieder zu spät, Rivera?«, sagte sie schließlich in einem Ton, der irgendwo zwischen amüsiert und genervt lag.

Alex grinste und steckte seine Hände in die Jackentaschen. »Zu spät ist nur ein Bewusstseinszustand.«

»Und deiner steckt da dauerhaft fest«, entgegnete Nia und verdrehte die Augen, obwohl ein kleines Lächeln an ihren Lippen zupfte.

Sie gingen gemeinsam durch die polierten Flure der Akademie, während das Umgebungslicht der eingebetteten Lampen sanfte Lichthöfe an die Wände warf. Um sie herum bewegten sich die Kadetten zielstrebig, die Luft schwirrte vor Energie unzähliger Träume und Ambitionen.

Der dunkelhäutige Jaxon, das Technikgenie der Gruppe, saß hinter ihnen und war in eine holografische Anzeige vertieft. Es sah nach etwas aus, worauf er eigentlich keinen Zugriff haben sollte, aber Alex wollte nicht nachbohren. Währenddessen analysierte Yasu, der ewige Stratege, ein 3D-Modell einer Galaxie. In den letzten Wochen hatte er es sich zur Aufgabe gemacht, einen Plan zur theoretischen Übernahme der Galaxie zu entwickeln.

Alex wollte nach dem restlichen Tagesablauf fragen. Ein Loch war in seinem Gehirn aufgetaucht und hatte etwas Wichtiges in seinen dunklen Raum gezogen. Er wandte sich an Nia, entschuldigte sich, ihre Lektüre zu unterbrechen. Hinter ihr bemerkte er die Dozentin, die den Saal betrat, und beschloss, es beiseite zu legen.

Die Dozentin ging zum Rednerpult und rief ohne zu zögern zur Ordnung auf. Sie war eine strenge Frau, bekannt für ihren kompromisslosen Ansatz, und alle legten schnell ihre vorherigen Beschäftigungen beiseite, um aufzupassen. Der Raum verdunkelte sich, als eine holografische Projektion der Milchstraßengalaxie den Raum über ihnen füllte, ihre Sterne pulsierten schwach, als wären sie lebendig. »Dies«, begann die Professorin und deutete auf das Hologramm, »ist nicht nur die Weite des Weltraums, sondern das Gefüge der Realität selbst. Als zukünftige Entdecker müsst ihr verstehen, dass es genauso zerbrechlich ist wie es weitläufig ist. Ein Fehler hier –« sie tippte auf einen leuchtenden Knotenpunkt und das Hologramm wellte sich in zackigen Linien nach außen – »kann sich mit unvorstellbaren Konsequenzen über Dimensionen hinweg ausbreiten.«

Alex lehnte sich vor, seine Neugier geweckt. Die Professorin fuhr fort, ihre Stimme ruhig, aber bestimmt. »Das Universum verzeiht keine Fehler. Wenn ihr die Raumzeit manipuliert, biegt ihr nicht einfach ein Objekt; ihr gestaltet die Existenz neu.«

»Als zukünftige Entdecker des Kosmos«, begann sie, ihre Stimme hallte durch den Saal, »müsst ihr das Gefüge der Raumzeit verstehen. Aber denkt daran, Theorie ist das eine; praktische Anwendung ist etwas anderes. Das Universum verzeiht keine Fehler.«

Obwohl Alex versuchte, ohne Vorurteile zuzuhören, konnte er nicht anders, als vor Fragen zu pulsieren. Er versuchte, sie am Rand seiner Notiz zu kritzeln, aber er wurde immer ungeduldiger, je mehr Zeit verging. Als die Vorlesung in die Komplexitäten der Quantenmechanik eintauchte, schoss seine Hand nach oben, eine herausfordernde Frage auf seinen Lippen.

»Professorin, wenn wir theoretisch die Raumzeit manipulieren könnten, könnten wir dann nicht nur durch den Raum reisen, sondern auch Paralleluniversen erforschen?«

Der Raum war die ganze Zeit über ruhig gewesen, aber jetzt legte sich eine noch größere Stille auf alle, alle Augen richteten sich auf Alex. Die Professorin hob eine Augenbraue, ihre Lippen hoben sich zu einem humorlosen Lächeln. Sie sollte sich an Alex' Unterbrechungen gewöhnt haben, aber sie ermüdeten sie immer noch.

»Herr Rivera, obwohl Ihre Neugier lobenswert ist, sollten wir uns darauf konzentrieren, unser Universum zu meistern, bevor wir daran denken, andere zu erkunden.« Obwohl sie amüsiert klang, trug ihr Ton einen Hauch von Vorsicht.

Alex' Frage hing noch in der Luft, auch als die Vorlesung weiterging. Sein Geist wanderte jedoch zurück zu ihrer ersten Trainingswoche – ein Wirbelwind aus Wissen und Erschöpfung.

Er erinnerte sich an Dr. Lin im Labor für Quantenmechanik, die eine schlanke, silberne Kugel demonstrierte, die in der Luft schwebte und vor Licht pulsierte. »Denkt daran wie an Origami«, hatte sie gesagt und ihre Finger zu einem winzigen Kranich gefaltet. »Nur falten wir anstelle von Papier die Realität selbst.«

Dann gab es die anstrengenden Übungen in Schwerelosigkeit. Am ersten Tag war Alex wie ein Fisch an Land umhergerudert, sehr zur Belustigung von Jaxon. »Du sollst nicht wirklich außer Kontrolle geraten, Rivera«, hatte Jaxon gescherzt, während er mühelos durch die Luft geflippt war. Am Ende der Woche konnte Alex Antriebsanzüge mit Präzision manövrieren.

Sogar Yasu hatte sie alle während der Strategiesitzungen überrascht, wo er ihr simuliertes außerirdisches Sicherheitssystem in weniger als zehn Minuten auseinandernahm. »Ihr denkt alle zu linear«, hatte er gesagt. »Der Schlüssel ist Ablenkung. Lasst den Feind nach links schauen, während ihr nach rechts geht.«

Alex kehrte in die Gegenwart zurück, als die Vorlesung endete und die Professorin den Saal verließ. Alex und seine Freunde packten ihre Sachen zusammen und diskutierten seine Frage mit aufgeladener Lebhaftigkeit und erforschten alle Möglichkeiten des multiversalen Reisens.

Yasu glaubte, dass ein Vorstoß ins Multiversum seinen Plan, die Galaxie zu beherrschen, erschweren würde. »Was, wenn«, sagte er und warf sich seine Tasche über die Schulter, »es im Multiversum eine Version von mir gibt, die versucht, gegen mich um die Position des obersten Herrschers zu kämpfen?« Die anderen sahen ihn an und lachten. Yasu meldete sich selten zu Wort, aber wenn er es tat, äußerte er gelegentlich etwas Wildes.

Sie traten auf das Akademiegelände hinaus, begierig darauf, das Gespräch bei einer Mahlzeit fortzusetzen, bevor ihre nächste Vorlesung begann. Jaxon und Yasu diskutierten über das Schicksal eines Multiversums, das von einem bösen Yasu heimgesucht wird, während Nia still zusah und nur eingriff, um falsche Annahmen zu korrigieren.

Alex versuchte zuzuhören, aber seine Gedanken kreisten um die Vorlesung und die tatsächliche Chance, dass jemand eine Reise durch das Multiversum unternehmen könnte. Er zog sein Tablet aus der Tasche, um eine seiner früheren Notizen zu überprüfen, und sah eine Benachrichtigung über seinen Bildschirm blitzen: 'Besprechung mit dem Kommandanten.'

»Das ist es, was ich vergessen habe«, sagte er.

Seine Freunde blickten ihn an. Er hielt ihnen das Tablet vor die Nase. »Anscheinend haben wir vergessen, dass wir heute Nachmittag eine Besprechung haben. Wir sollten uns wohl mit unserem Essen beeilen und zum Besprechungsraum gehen.«

Die Gruppe sprach kaum, während sie zur Cafeteria eilten, ihr übliches Geplänkel wurde durch eine spürbare Anspannung ersetzt. Alex' Kopf arbeitete fieberhaft – hatten sie etwas falsch gemacht? Oder ging es um etwas Größeres? Die Worte »Quantensprung-Gerät« blitzten in seiner Erinnerung auf, und sein Appetit schwand.

»Das ist keine Disziplinarmaßnahme, oder?«, wagte Jaxon zu fragen, während er seine Gabel in sein Essen stach. »Denn wenn es das ist, sind Yasus Pläne zur galaktischen Herrschaft eindeutig schuld daran.«

»Sehr witzig«, murmelte Yasu, obwohl ein Hauch eines Lächelns über seine Lippen huschte. Er wandte sich an Alex. »Du bist so still. Was denkst du, worum es geht?«

Alex zögerte und starrte auf sein halb aufgegessenes Essen. »Ich weiß nicht. Aber es fühlt sich... bedeutsam an.«

»Vielleicht haben sie gehört, wie Yasu davon geredet hat, das Universum zu übernehmen, und wollen uns dafür bestrafen, dass wir ihn damit durchkommen lassen«, sagte Jaxon mit vollem Mund.

Nia rümpfte die Nase. »Ich glaube, es könnte mit dem Quanten-sprung-Gerät zu tun haben. Aber das ist nur eine Vermutung. Ich habe gehört, wie einige der höheren Ränge früher darüber diskutiert haben.«

Alex' Gedanken rasten, als die Worte »Quantensprung-Gerät« über sein Tablet flackerten. Er hatte sich bei nächtlichen Recherchen in der Datenbank der Akademie mit seinem Design befasst – ein experimentelles Wunderwerk, das angeblich die Raumzeit wie Papier falten konnte. Aber der Name des Kommandanten in Verbindung mit der Besprechung weckte etwas Tieferes in ihm: Vorfreude und Furcht. Er sagte nichts, aber umklammerte seine Gabel etwas fester und aß etwas schneller.

Die Nachmittagssonne warf lange Schatten über den Hauptplatz der Interstellaren Akademie, als Alex und seine Freunde sich zum hochtechnologischen Besprechungsraum begaben. Sie betraten den Raum und schlüpften hinein, ohne Aufmerksamkeit auf sich zu ziehen. Die Luft war erfüllt von Flüstern über eine neue, streng geheime Mission, und die Kadetten spekulierten, worum es gehen könnte.

Hochrangige Offizielle und einige ausgewählte Kadetten saßen im Raum und warteten in angespannter Stille. Vorne stand der Missi-onskommandant, eine angesehene Persönlichkeit, bekannt dafür, einige der kühnsten Erkundungen in der Geschichte der Akademie geleitet zu haben. Seine Haltung war steif und gerade, wie eine Säule, die mehrere Stürme überstanden hatte und immer noch stand.

»Willkommen, Kadetten«, begann der Kommandant, seine Stimme hallte durch den Raum. »Ihr seid hier, weil ihr das Beste der Interstellaren Akademie repräsentiert. Heute besprechen wir eine Mission, die anders ist als alle anderen – eine Reise ins Unbekannte, die die Grenzen unseres wissenschaftlichen Verständnisses erforscht.«

Der Raum brach in aufgeregte und neugierige Flüstereien aus. Alex tauschte einen interessierten Blick mit Nia, die als Antwort die Augenbrauen hob.

Der Kommandant fuhr fort: »Wir haben eine experimentelle Technologie entwickelt, die uns, wenn sie erfolgreich ist, ermöglichen könnte, Paralleluniversen zu erforschen. Dieses Quantensprung-Gerät ist das Ergebnis jahrelanger Forschung.«

Eine holografische Anzeige erhellte den Raum und zeigte ein schlankes Raumschiff. Es hatte die Form einer langen silbernen Kugel, war aber mit seitlichen Triebwerken ausgestattet. Der Kommandant wechselte die Ansicht zum Inneren des Schiffes und zeigte das Quantensprung-Gerät. Es war ein Wunder kluger Ingenieurskunst, komplex und poliert. Die Kadetten lehnten sich vor und nahmen jedes glänzende Detail in sich auf.

»Aber bisher sind unsere Tests ohne großen Erfolg zu Ende gegangen.«

Er gestikulierte und das Display änderte sich, zeigte fünf Teams einiger Akademie-Veteranen. Es waren ältere Männer und Frauen, die die Kadetten während ihres Aufenthalts in der Institution mehrfach gesehen hatten. »Diese mutigen Männer und Frauen haben sich für die Forschung in die Weiten des Universums gewagt, aber ihre Bemühungen haben sich als vergeblich erwiesen.«

Das Display zeigte die Missionsdetails und listete die Probleme auf, mit denen sie konfrontiert waren: heftige Nasenbluten, Erbrechen, Benommenheit, Knochenbrüche, Zahnverlust, Blindheit und bei zwei der ältesten Männer sogar den Tod. Die Reisen endeten abrupt, wenn die Reisenden die Auswirkungen bemerkten und sofort zurückkehrten. Bei ihrer Rückkehr entdeckten die Wissenschaftler der Akademie weitere Effekte wie DNA-Veränderungen, die sie gebrechlich machten und daran hinderten, zur Akademie beizutragen, wie sie es früher getan hatten.

»Wir haben einen Trend festgestellt. Der Durchbruch in ein neues Universum fordert einen höheren Tribut von älteren Reisenden. Der jüngste unserer Reisenden war Casper Reynolds, ein kluger junger Mann von dreißig Jahren. Er spürte die geringsten Auswirkungen der Reise und kehrte mit blutendem Zahnfleisch und schwachen Knien zurück.

»Trotz dieser Herausforderungen sind wir entschlossen, unsere Erforschung fortzusetzen. Weitere Untersuchungen ließen uns glauben, dass jüngere Reisende möglicherweise besser für die Reise ausgestattet sind. Ihre Jugendlichkeit wird ihnen einen Vorteil geben, um den Gefahren der Sprünge durch das Gefüge von Raum und Zeit zu begegnen.

»Daher brauchen wir ein Team außergewöhnlicher Kadetten, um diese Mission zu übernehmen. Euer Aufenthalt in dieser renommierten Institution hätte euch auf Ausflüge in unbekanntes Gebiet vorbereitet. Diese Mission wird jedoch anders sein als alles, was ihr bisher erlebt habt. Aus diesem Grund werdet ihr ein Training absolvieren, um das Multiversum zu navigieren und euch Herausforderungen jenseits unseres gegenwärtigen Verständnisses zu stellen«, erklärte der Kommandant, sein Blick schweifte durch den Raum.

Aufregung, wie ein elektrischer Schlag, durchfuhr Alex. Dies war das Abenteuer, von dem er geträumt hatte, eine Chance, seine Theorien in die Realität umzusetzen. Aber er unterdrückte es, so gut er konnte. Sie könnten jeden für diese Mission auswählen. Er blickte auf die anderen Kadetten im Raum; einige jünger mit brillanten Intellekten, andere älter mit Jahren voller Erfahrung.

Die Augen des Kommandanten ruhten auf Alex und seinen Freunden. »Nach langer Debatte haben wir Alex Rivera, Nia Chen, Jaxon Brooks und Yasu Garcia für diese Mission ausgewählt. Eure Fähigkeiten, einzigartigen Perspektiven und körperlichen sowie intellektuellen Fähigkeiten machen euch zu den idealen Kandidaten.

»Während seiner Zeit an der Akademie hat Alex Weitblick, Vision und Führungsqualitäten bewiesen, die ihn zum perfekten Kandidaten machen, um die Mission zu leiten. Seine Freunde wiederum haben hohe Intelligenz bei der Bewältigung von Aufgaben, Übungen und Missionen gezeigt. Nia Chen ist geschickt darin, große Datenmengen zu analysieren und den besten Handlungsweg herauszufiltern. Yasu Garcia ist ein Experte für Strategie, der die Vorgesetzten oft in Erstaunen versetzt. Und Jaxon Brooks, obwohl er ein bisschen ein Langfinger ist, verfügt über unglaubliche Fähigkeiten im Umgang mit Technologien verschiedenster Herkunft.«

Vereinzelter Applaus erfüllte den Raum, während die anderen Kadetten sie mit unverhohlenem Neid ansahen.

Alex tauschte Blicke mit seinen Freunden und bemerkte die schockierten Gesichtsausdrücke, die wahrscheinlich seinem eigenen ähnelten. Er hatte es zu hoffen gewagt, aber jetzt, da es geschehen war, schien es unwirklich, als würde er in einem Traum schweben.

Das Briefing endete, und die Offiziellen sowie die anderen Kadetten schüttelten ihnen die Hände und gratulierten ihnen, bevor sie den Raum verließen. Nun, allein mit dem Kommandanten und einigen hochrangigen Ausbildern und Offiziellen, begriffen die Kadetten die Realität ihrer Position. Sie blieben auf ihren Plätzen sitzen, während der Hauptausbilder, ein Mann mit einem flauschigen Schnurrbart und ungekämmtem Haar, ihnen einen Überblick über die Logistik der Mission und das bevorstehende rigorose Training gab.

Es dauerte Stunden, bis sie den Raum verließen. Obwohl ihre Körper und Köpfe schmerzten, hatten sie etwas Neuartiges, auf das sie sich freuen konnten, und das zauberte permanente Lächeln auf ihre Gesichter.

Draußen ging die Sonne unter und tauchte die Akademie in ein warmes Licht. Alex blickte zu den Sternen hinauf, die jetzt am Abendhimmel funkelten. Sie schienen näher, realer als je zuvor. Er drehte sich zu seinen Freunden um, mit einem Grinsen von einem Ohr zum anderen.

»Wir werden Geschichte schreiben.« Entschlossenheit lag in jedem seiner Worte. »Zeigen wir ihnen, wozu wir fähig sind.«

Gemeinsam gingen sie zurück zu ihren Quartieren, ihre Gedanken rasten mit den Möglichkeiten dessen, was vor ihnen lag.

Zuerst kam das Training. Es waren zehn Wochen anstrengender Aktivitäten, in denen die brillantesten Quantenphysiker und Ingenieure komplexe Informationen über ihre Reise preisgaben. Sie hatten die grundlegende Ausbildung, die die Akademie all ihren Kadetten bot, und das bildete das Fundament ihres Trainings. Auf ihrem Grundwissen bauten sie mit kräftezehrenden Sitzungen auf, die von Spezialisten geleitet wurden. In der Astrophysik simulierten sie die Navigation durch Gravitationsbrunnen, wobei Jaxon die Berechnungen schneller als jeder andere beherrschte. Während der Quantenmechanik-Übungen glänzte Nia, ihr scharfer Verstand entdeckte Unstimmigkeiten in Gleichungen, an denen andere verzweifelt waren. Aber es war das taktische Training, das sie am meisten auf die Probe stellte.

Eine besonders herausfordernde Übung beinhaltete einen simulierten Hinterhalt. Während ihre Ausbilder virtuelle Projektile abfeuerten, bellte Alex Befehle, wies Nia an, Deckung zu suchen, während Yasu mit einem Signalstörer eine Ablenkung improvisierte. Jaxons schnelles Denken deaktivierte die "feindlichen" Drohnen und brachte ihnen seltenes Lob von ihrem normalerweise stoischen Ausbilder ein. »Gute Teamarbeit«, sagte sie. »Aber denkt daran, ein Fehltritt da draußen, und es ist Game Over.«

Sie standen mit der Sonne auf und verließen die Trainingseinrichtung nicht vor spät in der Nacht.

Das Team arbeitete sich in dieser Zeit bis auf die Knochen ab, aber wann immer die Müdigkeit drohte, sie zu schwächen, erinnerten sie sich an die Reise, die vor ihnen lag. Sie waren dabei, etwas zu tun, was niemand sonst in der Geschichte der Akademie getan hatte, und das trieb sie voran.

Bei den Mahlzeiten ermutigten sie sich gegenseitig und sprachen darüber, wofür sie in den Geschichtsbüchern in Erinnerung bleiben wollten. Sie hielten den Scherz über Yasus Herrschaft über die Galaxie am Leben und priesen ihn als Yasu, den obersten Herrscher. Die Mahlzeiten waren reguliert und speziell zubereitet, um ihnen die notwendige Nahrung zu liefern, um ihre Körper und Geister zu bereichern. Obwohl nahrhaft, war das Essen fade und aus Notwendigkeit statt für den Geschmack zubereitet. Der Einzige, der es zu genießen schien, war Jaxon, der bei jeder Mahlzeit sein Tablett sauber putzte. Die anderen nutzten ihre Gespräche, um ihre Gedanken von der Geschmacklosigkeit jedes Bissens abzulenken.

An den Abenden, auf dem Weg zu ihren Quartieren, wiederholten sie alles, was sie gelernt hatten, und warfen sich gegenseitig Fragen zu. Alex legte Wert darauf, dass sie die Schwachstellen jeder Person erkundeten. Es war ihm wichtig, dass sie in Bestform blieben.

Schließlich kam der Zeitpunkt ihrer Reise.

Die Nacht war klar und sternübersät, als Alex, Nia, Jaxon und Yasu sich auf den Weg zur Startrampe machten. Nervöse Energie pumpte durch sie hindurch, ließ sie auf den Fußballen wippen, aber der Nervenkitzel, der sie in den vergangenen Wochen aufrecht gehalten hatte, blieb bestehen. Vor ihnen stand das mit dem Quantensprunggerät ausgestattete Raumschiff, dessen glänzende Metalloberfläche im Mondlicht schimmerte.

Das technische Team wuselte um das Raumschiff herum und führte letzte Kontrollen durch. Der Missionskommandant näherte sich dem Team; sein Ausdruck war feierlich, aber ermutigend.

Er drückte jedem Kadetten fest die Hand. »Denkt daran, ihr seid Pioniere am Rande einer neuen Grenze. Obwohl andere vor euch gegangen und gescheitert sind, wäre euer Erfolg bei dieser Mission monumental für den wissenschaftlichen Fortschritt der Menschheit. Bleibt fokussiert, bleibt wachsam und vertraut auf eure Ausbildung.«

Die Kadetten nickten, jedes ihrer Gesichter eine Maske der Entschlossenheit. Sie zogen ihre speziellen Anzüge an, die entwickelt worden waren, um sie während des Quantensprungs zu schützen und zu erhalten. Die Ingenieure hatten die Anzüge für jeden von ihnen maßgeschneidert, und sie passten wie eine glitzernde zweite

Haut. Als sie das Raumschiff betraten, nahm sich jeder Kadett einen Moment, um auf die Welt zurückzublicken, die sie kannten, und fragte sich, was in den unerforschten Bereichen des Multiversums vor ihnen lag.

Sie stiegen in das Raumschiff ein und nahmen ihre Positionen ein, schnallten sich an und stellten ihre Sitze für maximalen Komfort ein. Die Atmosphäre war angespannt, aber konzentriert. Alex nahm seinen Platz an der Navigationskonsole ein und fuhr mit geübter Leichtigkeit mit den Fingern über die Steuerung. Nia, Jaxon und Yasu überprüften ihre Systeme und stellten sicher, dass alles für den Sprung in Ordnung war.

»Quantensprunggerät lädt hoch«, kündigte Alex mit ruhiger Stimme an. Das Raumschiff erwachte zum Leben, der Kern des Geräts glühte mit einem überirdischen Licht.

»Starte Sequenz in drei, zwei, eins...«, zählte Jaxon herunter.

Ein plötzlicher Energiestoß durchlief das Raumschiff, als es in den Nachthimmel schoss. Die Kadetten machten sich bereit und behielten ihre Systeme im Auge, um etwaige Anomalien rechtzeitig zu erkennen. Aber sie waren nicht auf die Neuartigkeit dieser Reise vorbereitet. Die Realität schien sich um sie herum zu verzerren und zu biegen. Ein Kaleidoskop aus Farben und Lichtern hüllte das Raumschiff ein und transportierte sie durch das Gewebe von Raum und Zeit.

Die Empfindung war anders als alles, was sie je erlebt hatten - eine schwindelerregende, aufregende Reise durch das Unbekannte. Sie beobachteten ehrfürchtig, wie Sterne und Galaxien an ihnen vorbeizogen, jeder ein Tor zu einem anderen Universum.

Und dann, so plötzlich wie es begonnen hatte, kam die turbulente Reise zu einem abrupten Ende. Das Raumschiff erzitterte, Alarme heulten, als es auf einem unbekannten Planeten notlandete. Die Wucht schleuderte die Kadetten nach vorne, beinahe wären sie gegen die Konsolen vor ihnen geprallt. Doch ihre Sicherheitsgurte hielten, und pressten sie fest in ihre Sitze.

Als sich der Staub legte, kamen sie langsam wieder zu sich. Alex war der Erste, der zu Bewusstsein kam, seine Augen weit vor Schock. Er erhob sich von seinem Sitz und ging zu den anderen, half ihnen auf die Beine. Gemeinsam bahnten sie sich den Weg zur Luke des Raumschiffs.

Mit einem tiefen Atemzug öffnete Alex die Luke und enthüllte eine Welt, wie sie noch nie jemand von ihnen gesehen hatte. Der Himmel leuchtete in einem kräftigen Violett, und zwei Monde hingen tief am Horizont. In der Ferne deuteten hochragende Strukturen und helle Lichter auf eine fortschrittliche Zivilisation hin.

Sie hatten es geschafft. Sie waren in ein Paralleluniversum gereist.

Die Kadetten traten hinaus auf das fremdartige Terrain, ihre Herzen rasten bei der Erkenntnis, dass ihr Abenteuer gerade erst begann. Eine neue Welt erwartete sie, voller Geheimnisse, die es zu enträtseln, und Entdeckungen, die es zu machen galt.

Als sie zum fremden Himmel aufblickten, wussten sie eines mit Sicherheit – ihr Leben würde nie mehr dasselbe sein.

KAPITEL 2

DIE MORGENDÄMMERUNG BRACH LANGSAM an und ergoss Licht über einen violett getönten Himmel, an dem zwei Monde tief am Horizont hingen und ihre blassen Kugeln geisterhafte Schatten auf das Land darunter warfen. Die Kadetten stolperten aus ihrem Raumschiff, dessen schlanker Rumpf nun von Rissen und versengtem Metall gezeichnet war. Alex spürte, wie der unebene Boden unter seinen Stiefeln nachgab – eine Oberfläche, die weich, fast schwammartig wirkte und dennoch fest genug war, um ihr Gewicht zu tragen.

Er schaute sich um, sein Herz hämmerte, während seine Augen das fremdartige Gelände in sich aufnahmen. In der Ferne erhoben sich hochaufragende, durchscheinende Strukturen, deren Oberflächen das Licht wie Prismen brachen. Seltsame Flora übersäte die Landschaft – Pflanzen mit nadelartigen Blütenblättern, die in schillernden Farbtönen glitzerten, ihre Stängel gaben leise, melodische Schwingungen von sich. Die Luft trug einen ungewohnten Beigeschmack, scharf und leicht metallisch.

»Das... ist nicht die Erde«, murmelte Nia, ihre Stimme war von Ehrfurcht und Unbehagen gefärbt. Sie zog die Dichtungen ihres Anzugs fester, ihr Blick auf die Zwillingsmonde über ihnen gerichtet.

»Ach was«, witzelte Jaxon, obwohl seiner üblichen Großspurig-keit eine nervöse Energie beigemischt war. Er hockte sich neben einen Pflanzenhaufen, seine Finger schwebten über den Blättern, wagten es aber nicht, sie zu berühren. »Was ist das überhaupt für ein Ort?«

Yasu, stets der Stratege, scannte ihre Umgebung mit einem berechnenden Blick. »Konzentriert euch«, sagte er mit fester Stimme. »Erst sichern wir das Gebiet. Dann beurteilen wir den Schaden am Schiff.«

Der Absturz hatte sie benommen zurückgelassen, aber wie durch ein Wunder waren sie unverletzt. Sie befanden sich am Rande einer ausgedehnten Metropole, deren Architektur eine harmonische Mischung aus Natur und fortschrittlicher Technologie darstellte.

Alex sog den Anblick eines Himmels in sich auf, wie er ihn noch nie gesehen hatte. Der violette Farbton des Himmels verblasste zu einem hellen Blau und gab den Blick auf eine Stadt frei, die pulsierte, als wäre sie lebendig. Wolkenkratzer aus Glas und Metall ragten in den Himmel, durchwoben von üppigem Grün, das an ihren Seiten herabkaskadierte.

»Ist alles in Ordnung bei euch?«, rief er, seine Stimme hallte leicht in der stillen Morgenluft wider.

Einer nach dem anderen antworteten Nia, Jaxon und Yasu, jeder kämpfte sich durch die Desorientierung ihrer abrupten Ankunft. Sie sammelten sich, ihr Training setzte ein, während sie die Situation einschätzten.

»Wir sind definitiv nicht mehr in Kansas«, witzelte Jaxon, um die Stimmung aufzulockern, während er die fremdartige Skyline betrachtete.

Die Kadetten überprüften schnell das Raumschiff auf Schäden. Es war nicht betriebsfähig, und das Quantum-Sprung-Gerät war sichtbar beschädigt. Im Inneren des Schiffes knisterten und zischten Funken aus freiliegenden Kabeln. Das Quantum-Sprung-Gerät stand im Zentrum des Wracks, sein Kern war dunkel und leblos.

Alex kauerte daneben, sein Kiefer verkrampfte sich, während er sich mit der Hand durch sein bereits zerzaustes Haar fuhr.

»Es reagiert nicht«, sagte Jaxon, Frustration brodelte in seiner Stimme, als er wütend auf dem Bedienfeld herumtippte. »Ich-ich weiß nicht einmal, wo ich damit anfangen soll.«

»Du sollst doch der Technikexperte sein«, schnappte Yasu, seine übliche Ruhe brach unter dem Gewicht ihrer misslichen Lage. »Wofür haben wir trainiert, wenn du das nicht reparieren kannst?«

Jaxon sträubte sich und stand ihm gegenüber. »Glaubst du, zehn Wochen reichen aus, um Experte für eine Maschine zu werden, die die Realität umschreibt? Vielleicht hättest du eingreifen sollen, Genie.«

»Genug!« Alex' Stimme durchschnitt ihr eskalierendes Streitgespräch, scharf und befehlend. Er richtete sich zu seiner vollen Größe auf, sein Blick stetig. »Gegenseitige Schuldzuweisungen werden nichts reparieren. Jaxon, arbeite weiter daran. Yasu, hilf ihm.«

Nia legte beschwichtigend eine Hand auf Yasus Schulter. »Wir werden das herausfinden«, sagte sie mit beruhigendem, aber festem Ton. »Aber zuerst müssen wir herausfinden, wo wir sind – und ob es sicher ist, hier zu bleiben.«

Sie führten einen Teil davon auf die Neuartigkeit der Reise zurück. Obwohl die Wissenschaftler die Hypothese aufgestellt hatten, dass die Reise nicht die gleiche Wirkung auf die jüngeren Mitglieder der Akademie haben würde, gab es keine Garantie dafür, dass sie unverletzt bleiben würden.

»Wir müssen herausfinden, wo wir sind und ob es eine Möglichkeit gibt, mit der Akademie zu kommunizieren.« In Nias Kopf arbeitete es bereits, um den schnellsten Weg aus diesem Schlamassel zu finden. Sie dachte an die anderen Vorräte, die sie im Schiff hatten, entschied sich aber dagegen, sie mitzunehmen.

»Ich wünschte, wir könnten unsere Anzüge ausziehen.« Jaxon hob seine Arme auf und ab. »Ich fühle mich ziemlich unwohl.«

Den anderen ging es auch so, aber sie wussten, dass das Tragen der Anzüge eine Schutzmaßnahme war, falls die Atmosphäre ihnen nicht zusagen sollte.

Das Team wagte sich aus dem Wrack heraus und betrat die Straßen der Stadt. Sie wurden mit neugierigen Blicken von den Passanten bedacht – Wesen, die unverkennbar menschlich waren, jedoch in so ungewohnten Stilen gekleidet, dass sie wie Kreaturen einer unbekannten Rasse aussahen. Viele trugen bauchige Kleidungsstücke aus glänzendem Stoff, ihre Arme waren mit einem Material bedeckt, das wie Gras aussah. Andere trugen Kopfbedeckungen, die wie Hörner, Schnauzen und große Augen auf ihren Köpfen wirkten.

Die Stadt war ein Wunderwerk der Widersprüche – ein Ort, an dem Natur und Technologie nicht nur in Harmonie existierten, sondern als Erweiterungen voneinander. Biolumineszierende Ranken umschlangen hochaufragende Wolkenkratzer, ihr Licht pulsierte im Rhythmus mit dem leisen Summen des Energienetzes der Stadt. Fahrzeuge glitten lautlos entlang erhöhter Pfade, ihre Designs waren schlank und organisch, als wären sie gewachsen statt gebaut.

Die Kadetten zogen neugierige Blicke von Passanten auf sich – menschenähnliche Wesen, deren Züge ihren eigenen ähnelten, jedoch mit subtilen Unterschieden. Einige hatten verlängerte Gliedmaßen; andere trugen komplizierte Muster auf ihrer Haut, die wie lebendige Tattoos schimmerten. Die Einheimischen trugen Gewänder, die sich ihrer Umgebung anzupassen schienen, der Stoff verschmolz nahtlos mit den lebhaften Farben der Stadt.

»Blick nach vorn«, murmelte Yasu, sein Ton leise aber bestimmt. »Wir fallen ohnehin schon genug auf.«

»Schwer nicht zu starren«, erwiderte Jaxon unter seinem Atem, sein Blick verweilte auf einem schwebenden Marktstand, wo Händler Waren ausstellten, die jeder Erklärung trotzten – Früchte, die schwach leuchteten, kristalline Artefakte, die sanfte Melodien von sich gaben, und Flüssigkeiten, die der Schwerkraft zu trotzen schienen, wirbelnd in der offenen Luft.

Nia näherte sich einem Verkäufer, ihre Neugier überwand ihre Vorsicht. »Entschuldigen Sie«, sagte sie, ihre Stimme vorsichtig. »Wir sind neu hier. Könnten Sie uns mehr über diesen Ort erzählen?«

Holographische Displays schwebten neben natürlichen Wasserfällen, üppig mit Grün. Die Fahrzeuge glitten lautlos hoch über allem, ohne Spuren von Verschmutzung zu hinterlassen. Es war so anders als ihr Universum, wo die Natur in kleinen Gruppen von Bäumchen in winzigen Parks existierte, umgeben von Strukturen aus Metall und Beton.

Bevor sie tiefer in die Stadt vordrangen, versammelten sich die Kadetten mit ihren Alternativ-Ichs in einer ruhigen Ecke des Gästehauses. Alex' Alternativ-Ich aktivierte eine holographische Karte der Stadt, die wichtige Sehenswürdigkeiten und potenzielle Fallstricke überlagerte.

»Der erste Schritt«, sagte Nias Alternativ-Ich, »ist, nicht aufzufallen. Je weniger Aufmerksamkeit ihr erregt, desto einfacher wird es sein.«

Yasu hob skeptisch eine Augenbraue. »Wir wurden nicht gerade für Undercover-Arbeit ausgebildet. Was ist das Protokoll, um so zu tun, als wäre man ein außerirdischer Tourist?«

Sein Alternativ-Ich grinste. »Fang damit an, das weitäugige Staunen abzulegen.« Er deutete auf Yasus Gesicht, das immer noch Spuren von Verwunderung zeigte. »Selbstvertrauen ist der Schlüssel. Wenn du tust, als würdest du hierher gehören, werden die meisten Leute es nicht hinterfragen.«

Sie verbrachten die nächste Stunde damit, plausible Hintergrundgeschichten zu proben. Die Alternativ-Ichs unterrichteten sie in lokalen Bräuchen und Verhaltensweisen, demonstrierten sogar subtile Gesten, die Respekt im öffentlichen Raum vermittelten. Als sie aufbrachen, fühlten sich die Kadetten bereit, die Komplexitäten der Stadt zu navigieren.

In einer anderen Zeit, unter anderen Umständen, hätten sie vielleicht für immer in den Anblicken schwelgen können. Aber hier und jetzt war ihr Staunen von Dringlichkeit getrübt. Sie mussten mehr über diesen Ort erfahren, um einen Weg zurück in ihr Universum zu finden. Zuerst mussten sie die Regeln dieser Welt verstehen, um sich einzufügen, ohne unerwünschte Aufmerksamkeit zu erregen.

Während sie gingen, bemerkte Yasu eine Gruppe von Personen, die sie mit großem Interesse beobachteten. Er erzählte seinen Freunden davon, und als die Gruppe sich näherte, machten sich die Kadetten bereit, unsicher, welche Reaktion sie erwarten würden.

Eine Gruppe Einheimischer kam auf sie zu, ihr Anführer – ein großer Mann mit scharfen, kantigen Gesichtszügen und einem entwaffnenden Lächeln – trat vor. »Neuankömmlinge«, sagte er, seine Stimme reich und melodisch. »Ihr gehört nicht hierher, oder?«

Alex zögerte, tauschte einen schnellen Blick mit Nia, bevor er antwortete. »Wir sind... Entdecker. Von einem weit entfernten Ort.«

Der Mann neigte seinen Kopf, sein Blick scharfsinnig. »Entdecker, sagt ihr? Nun, ihr seid sicherlich auf eine interessante Welt gestoßen.« Er streckte eine Hand aus. »Ich bin Kael. Betrachtet mich als einen Führer, wenn ihr möchtet. Obwohl ich vermute, dass ihr mehr als nur Wegbeschreibungen brauchen werdet.«

Als sie Kael durch die Stadt folgten, erklärte er die grundlegende Struktur ihrer Gesellschaft – eine Welt, die von einer Koalition planetarischer Anführer regiert wird, mit einem Schwerpunkt auf Nachhaltigkeit und Harmonie. »Wir priorisieren Balance«, sagte er und deutete auf eine hohe Struktur, die mit kaskadierendem Grün bedeckt war. »Unsere Technologie verbessert das Leben; sie ersetzt es nicht.«

Alex hörte aufmerksam zu, obwohl sein Verstand bei ihrer Mission verweilte. »Kael«, begann er vorsichtig, »haben Sie jemals von etwas gehört, das Quantenschlüssel genannt wird?«

Die Kadetten tauschten Blicke aus und erkannten, dass ihre Reise gerade eine unerwartete Wendung genommen hatte. Sie waren dabei, mit den Bewohnern dieser alternativen Erde in Kontakt zu treten, ein entscheidender erster Schritt in ihrer Mission. Sie brauchten etwas Vorsicht und viel Taktgefühl, oder sie könnten alles verlieren.

Der Anführer, ein Mann mit einer freundlichen Art, stellte sich als Kael vor, ein lokaler Führer. Seine Neugier über die Kadetten war offensichtlich, aber er beäugte sie mit deutlichem Misstrauen.

»Wir sind... Entdecker von einem fernen Ort«, antwortete Alex vorsichtig, sich der Notwendigkeit der Diskretion bewusst.

Kaels Augen funkelten vor Neugier. »Entdecker, sagt ihr? Nun, ihr seid definitiv in der richtigen Stadt gelandet. Folgt mir, ich zeige euch alles.«

Während sie durch die Stadt liefen, blieben die Kadetten erstaunt über die Harmonie von fortschrittlicher Technologie und Natur. Die Gebäude waren hohe Strukturen aus Glas und Metall, bedeckt mit üppigem Grün, und die Luft war frisch, frei von Verschmutzung. Sie gingen an einem riesigen Glashaus vorbei, voll mit Pflanzen und Blumen mit lila, rosa und orangefarbenen Blättern und kopfgroßen Blütenblättern. Nia fragte nach dem Gebäude, und Kael sagte, es gehöre zum Ministerium für Ökologische Forschung. »Das sind neu entwickelte Pflanzen. Und die Glasstruktur dient als kontrollierte Umgebung, um ihr Wachstum zu fördern.«

Die Menschen, an denen sie vorbeigingen, wirkten zufrieden, ein starker Kontrast zu dem oft hektischen Leben auf ihrer Erde. Zu Hause bewegte sich jeder so schnell. Dies war besonders der Fall für ihre Akademie, wo jeder so vorbeihastete, als wäre das nächste Ziel das wichtigste in ihrem Leben.

Die Tour führte sie zu einem ruhigen Park, gefüllt mit exotischen Pflanzen. Diese hatten Ähnlichkeiten mit den Pflanzen im Glashaus, aber die Farben der Blätter und Blütenblätter waren blasser. Nia ging auf einen hübschen blaubelaubten Busch zu, dessen Blütenblätter klein und nadelartig waren. Sie lehnte sich vor, um den süßen Duft einzuatmen, der davon ausging.

»Das würde ich nicht tun, wenn ich du wäre«, sagte eine Stimme. »Es ist ziemlich giftig.«

Nia schaute auf und keuchte. Die Sprecherin trat zurück und keuchte ebenfalls. Das Mädchen war ihr Ebenbild. Die einzigen Unterschiede lagen in ihrem Make-up, ihren Haaren und ihrer Kleidungswahl. Während Nias Haare in einem straffen Dutt aus dem Gesicht gehalten wurden, fielen die Haare des Mädchens über ihr Gesicht. Ihre Augenlider waren auch mit goldenem Puder bestäubt, ebenso wie ihre Lippen.

Nia drehte sich um, um die Aufmerksamkeit der anderen zu erregen, aber es schien, als hätten sie ihre Doppelgänger getroffen und studierten sie mit ebenso viel Neugier.

Alex' Alternativ-Ich behielt dieselbe zerknitterte Ausstrahlung bei, die der Alex aus ihrer Welt hatte, mit einer ungebügelten Uniform mit hochgekrempelten Ärmeln und einer gelösten Krawatte. Yasus Alternativ-Ich hatte gebleichtes Haar und rote Kontaktlinsen, anders als der Yasu, den sie kannte, der sein Haar pechschwarz und seine Augen schlicht braun hielt. Am ähnlichsten von allen waren die Jaxons. Beide gingen aufeinander zu, spiegelten die Bewegungen des jeweils anderen, während sie die Ähnlichkeiten in ihrer Kleidung und ihrem Auftreten in sich aufnahmen.

Für einen Moment schien die Zeit um sie herum zu kollabieren. Alex starrte auf sein alternatives Ich – eine Version von ihm, die etwas größer stand, seine Uniform makellos und sein Ausdruck ruhig und selbstsicher. »Das... ist nicht möglich«, murmelte Alex, seine Stimme kaum hörbar.

Nias Blick huschte zwischen ihrem Gegenüber und den anderen hin und her. Ihr anderes Ich trug ihr Haar offen, ihr Gesicht war mit schimmernden goldenen Akzenten verziert, die ihr eine fast königliche Ausstrahlung verliehen. »Ist das irgendeine Art von Trick?«, fragte sie mit scharfer Stimme.

»Kein Trick«, antwortete der andere Alex mit gemessener Stimme. »Wir sind genauso real wie ihr. Die Frage ist... warum seid ihr hier?«

Von allen war vielleicht Jaxon am meisten von der Interaktion beeindruckt und blieb mit einem breiten Grinsen dicht bei seinem anderen Ich.

»Ist das irgendeine Art von Witz?«, fragte Yasus anderes Ich und brach die Stille. Er sah misstrauisch aus, unfähig zu verstehen, was er da sah.

»Kein Witz«, erwiderte Yasu, genauso verwirrt. »Wir kommen von... einer anderen Version der Erde. Einem anderen Universum.«

Diese Enthüllung löste eine Flut von Fragen und Erklärungen aus. Anfangs redeten sie durcheinander, jeder wollte etwas beitragen, aber bald überließen sie Alex die Führung. Er sprach von ihrer Reise durch Zeit und Raum und erzählte, wie schnell und belebend es war. Die anderen Ichs waren fasziniert von der Geschichte des Quantensprungs und der Existenz eines parallelen Universums. Ihr Alex teilte mit, dass ihre Erde Teil einer riesigen Weltraumföderation war, einer Koalition von Planeten, die Frieden und technologischen Fortschritt erreicht hatten.

An dieser Stelle unterbrach Kael, verwirrt von den Worten, die sie benutzten, aber an einer Entschädigung für seine Mühen interessiert. Alex' anderes Ich griff in seine Tasche, holte eine Handvoll Münzen heraus und drückte sie ihm in die Hand. Der Mann grummelte einen Moment, aber als Alex drohte, ihn wegen illegaler Erpressung bei den Behörden zu melden, schlenderte er mit seinen Handlangern davon.

Alex und sein anderes Ich übernahmen den Rest des Gesprächs, ihre euphorische Energie prallte voneinander ab. Die anderen Kadetten sahen fasziniert zu. Es war schon etwas Besonderes, den einzigen Alex, den sie kannten, in Aktion zu erleben, wie sein Verstand vor faszinierenden Ideen explodierte. Aber ihn mit sich selbst interagieren zu sehen, war berauschend und ließ den anderen keine Chance, sich am Gespräch zu beteiligen.

Während sie sich unterhielten, erfuhren die Kadetten etwas über die gesellschaftliche Struktur, die technologischen Fortschritte und die politische Dynamik dieser alternativen Erde. Besonders interessiert waren sie an der Erwähnung des Quantenschlüssels, eines Geräts, das in der Lage war, das Multiversum zu navigieren und aufgrund seiner Macht streng bewacht wurde.

Die Begegnung mit ihren anderen Ichs war ein entscheidender

Moment. Sie lieferte den Kadetten unschätzbare Einblicke in dieses Universum und einen potenziellen Verbündeten bei ihrem Bestreben, nach Hause zurückzukehren. Allerdings warf sie auch ethische Fragen über ihre Anwesenheit in dieser alternativen Welt und die Auswirkungen, die sie haben könnten, auf.

Ihre anderen Ichs führten sie zu einem turmartigen Gebäude, das auf vier einzelnen Säulen balancierte und sich wie Ranken im Wind wiegte. Sein prächtiges Design war ein Beweis für die architektonischen Fortschritte dieses Universums. Im Inneren fanden sie interaktive Displays und Virtual-Reality-Erlebnisse, die ein tieferes Verständnis für die Geschichte, Kultur und technologischen Errungenschaften der Föderation boten.

Beim Durchgang durch die Anlage erfuhren die Kadetten etwas über die Regierungsstruktur der Föderation, ihr Engagement für Frieden und Nachhaltigkeit und ihre Erkundungsunternehmungen in der Galaxie. Besonders fasziniert waren sie von den Fortschritten in der Raumfahrt und der Integration verschiedener außerirdischer Technologien.

Die Raumfahrt stand hier allen offen, anders als in ihrer Welt, wo Raumreisen den sehr Reichen oder Forschern und Studenten in Institutionen mit fortschrittlichen Weltraumprogrammen vorbehalten waren. Normale Bewohner dieser Welt konnten kurze Reisen zu den Planeten in den der Erde am nächsten gelegenen Systemen unternehmen.

Während dieses Besuchs erfuhren die Kadetten mehr über den Quantenschlüssel. Ihre anderen Ichs erklärten, dass der Schlüssel ein streng gehütetes Geheimnis war, das sich in einer Hochsicherheitseinrichtung befand, da er das Potenzial hatte, das Gefüge des Universums zu stören.

»Aber wenn er so gefährlich ist«, fragte Nia stirnrunzelnd, »warum wurde er nicht zerstört?«

Ihr anderes Ich schüttelte den Kopf. »Weil er mehr als nur Technologie darstellt. Er ist ein Relikt aus einer dunkleren Zeit – eine Waffe, die das Imperium benutzte, um seinen Willen durchzusetzen.

Manche sehen darin eine Warnung; andere betrachten ihn als letzte Rettung, falls die Föderation jemals auseinanderfällt.«

»Und was glaubst du?«, fragte Alex.

»Ich glaube«, sagte sein anderes Ich, »dass er besser weggesperrt bleibt. Eine solche Macht kann nicht auf Dauer verantwortungsvoll eingesetzt werden.«

Die Kadetten tauschten unruhige Blicke aus. Der Quantenschlüssel war ihre einzige Hoffnung, nach Hause zurückzukehren, aber seine Implikationen lasteten schwer auf ihnen. Was würde es bedeuten, ein solches Werkzeug aus diesem Universum zu nehmen und seine Bewohner anfällig zurückzulassen?

Die beiden Jaxons kümmerten sich nicht viel um die ethischen Implikationen. Die Vorstellung, ein so mächtiges Werkzeug zu handhaben, schien sie in Ekstase zu versetzen. Jaxons anderes Ich hatte viel über den Quantenschlüssel und seine Funktionsweise gelesen und erfahren, dass die Technologie, mit der er funktionierte, intuitiv war und es selbst der technologisch am wenigsten versierten Person ermöglichte, ihn zu benutzen. »Deshalb müssen sie ihn so versteckt halten«, sagte er. »In den falschen Händen könnte er buchstäblich ein Loch in das Gefüge von Raum und Zeit reißen.«

Nia schüttelte den Kopf. »Es scheint, als wärt ihr beide die falschen Hände. Ich kann nicht darauf vertrauen, dass ihr wisst, wie man ihn sicher benutzt. Vielleicht sachgemäß. Aber ihr würdet testen und testen, und wir fänden uns mit einem riesigen Loch wieder, durch das alle Lebensenergie der Welt hineinströmt.«

Die andere Nia lachte und nickte begeistert.

Jaxon warf ihnen böse Blicke zu.

Alex schaltete sich dann ein und lachte. »Egal, wie wir über dieses Werkzeug denken, es könnte uns auf unserer Reise nach Hause helfen. Es verstößt wahrscheinlich gegen unsere Einsatzbesprechung, mit einer so experimentellen Technologie herumzuspielen, aber wir brauchen einen Weg nach Hause. Da wir das Quantensprunggerät nicht reparieren können, ist es wahrscheinlich unsere beste Wette. Es sei denn, wir finden etwas anderes.«

Der Sonnenuntergang kam ein bisschen zu schnell. Die Kadetten sahen zu, wie der Himmel wieder zu einem tiefen Violett wurde, und erinnerten sich daran, dass sie weit von zu Hause entfernt waren, mit nur einer vagen Vorstellung für ihre Rückkehr. Alex' anderes Ich bemerkte ihre Stimmung und bot ihnen einen Platz für die Nacht an. »Ihr könnt die Nacht in einem Gästehaus verbringen, das wir kennen«, sagte er und blickte in jedes ihrer Gesichter. »Wir holen euch morgen früh ab.«

»Wäre das nicht zu viel?«, Alex war dankbar, aber vorsichtig, die Hilfe anzunehmen. Sie konnten immer zum Raumschiff zurück-kehren für die Nacht. »Wir können nicht bezahlen.«

Sein anderes Ich winkte Alex' Bedenken weg. »Betrachte es als einen Gefallen von euren Spiegelversionen.«

Müde, aber nun weniger besorgt, da sie Freunde hatten, gingen die Kadetten mit mehr Selbstbewusstsein. Die Straßen waren voller Menschen und Wesen von verschiedenen Planeten, die alle zum lebendigen Bild der Föderation beitrugen. Märkte boten Waren aus der ganzen Galaxie an, und holografische Bildschirme zeigten Nach-richten aus fernen Welten. Die Kadetten staunten und nahmen jedes Detail dieser blühenden Weltraumgesellschaft in sich auf.

»Diese Welt... sie ist unglaublich«, sagte Nia, ihre Stimme voller Staunen. »Aber wir dürfen nicht vergessen, warum wir hier sind. Obwohl wir eigentlich die Grenzen des wissenschaftlichen Verständ-nisses erforschen sollten, müssen wir trotzdem einen Weg zurück in unser Universum finden. Ich mag immer noch nicht die Idee, uns vollständig auf den Quantenschlüssel zu verlassen, also sollten wir über andere Optionen nachdenken.«

Die anderen nickten zustimmend.

Alex kratzte sich am Kinn, sein Gehirn kreiste um ein Spinnen-netz von Möglichkeiten. »Hat jemand konkrete Ideen?«

»Wir können versuchen herauszufinden, wie man das Quanten-sprunggerät repariert«, sagte Yasu. »Wir haben jetzt zwei Jaxons.«

Ihr Jaxon sah aus wie ein Tier in der Falle, seine Augen weiteten sich. »Ich muss leider zugeben, dass ich noch nicht so weit war, die

Funktionsweise dieses Geräts richtig zu verstehen. Unser Training war so intensiv, dass ich nicht viel Zeit hatte, daran herumzutüfteln.«

Sein Alternativ-Ich starrte ihn an und schüttelte in gespielter Missbilligung den Kopf.

»Ich glaube, wir haben noch etwas Zeit«, sagte Alex' Alternativ-Ich. »Wir können mehr darüber recherchieren und sehen, was wir finden können, um euch bei eurer Heimreise zu helfen. Wir sind jetzt alle Freunde. Wir werden zusammenarbeiten, um euch sicher nach Hause zu bringen.«

Der Abend endete damit, dass die Kadetten und ihre Alternativ-Ichs ihre neu gefundene Allianz festigten. Sie waren entschlossen, die Komplexitäten dieses Universums gemeinsam zu navigieren, wobei sie mit jedem Schritt ihrem ultimativen Ziel – der Rückkehr nach Hause – näher kamen.

KAPITEL 3

Der Morgen brach an, die Sonne ergoss ihre Wärme über die Öko-Strukturen der Stadt. Alex, Nia, Jaxon und Yasu, die die Nacht in dem Gästehaus verbracht hatten, das Alex' Gegenstück vorgeschlagen hatte, standen früh auf. Sie versammelten sich am Fenster des großen Raumes und beobachteten, wie die Sonnenstrahlen sich über die Stadtlandschaft ausbreiteten.

»Diese Stadt ist einfach wunderschön«, sagte Nia und schaute aufmerksam, um jede Einzelheit für die Zukunft zu speichern. Dies war eine Vision, zu der ihre Welt aufstreben könnte.

Ihre Gegenstücke kamen kurz darauf an und brachten so viel Essen mit, wie sie tragen konnten. Alle setzten sich auf den Zimmerboden, um ihre Tagespläne zu besprechen, während sie Brot, Speck und Rührei mampften. Das Essen überraschte sie, denn es ähnelte ihrem eigenen, schmeckte aber anders; würziger und köstlicher.

Nach dem Essen begleiteten sie ihre Gegenstücke, um die Hauptstadt der Föderation umfassend zu erkunden. Ihre Mission: Informationen und Ressourcen für ihre Suche nach dem Quanten-Schlüssel und anderen Hilfsmitteln für ihre Heimreise zu sammeln.

Die Stadt entfaltete sich wie ein lebendiger Wandteppich, ihre pulsierenden Straßen verwoben Fäden aus Technologie, Kultur und

Natur. Hochragende Öko-Strukturen dominierten die Skyline, ihre Glasfassaden schimmerten mit eingebetteten Solarzellen. Üppiges Grün fiel an ihren Seiten herab, die Luft um sie herum war erfüllt vom sanften Summen der Bestäubungsdrohnen.

Vertreter unzähliger Planeten mischten sich auf den Stadtplätzen – Humanoide mit schillernder Haut, Wesen mit biolumineszierenden Mustern, die im Takt ihrer Sprache pulsierten, und Lebewesen, die die begrenzte Taxonomie der Kadetten sprengten. Nia hielt inne, gefesselt von einer Gruppe von Händlern, die Stoffe präsentierten, deren Farben sich mit der Stimmung des Trägers änderten.

»Es ist nicht nur die Vielfalt«, sagte sie mit einer von Staunen erfüllten Stimme. »Es ist die Harmonie. In unserer Heimat lernen wir noch, einen Tisch zu teilen. Hier teilen sie Galaxien.«

Yasu studierte einen nahegelegenen Informationskiosk, dessen holografische Anzeige Ankündigungen über bevorstehende intergalaktische Gipfeltreffen und Handelsrouten durchlief. »Es liegt eine Effizienz in allem«, bemerkte er. »Keine verschwendete Bewegung. Selbst ihre Bürokratie wirkt... elegant.«

Ihre Gegenstücke lieferten die Details. Die Föderation wurde von einem rotierenden Rat regiert, zu dem jeder Mitgliedsplanet Vertreter beisteuerte. Entscheidungen erforderten Konsens, der durch einen universellen KI-Vermittler durchgesetzt wurde, der potenzielle Ergebnisse analysierte und Fairness sicherstellte.

»Es ist nicht perfekt«, gab Nias Gegenstück zu. »Aber wir haben gelernt, dass Macht am sichersten ist, wenn sie verteilt wird. Das Imperium hat uns das auf die harte Tour beigebracht.«

Ihr erster Halt war der Galaktische Rat, ein prächtiges Gebäude, in dem sich Führungspersönlichkeiten aus der ganzen Galaxie trafen. Eine Menschenmenge strömte durch die drei großen Türen, und die Kadetten und ihre Gegenstücke schlossen sich ihnen an. Alle bewegten sich geordnet und unterhielten sich höflich, während sie das Tagesprogramm auf ihren Handgeräten betrachteten. Die Kadetten und ihre Gegenstücke fanden Plätze in den höheren Bereichen der Kammer und bereiteten sich darauf vor, auf jedes Detail zu achten.

Hier erlebten sie eine Ratssitzung und beobachteten den demokratischen Prozess, der die Föderation regierte. Die Diskussion drehte sich um eine neue Erkundungsmission zu einem fernen Sternensystem und unterstrich das anhaltende Engagement der Föderation für Entdeckung und Zusammenarbeit.

Nia fand diesen Rat spannender als die anderen, lehnte sich auf ihrem Sitz nach vorne und machte sich Notizen. In ihrer Welt konnte sie keine Regierungsratssitzungen beobachten. Diese waren Politikern vorbehalten. Sie diskutierte darüber mit ihrem Gegenstück, das ihre Begeisterung charmant fand, obwohl es selbst auch an der Sitzung interessiert war.

Als nächstes besuchten sie einen geschäftigen Raumhafen, wo Schiffe aller Formen und Größen angedockt waren. Die Kadetten starrten mit großen Augen auf die Vielfalt der Raumschiffe, von schlanken persönlichen Kreuzern bis hin zu massiven Frachtern und eleganten diplomatischen Schiffen. Obwohl es in ihrer Welt einige Raumstationen gab, die um ihren Planeten verteilt waren, war keine so gut ausgestattet wie diese. Ihre Gegenstücke erklärten die verschiedenen Arten von Schiffen und deren Zwecke und gaben Einblicke in die fortschrittliche Technologie, die sie antrieb.

Auf ihrer Reise durch den Raumhafen begegneten sie verschiedenen Alienspezies, jede mit ihrem einzigartigen Aussehen und ihren eigenen Bräuchen. Die Kadetten interagierten mit einigen von ihnen und lernten etwas über ihre Heimatplaneten und Kulturen. Diese Interaktionen erweiterten ihr Verständnis für die Weite und Vielfalt der Galaxie.

Nia hatte die größte Freude an den Interaktionen. In ihrer Welt lebten nur sehr wenige Alienspezies auf der Erde. Sie hatte nur wenige getroffen, und die meisten von ihnen waren wichtige Würdenträger von anderen Planeten; zu hochrangig, um mit ihnen zu kommunizieren. Obwohl sie über die meisten Planeten in der Milchstraße gelesen hatte, glaubte sie, dass die persönliche Begegnung und das Gespräch mit den Menschen einen besseren Einblick in ihre Lebenserfahrungen vermittelten.

Der letzte Halt war ein Kulturzentrum, ein Ort, der der Bewahrung und Feier der unzähligen Kulturen innerhalb der Föderation gewidmet war. Das Zentrum war ein Kaleidoskop aus Kunst, Musik und Traditionen zahlloser Welten. Die Kadetten tauchten in die Ausstellungen ein und gewannen ein tieferes Verständnis für das reiche kulturelle Erbe der Föderation. Nia machte sich Notizen über das reiche historische Gefüge der Welt und verglich die Informationen mit allem, was sie aus ihrer eigenen kannte. Sie freute sich auf eine ausführliche Diskussion mit ihrem Gegenstück über alles, was sie gelernt hatten.

Während ihrer Erkundung sammelten die Kadetten wertvolle Informationen über die Struktur der Föderation, ihre Technologie und den möglichen Aufenthaltsort des Quantum-Schlüssels. Sie hörten den Namen gelegentlich, aber sein Standort war in Mysterium gehüllt, wobei die Leute zurückhaltend oder fast unfreundlich wurden, wenn sie ihn ansprachen.

Sie sammelten auch verschiedene Gadgets und Werkzeuge, die ihnen bei ihrer Mission helfen könnten, und vermieden es sorgfältig, Aufmerksamkeit auf ihre wahren Absichten zu lenken. Jaxon hatte die größte Freude an der Vielfalt der neuen Gadgets. Er bastelte an allem, was er konnte, und war hellwach und aufmerksam, wenn sein alternatives Ich erklärte, wofür jedes Gerät gedacht war. Besonders interessierte ihn ein Teleportationsgerät in einem kleinen Lagerhaus. In ihrer Welt war das Teleportationsgerät noch ein Mythos, der nur in der Fiktion existierte. Hier hatten sie ein kleines Gerät für den Transport von nicht-lebenden Objekten entwickelt. »Sie haben es mit Lebewesen versucht«, erklärte sein Alternativ-Ich, »aber alle sind gestorben. Sie beschlossen, es nur für unbelebte Objekte zu verwenden. Es ist außerdem unverschämt teuer.«

Der lange Tag ging langsam zu Ende. Die Gruppe begab sich zu einem ruhigen Café, um über ihre Entdeckungen nachzudenken. Sie bestellten Gebäck und warmen, duftenden Tee und nahmen sich einen Moment Zeit, um die sanfte Atmosphäre des Dekors auf sich wirken zu lassen. Mit der Zeit kehrte das Gespräch zu allem zurück, was sie im Laufe des Tages gesehen hatten.

»Diese Föderation... Sie ist unglaublich. Die Einheit, die Technologie, die Vielfalt.« Jaxons weit aufgerissene Augen glänzten vor Staunen.

»Aber denkt daran, wir sind aus einem bestimmten Grund hier. Wir müssen uns auf unsere Mission konzentrieren«, fügte Nia hinzu und brachte die Gruppe zurück in die Realität.

Alle nickten einstimmig, und sie holten ihre Tablets heraus, um mit der Arbeit zu beginnen. Obwohl die Tablets der Kadetten sich von den Modellen in dieser Welt unterschieden, hatten Jaxon und sein Alternativ-Ich sie neu konfiguriert, damit sie weiterarbeiten konnten. Sie mussten einen Plan ausarbeiten, um nach Hause zurückzukehren, und das schnell. Ihre Leute warteten zu Hause auf sie, und sie mussten ihnen mitteilen, dass es ihnen gut ging.

Die Kadetten und ihre Alternativ-Ichs wurden durch ein gemeinsames Ziel vereint und bereiteten sich auf die bevorstehenden Herausforderungen vor. Sie wussten, dass der Zugang zum Quantum-Schlüssel nicht einfach sein würde, aber die Kadetten waren entschlossen, einen Weg zurück in ihr Universum zu finden.

Später am Abend, unter dem Baldachin eines sternenklaren Himmels, versammelten sie sich auf einem belebten öffentlichen Platz, der von der Energie des Nachtlebens der Stadt vibrierte. Der Platz war voller holographischer Displays und Straßenkünstler, die die künstlerische und technologische Raffinesse der Föderation zur Schau stellten.

Ein unerwartetes Ereignis erregte ihre Aufmerksamkeit, als sie sich durch die Menge navigierten. Eine Reihe digitaler Werbetafeln flackerte unregelmäßig und zeigte wirre Botschaften, bevor sie wieder zur Normalität zurückkehrten. Die Menge murmelte verwirrt, schockiert von dem seltenen Anblick in einer Stadt, in der die Technologie nahtlos funktionierte.

»Haben wir das verursacht?« flüsterte Yasu, Besorgnis war in seiner Stimme zu hören.

»Es ist möglich.« Nias Stirn runzelte sich. »Unsere Anwesenheit hier könnte Wellen in diesem Universum erzeugen.«

Die Gruppe bewegte sich zu einem ruhigeren Teil des Platzes und diskutierte die Auswirkungen ihrer Handlungen. Yasu erinnerte sich an ihre Lektionen über das zerbrechliche Gefüge des Multiversums aus ihrer Ausbildungszeit. Er erinnerte sie daran, wie einer der Ausbilder immer wieder betonte, dass selbst kleine Störungen unvorhergesehene Konsequenzen haben könnten. Die anderen sahen sich an, schluckten und erkannten, wie viel schneller sie jetzt arbeiten mussten.

Ein weiteres seltsames Phänomen unterbrach ihr Gespräch – ein plötzlicher, jahreszeitlich untypischer Regenschauer in einer Stadt, in der das Wetter präzise kontrolliert wurde. Die Menschen suchten hastig Schutz, viele starrten mit unverhohlenem Ekel zum Himmel.

»Das kann kein Zufall sein«, sagte Jaxon und schaute zum regennassen Himmel hinauf. »Unsere Ankunft hier könnte mehr beeinflussen, als wir dachten.«

Die Besorgnis der Kadetten wuchs, als sie weitere Anomalien beobachteten – eine vorübergehende Gravitationsschwankung in einem nahe gelegenen Park, die ein vorübergehendes Gefühl der Schwerelosigkeit verursachte, und einen spontanen Stromausfall in einem Teil der Stadt.

Mit jedem Vorfall wurde deutlicher, dass ihre Anwesenheit in diesem Universum eine Kettenreaktion von Ereignissen auslöste, die den normalen Ablauf dieser Welt störten. Sie verstanden, dass sie verantwortungsvoll handeln mussten, um ihre Auswirkungen zu minimieren.

»Wir müssen vorsichtiger sein«, sagte Alex, seine Stimme klang besorgt. »Wir dürfen keine weiteren Störungen riskieren. Unsere Mission, von hier wegzukommen, ist komplizierter geworden.«

Jaxon nickte. »Es scheint, als müssten wir den Plan verfolgen, den Quantum-Schlüssel zu bekommen.« Er bemerkte Nias Augen auf sich, ihr Ausdruck war düster. »Was? Es gibt keine andere Option. Und nein, ich will den Schlüssel nicht nur, weil ich damit spielen will. Wenn jemand einen anderen Plan hat, höre ich ihn mir gerne an.«

»Ich weiß«, sagte Nia. »Ich wünschte nur, es gäbe einen anderen Weg. Mit etwas so Wichtigem umzugehen, könnte unsere Mission diskreditieren.«

Die Gruppe zog sich an einen abgelegenen Ort zurück, abseits der Öffentlichkeit. Sie saßen im Kreis, unter dem Schein der Stadtlichter, und diskutierten ihre nächsten Schritte. Es war klar, dass sie den Quantum-Schlüssel schnell finden und in ihr Universum zurückkehren mussten, bevor ihre Anwesenheit weitere Störungen verursachte. Sie befürchteten, dass die Dinge schlimmer werden und zu einer vollständigen Zerstörung führen könnten.

Sie zogen sich weiter von der Straße zurück zu dem Dachgarten, den das alternative Ich von Yasu vorgeschlagen hatte. Dort, hoch über den geschäftigen Straßen und unter dem sanften Schein biolumineszenter Pflanzen, versammelten sie sich. Die friedliche Umgebung bildete einen starken Kontrast zu dem Chaos, das sie zuvor erlebt hatten. Hier konnten sie ihre Situation ohne die neugierigen Blicke der Stadt besprechen.

Alex ging auf und ab. Theorien rasten durch seinen Kopf, und der einzige Weg, sich davon abzuhalten, sich die Haut abzureißen, war, sich weiter zu bewegen. »Wir haben in unserer Ausbildung vom Schmetterlingseffekt gehört«, begann er. »Kleine Handlungen können bedeutende Auswirkungen haben. Ich hätte nie erwartet, dass wir das so schnell erleben würden.« Der Ausbilder hatte betont, keine drastischen Handlungen vorzunehmen, die das Gleichgewicht zwischen ihren Welten stören könnten. Aber bisher hatten sie nichts Bedeutendes getan.

Nia, die eine holographische Karte der Stadt studiert hatte, schaute auf. »Es ist, als wären wir die Schmetterlinge in diesem Universum. Allein unsere Anwesenheit könnte diese Anomalien verursachen.«

Jaxon blickte von seinem Gerät auf, auf dem er seine Notizen aus einer früheren Vorlesung über den Schmetterlingseffekt angezeigt hatte. »Wenn wir uns das Multiversum als ein miteinander verbundenes Netz vorstellen, könnte unsere Ankunft hier wie ein Stein sein, der in einen Teich geworfen wird und Wellen erzeugt, die das bestehende Gleichgewicht stören.«

Yasu lehnte sich ans Geländer und blickte in den Himmel, die Stirn vor Konzentration gerunzelt. »Also könnte jeder Schritt, den wir tun, jede Entscheidung, die wir hier treffen, potenziell etwas in dieser Welt verändern. Wir müssen äußerst vorsichtig sein.«

Ihre alternativen Ichs hörten aufmerksam zu, ebenso besorgt über die Auswirkungen. Eine von ihnen, Nias Alternative, meldete sich zu Wort. »In unseren Studien des Multiversums haben wir solche Auswirkungen theoretisch behandelt. Aber wir hatten bis jetzt nie konkrete Beweise. Eure Anwesenheit hier könnte eine wertvolle Fallstudie sein.«

Die Gruppe diskutierte die ethischen Implikationen ihrer Handlungen. Sie kamen überein, dass ihr Hauptziel zwar die Rückkehr in ihr Universum sei, sie aber auch die Verantwortung trügen, ihren Einfluss auf dieses zu minimieren.

»Wir müssen den Quantenschlüssel so unauffällig wie möglich finden«, schlussfolgerte Alex. »Keine unnötigen Interaktionen, keine Störungen. Wir halten uns an den Plan und bleiben unter dem Radar.«

Die Gruppe festigte ihre Strategie. Sie würden ihre Mission mit mehr Vorsicht fortsetzen, belebt von einer neuen Zielstrebigkeit, im Bewusstsein, dass das Schicksal zweier Universen von ihren Handlungen abhängen könnte.

Als sie das Dach verließen, funkelten unter ihnen die Lichter der Stadt, eine Erinnerung an das empfindliche Gleichgewicht, das sie bewahren mussten. Die Kadetten wussten, dass der Weg vor ihnen voller Herausforderungen sein würde, aber sie waren entschlossen, ihn sorgfältig und mit Integrität zu beschreiten.

KAPITEL 4

AM FOLGENDEN TAG gingen die Kadetten und ihre Stellvertreter zur alten Bibliothek der Föderation, einem riesigen Wissensspeicher mit Archiven, die sich über die gesamte Galaxie erstreckten. Die Bibliothek, ein prächtiges Bauwerk aus Glas und Licht, beherbergte Millionen digitaler und physischer Texte aus unzähligen Zivilisationen.

Sie waren dort auf der Suche nach Informationen, die ihnen helfen könnten, den Quantenschlüssel zu lokalisieren. Als sie in den Archiven forschten, führte ihre Suche sie zu einem abgelegenen Bereich, der alten Prophezeiungen und Legenden gewidmet war.

Es war Nias Stellvertreterin, die zuerst auf einen merkwürdigen Text stieß, dessen Seiten von der Zeit abgenutzt waren. »Schaut euch das an«, rief sie, ihre Stimme hallte leise in der gewaltigen Kammer wider. Die Gruppe versammelte sich um sie, als sie laut aus dem alten Manuskript vorlas.

»Die Orion-Prophezeiung«, las Nias Stellvertreterin laut vor, ihre Stimme war sowohl von Ehrfurcht als auch von Ungläubigkeit gefärbt. »Sie spricht von einem sternengeborenen Kind aus dem Gaia-Sektor, geboren aus zwei Welten, das aufsteigen wird, um eine große Tyrannei herauszufordern. Die Handlungen dieses Kindes werden sich über die Sterne ausbreiten, den Untergang der Unterdrückung herbeiführen und eine Ära des Friedens einleiten.«

Yasu tippte auf eine weitere Passage weiter unten auf der Seite. »Schaut hier – es erwähnt einen Grundstein. Könnte das der Quantenschlüssel sein?« Jaxon lehnte sich vor, die Stirn runzelnd. »Das passt. Wenn der Schlüssel ihr Universum einst stabilisiert hat, war vielleicht seine Zerstörung prophezeit, um das Gleichgewicht wiederherzustellen. Aber bedeutet das, dass wir ihn zerstören sollen?« Eine schwere Stille legte sich über die Gruppe, jeder Kadett rang mit dem Gewicht ihrer Entdeckung.

Nia beugte sich näher heran, ihre Finger streiften den Rand der alten Seite. »Geboren aus zwei Welten«, murmelte sie. »Was bedeutet das? Zwei Universen?«

Alex' Stirn runzelte sich, als er auf den alten Text starrte. »Geboren aus zwei Welten. Das könnten wir sein, oder? Wir kommen buchstäblich aus einem anderen Universum.«

»Oder es könnte nichts bedeuten«, entgegnete Yasu, seine Stimme war ruhig, aber von Unwohlsein gefärbt. »Prophezeiungen sind absichtlich vage formuliert. Es ist wahrscheinlich nur ein Zufall.«

»Aber was, wenn es keiner ist?«, drängte Jaxon, seine Finger fuhren über die verblasste Tinte. »Was, wenn das der Grund ist, warum wir hier sind? Was, wenn wir das finden sollten?«

Stille legte sich über die Gruppe, die Last dieser Möglichkeit sank ein. Nia brach sie schließlich, ihre Stimme kaum mehr als ein Flüstern. »Wenn wir es sind... was passiert, wenn wir versagen?«

Die Frage blieb unbeantwortet, während die Kadetten unruhige Blicke austauschten.

Nias Stellvertreterin zuckte unverbindlich mit den Schultern. »Unser Leben war bisher friedlich. Es sei denn, wir zählen das Imperium mit.« Sie tauschte einen vielsagenden Blick mit Alex' Stellvertreter aus.

»Das Imperium?«, fragte Alex. »Welches Imperium?«

Die andere Nia gab ihnen einen kurzen Überblick über das Imperium. Es herrschte einst über alles, verhinderte Bewegung, Erforschung und Freiheit des Ausdrucks und der Rede. Ein langer Krieg war nötig, damit die aktuelle Föderation einen Vorteil gegenüber dem Imperium erlangen konnte. Es existierte immer noch, obwohl geschwächt, und hielt in bestimmten Sektoren, Systemen und Planeten noch bedeutende Macht. Es war immer noch auf der Erde präsent, eine geschwächte Fraktion, die die Menschen in diesen Regionen unter ihrem Einfluss hielt.

»Könnte es sein, dass die Macht des Imperiums wieder wächst?«, Nia ging zum Bücherregal, begierig alles in Sichtweite zu lesen, aber abgelenkt vom Gedanken an ein tyrannisches Imperium in Reichweite. Das Konzept tyrannischer Regierungen gefiel ihr überhaupt nicht. Obwohl sie über so viele von ihnen gelesen hatte, saß ihr die Vorstellung, ein Volk zu unterwerfen und zu unterdrücken und ihnen ihre Rechte zu nehmen, nicht gut.

»Wir wissen es nicht. Aber wenn es so wäre, wie würdet ihr sie aufhalten?«, sagte Nias Stellvertreterin. »Wir sind nur acht Kinder.«

Die Gruppe dachte über die Implikation der Prophezeiung und ihre mögliche Verbindung zu ihnen nach. Die Vorstellung, dass ihre unerwartete Reise mit einem kosmischen Schicksal verwoben sein könnte, war sowohl aufregend als auch beunruhigend.

Eine schattenhafte Gestalt beobachtete ihre Diskussion aus der Ferne, versteckt zwischen den hohen Bücherregalen. Ungesehen und ungehört lauschte die Gestalt aufmerksam, ihr Interesse an den Neuankömmlingen und der Erwähnung der Prophezeiung geweckt.

Die Kadetten, die sich der wachsamen Augen nicht bewusst waren, setzten ihre Nachforschungen fort. Sie entdeckten mehr über die Prophezeiung und erfuhren von dem tyrannischen Imperium, das einst den Frieden der Galaxie bedroht hatte. Ein Text mit abgenutzten Seiten sprach kurz über den Quantenschlüssel und wie das Imperium ihn in ihrer Herrschaft einsetzte. Der Untergang des Imperiums kam zu einer Zeit, als der Schlüssel schwach wurde und den Großteil seiner Kraft verlor.

»Das Imperium… sie könnten diejenigen sein, die den Quanten-schlüssel bewachen«, sagte Yasu leise. »Stell dir vor, du bist das mäch-tigste Imperium im Universum und besitzt ein so mächtiges Werkzeug. Du würdest es nicht aus den Augen lassen wollen, selbst wenn es nicht mehr so mächtig ist wie früher. Wenn diese Prophe-zeiung mit uns verbunden ist, dann könnte unser Weg zum Schlüssel auch eine Konfrontation mit diesem Imperium bedeuten.«

Diese Erkenntnis fügte ihrer Mission eine neue Komplexitäts-ebene hinzu. Sie mussten nicht nur den Schlüssel finden, sondern könnten auch eine Rolle in einem größeren galaktischen Kampf spielen müssen.

Obwohl Nia zuvor für die Suche nach Alternativen war, begeis-terte sie der Gedanke, gegen eine tyrannische Regierung vorzugehen. Sie könnten den Schlüssel immer noch holen und ihn Menschen mit mehr Verantwortungsbewusstsein übergeben.

Jaxon fand ihre Ansichten zu diesem Thema abgedroschen und naiv, behielt seine Meinung aber für sich. Wichtiger war, den Schlüssel zu bergen und den Weg nach Hause zu planen. Jetzt, da alle an Bord waren, war er zufrieden.

Der Abend brach herein, und die Gruppe begann, ihre Sachen zu packen, während ihre Gedanken mit den neuen Informationen rangen und versuchten, den besten Handlungsverlauf zu entwerfen. Die mysteriöse Gestalt folgte ihnen leise in einigem Abstand, ihr Interesse an den Kadetten und ihrer Mission wurde immer stärker.

Die Kadetten und ihre Gegenstücke traten hinaus in die kühle Nachtluft, während die Sterne über ihnen hell leuchteten. Sie wuss-ten, dass ihre Reise eine bedeutende Wendung genommen hatte, die den Verlauf dieses Universums und ihren eigenen verändern könnte. Aber sie waren unsicher, wie sie weitermachen sollten. Einerseits brauchten sie den Quanten-Schlüssel, wenn sie nach Hause zurück-kehren wollten. Wenn der Quanten-Schlüssel jedoch beim Impe-rium war, müssten sie sich ihm stellen, um ihn zu bekommen. Und konnten sie, jung und unerfahren wie sie waren, gegen ein Imperium mit solch gewaltiger Macht antreten?

Unter dem Deckmantel der Nacht navigierten die Kadetten und ihre Gegenstücke durch die belebten Straßen der Stadt. Jetzt waren die Lichter gedämpfter, und sie summte mit ruhigerer Energie. Ihre Gedanken kreisten noch immer um die Enthüllungen in der Bibliothek, aber sie waren entschlossen, unauffällig zu bleiben, da sie sich der wachsenden Komplexität ihrer Mission bewusst waren.

Als sie über den Marktplatz gingen, der tagsüber ein geschäftiges Zentrum war und nun zur Ruhe kam, konnten sie das Gefühl nicht abschütteln, beobachtet zu werden. Der gelegentliche Blick über die Schulter, die flüchtigen Schatten am Rande ihres Blickfelds – es reichte aus, um sie nervös zu machen.

»Werden wir verfolgt?«, flüsterte Nia, während ihre Augen die schwindende Menge absuchten.

»Es ist möglich.« Alex hielt seine Stimme leise. »Wenn man bedenkt, was wir in der Bibliothek erfahren haben – falls wir mit der Prophezeiung verbunden sind und mehr Leute davon wissen, dann würde das Imperium uns im Auge behalten wollen. Und selbst wenn nicht das Imperium, könnten andere Parteien, die in den Konflikt verwickelt sind, an unserem Fortschritt interessiert sein.«

Die Gruppe beschleunigte ihren Schritt, schlängelte sich durch die engen Gassen und weniger frequentierten Pfade und versuchte, mögliche Verfolger abzuschütteln. Doch das Gefühl, verfolgt zu werden, blieb bestehen – eine subtile, aber konstante Erinnerung an die Gefahr, in der sie sich befinden könnten.

Ihr Weg führte sie in einen weniger wohlhabenden Teil der Stadt, wo die hellen Lichter und technologischen Wunder gedämpfteren Straßen und einer spürbaren Unruhe wichen. Hier war der Einfluss des Imperiums deutlicher zu sehen – Propagandaplakate schmückten die Wände, und die Bewohner bewegten sich mit einer Vorsicht, die von Angst und Unterdrückung zeugte.

Der Kontrast zwischen den lebendigen, von der Föderation kontrollierten Zonen und dem vom Imperium dominierten Bezirk war krass. Die Luft hier war schwer, fast bedrückend, als ob das Gewicht der Herrschaft des Imperiums noch in der Atmosphäre hing. Propagandaplakate schmückten die rissigen Wände, ihre Slogans in hartem Rot und Schwarz gemalt: *Ordnung durch Stärke. Fortschritt durch Gehorsam.*

Die Menschen bewegten sich mit gesenktem Kopf, ihre Schultern gebeugt, als würden sie sich gegen unsichtbare Schläge wappnen. Kinder spielten leise im Schatten eines verfallenen Denkmals, ihr Lachen gedämpft, darauf bedacht, keine Aufmerksamkeit zu erregen.

»Das ist es, was das Imperium bewirkt«, murmelte Nias Gegenstück, ihre Stimme vor Wut angespannt. Sie deutete auf die Umgebung, ihre Hand zitterte leicht. »Sie mögen nicht mehr auf dem Höhepunkt ihrer Macht sein, aber ihr Schatten liegt noch immer über vielen Leben.«

Alex ballte seine Fäuste, sein Blick schweifte über die Szene. »Das ist nicht richtig. Wie können sie das einfach... geschehen lassen?«

»Es ist nicht so einfach«, erwiderte Yasus Gegenstück mit gedämpftem Ton. »Die Föderation versucht, den Frieden zu wahren, aber die Wurzeln des Imperiums reichen tief. Sie nutzen Angst, Armut und Machtvakuen aus. Das... das passiert, wenn Menschen aufhören, sich zu wehren.«

Die Menschen auf den Straßen trugen Ausdrücke ähnlich denen trauernder Gäste, ihre Köpfe gesenkt und ihre allgemeine Haltung eine der Unterwürfigkeit. Es war ein starker Kontrast zu den Stadtteilen, die sie zuvor gesehen hatten, eine Erinnerung an die zugrunde liegenden Kämpfe, die in dieser scheinbar utopischen Gesellschaft fortbestanden.

Obwohl sie versuchten, sich heimlich durch das Gebiet zu bewegen und einer Festnahme zu entgehen, geschah das Unvermeidliche – eine Gruppe von Agenten des Imperiums, gekleidet in dunkle Uniformen, konfrontierte sie. Die Agenten waren streng, ihre Augen kalt und berechnend.

»Wir haben eure Aktivitäten überwacht«, verkündete einer der Agenten und trat vor. Der metallische Glanz seiner Rüstung reflektierte das gedämpfte Licht, und das Abzeichen des Imperiums – eine schwarze, teilweise verfinsterte Sonne – glänzte auf seiner Brust. Seine Stimme war kalt, mechanisch, verstärkt durch den Stimmmodulator des Helms. »Ihr seid nicht von hier. Erklärt euch.«

Alex trat vor, seine Gedanken rasten. »Wir sind Reisende«, sagte er vorsichtig, seine Stimme ruhig. »Wir sind hier, um die Kultur und Fortschritte eurer Stadt zu studieren.«

Der Agent neigte seinen Kopf, die Geste unheimlich vogelartig. »Reisende? Ohne Dokumente? Ohne Genehmigung?« Seine Hand schwebte in der Nähe der Waffe, die an seiner Seite befestigt war.

Bevor Alex antworten konnte, brach hinter den Agenten ein Tumult aus – eine Gruppe von Bürgern, die Slogans riefen und Banner schwenkten. »Nieder mit dem Imperium!« riefen sie. »Freiheit für alle!«

Die Agenten drehten sich um, kurzzeitig abgelenkt. Nia packte Alexs Arm. »Jetzt«, flüsterte sie eindringlich. Gemeinsam schlüpfte die Gruppe in die Schatten, ihre Herzen klopften nach dem knappen Entkommen.

Die Kadetten tauschten schnelle, nervöse Blicke aus. Alex trat vor, sein Verstand raste auf der Suche nach einer plausiblen Erklärung.

»Wir sind Reisende, die hier sind, um die Kultur und Fortschritte eurer großen Stadt zu studieren«, sagte er und versuchte, selbstbewusst zu klingen.

Der Agent betrachtete sie misstrauisch, aber bevor er antworten konnte, brach in der Nähe eine Ablenkung aus – eine Gruppe von Bewohnern begann, gegen die Agenten zu protestieren und schuf einen Tumult, der ihre Aufmerksamkeit ablenkte.

Während die Wachen abgelenkt waren und versuchten, die Protestierenden zu beruhigen, entkamen die Kadetten und ihre Gegenstücke und verschwanden in einem Labyrinth von Straßen. Alex und sein Gegenstück führten die Gruppe an, rennend lange nachdem sie die Verfolger abgeschüttelt hatten.

Schwer atmend fanden sie Zuflucht in einem verlassenen Lagerhaus, die Stille des Raums ein starker Kontrast zum Adrenalin der Verfolgungsjagd.

»Das war zu knapp«, sagte Yasu, seine Stimme angespannt. »Wir müssen vorsichtiger sein. Das Imperium ist hinter uns her.«

In den schwach beleuchteten Räumen des verlassenen Lagerhauses sammelten sich die Kadetten und ihre Gegenstücke, das Gewicht ihrer Situation lastete schwer auf ihnen. Sie waren nicht mehr nur Entdecker; sie waren jetzt in die politischen Machenschaften dieses Universums verstrickt. Ihre Mission, den Quanten-Schlüssel zu finden, war noch gefährlicher geworden.

Der krasse Gegensatz zwischen dem schattigen Inneren und den lebendigen Lichtern der Stadt draußen spiegelte die Dualität ihrer gegenwärtigen Lage wider.

Als sie ihren nächsten Schritt diskutierten, erregte ein leises Klappern am Eingang ihre Aufmerksamkeit. Sie drehten sich um, bereit zur Konfrontation, nur um zu sehen, wie die mysteriöse Gestalt aus der Bibliothek ins gedämpfte Licht trat.

»Wer bist du?«, forderte Alex und trat schützend nach vorne, seine Hand bewegte sich langsam in Richtung seiner Waffe.

Die Gestalt trat ins gedämpfte Licht, senkte ihre Kapuze und enthüllte ein Gesicht, das von Jahren der Härte gezeichnet war. Seine Augen, scharf und berechnend, trugen einen Funken von etwas Weicherem – vielleicht Hoffnung. »Der Name ist Rael«, sagte er, seine Stimme tief und rau. »Anführer des Widerstands gegen das Imperium in diesem Sektor.«

Alex verengte die Augen. »Widerstand? Woher wissen wir, dass du nicht noch ein Spitzel des Imperiums bist?«

Rael lächelte leicht und griff betont langsam in seinen Mantel. »Ich habe mir gedacht, dass ihr vorsichtig sein würdet.« Er zog ein kleines, leuchtendes Abzeichen hervor – ein schwarzes Schild mit einem goldenen Schwert und Banner. »Dies ist das Zeichen der Freien Sonnen. Wir kämpfen seit Jahrzehnten gegen das Imperium. Und nach allem, was ich gesehen habe, könnten eure Ziele durchaus mit unseren übereinstimmen.«

Die Kadetten tauschten misstrauische Blicke aus, unsicher, wie viel sie preisgeben sollten.

Es war Nias Gegenstück, die das Wort ergriff. »Wir können dir nicht einfach sagen, wer wir sind. Wir wissen nichts über dich.«

Rael hielt inne und hob seine Hände in einer kapitulierenden Geste. »Ihr braucht den Quanten-Schlüssel. So viel weiß ich. Ich gehöre zu einer Fraktion, die sich den Überresten des Imperiums widersetzt. Wir wollen ihre verbliebenen Machtstrukturen zerschlagen und der Föderation wahre Freiheit bringen.« Er machte eine Pause und ließ seinen Blick über sie alle schweifen. »Wir können zusammenarbeiten.«

Nias Gegenstück entspannte sich leicht bei seiner Erklärung. »Ich habe von eurer Fraktion gehört. Aber wie können wir darauf vertrauen, dass du wirklich der bist, für den du dich ausgibst?«

Rael nutzte die Gelegenheit, in seine Tasche zu greifen und ein kleines Gerät herauszuholen. Es hatte einen kleinen Bildschirm und ein Touchpad. Er warf es ihnen zu, und Alex fing es, ungeachtet der alarmierten Blicke der anderen.

Die anderen drängten sich nah heran, begierig zu sehen, was es bedeutete.

Jaxon warnte ihn streng, während er Rael mit wachsamem Auge fixierte. »Du kannst nicht einfach ein Gerät von einem Fremden fangen. Es könnte eine Art Waffe sein.«

Alex nickte verständnisvoll. »Zum Glück war es keine.« Auf der Rückseite befand sich ein Abzeichen, ein schwarzes Schild mit einem goldenen Schwert und Banner.

»Ich erkenne es«, sagte Alex' Gegenstück. »Ich habe es ein paar Mal in den Nachrichten gesehen.« Er tippte auf das Touchpad, und der Bildschirm erwachte zum Leben, zeigte Raels Gesicht und Details. Das Gerät diente als Mittel zur Identifikation und Kommunikation.

»Dieser Name«, sagte Jaxons Gegenstück mit ehrfürchtigem Unterton.

»Was? Kennst du ihn?«, fragte Nias Gegenstück. »Er kommt mir so bekannt vor, aber ich kann ihn nicht einordnen.«

Jaxon holte sein Gerät heraus und begann eine schnelle Suche nach dem Mann. Er zog einen Nachrichtenartikel mit einem Fahndungsfoto von Raels Gesicht auf. Vor ein paar Jahren hatte die Föderation ihn verhaftet, weil er in einer friedlichen Region Unruhe gestiftet hatte. Er glaubte, dass das Imperium dort eindringen würde, um die Kontrolle zu übernehmen, und schloss sich einer kleinen Rebellengruppe an, um in den Nachrichten Aufmerksamkeit zu erregen. Obwohl seine Aktionen die Aufmerksamkeit der Regierung der Föderation auf die Notlage der Menschen lenkten, führten sie letztlich zu seiner Verhaftung und anschließenden Inhaftierung für 3 Jahre. Der Artikel zeigte, wie er entlassen wurde und über sein Engagement für die Freiheit aller in der Föderation schrie.

»Ich mag ihn«, sagte Nia, ihre Augen glänzten vor Bewunderung. »Er ist mutig und tapfer.«

Jaxons Gegenstück nickte. »Er ist auch gut mit Waffen und technischen Systemen. Ein solider Mann.«

»Glaubt ihr, wir können ihm vertrauen?«, fragte Yasu. »Ich bezweifle nicht, dass der Beitritt zu einer Rebellenfraktion unser bester Weg wäre, um an den Schlüssel zu kommen. Ich mache mir nur Sorgen, dass er vielleicht nicht mehr bei ihnen ist.«

»Wie meinst du das?«, fragte Alex.

»Ich weiß nicht«, sagte Yasu mit einem Achselzucken. »Ich denke nur, wir sollten ein bisschen skeptisch sein.«

Nias Gegenstück schüttelte den Kopf. »Er ist nicht diese Art von Person. Ich habe zur Zeit seiner Verhaftung ausführlich über ihn gelesen. Er war der Sache sehr verpflichtet, weil er den größten Teil seiner Familie an das Imperium verloren hat, darunter einen Geliebten und ein kleines Kind. Er würde nicht so leicht die Seiten wechseln, um sich ihnen anzuschließen.«

Die anderen Gegenstücke stimmten zu, wobei Alex' Gegenstück hinzufügte: »Und aus seiner Haft hätte er herauskommen können. Er hatte die Möglichkeit, einen Deal zu bekommen, aber er lehnte ab, ihn anzunehmen.«

Jaxons Gegenstück nickte energisch. »Er sagte, es würde seine Glaubwürdigkeit zunichtemachen. Er ist loyal zu den Rebellen. Ich denke, wir können ihm vertrauen.«

»Warum uns helfen?«, fragte Jaxon, immer noch vorsichtig. Obwohl er glaubte, dass ein Bündnis mit einer Rebellenfraktion hilfreich war und die Beschreibungen des Mannes ehrenvoll waren, sorgte er sich um ihre Sicherheit. Er fürchtete, von diesem seltsamen Mann hintergangen zu werden und in dieser fremden Welt zu sterben.

»Eure Mission stimmt mit unseren Zielen überein«, erklärte Rael. »Der Untergang des Imperiums ist längst überfällig. Ihr habt in der Bibliothek von der Prophezeiung gesprochen, aber ich weiß nicht, wie wahr das ist. Jedoch stimmen unsere Ziele überein. Die Zeit zu handeln ist nah, und wir können zusammenarbeiten, um den Quanten-Schlüssel zu bekommen und das Imperium endgültig zu schwächen.«

Den Kadetten wurde das Ausmaß ihrer Beteiligung an den Angelegenheiten dieses Universums bewusst. Ihre Mission hatte sich zu etwas viel Größerem entwickelt, als sie erwartet hatten.

»Wir müssen Zugang zur Einrichtung bekommen, in der der Quanten-Schlüssel aufbewahrt wird«, sagte Alex mit fester Stimme. »Aber wir können es nicht allein schaffen. Wir brauchen deine Hilfe.«

Rael nickte, sein Ausdruck entschlossen. »Ich kann euch Informationen und Ressourcen zur Verfügung stellen. Aber das wird gefährlich. Das Imperium mag geschwächt sein, aber sie sind immer noch beachtlich.«

Die Gruppe stimmte zu, sich zusammenzuschließen, im Verständnis der Risiken und der potenziellen Auswirkungen ihrer Handlungen. Sie begannen, ihre nächsten Schritte zu planen. Sie beschlossen, ein weiteres Treffen abzuhalten, bei dem sie eine Strategie entwickeln würden, um in die Hochsicherheitsanlage einzudringen, in der der Quanten-Schlüssel aufbewahrt wurde.

Die Kadetten und ihr neuer Verbündeter standen zusammen, vereint durch eine gemeinsame Sache. Die Einsätze waren höher als je zuvor, aber auch ihre Entschlossenheit. Sie waren nicht mehr nur Entdecker, die in einer außergewöhnlichen Situation gefangen waren; sie waren jetzt aktive Teilnehmer an einem Kampf, der das Schicksal zweier Universen verändern könnte.

KAPITEL 5

In den frühen Morgenstunden, bevor die Stadt erwachte, versammelten sich die Kadetten, ihre Alternativversionen und Rael, der Rebellenführer, in einem versteckten Stützpunkt am Stadtrand. Die Rebellenbasis war unter den weitläufigen Außenbezirken der Stadt verborgen und nur durch eine Reihe getarnter Tunnel zugänglich. Die Luft roch leicht nach Metall und Ozon, ein Zeugnis für die wiederaufbereitete Atmosphäre und das Summen der Maschinen. Schwaches Licht flackerte über die Decke und warf lange Schatten auf Wände, die mit Karten, Bauplänen und Schaltplänen bedeckt waren.

Im Zentrum des Raumes projizierte ein riesiger holografischer Tisch den Grundriss der imperialen Anlage. Die Rebellen bewegten sich mit stiller Dringlichkeit, ihre Gesichter von Entschlossenheit und Erschöpfung gezeichnet. Einige arbeiteten an Konsolen und überwachten verschlüsselte Übertragungen, während andere in provisorischen Werkstätten Ausrüstung zusammenbauten. Eine Ecke der Basis war einer kleinen Krankenstation gewidmet, wo ein Sanitäter einen verwundeten Kämpfer versorgte.

Alex konnte nicht anders, als über den Einfallsreichtum zu staunen, der hier zu sehen war. Diese Gruppe funktionierte mit Hoffnung, Erfindungsreichtum und Resten, und dennoch bereiteten sie sich darauf vor, einen der mächtigsten Überreste des Imperiums herauszufordern.

Alle bewegten sich zielstrebig und mit Dringlichkeit. Karten und holografische Anzeigen schmückten die Wände und zeigten verschiedene strategische Orte in der ganzen Stadt. Eine Anlage war mit blinkendem Rot markiert. Nia und Alex näherten sich ihr, um Rael danach zu fragen. Er erklärte, dass dort das Imperium den Quanten-Schlüssel aufbewahrte. »Wir haben es entdeckt, nachdem wir jahrelang danach gesucht hatten.«

Bevor Rael seine Vorstellung fortsetzen konnte, trat ein drahtiger Rebell vor, seine Augen verengten sich, als er die Kadetten musterte. »Woher wissen wir, dass wir ihnen vertrauen können?«, forderte er mit scharfer Stimme.

»Sie sind nicht von hier«, antwortete Rael gelassen.

»Genau«, schoss der Rebell zurück. »Soweit wir wissen, könnten sie Spione sein. Oder schlimmer, Werkzeuge des Imperiums.«

Nia trat vor, ihr Ton ruhig, aber bestimmt. »Wir sind keine Spione. Wir sind Entdecker aus einem anderen Universum, und wir wollen nichts mit dem Imperium zu tun haben. Wenn überhaupt, haben wir mehr Grund, sie zu stoppen als ihr - sie stehen zwischen uns und unserer Heimat.«

Der Rebell zögerte, musterte sie einen langen Moment, bevor er grunzte. »Gut. Aber bei einem falschen Schritt kümmere ich mich persönlich um euch.«

»Das ist Keira«, sagte Rael und deutete auf eine große Frau mit rasiertem Kopf und kybernetischen Implantaten an den Armen. »Sie ist unsere Technikexpertin. Wenn es ein Schloss oder System gibt, das ihr nicht knacken könnt, wird sie es brechen.«

Keira nickte kurz, ihr Blick verweilte auf Jaxon. »Sie sind der Kadett mit den Gadgets, richtig? Hoffen wir, dass Sie so gut sind, wie man sagt.«

Neben ihr justierte ein drahtiger Mann seine Schutzbrille. Rael stellte ihn als Elias vor, ihren Infiltrationsexperten. »Er kennt die

Stadt besser als jeder andere. Wenn es einen Weg in die Anlage hinein oder hinaus gibt, wird Elias ihn finden.«

»Schön, Sie kennenzulernen«, sagte Alex und bot seine Hand an. Elias zögerte einen Moment, bevor er sie schüttelte. Sein Griff war fest, seine Augen scharf.

Als Rael dazu überging, ein weiteres Mitglied vorzustellen, bemerkte Alex eine junge Frau, die abseits der Gruppe stand. Ihr Gesicht lag im Schatten, aber ihre Haltung war angespannt, wie eine gespannte Feder. »Wer ist das?«, fragte Alex leise.

»Das ist Lira«, sagte Rael, seine Stimme wurde weicher. »Sie hat ihren Bruder bei einem der Überfälle des Imperiums verloren. Seitdem ist sie bei uns, aber...« Er brach ab, und Alex verstand.

»Wir kämpfen seit Jahren gegen die Überreste des Imperiums.« Obwohl Raels Stimme entschlossen klang, schwang darin eine Note von Müdigkeit mit. »Der Quanten-Schlüssel ist mehr als nur ein Werkzeug zur Navigation im Multiversum. Er ist ein Symbol der Macht, das das Imperium genutzt hat, um die Kontrolle über bestimmte Sektoren aufrechtzuerhalten. In der Vergangenheit pulsierte er mit solcher Energie, dass die Kriegsherren des Imperiums bei ihrer Eroberung daraus schöpfen konnten. Obwohl er im Laufe der Jahre schwächer geworden ist, macht er sie immer noch zu einem beachtlichen Gegner. Die Sicherung des Schlüssels wäre ein bedeutender Schlag gegen ihren Einfluss. Wenn sie jetzt nicht aufgehalten werden, könnten sie stärker werden und in andere Universen eindringen, um auch diese zu unterwerfen.«

Die Kadetten hörten aufmerksam zu und erkannten die weitreichenden Auswirkungen ihrer Mission. Sie suchten nicht mehr nur einen Weg nach Hause; sie waren jetzt Teil eines größeren Kampfes für Freiheit und Gerechtigkeit in diesem Universum und, stellvertretend, im Rest des Multiversums.

»Sind Sie der Anführer hier?«, fragte Alex.

Rael lachte. »Nein. Nein. Ich bin lediglich der Leiter dieser Mission – des Quanten-Schlüssel-Diebstahls. Unser Anführer ist alt und im Ruhestand, ein Mann von großem Ansehen. Nur wenige treffen jemals auf ihn. Er kämpft seit Jahren beständig gegen das Imperium, selbst jetzt, nachdem ihre Kräfte geschwächt sind. Er will sie vernichten. Genauso wie wir.«

Er trat näher an den Tisch heran und zog sie mit sich. »Dieser Diebstahl ist grundlegend, um sie endgültig zu zerschlagen. Der Quanten-Schlüssel ist die Quelle ihrer Macht, versorgt ihre Anlage mit Energie und gibt ihren Streitkräften die Kühnheit zu dominieren.«

»Wenn ihr ihn nehmt, dann lähmt ihr sie«, sagte Nia.

»Genau.«

»Warum jetzt?«, wollte Alex wissen.

»Sie haben kürzlich ein riskantes Experiment versucht. Es ist gescheitert. Der Schlüssel ist derzeit am schwächsten, und damit auch die Energie in ihrer Anlage. Dies ist die beste Zeit, ihn zu stehlen.«

»Und wenn wir ihn bekommen, wem gehört dann die Macht?« Diesmal war es Yasu. Die anderen warfen ihm wissende Blicke zu. Er schaute zurück und hob seine Augenbrauen.

»Niemandem«, antwortete Rael. Er begegnete ihren fragenden Blicken mit einem scharfen Blick. »Wir werden ihn zerstören. Er ist ein zu mächtiges Werkzeug. Wenn wir ihn zurücklassen, wird er unweigerlich wieder in die falschen Hände fallen. Und falls ihr euch Sorgen macht, tut es nicht. Wir werden euch genug Zeit geben, in eure Welt zurückzukehren, bevor wir ihn zerstören.«

Nia gefiel es, dass niemand den Schlüssel bekommen würde, aber der Gedanke, ihn zu zerstören, fühlte sich für sie nicht richtig an. Sie nahm ihre Freunde während einer kurzen Pause beiseite, um darüber zu sprechen. »Ich denke nicht, dass es richtig ist, etwas so Wichtiges zu zerstören.« Ihre Alternative nickte zustimmend.

»Ich glaube, dass etwas so Mächtiges nicht einfach in irgendwelchen Händen liegen kann. Es muss unter strengen Gesetzen aufbewahrt und so eingesetzt werden, dass es allen dienen kann«, sagte Yasu. »Aber wem können wir es geben?«

Sein Gegenstück nickte. »Es zu zerstören scheint die einzige

Möglichkeit zu sein, um alle vor einem zukünftigen Tyrannen zu bewahren.«

»Oder wir könnten es einfach mit nach Hause nehmen«, sagte Jaxon. Er hob seine Hände, als sich alle mit finsteren Blicken zu ihm umdrehten. »Was denn? Wenn es so wichtig ist, können wir es mitnehmen und in der Akademie untersuchen.«

»Warum solltet ihr es behalten dürfen?«, konterte sein Gegenstück mit einem Stirnrunzeln. »Es stammt von hier. Unsere Akademie sollte es stattdessen bekommen.«

Es folgte eine kleine Auseinandersetzung, und es schien, als würden sie in dieser Angelegenheit nie einen Konsens erreichen. Alex rief sie zur Ordnung und erinnerte sie an die anderen Dinge, die sie noch zu erledigen hatten.

»Ich denke, es zu zerstören ist nur fair. Jeder will ein Stück dieser Ausrüstung. Es ist auch so mächtig, dass es Raum und Zeit beschädigen kann. Es sollte niemandem gehören. Ich denke, die Rebellen haben die richtige Idee.«

Sie verstanden Alex' Standpunkt, und obwohl sie nicht allem von ganzem Herzen zustimmen konnten, schien es der vernünftigste Handlungsweg zu sein.

Das Treffen verlagerte sich auf die Planung des Überfalls. Die Rebellen teilten detaillierte Baupläne der Anlage, die sie bei einem früheren Überfall beschafft hatten. Die Blaupausen zeigten die Sicherheitssysteme, Wachablösungen und mögliche Eintrittspunkte. Der Plan war, unter dem Schutz der Nacht in die Einrichtung einzudringen, durch eine Kombination aus Heimlichkeit, Hacking und präziser Koordination.

Rael informierte sie auch darüber, dass sie ihr Raumschiff am Tag des Absturzes gesichert hatten. »Wir wissen, dass es falsch war, aber wir mussten schnell handeln, bevor das Imperium davon erfuhr.«

Die Kadetten tauschten bedeutungsvolle Blicke untereinander aus, aber sie verstanden seinen Standpunkt. Zumindest hatten sie jetzt das Schiff und das Quantum-Leap-Gerät zur Verfügung, um die Mission zu erfüllen und nach Hause zu gelangen.

Jedem Kadetten wurde eine bestimmte Rolle basierend auf seinen Fähigkeiten zugewiesen. Alex und Nia würden das Infiltrationsteam leiten, weil ihr schnelles Denken und ihre Reflexe ihnen einen Vorteil beim Ausweichen vor Gefangennahme verschafften. Jaxon und Yasu würden technische und logistische Unterstützung von der Basis aus bieten, sich mit dem Infiltrationsteam koordinieren und eine klare Fluchtroute sicherstellen.

Als der Plan Gestalt annahm, zerstreuten sich die Kadetten, um sich auf ihre Rollen vorzubereiten. Alex fand sich in einer Ecke der Basis wieder, wo ein Rebellentechniker an einem Satz kompakter Energiestörer bastelte. »Du wirst das brauchen«, sagte der Techniker und reichte Alex ein schlankes Gerät, das nicht größer als ein Taschenmesser war. »Es kann elektronische Schlösser für etwa dreißig Sekunden deaktivieren. Aber nutze es sparsam – es überhitzt leicht.«

In der Nähe studierte Nia eine holografische Projektion des Anlageninneren mit Anise, der Technikexpertin der Rebellen. »Dieser Korridor ist ein Engpass«, sagte Anise und markierte einen engen Durchgang. »Wahrscheinlich werden dort Wachen stationiert sein. Wenn ihr diese alternative Route nehmt, könnt ihr sie vollständig umgehen.«

»Verstanden«, antwortete Nia, ihr Ton konzentriert, aber ihr Verstand raste. Sie warf einen Blick zu Alex, der auf der anderen Seite des Raumes stand, und fragte sich, ob er dasselbe leise Gewicht spürte, das auf ihrer Brust lastete.

Jaxon und Yasu hockten an einer Arbeitsstation und studierten einen Bauplan der Sicherheitssysteme. »Das Stromnetz hier ist zentralisiert«, sagte Yasu und zeigte auf einen leuchtenden Knotenpunkt auf der Karte. »Wenn wir es kappen können, haben wir ein fünfminütiges Zeitfenster, bevor die Backup-Systeme anspringen.«

»Fünf Minuten sind eine Ewigkeit«, witzelte Jaxon mit einem schelmischen Grinsen im Gesicht. »Genug Zeit für Alex und Nia, um ihr Ding zu machen.«

Die Rebellen würden unterstützen, indem sie Ablenkungsmanöver in der ganzen Stadt durchführten, die Streitkräfte des Imperiums von der Anlage weglocken und den Kadetten die beste Erfolgschance bieten.

Die Gruppe finalisierte ihre Pläne, als die Sonne aufging und ihr goldenes Licht in die Basis warf. Sie verstanden die damit verbundenen Risiken, aber der Einsatz war zu hoch, um jetzt einen Rückzieher zu machen.

»Wir stecken da gemeinsam drin«, sagte Alex und schaute in die entschlossenen Gesichter seines Teams und ihrer neuen Verbündeten. »Lasst es uns zählen lassen.«

Rael klopfte Alex auf die Schulter, sein Griff fest. »Du bist mutig, Kleiner. Aber Mut bringt dich nur so weit. Der Rest ist Vorbereitung und Glück.«

Alex nickte, sein Hals trocken. Er fühlte sich nicht besonders mutig – nur verantwortlich. Er fing Nias Blick auf der anderen Seite des Raumes auf und sah seine eigene Sorge in ihren Augen gespiegelt.

Jaxon brach die Spannung mit einem Kichern. »Also, kein Druck oder so? Nur das Schicksal zweier Universen, das von unserem Erfolg abhängt?«

»Das, und unsere Leben«, fügte Yasu mit einem seltenen Hauch von Humor hinzu, was der Gruppe ein widerwilliges Lachen entlockte.

Raels Stimme durchschnitt ihren Moment der Leichtigkeit. »Witze beiseite, das ist es. Wir bekommen keine zweite Chance. Welche Zweifel ihr auch habt, begrabt sie jetzt.«

Die Kadetten und die Rebellen überprüften ihre Ausrüstung und gingen den Plan noch einmal durch. Sie wussten, dass die kommende Nacht eine der herausforderndsten und folgenschwersten ihres Lebens sein würde.

Der Nachmittag neigte sich dem Ende zu und der Abend nahte. Die Schatten wurden länger, und der Himmel war in orange und lila Tönen getaucht. Die Kadetten, verkleidet in lokaler Kleidung und mit Make-up, teilten sich auf, um den ersten Teil des Plans vor

Einbruch der Dunkelheit auszuführen. Ihre Mission bestand darin, wesentliche Materialien und Informationen für den Überfall zu sammeln und sich unter die Stadtbewohner zu mischen, um keine Aufmerksamkeit zu erregen.

Alex und Nia, ihre Gegenstücke im Schlepptau, begaben sich zu einem geschäftigen Technikmarkt, einem neonbeleuchteten Labyrinth aus Ständen, die verschiedene Geräte und Komponenten verkauften. Sie bewegten sich durch die Menge, ihre Augen scannten die Geschäfte nach bestimmten Artikeln auf ihrer Liste. Alex' Gegenstück verhandelte mit einem Händler über einen Satz Mikrokameras, Hacking-Tools und Nachtsichtbrillen, während Nia und ihr Gegenstück einen kompakten Energiestörer besorgten, der für die Neutralisierung elektronischer Schlösser unerlässlich war.

Unterdessen wagten sich Jaxon, Yasu und ihre Gegenstücke in einen industrielleren Teil der Stadt. Ihre Aufgabe war es, Baupläne des Stromnetzes und Sicherheitsnetzwerks der Anlage zu beschaffen. Als Techniker getarnt gelang es ihnen, Zugang zu einem lokalen Versorgungszentrum zu erhalten. Yasus Gegenstück zeigte sich anders als Yasu, indem er einen unwiderstehlichen Charme ausstrahlte, während er mit den Leuten im Zentrum sprach. Yasu stand neben ihm, trug ein identisches Lächeln und imitierte seine Handlungen, wo er konnte. Die Arbeiter schienen es zu genießen, in ihre Gesichter zu schauen, und gaben schnell Informationen preis. Die Unterhaltung des Gegenstücks diente auch als Ablenkung, wenn Jaxon und sein Gegenstück ein System hacken mussten.

»Warum ist dieser hier charismatischer als unserer?«, fragte Jaxon sein Gegenstück und hob eine Augenbraue.

»Er war früher genauso still wie eurer«, sagte Jaxons Gegenstück. »Aber eines Tages stolperte er über einen Online-Kurs über Charisma und beschloss, dass er das zu seinem Hobby machen würde: freundlicher und charismatischer zu werden.«

»Yasu, findest du nicht, dass du diesen Kurs auch brauchst?«, Jaxon legte einen Arm um seinen Hals. »Mach das zu deinem Hobby anstatt zu versuchen, die Welt zu übernehmen.« Er flüsterte den letzten Teil, damit die anderen ihn nicht hören konnten.

Yasu lachte, schob ihn aber beiseite.

Während ihrer Mission blieben die Kadetten in ständiger Kommunikation miteinander und mit der Rebellenbasis, teilten ihre Fortschritte mit und blieben wachsam für jegliche Anzeichen der Überwachung durch das Imperium.

Sie versammelten sich an einem vorab festgelegten Treffpunkt, ihre Nerven vor Anspannung zerfranst, aber zufrieden mit dem, was sie erreicht hatten. Sie hatten erfolgreich die notwendigen Informationen und Ausrüstung gesammelt, doch die Realität ihrer bevorstehenden Mission lastete schwer auf ihnen.

Allerdings war ihr Erfolg nicht ohne einen knappen Moment geblieben. Als sie ihre Erfolge teilten, erzählte Jaxon von einem Augenblick, in dem er dachte, sie wären von der Imperiumssicherheit entdeckt worden. Schnelles Denken und eine rechtzeitige Ablenkung durch einen Bewohner hatten es ihnen ermöglicht, unbemerkt zu entkommen.

»Das wird jetzt ernst«, sagte Yasu. »Wir haben, was wir brauchen, aber wir kommen auch näher an den Radar des Imperiums.«

Alle nickten zustimmend.

Bevor sie zur Basis zurückkehrten, verabschiedeten sich die Doppelgänger von ihnen.

»Ich denke, es ist besser, wenn wir hier aufhören«, sagte Alex' Doppelgänger mit grimmigem Gesichtsausdruck.

»Ihr wart eine große Hilfe«, sagte Alex und schüttelte ihm die Hand. Es fühlte sich surreal an, physischen Kontakt mit sich selbst zu haben. »Wir werden euch für eure Hilfe und Gastfreundschaft immer dankbar sein.«

»Wir wünschten wirklich, wir könnten uns euch bei dieser Mission anschließen«, sagte Jaxons Doppelgänger. »Leider werdet nur ihr diesen Spaß haben.« Er schaute Jaxon neidisch an, und Jaxon kicherte als Antwort.

Sie tauschten Umarmungen aus und teilten einige Momente, in

denen sie sich gegenseitig Worte der Ermutigung zusprachen. Die Doppelgänger wünschten ihnen viel Glück auf ihrer Reise nach Hause und gingen, was die Kadetten etwas leer, aber zufrieden über die gemeinsam verbrachte Zeit zurückließ.

Unauffällig machten sich die Kadetten auf den Rückweg zur Rebellenbasis, die Lichter der Stadt spiegelten sich in ihren entschlossenen Augen. Die Nacht war hereingebrochen und brachte mehr Aufregung, da ihre letzte Mission näher rückte. Sie wussten, dass die nächste Phase ihres Plans die bisher gefährlichste sein würde, aber sie waren bereit.

In der Ruhe vor dem Sturm versammelten sich die Kadetten und die Rebellenfraktion in der unterirdischen Basis für eine letzte Besprechung. Erwartung hing in der Luft wie ein Gewicht, das kurz davor war, zu fallen und sie zu zerquetschen. Die Wände der Basis, gesäumt von Bildschirmen und Ausrüstung, warfen einen fast unheimlichen Schein auf die versammelte Gruppe.

Rael stand vorne, neben ihm rotierte langsam ein holographisches Modell der Hochsicherheitsanlage. »Das ist es«, begann er, seine tiefe Stimme von Emotionen geladen. »Heute Nacht führen wir einen Schlag gegen das Imperium und helfen unseren Freunden, in ihr Universum zurückzukehren. Denkt daran, Präzision und Heimlichkeit sind entscheidend. Wir haben nur einen Versuch.«

Die Kadetten hörten zu, ihre Blicke auf Rael gerichtet. Als das Briefing endete, überprüften Alex und Nia den Grundriss der Anlage und gingen ihre Ein- und Ausstiegsstrategien durch. Jaxon und Yasu kontrollierten ihre Kommunikations- und Hackausrüstung ein zweites Mal und stellten sicher, dass alles funktionierte.

Während sie arbeiteten, teilten die Rebellen Geschichten über ihre Kämpfe gegen das Imperium und fügten der Mission eine persönliche Dimension hinzu. Rael sprach über seine Frau und sein Kind, die er während eines Aufstands hinrichten sah. Er hatte sie geheiratet, als er zwanzig war, und hatte Träume davon, mit ihr älter und reicher zu werden, ihr ein Haus zu kaufen und all die schönsten Dinge der Welt. Während er sprach, füllten sich seine Augen mit

Tränen, und Nias Doppelgängerin gab ihm ein Taschentuch und tätschelte seine Schulter.

Ihre Geschichten von Verlust, Widerstandsfähigkeit und Hoffnung fanden Anklang bei den Kadetten und stärkten die Bindung zwischen ihnen.

Als die Versammlung zu Ende ging, stand Alex auf. »Wir sind durch Zufall hierher gekommen, aber jetzt sind wir Teil von etwas Größerem«, sagte er und blickte in die Runde. »Was auch immer heute Nacht passiert, wir sind dankbar für eure Hilfe. Lasst uns das gemeinsam durchziehen!«

Die Gruppe löste sich auf, um ihre letzten Vorbereitungen zu treffen. Ausrüstung wurde überprüft und nochmals überprüft, Verkleidungen wurden angelegt und Kommunikationsprotokolle wurden bestätigt. Alle arbeiteten mit nervöser Energie und stiller Entschlossenheit.

In einem privaten Moment drängten sich die Kadetten zusammen. »Egal was da draußen passiert, wir halten uns an den Plan und passen aufeinander auf«, sagte Nia mit fester Stimme.

»Wir haben dafür trainiert. Wir schaffen das«, fügte Jaxon hinzu und justierte seine Ausrüstung.

Yasu schaute jeden seiner Freunde an, mit ernstem Gesichtsausdruck. »Bringen wir diesen Schlüssel nach Hause.«

Die Kadetten und die Rebellen begaben sich in Position, die Stadtlandschaft der alternativen Erde breitete sich vor ihnen aus. Im zweiten Unterschlupf sanken die Kadetten in Stühle um einen wackligen Tisch, ihre Atemzüge kurz und scharf. Alex stellte die Containment-Einheit vorsichtig auf den Tisch, deren leises Summen die Stille füllte.

»Wir haben es geschafft«, sagte Jaxon, obwohl seiner Stimme die übliche Leichtigkeit fehlte. Er sah die anderen an, sein Gesicht blass. »Ich kann nicht glauben, dass wir das tatsächlich durchgezogen haben.«

Nia lehnte sich zurück und schloss die Augen, während sie

sprach. »Wir sind noch nicht fertig. Der schwerste Teil liegt noch vor uns - nach Hause zu kommen.«

Rael betrat den Raum, sein Gesichtsausdruck grimmig. »Ihr habt es geschafft, aber das Imperium weiß, dass ihr den Schlüssel habt. Sie werden vor nichts zurückschrecken, um ihn zurückzubekommen.«

Alex nickte, sein Kiefer spannte sich an. »Dann werden wir vor nichts zurückschrecken, um nach Hause zu kommen.«

Die Sterne über ihnen schienen in stiller Erwartung zu wachen. Die Operation der Nacht würde ein entscheidender Moment auf ihrer Reise sein, ein Test ihres Mutes, ihrer Fähigkeiten und der Stärke ihrer neu gefundenen Allianzen.

KAPITEL 6

DIE NACHT HÜLLTE die Stadt in einen Mantel der Dunkelheit, unterbrochen nur vom gelegentlichen Schimmern der Lichter aus den aufragenden Gebäuden. Im Schutz der Schatten der weitläufigen Stadt näherten sich die Kadetten und ihre Verbündeten der Hochsicherheitsanlage. Das Gebäude ragte wie ein Monolith gegen den Nachthimmel, seine Oberflächen glänzten in einem kalten, sterilen Licht. Schichten automatisierter Geschütztürme und Patrouillendrohnen umkreisten seinen Umfang, ihre Bewegungen methodisch und unnachgiebig.

Alex justierte das Headset in seinem linken Ohr, seine Stimme leise, als er sich bei Jaxon meldete. »Wir sind in Position. Sind die Kameras ausgeschaltet?«

»Fast fertig«, antwortete Jaxon konzentriert. »Gib mir fünf Sekunden... und erledigt. Ihr könnt euch bewegen, aber haltet euch bedeckt. Ich habe den Feed nur für eine Minute in Schleife gelegt.«

Nia gab dem Team ein Zeichen zum Vorrücken. Sie bewegten sich schnell und lautlos, ihre Stiefel machten kaum ein Geräusch auf dem polierten Boden. Am ersten Kontrollpunkt benutzte Alex den kompakten Energiestörer, um das Schloss zu deaktivieren. Das leise

Summen des Geräts wurde fast vom Pochen seines Herzens übertönt.

»Dreißig Sekunden«, hallte die Warnung des Technikers in seinem Kopf, als das Schloss zischend aufsprang.

Das erste Hindernis war die äußere Sicherheit der Anlage - Überwachungskameras und Bewegungsmelder. Nia arbeitete mit ihrem kompakten Energiestörer zusammen mit Jaxon und einigen Rebellen daran, die Kameras und Sensoren zu deaktivieren. Alex erkundete das Gebiet mit seiner Mikrokamera und wartete auf Yasus Signal, dass der Bereich für Bewegungen frei war.

Sie hörten eine kleine Explosion irgendwo auf der anderen Seite der Anlage, eine der Ablenkungen der Rebellen. »Los«, sagte Yasu.

Sie schlüpften hinein, durch die Lüftungsluke der Anlage. Nia übernahm die Führung, da sie besser darin war, sich Richtungen zu merken und abzurufen. Sie führte sie zu ihrem Absetzpunkt. »Die Sicherheitssysteme sind deaktiviert«, sagte Jaxon. Nia holte die Laserklinge heraus und schnitt ein Loch, das groß genug war, dass sie hindurchfallen konnten.

Sie kamen einer nach dem anderen herunter, Alex stand mit ein paar anderen Rebellen Wache.

Danach teilten sie sich in drei Gruppen zu je fünf auf, wobei zwei andere Gruppen zu ihren Posten gingen, um notwendige Ablenkungen zu schaffen.

Jaxon hielt die Kommunikation mit ihrer Gruppe aufrecht und versorgte sie mit Echtzeitinformationen. »Eine Patrouille kommt in dreißig Sekunden auf euch zu«, flüsterte Jaxon durch das Headset.

Schnell verbargen sich Alex, Nia und der Rest des Teams in den Schatten und ließen die Patrouille ohne Zwischenfälle passieren. Sobald die Luft rein war, setzten sie ihren Vormarsch zum inneren Heiligtum der Anlage fort, wo der Quantenschlüssel vermutlich aufbewahrt wurde.

Je tiefer sie vordrangen, desto besser befestigt wurde die Anlage. Sie arbeiteten mit Jaxon zusammen, um die Sicherheitsschlösser und Fallen auf der Route zu entschärfen. Yasu blieb in Kontakt mit den

Rebellengruppen und half ihnen dabei, Wachen effizient auszuschalten und die Gruppe von Alex und Nia zu umgehen.

Schließlich erreichten sie eine stark gesicherte Tür, hinter der die Kammer mit dem Quantenschlüssel lag. Nia setzte eine Reihe von Hackertools ein und arbeitete schnell mit Jaxon zusammen, um die Tür zu entriegeln.

Die Tür glitt auf und gab den Blick auf die Kammer dahinter frei. Nia stand keuchend da und starrte in den mit Sensoren, Fallen und blinkenden Lichtern gefüllten Raum.

»Ist es geschafft?«, fragte Alex, der dicht hinter ihrer Schulter stand.

»Ja.« Sie konnte es kaum glauben. »Das war einfach. Fast zu einfach.«

Als Antwort auf ihre Bemerkung begannen die Alarme in der ganzen Anlage zu schrillen. Durch das Headset sagte Jaxon: »Es scheint, dass die Kammer eine Auslösesperre hat. Ihr wurdet entdeckt. Geht rein, und ich versuche, euch einzuschließen.«

»Bewegt euch, jetzt!«, drängte Alex. Alex, Nia und der Rest des Infiltrationsteams eilten in die Kammer mit dem Quantenschlüssel. Der Raum war ein Hochsicherheitstresor, beleuchtet vom sanften Schein der Sicherheitslichter, mit dem Schlüssel prominent in der Mitte, umgeben von einem schützenden Energiefeld. Das Feld machte den Schlüssel zu einem verschwommenen Schleier, aber sie konnten den Sockel erkennen, auf dem er stand, und das Metallgehäuse, das ihn beherbergte. Gelegentlich summte er vor Energie und kehrte dann in seinen leise brummenden Zustand zurück.

Sie näherten sich dem Schlüssel, die Tür hinter ihnen stand noch offen. Das Geräusch schwerer Schritte hinter ihnen wurde lauter, was die Ankunft der Sicherheitskräfte der Anlage ankündigte.

Nia beeilte sich, den Energiestörer herauszuholen und befestigte ihn am Kontrollschalter am Fuß des Sockels des Schlüssels. »Jaxon, ich habe ihn angeschlossen-«

Hinter ihr standen die Sicherheitskräfte an der Tür. Alex zog scharf die Luft ein, als er erkannte, dass der große Mann vorne

wichtig sein musste. Er strahlte Macht aus, sein Blick jagte Furcht-
schauer durch Alex' Körper.

»Also sind die Gerüchte wahr«, sagte der Beamte, seine Stimme
hallte in der Kammer wider. »Lästige Kinder, die in Angelegenheiten
herumpfuschen, die über ihr Verständnis hinausgehen.«

Alex trat vor, seine Haltung trotzig. »Wir sind hier für den Quantenschlüssel. Wir brauchen ihn, um in unser Universum zurückzukehren.«

Der Beamte grinste spöttisch, mit einem Hauch von Belustigung
in seinen Augen. »Der Schlüssel ist mehr als nur ein Werkzeug für
Reisen. Er ist ein Symbol der Macht, ein Tor zum Multiversum.
Glaubt ihr wirklich, wir würden ihn in die Hände von Außenseitern
fallen lassen?«

Die Spannung im Raum war greifbar, als der Beamte fortfuhr
und sein Wissen über ihre Herkunft und ihre Abenteuer der
letzten Tage offenbarte. Sein Ton wurde spöttisch, als er auf die
Prophezeiung zu sprechen kam. Er deutete eine tiefere Verbindung
zwischen den Kadetten und dem Imperium an und legte nahe, dass
ihre Ankunft kein bloßer Zufall war. »Ihr kleinen Frechdachse«,
sagte er, seine Stimme vertiefte sich mit schlecht verborgenem
Zorn. »Ihr steht zwischen uns und dem Aufstieg unseres Imperiums. Ihr bedroht all den Fortschritt, für den wir bisher gekämpft
haben-«

Ein Schuss ertönte von hinten und traf einen der Soldaten, die
bei ihm waren, in den Kopf. Es signalisierte die Ankunft einer der
beiden anderen Rebellengruppen, die sich dem Infiltrationsteam
angeschlossen hatten. Der Schuss löste den Beginn eines kurzen
Scharmützels aus. Das Team und die Kadetten setzten einen Ener-
gieschild ein und versteckten sich dahinter, während sie auf die
Sicherheitskräfte feuerten.

Nia, durch den Schild geschützt und zusätzlich von Alex
gedeckt, kalibrierte den Energiedisruptor neu und passte ihn an die
Einstellungen des Schutzfeldes an. Alex deckte sie und schoss auf
Feinde, die versuchten anzugreifen, während sie arbeitete. Sie schrie

triumphierend auf, als das Feld zusammenbrach. Alex drehte sich um und griff nach der Metallbox, in der der Schlüssel untergebracht war.

Die Box war schwer und warm und summte vor ausstrahlender Energie. Alex zögerte kurz, als er sie ergriff, weil sie sich fast lebendig anfühlte, als ob er ein schlafendes Baby im Arm hielte. Aber er konnte nicht lange darüber nachdenken. Er steckte sie in die spezialisierte Aufbewahrungseinheit, die auf seinem Rücken befestigt war, und drehte sich um, um das Chaos zu beobachten. Mit dem Schlüssel in ihrem Besitz und der Kammer, die nun ein Schlachtfeld war, waren Alex und Nia unsicher, wie sie entkommen sollten.

Yasu meldete sich über den Ohrhörer bei ihnen, seine Stimme angespannt. »Jaxon und ich können euch rausholen. Aber das Zeitfenster ist knapp.«

Er schien auch mit den anderen Rebellen in Kontakt zu stehen. Sie schufen eine Deckung für Nia und Alex, die es ihnen ermöglichte, durch die Tür zu rennen.

Sie stellten sich vor, dass der Kommandant und seine Männer mehr Personal eingesetzt hätten, um sie zu verfolgen, aber sie warteten nicht, um es herauszufinden. Ihre Beine wurden müde, aber sie rannten weiter, geführt von vorsichtigen Anweisungen von Yasu. Alex übernahm die Führung, der Quantenschlüssel sicher auf seinem Rücken befestigt. Nia, direkt neben ihm, behielt wachsam ihre Rückseite im Auge und stellte sicher, dass sie nicht in einen Hinterhalt gerieten. Zwei verbliebene Rebellen deckten ihre Flanken, ihre Vertrautheit mit der Einrichtung erwies sich als unschätzbar wertvoll bei der Navigation durch das Labyrinth von Gängen.

Als sie sich dem Ausgang näherten, stießen sie auf ein gewaltiges Hindernis – einen Sicherheitskontrollpunkt, der mit schwer bewaffneten Wachen besetzt war. Das Team rutschte zum Halt, die Situation einschätzend. Eine Konfrontation schien unvermeidlich.

Jaxons Stimme knisterte durch ihre Ohrhörer. »Ich habe es geschafft, in das Sicherheitssystem der Anlage einzudringen. Ich kann einen vorübergehenden Stromausfall verursachen, aber ihr werdet nur Sekunden haben, um durchzukommen.«

»Mach es«, antwortete Alex und bereitete sich auf den Moment vor.

Die Lichter flackerten und gingen dann aus, der Korridor versank in Dunkelheit. Mit Nachtsichtbrillen stürmte das Team vorwärts und umging die desorientierten Wachen. Sie bewegten sich mit Präzision, jedes Mitglied spielte seine Rolle tadellos.

Als sie aus der Einrichtung in die kühle Nachtluft traten, fanden sie sich in einer verlassenen Gasse wieder. Rael traf sie dort, ein paar bewaffnete und ausgerüstete Rebellen flankierten ihn. Die Geräusche der Stadt schienen fern, gedämpft durch das Adrenalin, das noch immer durch ihre Adern floss.

Alex umklammerte die Aufbewahrungseinheit fest, das Gewicht des Quantenschlüssels drückte auf seine Schultern. Hinter ihnen wurde der Klang entfernter Alarme lauter.

»Weiterbewegen!«, zischte Nia, ihre Stimme scharf, als sie eine enge Gasse hinunterliefen. Rael ging voran, seinen Blaster gezogen, während zwei Rebellen ihre Rückseite deckten.

Ein plötzliches Surren durchschnitt die Luft, scharf und metallisch wie das Kratzen einer Klinge. Alex drehte sich um, sein Magen sackte ab, als eine Patrouillierdrohne rapide herabsank, ihre glühenden Sensoren fixierten sich auf ihre Position. »Angriff!«, schrie er und warf sich hinter eine verrostete Kiste, gerade als die Drohne einen Stoß Plasmarunden freisetzte. Die Schüsse versengten die Luft und hinterließen schwache Rauchspuren.

Nia tauchte neben ihm ab, ihren Disruptor bereits in den Händen. »Sie ist zu schnell«, murmelte sie und blickte nach oben, als die Drohne ihren Winkel anpasste und sich auf eine weitere Salve vorbereitete.

»Haltet durch!«, knisterte Yasus Stimme durch die Komms. »Ich leite eine der Ablenkungen zu eurem Standort um. Gebt mir dreißig Sekunden.«

»Wir haben keine dreißig Sekunden!«, schrie Alex und feuerte einen Schuss ab, der harmlos von der Panzerung der Drohne abprallte. Hinter ihnen schrie einer von Raels Rebellen auf, als ein Plasmabolzen sein Bein streifte und ihn zu Boden warf.

Nia biss die Zähne zusammen und passte die Einstellungen des Disruptors an. »Ich kann sie deaktivieren, aber du musst sie ablenken.«

Alex nickte, sein Griff um seine Waffe verstärkte sich. »Du hast zehn Sekunden.«

Das Team teilte sich schnell auf, jede Untergruppe nahm eine andere Route, um die Verfolgung abzuschütteln. Alex und Nia, die den Quantenschlüssel trugen, huschten eine enge Seitenstraße hinunter, ihre Schritte hallten auf dem Kopfsteinpflaster wider.

Als sie durch die Hintergassen der Stadt navigierten, setzte die Realität ihrer Situation ein. Sie hatten den Quantenschlüssel, aber waren jetzt Flüchtige in einer fremden Welt.

Alex und Nia fielen gegen den kalten Stein des Torbogens, ihre Atemzüge rau und ihre Glieder zitterten vom Adrenalin. Die Aufbewahrungseinheit, die auf Alex' Rücken geschnallt war, schien mit jeder verstreichenden Sekunde schwerer zu werden, ihr Summen eine ständige Erinnerung an das, was sie genommen hatten.

Nia drückte eine Hand auf ihre Brust und versuchte, ihren Atem zu beruhigen. »Wir haben es geschafft«, sagte sie, ihre Stimme kaum mehr als ein Flüstern.

Alex erwiderte ihren Blick, seiner voller Unsicherheit. »Ja«, antwortete er, aber das Wort fühlte sich hohl an. »Aber zu welchem Preis?« Er blickte zurück zum fernen Glühen der Anlage, die schwachen Echos der Alarme klangen noch immer in der Nachtluft.

Nia legte eine Hand auf seine Schulter. »Wir werden es herausfinden. Das tun wir immer.«

Er nickte und zwang sich, sich aufzurichten. »Hoffen wir nur, dass wir nicht zu spät sind.« Gemeinsam stießen sie sich von der Wand ab und verschwanden in den Schatten, ihr Pfad nur vom schwachen Leuchten der Sterne über ihnen erhellt.

KAPITEL 7

IN DEN SCHWACH BELEUCHTETEN Gassen der Stadt waren Alex'
und Nias Sinne durch die aktuelle Lage geschärft. Die Stadt, ein
Labyrinth aus Licht und Schatten, schien im Rhythmus ihrer Verfolgung zu pulsieren.

Das Summen der Sicherheitsdrohnen in der Ferne war eine ständige Erinnerung an die drohende Gefahr. Der Schein ihrer Suchscheinwerfer reflektierte auf den feuchten Straßen, ihre Strahlen
durchschnitten die Dunkelheit wie Messer. Alex' Lungen brannten,
während er sich vorwärts drängte und durch enge Gassen schlängelte, die kaum breit genug für eine Person waren. Über ihnen wurde
das leise Brummen der Drohnenmotoren lauter, ihre Sensoren
scannten nach jedem Anzeichen von Bewegung.

»Links, Alex!« Nias scharfes Flüstern durchschnitt das
Hämmern seines Herzens. Er rutschte um die Ecke, seine Schulter
streifte die raue Ziegelmauer, als sie tiefer in das Labyrinth der
Gassen eintauchten.

Vor ihnen flackerte ein Neonschild, sein stotterndes Licht warf
unheimliche Schatten auf ihren Weg. Alex riskierte einen Blick
hinter sich – drei Drohnen waren jetzt in Verfolgung, ihre mechani-

schen Flügel glänzten im dämmrigen Licht. Eine feuerte, ihr Plasmabolzen versengte eine nahe gelegene Wand und überschüttete sie mit Trümmern.

»Köder!« keuchte Alex. Nia griff bereits in ihren Rucksack und holte eine Leuchtfackel heraus. Sie aktivierte sie und warf sie hoch in die Luft. Die Fackel explodierte in einem blendenden Schauspiel aus Rot und Blau und verwirrte die Drohnen für einen Moment.

»Das hat uns Sekunden, keine Minuten verschafft«, sagte Nia mit angespannter Stimme.

Alex führte den Weg an und benutzte einen Handscanner, um nahende Bedrohungen zu erkennen, während Nia wachsam hinter ihnen Ausschau hielt.

Als sie sich dem Stadtrand näherten, wurde das Gelände unebener, die urbane Landschaft wich den Außenbezirken. Hier war die Deckung spärlich, und das Risiko entdeckt zu werden, stieg.

Plötzlich piepte der Scanner eine Warnung – ein Geschwader von Drohnen näherte sich ihrer Position. »Wir müssen schneller werden.« Alex' Stimme war angespannt.

Sie rannten los, huschten durch schmale Durchgänge und überwucherte Felder. Die Drohnen, jetzt sichtbar am Nachthimmel, begannen zu sinken, ihre Suchscheinwerfer streiften den Boden.

In einem verzweifelten Zug zündete Nia eine Reihe von Köder-Leuchtfackeln, die den Himmel in einem blendenden Mix aus Farben erleuchteten. Die Drohnen, vorübergehend verwirrt, änderten ihren Kurs und verschafften den Kadetten eine weitere Chance, der Gefangennahme zu entkommen.

Als sie sich dem Treffpunkt näherten, einem verfallenen Gebäude am Stadtrand, tauchten ihre Verbündeten von der Rebellenfraktion aus den Schatten auf. Rael war da, Besorgnis und Erleichterung zeichneten seine Züge.

»Ihr habt es geschafft«, sagte er und führte sie hinein. »Die anderen sind schon hier. Wir müssen unseren nächsten Schritt planen.«

Im Inneren des verfallenen Gebäudes lehnte Alex an der Wand und rang nach Atem. Nia sank neben ihm zu Boden, die Knie angezogen, während sie auf das schwache Glühen des Quantenschlüssels starrte, der an Alex' Rücken befestigt war.

»Wir sind so nah dran«, sagte sie, ihre Stimme kaum über einem Flüstern. »Ich hoffe nur, wir haben hier nicht zu viel Schaden angerichtet.«

Rael, der in der Nähe hockte und seinen Blaster überprüfte, schaute auf. »Ihr habt mehr für diese Welt getan, als ihr euch vorstellen könnt«, sagte er. »Wenn wir Erfolg haben, wird das Imperium seine stärkste Waffe verlieren. Ihr habt uns Hoffnung gegeben.«

Der Raum versank in einem Moment der Stille, das Gewicht von Raels Worten legte sich über sie. Jaxon durchbrach es mit einem schwachen Kichern. »Hoffnung ist schön und gut, aber ich würde mich mit einer warmen Mahlzeit und einer ganzen Nacht Schlaf zufriedengeben.«

Die Atmosphäre war angespannt. Das Team war sich bewusst, dass der Lockdown der Anlage die gesamte Stadt in höchste Alarmbereitschaft versetzt hatte. Ihre Flucht war erfolgreich gewesen, aber sie waren noch lange nicht in Sicherheit.

»Wir können nicht lange hier bleiben«, sagte Jaxon und überprüfte die Kommunikationskanäle. »Sicherheitskräfte werden die Stadt durchkämmen. Wir müssen schnell zum Punkt kommen und den Schlüssel benutzen.« Der Punkt war der Ort, den sie für die letzte Etappe der Mission ausgewählt hatten. Die Rebellengruppe hielt dort das Raumschiff bereit, bewacht von Rebellen und solarbetriebenen Energiefallen.

Die Gruppe versammelte sich um einen provisorischen Tisch, auf dem eine Karte der Stadt und ihrer Umgebung lag. Sie diskutierten verschiedene Fluchtwege, jeder mit seinen eigenen Risiken und Herausforderungen.

Sie beschlossen, sich in kleinere Gruppen aufzuteilen, wobei jede einen anderen Weg aus der Stadt nehmen würde, um eine

Entdeckung zu vermeiden. Das ultimative Ziel war, sich an einem abgelegenen Ort wieder zu treffen, wo sie versuchen würden, den Quantenschlüssel zu benutzen, um in ihr Universum zurückzukehren.

Während sie sich auf den Aufbruch vorbereiteten, wurden sie immer nervöser. Sie hatten den Schlüssel, aber der Weg, der vor ihnen lag, war voller Ungewissheit. Das Schicksal dieser Galaxie und ihre Rückkehr nach Hause lagen in ihren Händen. Alex stand für die letzte Ansprache neben Rael. Er blickte in die Gesichter seiner Freunde und ließ seinen Blick über die anwesenden Rebellen schweifen.

»Wir hatten ein paar schwierige Tage, aber jetzt geht es zu Ende. Wir haben hart gekämpft und müssen es mit diesem letzten Kraftakt vollenden. Ich danke euch allen für eure Unterstützung und euren Mut. Lasst uns diese Mission gemeinsam abschließen!« Alle klatschten und jubelten, seltsam gestärkt durch seine Worte.

Sie teilten schnelle Ermutigungen und brachen in die Nacht auf.

***

Die Kadetten kamen auf der Lichtung an, als orangefarbene Ranken am östlichen Himmel aufstiegen. Obwohl ihre gegenwärtige Lage sie mit Anspannung erfüllte, half der intensive Duft von Kiefern und die Ruhe der Umgebung, sie zu beruhigen. Hier bereiteten sie sich darauf vor, die unbeabsichtigten Konsequenzen ihrer Anwesenheit in diesem Universum anzugehen.

Alex packte den Quantenschlüssel aus, dessen kompliziertes Design im gefleckten Sonnenlicht glitzerte. Das Gerät, obwohl klein, summte mit einer Energie, die seiner Größe widersprach. Um ihn herum versammelte sich das Team, alle mit identischen Masken aus Ehrfurcht und Beklemmung. Sie nahmen den Schlüssel mit ins

Raumschiff und befestigten ihn am beschädigten Quantensprunggerät und einer tragbaren Konsole.

»Wir haben in diesem Universum Störungen verursacht, seit wir hier angekommen sind«, sagte Nia. »Wir müssen den Schlüssel benutzen, um diese Anomalien zu beheben, bevor wir versuchen, nach Hause zurückzukehren.«

Dies war eine Aufgabe für Jaxon und seine technische Expertise. Er verband den Schlüssel mit einer tragbaren Konsole und leitete eine Diagnosesequenz ein. Wie sein Alternativ-Ich gesagt hatte, war es ein intuitiv zu bedienendes Werkzeug, das sich leicht an die Anweisungen der Konsole anpasste. Er staunte über die Leichtigkeit, mit der er es herausfand, die Einstellungen anpasste und verstand, was als Nächstes kam. »Der Schlüssel ist nicht nur ein Werkzeug für Reisen; er ist ein Stabilisator für multiverselle Anomalien. Wir können ihn neu kalibrieren, um die Wellen zu reparieren, die wir verursacht haben. Ich glaube nicht, dass das ihn zerstören wird.«

Das Team arbeitete einheitlich, gab Daten ein und nahm mit einiger Anleitung von Jaxon Anpassungen am Gerät vor. Sie verglichen die Anomalien, die sie beobachtet hatten, mit den Fähigkeiten des Schlüssels und erstellten einen Plan, um das Gleichgewicht wiederherzustellen.

»Hier«, sagte Yasu und zeigte auf das Display der Konsole. Eine holografische Karte der Stadt erschien, markiert mit leuchtend roten Linien, wo Störungen entdeckt worden waren. »Das sind die schlimmsten Anomalien. Wenn wir diese Bereiche nicht stabilisieren, könnte das Gefüge dieses Universums anfangen zu zerreißen.«

Nia runzelte die Stirn, ihre Finger schwebten über den Kontrollen. »Was genau bedeutet 'zerreißen' in diesem Zusammenhang? Kollabieren alternative Realitäten? Verschwinden Menschen?«

»Alles davon«, sagte Jaxon grimmig und tippte wie wild. »Aber die Diagnosefunktion des Schlüssels markiert diese Hotspots. Wir sollten in der Lage sein, ihn neu zu kalibrieren, um den Wellen entgegenzuwirken.«

Alex lehnte sich über seine Schulter. »Und wenn es nicht funktioniert?«

»Dann fügen wir dem Haufen ein weiteres Chaos hinzu«, antwortete Jaxon. »Hoffen wir, dass es nicht dazu kommt.«

Als sie den Schlüssel aktivierten, pulsierte eine Energiewelle aus dem Gerät und kaskadierte durch die Umgebung. Die Luft schimmerte, als ob die Realität selbst neu ausgerichtet würde.

»Wir kehren die Störungen um«, verkündete Yasu, während er die Anzeigen der Konsole überwachte. »Es funktioniert. Die Anomalien werden neutralisiert.«

Der Prozess war akribisch und erforderte präzise Anpassungen und ständige Überwachung. Das Team arbeitete mit bewusster Sorgfalt, ihnen war klar, dass jeder Fehltritt die Situation verschlimmern könnte.

Nach was wie Stunden erschien, machten sie die letzten Anpassungen, und der Energiepuls des Schlüssels verringerte sich. Der Wald kehrte in seinen natürlichen Zustand zurück, das einzige Anzeichen ihrer Arbeit war das leise Summen des nun ruhenden Quantenschlüssels.

»Wir haben getan, was wir konnten, um den Schaden zu reparieren«, sagte Alex mit einem Hauch von Erleichterung in seiner Stimme. »Jetzt müssen wir uns darauf konzentrieren, in unser Universum zurückzukehren.«

Das Team legte ihre Anzüge an. Sie waren bereit, die letzte Etappe ihrer Reise anzutreten, ihre Handlungen hatten ein gewisses Maß an Gleichgewicht in diesem Universum wiederhergestellt.

Sie kalibrierten den Quantenschlüssel neu und verknüpften ihn mit Informationen über ihr Universum und ihren Planeten. Sie fügten als letzten Schliff Anweisungen für die Selbstzerstörungssequenz hinzu. Sie trugen ihn aus ihrem Raumschiff und in die Lichtung, als sie fertig waren. Wenn sie ein Portal erschaffen wollten, brauchten sie so viel Platz wie möglich, angesichts ihres begrenzten Wissens über die Größe des Portals. Die Rebellen halfen ihnen dabei, den Schlüssel auf einer provisorischen Plattform in der Mitte der Lichtung aufzustellen. Einer blieb mit Jaxon an der Konsole, um den Schlüssel manuell zu zerstören, falls einer der Prozesse fehlschlagen sollte.

Rael und der Rest der Rebellen standen Wache und behielten die Umgebung im Auge. Die Spannung war greifbar; sie alle kannten die Risiken, die mit der Aktivierung des Quantenschlüssels verbunden waren. Das Potenzial für unvorhergesehene Konsequenzen war hoch, aber die Notwendigkeit, nach Hause zurückzukehren und den Schlüssel zu zerstören, war vorrangig.

Während sie arbeiteten, dachten die Kadetten über ihre Reise nach. Sie waren durch einen Unfall in dieses Universum gekommen, aber ihre Erfahrungen hatten sie verändert. Sie hatten unerwartete Allianzen gebildet, sich gewaltigen Herausforderungen gestellt und standen nun kurz davor, ihr Ziel zu erreichen.

»Wir haben einen weiten Weg zurückgelegt«, sagte Nia, ihre Stimme von Emotionen gefärbt. »Egal was als Nächstes passiert, ich bin stolz auf das, was wir zusammen erreicht haben.«

Die anderen nickten zustimmend, verbunden durch ihre gemeinsame Kameradschaft.

Als die Vorbereitungen abgeschlossen waren, holte Alex tief Luft und wandte sich an die Gruppe. »Das ist es. Sobald wir den Schlüssel aktivieren und die Selbstzerstörungssequenz einrichten, sollten wir in der Lage sein, ein Portal zurück in unser Universum zu öffnen. Aber wir müssen schnell sein. Der Energieanstieg wird entdeckt werden, und wir können nicht riskieren, dass das Imperium uns auf die Pelle rückt.«

Nia fuhr fort: »Außerdem wissen wir nicht, wann wir eine weitere Chance bekommen, wenn wir diese verpassen.«

Das Team nahm ihre Positionen ein, bereit, die Sequenz zu starten. Jaxon an der Konsole gab ein Nicken, das anzeigte, dass alles bereit war. Alex hielt den Quantenschlüssel, die Metallbox strahlte ein sanftes Leuchten aus und wurde wärmer.

»Aktivierung in drei... zwei... eins...«, zählte Jaxon herunter.

Alex aktivierte den Schlüssel, und ein strahlender Lichtstrahl schoss in den Himmel. Die Luft um sie herum begann zu schimmern und sich zu verzerren, als ob die Realität sich biegen würde.

Ein Portal materialisierte sich langsam, ein wirbelnder Strudel aus Licht und Energie. Die Kadetten starrten es ehrfürchtig an, das Tor zu ihrem Heimatuniversum war endlich in Reichweite. Das Portal wirbelte mit Farben, die jeder Beschreibung zu trotzen schienen, Farbtöne, die von tiefem Violett zu blendendem Gold wechselten. Die Luft um sie herum knisterte vor Elektrizität und ließ die feinen Haare an Alex' Armen ansteigen.

»Das ist... unglaublich«, hauchte Nia, ihre Stimme voller Ehrfurcht.

»Und instabil«, warnte Jaxon und blickte auf die Konsole. »Wir haben etwa drei Minuten, bevor der Energieanstieg jede Drohne im Umkreis von sechzehn Kilometern anzieht.«

Alex wandte sich an die Rebellen. »Hier müssen wir uns verabschieden.« Seine Stimme stockte, aber er fasste sich. »Danke — für alles.«

Rael trat vor und ergriff Alex' Hand fest. »Kommt sicher nach Hause. Und wenn ihr jemals den Weg hierher zurückfindet, werden wir bereit sein.«

»Los, jetzt!«, rief Yasu, während sie alle zum Portal eilten.

Sie bereiteten sich darauf vor, durch das Portal zu rennen, passten ihre Anzüge an und überprüften die Konsole auf Anomalien. Etwas erregte Yasus Aufmerksamkeit, als er von der Konsole wegtrat. Eine Drohne schwebte in kurzer Entfernung und richtete ihre Waffe auf sie. Ein Rebell schoss auf sie und schlug sie zu Boden. Doch der Kampf war nicht so leicht gewonnen. Weitere Drohnen erhoben sich in die Luft wie Bienen aus einem gestörten Nest. Rael und seine Rebellen machten sich bereit, um die Flucht der Kadetten zu verteidigen.

Die erste Welle von Drohnen sank herab, ihre Waffen feuerten in blendenden Plasmaschüssen. Rael rief Befehle, seine Stimme durchschnitt das Chaos. Die Rebellen kämpften mit Wildheit, ihre Blaster erleuchteten die Lichtung.

Alex blickte zurück, genau als ein Rebell zusammenbrach, getroffen von einer Drohne. Der Anblick jagte ihm einen Stich von Schuld durch den Körper. »Wir müssen uns beeilen!«, rief er Nia zu, die Jaxon dabei half, die Leistung des Quantenschlüssels anzupassen.

»Fast fertig!«, schrie Jaxon, seine Hände flogen über die Konsole.

Eine zweite Welle von Drohnen erschien, größer und schwerer bewaffnet. Eine durchbrach die Linie der Rebellen und zielte direkt auf die Kadetten. Alex hob seinen Blaster, aber Rael war schneller und schoss die Drohne mit einem präzisen Schuss ab.

»Los!«, brüllte Rael. »Wir kümmern uns darum!«

Einer nach dem anderen stürzten die Kadetten durch das Portal, ihre Gestalten verschwanden im Licht. Rael und sein Team hielten die anrückenden Streitkräfte auf und sorgten dafür, dass ihre neuen Freunde sicher nach Hause gelangten.

Als die Kadetten im Portal verschwunden waren, wurde der Quantenschlüssel deaktiviert, das Portal schloss sich und die Lichtung versank wieder in Stille. Alle standen einen Moment schweigend da, lauschten und beobachteten den Schlüssel. Dann geschah es.

Der Schlüssel explodierte in einem blendenden Licht, was alle dazu zwang, sich abzuwenden und ihre Augen zu schützen. Ein hochfrequentes Heulen begleitete diese Explosion. Alle fielen auf die Knie, senkten ihre Köpfe und hielten sich die Ohren zu. Mehrere Minuten vergingen, bevor das Licht und der Ton verblassten. Die Lichtung kehrte in ihren gewöhnlichen Zustand zurück.

Alle erhoben sich benommen und starrten auf den geschwärzten, leblosen Metallkasten, in dem sich der Schlüssel befunden hatte. Langsam begannen die Rebellen zu jubeln, ließen Freudenrufe und Beifall erklingen. Rael stand schweigend da, während die Rebellen um ihn herum feierten, sein Blick fixierte die verkohlten Überreste des Quantenschlüssels. Die Luft schimmerte noch leicht, eine fortdauernde Erinnerung an die Kraft, die erloschen war.

»Es ist vorbei«, murmelte er, obwohl sein Ton unsicher war. Der Schlüssel war weg, aber der Schatten des Imperiums blieb.

Einer der Rebellen klopfte ihm auf die Schulter und holte ihn zurück in den Moment. »Wir haben es geschafft, Rael. Die Kadetten sind zu Hause angekommen. Das Imperium hat gerade seine Zähne verloren.«

Rael nickte und erlaubte sich ein kleines Lächeln. »Vorerst haben wir dieser Welt etwas Zeit erkauft. Lass uns sie sinnvoll nutzen.«

KAPITEL 8

DIE KADETTEN TRATEN aus dem Portal in die vertraute Umgebung ihres Universums, der krasse Unterschied war sofort erkennbar. Sie befanden sich wieder an der Interstellaren Akademie, aber nicht ganz so, wie sie sie verlassen hatten. Die einst vertraute Architektur wies nun subtile, aber auffällige Unterschiede auf. Ranken schlängelten sich um Metallsäulen, ihre Blätter in einem unnatürlichen Farbton von tiefem Smaragdgrün, als wären sie aus dem Paralleluniversum entliehen. Die polierten Wege reflektierten nicht nur das Licht der Morgendämmerung, sondern auch schwache, schillernde Farbtöne, die wie Öl auf Wasser schimmerten und sich veränderten.

Alex blieb wie angewurzelt stehen, sein Blick schweifte über den Campus. »Es ist, als wären Teile ihrer Welt uns gefolgt«, murmelte er.

Nia kniete bei einem Fleckchen Gras am Fuß eines nahegelegenen Baumes, ihre Finger strichen über die leuchtenden Halme. »Das war vorher nicht hier«, sagte sie mit leiser Stimme. »Ich glaube, wir haben mehr als nur Erinnerungen mitgebracht.«

Sie nahmen sich einen Moment zum Durchatmen, ihre Herzen klopften. Das Akademiegelände war ruhig, in das sanfte Licht des frühen Morgens getaucht. Nach ihrem wilden Abenteuer sah ihre

Heimat anders aus. Die Farben waren matter, und die Luft, die sie atmeten, trug eine unnatürliche Schwere. Trotzdem war es ihr Zuhause.

»Wir haben es geschafft«, sagte Alex, seine Stimme zitterte vor Unglaube und Erleichterung. »Wir sind zurück.« Dies war sein erstes Mal außerhalb seiner Welt, und obwohl es erschöpfend gewesen war, fühlte er sich ein wenig traurig, nach Hause zurückzukehren.

Nia schaute sich um und bemerkte die Unterschiede. »Aber nicht ganz gleich. Unsere Reise hat auch hier Dinge verändert, wenn auch nur geringfügig.«

Das Team ging durch die Akademie und beobachtete die Veränderungen. Die Gebäude waren sauberer, die Metalloberflächen polierter. Außerdem strahlten die Bildschirme Nachrichten über die grenzenlosen Möglichkeiten im Multiversum aus. Während sie gingen, bemerkte Alex subtile, fast unmerkliche Zeichen der Anomalien. Die Magnetstreifen an den Sicherheitspanels der Akademie flackerten unregelmäßig, und die holographischen Displays glitchten gelegentlich und zeigten Fragmente von Bildern aus dem Paralleluniversum. »Sind das...«, begann Nia und zeigte auf den Bildschirm. Alex nickte. »Überbleibsel von unserem Sprung, denke ich.« Der Gedanke beunruhigte sie – was könnte noch während ihrer Rückkehr durchgesickert sein?

Sie trafen auf eine Gruppe von Akademie-Offiziellen, als sie sich dem Hauptgebäude näherten. Der Missionskommandant ging vorneweg. Die Gruppe hielt an, als sie die Kadetten sahen. Nia bemerkte den überraschten Blick auf ihren Gesichtern.

»Ihr seid zurückgekehrt.« Die Stirn des Kommandanten war gerunzelt. »Und nicht, ohne für Aufregung zu sorgen. Wir haben Anomalien im Gefüge der Raumzeit beobachtet. Könnt ihr das erklären?«

Alex zögerte und suchte bei den anderen nach Unterstützung. Nia trat vor, ihre Stimme war trotz des Flatterns der Nerven in ihrer Brust gleichmäßig. »Wir hatten keine Wahl. Die Mission war ungeplant, aber der Einsatz war zu hoch, um ihn zu ignorieren. Wir mussten handeln, um eine Katastrophe zu verhindern.«

Die Augen des Kommandanten verengten sich, sein Blick durchbohrend. »Ungeplant? Katastrophe? Habt ihr eine Ahnung, welche Risiken ihr eingegangen seid – nicht nur mit euren Leben, sondern mit dem Gefüge der Realität selbst?«

Yasu räusperte sich. »Jetzt schon«, sagte er leise. »Und wir haben alle Schritte unternommen, die wir konnten, um den Schaden zu minimieren.«

Der Raum verstummte, das Gewicht ihrer Worte hing in der Luft. Schließlich seufzte der Kommandant, sein strenger Ausdruck wurde nur leicht weicher. »Ihr habt Türen geöffnet, denen wir uns nicht stellen wollten. Das allein ist sowohl ein Erfolg als auch ein Misserfolg.«

Die Kadetten beeilten sich, ihre außergewöhnliche Reise zu schildern, beschrieben das Paralleluniversum, den Quantenschlüssel und die Auswirkungen ihrer Handlungen auf beide Universen. Die Offiziellen hörten aufmerksam zu, Erstaunen und Besorgnis schlichen sich langsam in ihre Gesichtsausdrücke. Zweifellos hatte der Wortschwall der Kadetten in ihren Köpfen durcheinandergewirbelt und sie nur noch verwirrter zurückgelassen.

»Ihr habt euch in unerforschtes Gebiet gewagt«, sagte der Kommandant nach einer Pause. »Eure Handlungen, obwohl nicht autorisiert, haben uns die Augen für neue Möglichkeiten und Verantwortlichkeiten geöffnet. Wir werden mehr Besprechungen darüber führen müssen.«

Alex sprach als Erster, seine Stimme beherrscht, aber von Emotionen durchzogen. Er beschrieb die Unterdrückungsherrschaft des Imperiums, den verzweifelten Kampf der Rebellen ums Überleben und die atemberaubende, aber zerbrechliche Schönheit der alternativen Erde.

»Es war nicht nur eine Mission«, sagte Alex und blickte zu Nia. »Es war... eine Abrechnung. Wir haben gesehen, was passiert, wenn

Macht unkontrolliert ist, wenn Menschen die Konsequenzen ihres Handelns vergessen.«

Jaxon lehnte sich vor, seine Finger klopften nervös auf den Tisch. »Der Quantenschlüssel war nicht nur ein Werkzeug. Er war lebendig, auf eine Art. Er fühlte sich... bewusst an.« Er hielt inne, suchte nach den richtigen Worten. »Ihn zu zerstören war nicht einfach, aber es war notwendig.«

Nia fügte hinzu: »Wir haben nicht nur ihr Universum verändert. Jetzt, wo wir zurück sind, haben wir erkannt, dass wir auch unseres verändert haben. Und uns selbst.«

Die Kadetten wurden zum Besprechungsraum eskortiert, ihre Zukunft ungewiss, aber ihr Platz in der Geschichte der Akademie gesichert. Sie waren als Pioniere der Multiversum-Erforschung zurückgekehrt, ihre Erfahrungen ein Zeugnis für die grenzenlosen Möglichkeiten von Raum und Zeit. Doch die strengen Mienen der Offiziellen verrieten ihnen, dass sie noch nicht aus dem Schneider waren.

In einem kargen, zweckmäßigen Besprechungsraum der Interstellaren Akademie saßen die Kadetten einem Gremium hochrangiger Offizielle gegenüber, darunter der Missionskommandant und Vertreter verschiedener wissenschaftlicher und Forschungsabteilungen der Akademie. Die Atmosphäre war förmlich, und der Ernst der Lage spiegelte sich in den strengen Gesichtern der Offiziellen wider.

Einer nach dem anderen berichteten Alex, Nia, Jaxon und Yasu von ihren Erfahrungen im alternativen Universum. Sie erzählten von der fortschrittlichen Zivilisation, auf die sie getroffen waren, den Herausforderungen, denen sie sich gestellt hatten, und den ethischen Dilemmas, die sie bewältigen mussten. Die Offiziellen hörten zu, ihre Gesichtsausdrücke wandelten sich von Skepsis zu Neugier, während die Kadetten ihre Interaktionen mit dem Quantenschlüssel, dessen Auswirkungen auf das Multiversum und die anschließende Zerstörung detailliert schilderten.

»Es tut uns leid, dass wir ihn zerstören mussten, aber es war der einzige Weg«, sagte Alex und schaute dem Kommandanten direkt in die Augen. »Das Imperium bedrohte den Frieden in diesem Universum. Wenn sie die Oberhand gewonnen hätten, wäre nicht abzusehen gewesen, was sie noch alles getan hätten.«

Nach einem Moment nachdenklichen Schweigens wandte sich der Kommandant an das Team. »Ihre Handlungen waren zwar rücksichtslos, haben uns aber unschätzbare Einblicke in die Beschaffenheit des Multiversums gegeben. Allerdings können wir Ihre Einmischung in die Politik eines anderen Universums nicht übersehen. Unser Universum gehört uns und ihres gehört ihnen.«

Der Raum spannte sich an, die Kadetten tauschten besorgte Blicke aus. Alex wollte unbedingt ihre Notlage weiter erklären und betonen, wie dringend es war, damals zu handeln. Ein schneller Blick von Nia, ihre Augen mit einer unausgesprochenen Warnung entflammt, änderte seinen Sinn.

Der Kommandant fuhr fort: »Angesichts der außergewöhnlichen Umstände und des potenziellen Nutzens Ihrer Erkenntnisse hat die Akademie beschlossen, Sie zu ermahnen, aber nicht zu verweisen. Ihre Mission war ein Erfolg, was für uns von großer Bedeutung ist. Wir sind froh, dass Sie sicher nach Hause zurückgekehrt sind. Sie werden auf Anzeichen physischer Anomalien untersucht, Ihre Erfahrungen werden ausführlich studiert, und Sie müssen an weiteren Forschungen und Schulungen teilnehmen.«

Erleichterung durchströmte die Kadetten. Sie verstanden die Konsequenzen ihrer Handlungen und die Bedeutung ihres neu gewonnenen Wissens.

Das Briefing endete damit, dass die Offiziellen die Notwendigkeit strenger Protokolle für zukünftige Erforschungen des Multiversums betonten. Danach entließen sie die Kadetten.

Die Kadetten verließen den Raum, alle pflegten ihre privaten Gedanken zur Situation. Als sie auf das geschäftige Akademiegelände traten, wurden sie mit neugierigen Blicken und Geflüster von anderen Kadetten und Fakultätsmitgliedern konfrontiert. Die Nachricht von ihrer ereignisreichen Reise hatte sich verbreitet, und sie waren zu einem Thema der Neugier und Spekulation geworden.

Das Team versammelte sich an ihrem Lieblingsplatz auf dem Akademiegelände. Die Messing-Nachbildung des Sonnensystems glänzte im schwindenden Licht, jeder Planet drehte sich langsam um seine Achse. Alex verfolgte die Umlaufbahn der Erde mit seinem Finger, seine Gedanken schweiften zu der alternativen Version ab, die sie zurückgelassen hatten.

»Es ist seltsam«, sagte er und brach die Stille. »Zu wissen, dass es eine andere Version von uns da draußen gibt, die völlig andere Leben führen.«

Yasu nickte, sein Blick in die Ferne gerichtet. »Und zu wissen, dass wir sie vielleicht nie wiedersehen werden. Oder was mit ihrer Welt passiert, jetzt wo wir sie verlassen haben.«

Nia lächelte schwach, obwohl ihre Augen schwer von Gedanken waren. »Wir haben ihnen eine Kampfchance gegeben. Das ist mehr, als sie vorher hatten.«

Jaxon lehnte sich zurück, seine Hände hinter dem Kopf. »Und wir haben Wissen mitgebracht, das hier alles verändern könnte. Wenn die Akademie herausfindet, wie man verantwortungsvoll durch das Multiversum navigiert, stell dir vor, was wir erreichen könnten.«

Alex schaute jeden von ihnen der Reihe nach an. »Aber wir müssen vorsichtig sein«, sagte er. »Wir haben gesehen, was passiert, wenn die falschen Leute zu viel Macht haben. Was auch immer wir als Nächstes tun, wir müssen sicherstellen, dass es aus den richtigen Gründen geschieht.«

Alex, Nia, Jaxon und Yasu saßen im Kreis, die Stille war gefüllt mit unausgesprochenen Gedanken. Mit seinen geschäftigen Korridoren und ehrgeizigen Projekten fühlte sich die Akademie jetzt sowohl vertraut als auch anders an.

»Es ist seltsam«, brach Yasu die Stille, »wie eine Reise alles verändern kann - wie wir das Universum sehen, uns selbst und unseren Platz darin.« Seine Welt hatte sich mit dem Wissen über das Multiversum erweitert. Irgendwo in seinem Kopf dachte er daran, wie viel schwieriger ein Plan zum Sturz des Universums mit einem ganzen Multiversum im Hintergrund wäre.

Nia nickte, ihre Augen auf den Horizont gerichtet. »Wir haben Grenzen überschritten, von denen wir nicht einmal wussten, dass sie existieren. Wir haben gesehen, was möglich ist, die Wunder und die Gefahren.«

Jaxon, stets der Technikbegeisterte, stimmte mit einem Hauch von Aufregung in seiner Stimme ein. »Denk darüber nach, was wir lernen könnten, welche Fortschritte wir mit diesem Wissen machen könnten. Wenn wir größer werden, wird Yasu vielleicht endlich der oberste Herrscher, der er sein sollte.«

Die anderen lachten.

Alex, der die ganze Zeit seltsam still gewesen war, rührte sich und sagte: »Aber damit kommt Verantwortung. Wir haben die Konsequenzen unserer Handlungen gesehen und wie sie durch die Universen schwappen. Was auch immer wir als Nächstes tun, wir müssen uns dessen bewusst sein.«

Das Gespräch verlagerte sich auf ihre Zukunft an der Akademie. Sie spekulierten über die neuen Forschungen und Schulungen, an denen sie beteiligt sein würden, die potenziellen Missionen und die unvermeidlichen Herausforderungen. Vorfreude durchströmte sie und ließ sie erneut von pochender Angst erfüllt zurück. Aber diesmal waren sie bereit dafür, nachdem sie durch das Multiversum gereist waren und ein böses Imperium besiegt hatten, um zurückzukehren.

Während sie redeten, verdunkelte sich der Himmel, und die ersten Sterne des Abends begannen zu erscheinen. Die Weite des Weltraums schien sie mit seinen unendlichen Möglichkeiten zu locken.

»Wir haben eine zweite Chance bekommen«, sagte Alex, sein Blick auf die Sterne gerichtet. »Lasst uns das nutzen. Lasst uns erforschen, lernen und vielleicht eines Tages anderen helfen, verantwortungsvoll durch das Multiversum zu navigieren.«

Damit standen die Kadetten auf, ihre Bindung durch ihre

gemeinsamen Erfahrungen gestärkt. Als sie sich zum Gehen wandten, durchbrachen die ersten Sterne den dunkler werdenden Himmel, ihr Licht eine Erinnerung an die Weite, die noch darauf wartete, entdeckt zu werden. Alex hielt inne, sein Blick auf den Himmel gerichtet.

»Wir waren in einer Welt«, sagte er leise, mehr zu sich selbst als zu den anderen. »Aber da draußen gibt es unendlich viele andere. Unendliche Möglichkeiten.«

Nia trat neben ihn, ihre Hand streifte seine Schulter. »Und unendliche Verantwortungen«, sagte sie.

Gemeinsam wandten sie sich der Akademie zu, deren Türme sich gegen die Sterne abzeichneten. Ihre Reise war noch lange nicht zu Ende, aber zum ersten Mal fühlten sie sich bereit, allem zu begegnen, was vor ihnen lag.

EPILOG

AUF DER ALTERNATIVEN ERDE, in derselben fortschrittlichen Stadt, die die Kadetten besucht hatten, spiegelten sich subtile Veränderungen wider, die die Auswirkungen ihrer Anwesenheit zeigten. Die Stadtlandschaft, eine Mischung aus futuristischer Architektur und üppigem Grün, vibrierte mit mehr Leben und Energie.

Auf einem belebten öffentlichen Platz, wo holographische Bildschirme Nachrichten aus der ganzen Galaxie zeigten, versammelten sich die alternativen Versionen von Alex, Nia, Jaxon und Yasu am Rand der Menge, ihre Gesichtsausdrücke nachdenklich, während sie die jüngsten Ereignisse diskutierten.

»Es ist schon Wochen her, seit sie gegangen sind«, sagte Alternativ-Alex. »Und dennoch entfalten sich die Veränderungen, die sie gebracht haben, noch immer.«

Die Menge auf dem Platz war größer als gewöhnlich, eine Mischung aus Wissenschaftlern, Studenten und normalen Bürgern, die gekommen waren, um den soeben angekündigten Durchbruch im Multiversum zu diskutieren. Alternativ-Alex blickte sich um und bemerkte die lebendige Energie. »Vor ihrem Besuch war das Multiversum nur Theorie – ein Konzept, das für die meisten Menschen zu abstrakt war, um es zu begreifen. Jetzt fühlt es sich real an.«

»Nicht nur real«, fügte Alternativ-Nia hinzu, ihr Blick nachdenklich. »Es fühlt sich erreichbar an. Sie haben uns gezeigt, dass Erforschung nicht nur davon handelt, wo wir waren, sondern wohin wir gehen könnten.«

Alternativ-Jaxon grinste. »Und trotzdem haben sie uns nicht gerade ein Handbuch hinterlassen, oder? Nur jede Menge Fragen.«

»Fragen führen zu Entdeckungen«, warf Alternativ-Yasu ein. Seine gewöhnlich ruhige Haltung trug einen Hauch von Aufregung. »Und ist das nicht der Punkt? Es selbst herauszufinden.«

Das Gespräch wandte sich den Veränderungen zu, die sie seit der Abreise der Kadetten beobachtet hatten. Es gab ein erneuertes Gefühl von Neugier und Entdeckung unter den Menschen, einen größeren Wunsch, das Multiversum, seine Möglichkeiten und andere Methoden zu seiner Erforschung zu verstehen. In ihrer Akademie waren sie zu Mini-Berühmtheiten unter ihren Kameraden geworden. Die Leute hielten sie auf dem Flur an und fragten nach den Kadetten aus einer anderen Welt.

Während sie sprachen, erschien auf einem nahen Bildschirm eine Nachrichtenmeldung, die einen Durchbruch in der Multiversum-Forschung ankündigte, inspiriert von den Berichten über die Reise der Kadetten. Alle wandten sich bei der Nachricht dem Bildschirm zu, die Augen fixiert und die Ohren gespitzt für Informationen. Als die Nachrichten zu anderen Themen übergingen, explodierte die Menge auf dem Platz in Gesprächen.

Die Alternativ-Versionen dachten über die Prophezeiung nach, von der sie erfahren hatten, und überlegten, welche Auswirkungen sie hatte und welche Rolle die Kadetten darin gespielt hatten. Jetzt, wo der Schlüssel zerstört war, brachen Teile des Imperiums zusammen. Für sie bedeutete das, dass die Kadetten eine Rolle bei der Erfüllung der Prophezeiung gespielt hatten.

Alternativ-Yasu verschränkte die Arme, sein Blick in die Ferne gerichtet. »Bei der Prophezeiung ging es nicht um Schicksal. Es ging um Entscheidungen – darum, wie die richtigen Handlungen zur richtigen Zeit den Lauf der Geschichte verändern können. Sie haben sie nicht nur erfüllt; sie haben sie neu definiert.«

Alternativ-Nia nickte. »Und jetzt liegt es an uns. Wenn sie mit nichts als ihrem Verstand und ihrem Mut gegen das Imperium bestehen konnten, was hindert uns daran, dasselbe zu tun?«

Eine Stille legte sich über die Gruppe, als sie zum dunkler werdenden Himmel aufblickten. Die Sterne, verstreut wie schimmernder Staub, fühlten sich näher an als je zuvor.

»Wir werden sie vielleicht nie wiedersehen«, bemerkte Alternativ-Jaxon, »aber ihr Vermächtnis hier wird für Generationen bestehen.«

Sie verließen den Platz, jeder in Gedanken an die Zukunft versunken, an die Möglichkeiten, die jenseits ihrer Welt lagen. Die Reise der Kadetten hatte einen unauslöschlichen Eindruck hinterlassen und Türen zu neuen Horizonten und Abenteuern geöffnet.

Zurück an der Interstellaren Akademie in ihrem eigenen Universum standen die Kadetten zusammen und blickten von der Beobachtungsplattform aus in die weite Ausdehnung des Weltraums. Die Sterne funkelten über ihnen, jeder ein Symbol für die endlosen Abenteuer, die auf sie warteten.

Die Akademie hatte sich seit ihrer Rückkehr verändert. Es herrschte Aufregung und Neugier unter den Studenten und Fakultätsmitgliedern, angetrieben durch die außergewöhnliche Reise der Kadetten. Ihre Erfahrung hatte neue Wege für Forschung und Entdeckung eröffnet, und die Akademie summte vor Vorbereitungen für zukünftige Missionen ins Multiversum.

Die Schritte des Kommandanten hallten im ruhigen Observatorium wider und zogen die Aufmerksamkeit der Kadetten auf sich. In seinem Ausdruck lag eine Schwere, eine Mischung aus Stolz und Verantwortung.

»Kadetten«, begann er mit fester Stimme, »ihr habt etwas Außergewöhnliches getan. Etwas, das wir nicht hätten vorhersehen können. Eure Handlungen haben euch nicht nur zurückgebracht, sondern auch die Art und Weise verändert, wie wir unseren Platz im Universum verstehen.«

Alex richtete sich auf und spürte die Bedeutung des Moments. Nia blickte zu Jaxon, dessen übliches Grinsen sich in stille Nachdenklichkeit verwandelt hatte.

»Mit Veränderung kommt Verantwortung«, fuhr der Kommandant fort. »Wir haben gesehen, was passiert, wenn man sich dem Multiversum leichtfertig nähert. Aber mit dem richtigen Ansatz – mit Vorbereitung und Integrität – können wir es verantwortungsvoll erforschen. Da kommt ihr ins Spiel.«

Die Kadetten wechselten Blicke, eifrige Überraschung loderte in ihren Augen. Dies war die Gelegenheit, auf die sie gehofft hatten, eine Chance, ihre Abenteuer fortzusetzen und die gelernten Lektionen anzuwenden.

»Wir wären geehrt, Sir«, antwortete Alex für die Gruppe. »Wir haben die Risiken gesehen, aber auch das Potenzial. Wir sind bereit, diese Herausforderung anzunehmen.«

Der Kommandant nickte und überreichte ihnen die Akte. »Das ist erst der Anfang. Wir haben noch viel zu lernen, und eure Einsichten werden von unschätzbarem Wert sein. Bereitet euch vor; ihr steht kurz vor dem Beginn einer neuen Reise.«

Als der Kommandant ging, öffneten die Kadetten die Akte und entdeckten Pläne und Daten für mögliche Multiversum-Erkundungsmissionen. Die Möglichkeiten waren endlos, und die Aufregung unter ihnen war spürbar.

Die Kadetten blickten noch einmal zu den Sternen, ihre Herzen erwartungsvoll und entschlossen. Sie waren von einem Abenteuer zurückgekehrt, nur um an der Schwelle eines neuen zu stehen.

In der Ferne zog eine Sternschnuppe über den Himmel und

symbolisierte die unerforschten Wege und Geschichten, die vor ihnen lagen. Ihre Reise hatte sie die Weite des Universums gelehrt, die Bedeutung von Verantwortung und die nie endende Suche nach Wissen.

Ende

SCHATTEN VON ORION

KAPITEL 9

Es war ein neuer, strahlender Tag, und Alex Rivera kam zu spät zu seiner Sitzung im Weltraumlabor im Hauptgebäude der Interstellaren Akademie. Seine Gedanken waren geteilt zwischen pünktlichem Erscheinen und den Informationen, die er bei seinen nächtlichen Recherchen entdeckt hatte. Er hatte sich so sehr in seine Arbeit vertieft, dass er gar nicht bemerkt hatte, wie viel Zeit vergangen war, bevor er ins Bett ging.

In seiner tiefen Konzentration rempelte er einige andere Kadetten an, während er die gepflasterten Flure entlang raste. Einige blickten ihn finster an, ausgewählte Beleidigungen lagen ihnen bereits auf der Zunge, aber er war schon längst weg. Mit einem Stück Toast im Mund stürmte er ins Labor. Jaxon, sein Freund, sah ihn hereinrennen und winkte ihn zu sich.

»Haben sie schon angefangen?«, fragte Alex, nahm den Toast aus dem Mund und versuchte, wieder zu Atem zu kommen.

Jaxon lachte. »Nein.« Er musterte Alex' Erscheinung, sein zerzaustes Haar und die unordentliche Uniform. »Was hast du diesmal getrieben?«

»Ich hab verschlafen.«

Alex besaß viele Führungsqualitäten, aber er vertiefte sich oft in seine Arbeit und verlor dabei das Zeitgefühl. Und manchmal verschlief er eben auch.

Nia kam zu ihnen herüber, ihr Tablet in der Hand und mit einer leichten Grimasse im Gesicht. »Du kommst zu spät. Schon wieder.«

Alex versuchte ein kleines Lächeln anzudeuten, aber Nia ließ das nicht gelten. Sie hatte schon mit ihm über seine Unpünktlichkeit gestritten, nachdem sie aufgegeben hatte, ihn zu einem ordentlicheren Erscheinungsbild zu bewegen. Er konnte es sich leisten, auszusehen, als wäre er gerade aus einem Föhn gekrochen, aber seine Verspätungen waren nicht verhandelbar. Ihr Team könnte wegen ihm in Schwierigkeiten geraten.

»Ich werde mich bessern«, bot Alex an, aber Nia hatte sich bereits abgewandt.

»Der Techniker ist zu einer Notfallbesprechung raus. Er kommt bald zurück.«

Alex konnte es kaum erwarten, mit dem Rest der Gruppe über alles zu sprechen, was er über Nacht herausgefunden hatte. Es gab so viel im Multiversum zu erforschen, und sie an der Interstellaren Akademie hatten gerade erst an der Oberfläche gekratzt. Er hatte einige interessante Dinge über Planeten im Orion-Sektor herausgefunden und über die mögliche Kontaktaufnahme mit anderen Universen. Die Dokumente waren in einer anderen Sprache verfasst, aber er hatte die ganze Nacht damit verbracht, sie mit einem Übersetzer zu entschlüsseln, bis er herausfand, was sie bedeuteten. Was ihn jedoch mehr beunruhigte, war die Erwähnung von Welleneffekten bei Begegnungen mit Alternativ-Ichs. Der Text beschrieb lokale Störungen – Gravitationsanomalien, seltsame Zeitdehnungen und Verschiebungen in der molekularen Stabilität. Unwillkürlich musste er an ihre letzte Mission denken und fragte sich, welche unsichtbaren Auswirkungen sie möglicherweise bereits verursacht hatten. Wenn er Nias natürliche Sprachbegabung gehabt hätte, wäre er vielleicht schneller darauf gekommen, aber er hatte dennoch erhebliche Fortschritte gemacht. Es gab einige Hinweise auf Duplikate, und soweit er es verstehen konnte, könnten Begegnungen mit Duplikaten problematisch sein, wenn man Universen durchquert.

Der Techniker kehrte zurück und sprach hastig in sein Interkom-Gerät. Der Anruf endete, und er ging an all den anderen herumstehenden Kadetten vorbei, trat nach vorne ans Pult und sagte: »Sollen wir beginnen?«

Die Laborsitzung dauerte den ganzen Vormittag und Nachmittag. Sie arbeiteten daran, ihre räumlichen Fähigkeiten in einem schwerelosen Raum zu verbessern.

Als die Sitzung endete, begaben sich die Kadetten zu den Umkleideräumen und unterhielten sich über das nächste Experiment zur Multiversum-Reise. Jeder hatte gehört, dass möglicherweise bald eine Mission anstehen könnte, aber niemand wusste, wer dieses Mal gehen würde.

»Vielleicht werden es die gleichen Leute sein wie beim letzten Mal«, sagte Yasu. »Sie hatten dieses Mal keine Anomalien.«

Sie waren seit ihrer ersten und letzten Mission zu einer alternativen Erde nicht mehr auf einer Mission gewesen. Ein paar andere Kadettenteams waren jedoch schon dort gewesen und mit ihren eigenen Abenteuer- und Erkundungsgeschichten zurückgekehrt. Zuvor hatte die Akademie versucht, ältere Offiziere auf Missionen zu schicken, war jedoch auf mehr Misserfolge gestoßen. Ihre Wissenschaftler arbeiteten weiterhin daran, diese Anomalien zu beheben, aber die Fortschritte kamen nur langsam voran.

Die Kadetten beendeten ihre Dusche und gingen für ein spätes Mittagessen in die Cafeteria. Sie häuften gesunde Portionen des Essens auf ihre Tabletts und setzten sich zusammen.

»Ich habe etwas gefunden«, sagte Alex.

Die anderen schauten ihn an, bereit zu erfahren, was er herausgefunden hatte.

»Ich habe das Gefühl, ich weiß, wie man die Anomalien stoppen kann. Es scheint, dass Reisen in Universen mit alternativen Versionen von uns selbst und der Kontakt mit diesen Versionen zu einem Riss im Gefüge der Realität führen.«

Nia kaute nachdenklich auf einem Stück Fleisch.

»Woher willst du das wissen?«, fragte Yasu.

»Ich habe ein bisschen nachgeforscht.« Alex legte sein Tablet auf den Tisch und zeigte ihnen das Originaldokument aus dem Orion-Sektor. Er musste ziemlich viel hacken, um es zu bekommen, gab er zu, und meinte, dass Jaxons und Nias kombinierte Fähigkeiten es vielleicht leichter gemacht hätten, an die Informationen zu kommen. Anschließend zeigte er ihnen die übersetzte Version der Datei.

Sie rückten näher zusammen, Köpfe dicht beieinander, und studierten das Dokument. Vieles davon war unverständliches Fachchinesisch, aber sie konnten den Kern erfassen. Ein Raumfahrtprogramm dort hatte Verbindungen zu anderen Universen hergestellt, und das Programm brach schließlich zusammen, weil die Anomalien zu groß wurden. Detailliertere Informationen zu bekommen, wäre jedoch schwierig, da das Programm eingestellt worden war.

Die Augen der Kadetten wurden immer größer, als sie die Auswirkungen diskutierten. Ihr Essen war kalt geworden, vergessen in der Hitze ihrer Entdeckungen.

Yasu lehnte sich vor und schaute sich einen Abschnitt noch einmal an. »Sollten wir jemandem davon erzählen?«

»Wem?«, fragte Alex.

»Dem Kommandanten, vielleicht.« Yasu zuckte mit den Schultern.

»Was wollt ihr mir erzählen?«, dröhnte die Stimme des Kommandanten hinter ihnen.

Die Kadetten standen auf, schockiert, ihn dort zu finden.

Er betrachtete sie mit einem kleinen Lächeln im Gesicht. Zwei andere hochrangige Offiziere standen hinter ihm und schauten mit ausdruckslosen, unheilverkündenden Mienen zu. »Wir haben heute Abend ein Briefing«, sagte er, wobei sein Blick auf Alex' Gesicht ruhte.

Unbehaglich wandten sich die anderen Alex zu. Sein Schnüffeln in anderen Datenbanken war schließlich nicht autorisiert. Vielleicht steckte er in Schwierigkeiten und sie dadurch indirekt auch.

»Ihr hättet ein Memo bekommen sollen, aber anscheinend ist das nicht passiert. Vielleicht kommt es noch rechtzeitig.« Der Commander schaute auf seine Uhr. »Ihr habt etwa eine Stunde. Genießt eure Mahlzeit, anstatt zu reden.«

Die Kadetten sahen ihm nach, während sie versuchten, die Information zu verarbeiten. Es schien nicht so, als wären sie in Schwierigkeiten, aber das war schwer zu sagen. Vielleicht stand eine weitere Mission bevor?

Sie beendeten den Rest ihres kalten Essens schweigend, jeder entwickelte insgeheim mögliche Gründe für ihre Einberufung. Irgendwann bevor sie mit dem Essen fertig waren, kamen die Memos mit Informationen über Ort und Zeit an.

Sie verließen die Cafeteria und begaben sich zum Briefing-Raum im dritten Stock des Hauptgebäudes.

»Jaxon, hast du an irgendetwas herumgebastelt, auf das du keinen Zugriff haben solltest?«, fragte Yasu. Vor etwa einer Woche war er in Schwierigkeiten geraten, weil er Informationen über neue Waffen aus der geheimen Datenbank der Akademie gestohlen hatte. Er war der Technologiezauberer der Gruppe und hatte eine Vorliebe dafür, Dinge zu finden, die er nicht finden sollte. Seine Hacking-Fähigkeiten hatten ihm vielleicht eine schnelle Aufnahme in die Akademie beschert, aber das bewahrte ihn nicht davor, wegen Schnüffelei in Schwierigkeiten zu geraten.

Jaxon runzelte die Stirn, sagte aber nichts.

Sie kamen früh an, und der einzige anwesende Offizier ließ sie ein und deutete auf die Sitze um den langen Tisch. Sie setzten sich nebeneinander an ein Ende.

Begleitet von den zwei Laboroffizieren, mehreren anderen hochrangigen Offiziellen und einer Gruppe von Technikern traf der Commander pünktlich ein. Am Kopfende des Tisches stand der Commander, während die Offiziere und Techniker saßen. Als das Licht gedimmt wurde, breitete sich ein holographisches Diagramm aus, das über dem Tisch schwebte.

Die Kadetten hatten es schon einmal gesehen. Das Diagramm

stellte die riesige, unbekannte Weite des Multiversums dar. Einige Punkte waren darauf markiert, die die Universen zeigten, die sie besucht hatten, ihre Energiesignaturen und den für sie gewählten Codenamen. Wenn man auf einen der Punkte tippte, wurden weitere Informationen über dieses Universum angezeigt; das dort eingesetzte Team und Details zur Mission.

»Team Alpha«, sagte der Commander, »Ihre erste Mission hat Sie als Pioniere bei unserer Erforschung des Multiversums ausgezeichnet.«

Ihre Mission hatte einen Präzedenzfall für Multiversumsreisen geschaffen. Als sie zurückkehrten, durchliefen sie mehrere physische und medizinische Untersuchungen, um zu überprüfen, ob die Reise sie in irgendeiner Weise beeinträchtigt hatte, so wie es bei den älteren Offizieren der Fall war. Sie waren jedoch weitgehend unversehrt geblieben.

Die Akademie hatte daraufhin ein Programm zur Erforschung des Multiversums eingerichtet und die Kadetten als führende Reisende eingesetzt. Bisher wurden bei ihnen keine körperlichen Beschwerden festgestellt.

Jemand wählte den Punkt für das Universum aus, das sie besucht hatten, Alt-1. Ihre Bilder schwebten in der Ecke, mit ihren Namen darunter – Alex Rivera, Nia Chen, Yasu Garcia und Jaxon Brooks. Die Akademie nannte sie Team Alpha, weil sie die ersten waren, die erfolgreich aus ihrer Welt herausgetreten waren.

Die Missionszusammenfassung zeigte, dass sie bei ihrem Besuch in diesem Universum auf ihre alternativen Versionen trafen. Außerdem wurde ihre Rückreise mit dem Quantum-Schlüssel, einer reichhaltigen Energiequelle, die Zugang zum Multiversum gewährte, und die anschließende Zerstörung des Schlüssels hervorgehoben.

Der Commander fuhr fort: »Wir haben weitere Fortschritte in unserer Arbeit gemacht, um mehr über das Multiversum zu erfahren, haben andere Teams ausgesandt und ihre Erkenntnisse aufgezeichnet. Jetzt sind Sie wieder an der Reihe. Wir haben eine neue Mission, und wir haben Ihr Team ausgewählt.«

Die Kadetten sprudelten vor Aufregung über. Sie warfen sich gegenseitig freudige Blicke zu, begeistert von einer weiteren Gelegenheit, zur Forschung an der Akademie beizutragen. Alex' Herz schlug so laut, dass er dachte, die anderen Personen im Raum könnten es hören. Dies war eine neue Chance, eine neue Welt zu erkunden, und er plante, das Beste daraus zu machen.

KAPITEL 10

JEDER TAG im folgenden Monat begann mit der Klarheit der Gedanken, die mit einem Ziel einhergeht. Die Kadetten hatten nun etwas, worauf sie hinarbeiten konnten, und sie schufteten fleißig.

Ihre Tage begannen früh mit körperlichen Übungen und Drills im Weltraumlabor. Die Nachmittage verbrachten sie im Hörsaal, wo sie mehr über die Erkenntnisse aus den anderen Missionen lernten. Und sie schlossen jeden Tag mit Simulationsübungen ab. Sie hatten die Möglichkeit, den Betrieb des Raumschiffs und des aktualisierten Quantensprunggeräts zu trainieren.

Im Laufe ihrer Ausbildung sprach Alex mit einigen der Verantwortlichen über seine Erkenntnisse. Sie tadelten ihn dafür, dass er sich in Angelegenheiten vertiefte, die über seinen Aufgabenbereich hinausgingen, aber sie studierten die Dokumente mit Neugier. Einer der älteren Techniker rief ihn einige Tage später in sein Büro, um darüber zu sprechen.

»Wir schätzen deinen Wissensdurst, Alex«, sagte er und legte seine Fingerspitzen aneinander, »und wir würden das gerne weiter erforschen.«

Alex konnte ein »aber...« irgendwo darin hören. Er lehnte sich vor und machte große Augen.

Der Techniker kratzte sich am Kinn. »Damit wir mit Sicherheit wissen können, dass diese Hypothese etwas Wahres enthält, müssten wir mehrere weitere Reisen in andere Universen unternehmen. Erst dann können wir sagen, dass sie eine Grundlage hat.«

Verstehend nickte Alex. »Das letzte Kadettenteam ist auf keine Anomalien gestoßen«, sagte er. »Was ist dort passiert?«

Der Techniker sah Alex mit einem leichten Lächeln an. »Sie haben ihre Alternativen nicht getroffen.«

Die Kadetten waren von Alex' Gespräch mit dem Techniker fasziniert. Es schien fast zu einfach, dass die Anomalien durch das Zusammentreffen mit der eigenen alternativen Form ausgelöst werden könnten, aber sie beschlossen, bei späteren Reisen ins Multiversum mehr darüber herauszufinden.

In anderen Kursen erfuhren sie von einigen Verbesserungen am Quantensprunggerät. Die Forschungen der Akademie ermöglichten die Entwicklung von Technologien zur Bekämpfung der Anomalien. Die Technologien waren zu diesem Zeitpunkt noch nicht vollständig ausgereift, aber sie waren gut genug, um drastische Wellen wie die, auf die die Kadetten bei ihrer ersten Reise gestoßen waren, zu verhindern.

Schließlich kam der Tag ihres Starts. Sie konnten an diesem Morgen kaum essen, weil sie vor Nervosität fast platzten.

Jeder von ihnen trug frische Sorgen über den Erfolg der Mission. Alex befürchtete, dass sie auf einem Planeten landen könnten, der dem ersten ähnlich war, den sie besucht hatten, und nicht viel mehr lernen könnten. Nia trug die Last, dass die Mission perfekt sein sollte. Bei ihrer letzten Mission hatten ihre Handlungen dazu geführt, dass sie ein wertvolles Artefakt zerstörten. Obwohl sie dessen Zerstörung unterstützt hatte, waren sie zurückgekehrt, um sich dem Urteil der Schulbehörden zu stellen. Sie wollte das nicht wiederholen und wünschte sich eine saubere Akte beim Verlassen der Schule. Jaxon und Yasu waren nicht so besorgt wie die anderen beiden, aber sie konnten deren gedrückte Stimmung spüren, und das Gefühl übertrug sich auf sie.

»Was, wenn wir in dieser Welt endlich auf Yasus Overlord-Version treffen?«, sagte Jaxon und versuchte, die Stimmung aufzuhellen.

Aber das Lachen, das seine Worte hervorriefen, war nur von kurzer Dauer. Bald mussten sie aufstehen und zum Startplatz gehen.

Sie zogen ihre Anzüge in der Umkleidekabine an, die Stimmung feierlich. Dann gingen sie zum Startplatz am Raumhafen für das letzte Briefing des Kommandanten. Der Raumhafen war ein hochmoderner mehrstöckiger Komplex, der aus hochfesten Legierungen und transparenten Verbundwerkstoffen gebaut war. Mehrere Schiffe waren dort angedockt, von kleinen Hochgeschwindigkeits-Raumschiffen bis hin zu kolossalen Frachttransportern. Automatisierte Drohnen schwebten umher, erledigten kleine Besorgungen und führten alltägliche Aufgaben aus. Der Startplatz befand sich in der Mitte des Innenhofs des Komplexes, das Hochhaus und seine Wachtürme beobachteten das Geschehen auf dem Betonplatz.

Die Luft war frisch und kühl, und die Sonne schien mit Wucht auf alle herab. Das Raumschiff stand in der Mitte der gepflasterten Landezone, die glänzende Außenhülle reflektierte das Sonnenlicht scharf.

Der Kommandant war mit mehreren Technikern und Offiziellen zusammen, seine Augen hinter Sonnenbrillen verborgen. Er verließ ihre Seite, um dorthin zu kommen, wo die Kadetten standen. »Ihr habt hart gearbeitet und ihr werdet bei dieser Mission erfolgreich sein. Habt keine Angst und erinnert euch an eure Ausbildung.«

Die Kadetten bestiegen das Raumschiff, Alex am Steuer. Er gab die Koordinaten für das Zieluniversum in das Quantensprunggerät ein und justierte sein Mundstück. Hinter dem Glas wimmelten die Zuschauer herum und beobachteten mit ernsthaften Gesichtsausdrücken. »Könnt ihr mich alle hören?«, sagte Alex in sein Mundstück.

Sie schickten eine Bestätigung zurück.

»Bereite Start vor in 3, 2, 1...«

Das Raumschiff schoss mit Leichtigkeit davon. Nach ihrem Training hatten die Kadetten eine bessere Kontrolle über den Betrieb. Sie durchbrachen die Erdatmosphäre und sahen, wie die Sterne schärfer wurden.

»Initialisiere Sprung in 3, 2, 1...«

Das Raumschiff zitterte, als es durch das Gefüge der Realität in die nächste brach. Licht und verformter Klang rauschten am Schiff vorbei, ein berauschendes Kaleidoskop aus Energie. Die Kadetten hatten es schon einmal gesehen, aber sie waren immer noch verblüfft, als sie es zum zweiten Mal sahen.

Schließlich tauchten sie auf der anderen Seite auf. Aber etwas stimmte nicht. Ihre Ankunft war nicht wie die vorherige. Etwas verhinderte ihre Landung.

»Denkt noch jemand, dass etwas nicht stimmt? Oder bin ich einfach nur paranoid?«, fragte Jaxon und lachte etwas nervös.

»Du bist es nicht«, antwortete Nia. »Es scheint, als wäre der Ort, an dem wir landen sollen... blockiert.«

Alex versuchte, diese Information auf seiner Seite zu verarbeiten. In diesem Universum schützte ein Kraftfeld den Planeten und die umliegenden Systeme stark. Das Quantensprunggerät versuchte, sie zu einem anderen System in einem anderen Sektor umzuleiten.

»Ich glaube, wir müssen in den Orion-Sektor fliegen, wenn wir landen wollen«, sagte er. Der Orion-Sektor war der nächstgelegene zu ihrem eigenen, dem Gaia-Sektor. »Oder kehren wir nach Hause zurück und melden unsere Entdeckungen?« Er wollte nicht nach Hause zurückkehren. Diese Umleitung war die perfekte Gelegenheit für ihn, seine Überzeugungen über die Anomalien im Multiversum-Reisen zu bestätigen.

Die anderen schienen seine Ansichten zu teilen. Jaxon antwortete enthusiastisch: »Das scheint eine fantastische Gelegenheit zu sein, mehr über andere Planeten im Multiversum zu erfahren. Vielleicht können wir dort mehr über unseren Planeten in diesem Universum lernen. Und wir hätten einen detaillierteren Bericht für die Vorgesetzten.«

»Ich stimme zu«, sagte Nia. »Wir können diese Chance nicht verstreichen lassen. Wir konnten den Sprung in ein anderes System in einem anderen Universum nicht planen, aber jetzt haben wir die Erlaubnis dazu bekommen. Verschwenden wir sie nicht.«

Yasu schien zögerlich. »Die Treibstoffreserven... werden sie ausreichen, um hin und zurück zu kommen?«

Alex und Nia machten Berechnungen auf ihren Seiten. Sie brauchten Treibstoff für den erforderlichen Lichtsprung in den Orion-Sektor. Sie würden auch zusätzlichen für ihre Rückreise benötigen, da sie wussten, dass das Raumschiff nur in den Orion-Sektor ihres Universums einbrechen konnte. Nia war zuerst fertig und bat Yasu, ihre Ergebnisse gegenzuprüfen. Er schaute durch und stimmte zu, dass sie genug hatten. Alex' Berechnungen ergaben dasselbe.

Sie arbeiteten an ihren verschiedenen Konsolen zusammen, um die Einstellungen des Raumschiffs für den Übergang zum Lichtsprung anzupassen. Ein Lichtsprung war eine Möglichkeit, lange Distanzen im Weltraum zu verkürzen, indem das Schiff oder Raumfahrzeug mit mehrfacher Lichtgeschwindigkeit durch ein kleines Loch im Raum geführt wurde. Die Kadetten richteten sich in ihren Sitzen ein und bereiteten sich darauf vor.

Sie kamen auf der anderen Seite heraus, nahe genug an einem Planetensystem am Rand des Sektors, um auf einem seiner Planeten zu landen. Die Kadetten jubelten. Sie hatten verschiedene Simulationen zur Durchführung von Lichtsprüngen gemacht, aber noch nie einen tatsächlichen. Sie betrachteten die zurückgelegte Strecke – mehrere Lichtjahre – und staunten über die Genauigkeit des Quantensprunggeräts, das sie ohne Probleme so weit weg gebracht hatte.

»Bereite Landung vor«, sagte Alex.

Sie arbeiteten in ihren verschiedenen Positionen zusammen, um das Raumschiff zu einem Planeten mit Anzeichen von Sauerstoff und Leben zu lenken. Yasu identifizierte ihn schnell als Krissia, da er sich daran aus der Zeit erinnerte, als er eine universelle Übernahme plante. Er konnte sich an keine weiteren Details erinnern, außer einer groben Schätzung seiner Bevölkerung und der Tatsache, dass es sich um einen Bergbauplaneten handelte. Das Raumschiff flog dorthin, glitt durch die Leere des Weltalls, hatte aber Schwierigkeiten, in die Atmosphäre des Planeten einzudringen.

»Irgendetwas stimmt schon wieder nicht«, sagte Jaxon und wischte sich ungeduldig den Schweiß von der Stirn.

Die anderen murmelten zustimmend. Der Planet hatte ein unheimliches Kraftfeld, das ihn umgab. Es wäre ideal gewesen, das Quantensprunggerät auf seine ursprünglichen Einstellungen umzuschalten und das Schiff von der Energie weg und zurück in ihr Heimatuniversum zu bringen, aber sie konnten nicht schnell genug reagieren. Der Planet saugte das Raumschiff durch seine neblige Atmosphäre ein und zog es nach unten zur Oberfläche, bis ein Absturz unvermeidlich schien.

Die Kadetten bemühten sich verzweifelt, das Raumschiff zu stabilisieren, und steuerten es, bis sie genug Kontrolle hatten, um eine sichere Landung durchzuführen. Sie landeten auf einem Plateau inmitten dessen, was wie eine Wüste aussah, und saßen mehrere Minuten lang da, um ihre Atmung zu beruhigen.

KAPITEL 11

ALEX ERHOLTE sich als Erster und sah nach den anderen. Alle waren unverletzt und wie durch ein Wunder war auch das Schiff intakt. Er überflog schnell die Anzeige für den verbliebenen Treibstoff und prüfte, ob es möglich wäre, mit dem, was sie hatten, nach Hause zurückzukehren – und es war möglich. Solange sie keine weiteren Umwege machten, würden sie problemlos nach Hause kommen.

»Was machen wir als Nächstes?«, fragte Jaxon.

»Erkunden, denke ich.« Nia zuckte mit den Schultern.

Sie lösten alle ihre Gurte und bewegten sich im Raumschiff zum Ausstiegsluke. Alex öffnete sie und stieg als Erster aus, wobei er ehrfürchtig auf einen kargen, rötlich-orangefarbenen Himmel starrte.

Ein Wind wehte über die Landschaft, wirbelte Staub und Schmutz auf und brachte eine unheimliche Kälte mit sich. Egal in welche Richtung sie blickten, da war nichts: keine Pflanzen, Tiere oder Strukturen. Das Plateau war eine flache Ebene aus Erde, Steinen und Luft, die dem Wind schutzlos ausgeliefert war.

»Es ist so kalt«, sagte Yasu. »Wenn wir diese Anzüge nicht hätten, würden wir wahrscheinlich schon frieren.« Ihre Anzüge waren für extreme Temperaturen ausgelegt. Das bedeutete, dass die Anzüge sie in kälteren Klimazonen wärmten und in heißeren kühlten. Aber das ließ die Körperteile, die nicht bedeckt waren, der Kälte ausgesetzt.

»Wir sollten unsere Masken tragen«, sagte Alex und nahm seine eigene aus der Gürteltasche, die seine wichtigsten Utensilien enthielt. Die Maske würde ihre Gesichter vor dem beißenden Wind schützen und Staub und Schmutz aus ihren Atemwegen fernhalten. Alex setzte seine eigene auf, befestigte sie mühelos an seinem Kopfteil und rückte sein Mundstück und Ohrstück in eine bequemere Position.

»Seid ihr alle bereit für einen Fußmarsch?«, fragte Alex.

Sie nickten.

Sie verriegelten das Raumschiff und aktivierten ein kleines Kraftfeld zu seinem Schutz. Dann machten sie sich auf den Weg. Alex und Yasu gingen vorne, Alex mit einem Wärmescanner, um nach Lebenszeichen zu suchen. Yasu hielt einen Geoscanner, um die Beschaffenheit des Geländes zu erfassen und ihre Koordinaten und Entfernung zu kartieren. Jaxon und Nia bildeten die Nachhut, mit Waffen und Schutzbrillen ausgerüstet.

»Hier gibt es Sauerstoff, aber kein Leben«, sagte Jaxon mit einem Anflug von Resignation in seiner Stimme.

Nia schüttelte den Kopf und blickte zum roten Himmel hinauf. Die Sonne auf diesem Planeten war weit entfernt und hing wie ein ferner gelber Ball am Himmel. Irgendetwas an dem Planeten erinnerte sie an den Mars, mit seiner Entfernung zur Sonne und der Röte des Bodens und der umgebenden Atmosphäre. »Es muss hier Leben geben. Wir haben Energiemessungen bekommen, die auf eine bedeutende Bevölkerung hindeuteten, als wir noch im All waren. Außerdem kann der Planet nicht einfach so unsere Kommunikationssysteme stören. Er verfügt über eine ähnliche Technologie wie die Erde in diesem Universum. Sie schützen sich, indem sie Signale auf Schiffen und Fahrzeugen stören, die bei ihnen landen wollen. Wir werden Menschen finden... früher oder später. Ich sehe etwas, das wie eine Stadt aussieht, aber ich denke, wir werden es besser sehen, wenn wir näher kommen.«

Sie gingen weiter, während die Sonne langsam unterging. Der Himmel wurde dunkler, die brennend rote Farbe wich einem verbrannten Orange und dann etwas Lilafarbenem. Sie erreichten, was wie der Rand des Plateaus schien, und fanden einen Pfad zwischen kargen Felsbrocken. Er schien von der Höhe des Plateaus zu einer tiefer gelegenen Ebene hinunterzuführen.

»Könnte das sein...«, begann Alex und starrte angestrengt. Der Pfad deutete auf intelligentes Leben hin, aber sein Scanner zeigte auch Anzeichen von Wärme in der Ferne. Als ob es dort vorne einen Haufen lebender Kreaturen gäbe.

»Ja, ich glaube schon«, sagte Nia und kam näher zu ihm. Sie zog ein Fernglas aus ihrer Gürteltasche und blickte in die dunkler werdende Ferne. Nach dem, was sie erkennen konnte, lag dort etwas wie eine Stadt, gebaut in und um die harten Felsen eines ausgedehnten Hügels.

»Ich glaube, ich kann auch etwas sehen, was ein Kommunikationsturm sein könnte...«, sagte Jaxon und kniff die Augen hinter seiner Schutzbrille zusammen. »Wenn ich mich da reinhacken kann, können wir vielleicht etwas über die Menschen hier erfahren.«

Die anderen sahen ihn an und nickten zustimmend. Wenn jemand einen Hack auf unbekannte Technologie durchführen konnte, dann Jaxon.

Sie setzten ihre Reise fort, bewegten sich jetzt vorsichtiger. Die Deckung hier war spärlich, und da sie nun wussten, dass es vor ihnen eine Zivilisation gab, fürchteten sie, entdeckt zu werden. Sie alle dachten daran, wie gefährlich ihre Mission geworden war. Was, wenn die Menschen in dieser Stadt feindlich gegenüber Außenseitern eingestellt waren? Sie fragten sich alle, aber keiner sprach es laut aus. Sie hatten gemeinsam beschlossen, hierher zu kommen, und sie mussten sich den Konsequenzen dieser Entscheidung stellen.

Sie gingen den Pfad hinunter auf die untere Ebene und begannen, auf den Turm zuzusteuern. Mit jedem Schritt setzte Müdigkeit ein, die sich in alle Gliedmaßen ihrer Körper ausbreitete. Dieser

Ausflug dauerte schon mehrere Stunden, und alle sehnten sich nach einem Moment der Ruhe.

Sie waren noch eine kleine Entfernung vom Turm entfernt, als Nia ausrief: »Es scheint, als hätten sie uns entdeckt. Schaut!«

Am Himmel, in geringer Entfernung von ihnen, schwebten drei Flugzeuge, die auf sie zukamen. Jaxon entdeckte auch einige Rover, die über den Boden rasten, sich schnell auf ihre Position am Turm zubewegten. Die verfügbare Zeit war zu knapp für eine Flucht.

Die Kadetten entschieden, dass es besser wäre, an Ort und Stelle zu bleiben und keine plötzlichen Bewegungen zu machen. Sie standen unter dem dunklen Himmel, mit dem heulenden Wind um sie herum, und beobachteten die sich nähernden Einheimischen dieses seltsamen Planeten.

Je näher sie kamen, desto besser konnten sie ihre Technologie beobachten. Die Flugzeuge waren laut, ihre Propeller wurden von dröhnenden Motoren angetrieben. Und die Landrover waren riesig, bewegten sich vorsichtig über das Gelände, wirbelten aber Staub und Steine bei ihrer Annäherung auf. Die Designs all dieser Fahrzeuge waren unpoliert und ohne ästhetische Überlegungen.

»Ihre Technologie...«, begann Nia.

»...ist irgendwie primitiv«, schloss Alex, der durch das Fernglas beobachtete. Diese Entdeckung begeisterte ihn. Schon jetzt konnte er bedeutende Unterschiede zwischen dieser Welt und ihrer erkennen, und es juckte ihn, den Bericht zu schreiben, den er über all das verfassen würde.

Schließlich kamen die Fahrzeuge bei ihnen an. Die Flugzeuge landeten um den Turm herum, und die Rover fuhren auf sie zu und parkten vor ihnen. Sie warteten einige Momente, während die Motoren abgestellt wurden. Die Fahrzeuge hatten getönte Scheiben, so dass niemand hineinsehen konnte.

Schließlich öffnete sich die Tür des vordersten Fahrzeugs und zwei riesige Kreaturen kamen heraus. Sie waren stämmig gebaut mit langen Gliedmaßen. Ihre bevorzugte Kleidung waren lose Gewänder in verschiedenen Weißtönen und Grauschattierungen. Sie kamen näher, und die Kadetten konnten mehr von ihrem Aussehen erkennen. Ihre Haut war grünlich, mit rötlichen Nuancen um Hals und Nase. Sie hatten ihre Köpfe mit Turbanen umwickelt, sodass die Kadetten nicht sehen konnten, ob sie Haare hatten.

Als die Einheimischen nah genug waren, sprachen sie. Hinter ihnen waren die anderen Einheimischen aus ihren Fahrzeugen ausgestiegen und hielten ihre Waffen weiterhin auf die Kadetten gerichtet.

Die Kadetten konnten jedoch ihre Sprache nicht verstehen.

»Wer hat den Universalübersetzer?«, fragte Yasu. Der Universalübersetzer konnte Sprachen in Echtzeit übersetzen und half ihnen, an unbekannten Orten angemessen zu kommunizieren. Natürlich war er nur auf Sprachen in der Schiffsdatenbank beschränkt, aber er enthielt die meisten Sprachen der Sektoren, die an ihren grenzten.

Nia trat vor und hob ihre Hände. »Ich möchte nur mein Kommunikationsgerät herausholen«, sagte sie. Nia verfügte über umfangreiche Kenntnisse der gängigen Sprachen in verschiedenen Sektoren ihrer Umgebung. Sie konnte nicht alle sprechen, aber Sprachen bestimmten Regionen zuordnen. Die Kreaturen sahen sich gegenseitig an und verengten ihre Augen, als sie in ihre Tasche griff und das Gerät herausholte. Sie wählte eine Sprache aus einer langen Liste von Sprachen im Orion-Sektor aus und aktivierte es.

»Hallo«, sagte sie. »Wir sind Entdecker von einer anderen Welt. Wir wollen keinen Schaden anrichten.«

Der Übersetzer brauchte eine Minute, um sich neu zu kalibrieren, und dann interpretierte eine Stimme es für die Einheimischen.

Sie beäugten sie misstrauisch, und der Kleinere der beiden sagte: »Willkommen. Ich spreche Ihre Sprache. Kein Bedarf für dieses Ding.«

KAPITEL 12

DIE KADETTEN FUHREN mit den Einheimischen im hinteren Teil ihrer Geländefahrzeuge. Sie teilten sich auf: Jaxon und Nia begleiteten diejenigen, die mit ihnen gesprochen hatten, während Alex und Yasu mit einer anderen Gruppe mitfuhren. Die Kleidung und Ledersitze der Fahrzeuge verströmten einen würzigen Duft, als hätte jemand sie mit Parfüm besprüht.

Nia unterhielt sich mit dem Mann von zuvor. Sein Name war Xev. Er war der Anführer der Sicherheitskräfte ihrer großen Stadt. Sie konnte herausfinden, dass er ihre Sprache während seiner Ausbildung im Gaia-Sektor dieses Universums gelernt hatte. Er erklärte ihr mehr darüber, warum sie schwer bewaffnet ausgerückt waren, um sie zu treffen. »Wir haben ein Raumschiff vom Weltraum aus gesehen. Wir hatten Angst, dass die Orion-Föderation zurückkehren könnte.

»Orion-Föderation?« Nia wusste wenig über den Orion-Sektor, aber sie war sich sicher, dass sie noch nie von der Orion-Föderation gehört hatte. Sie fragte sich, ob Yasu bei seinen Ausflügen ins All schon einmal davon gehört hatte.

»Ja. Sie herrschen hier. Überwachen alles. Nehmen auch Dinge weg. Gefährliche Leute.«

Seine Haltung wurde kalt, als ob das Thema ihm Unbehagen

bereitete. Nia beschloss zu schweigen. Sie starrte durch die Windschutzscheibe auf die Stadt, die mit jeder Minute näher kam. Die Stadt war mit sanft gelbem Licht erleuchtet. Etwas an ihrem Erscheinungsbild war einladend, wie ein Familienheim, das dich lockt, hereinzukommen, deine Schuhe auszuziehen und eine warme Mahlzeit zu genießen.

Diese Mission entwickelte sich bereits anders als die letzte. Hier hatten sie Entscheidungen getroffen, die sich von ihren Entscheidungen in der letzten Mission unterschieden. Sie waren nicht notgelandet, sondern weit von ihrem Ziel abgekommen und hatten einen Planeten erreicht, über den sie wenig wussten. Es war eine Chance, ihr Wissen über das Multiversum und sogar ihr eigenes Universum zu erweitern, aber die Dinge könnten auch schrecklich schieflaufen.

Die Geländefahrzeuge fuhren in die Stadt ein, vorbei an Straßen aus gepflasterten Steinen, gesäumt von grünen Einheimischen in weißer, blauer, leuchtend orangefarbener, roter und grauer Kleidung. Die Häuser waren mit gelben Kugeln beleuchtet, die an den Veranden und in den Türöffnungen hingen. Sie hörten auch Musik, sanfte Klänge, die aus den Häusern drangen.

Schließlich hielt das Fahrzeug im Innenhof dessen an, was wie eine Kaserne aussah. Die niedrigen Gebäude hatten nur ein einziges Stockwerk. Auch die Beleuchtung war anders, schärfer und greller. Die Kadetten stiegen aus ihren Fahrzeugen und nahmen den Ort in sich auf. Es war nichts wie das, was sie bisher gesehen hatten. Im Vergleich zu ihrer Akademie und dem letzten Universum, das sie besucht hatten, könnte dieser Ort aus dem finsteren Mittelalter stammen.

»Kommt mit mir«, sagte Xev.

Er führte sie zu einem Ort, an dem sie die Nacht verbringen konnten. Es war ein kleiner Raum, der anscheinend für besuchende höhere Beamte reserviert war. Der Raum verfügte über ein Heizsystem, das summend arbeitete. Er sagte ihnen, dass die Essenszeit vorbei sei, aber wenn sie nach dem Frischmachen in die Kantine kämen, würden sie etwas Kleines zu essen für sie finden.

Die Kadetten saßen auf den unteren Etagenbetten, knochenmüde und hungrig.

»Das ist wirklich ein Abenteuer, nicht wahr?«, sagte Alex. Obwohl er müde war, hielt der Nervenkitzel des Ereigniswechsels sein Blut in Wallung. Dies war kein Ort, den er sich jemals vorgestellt hätte zu besuchen. Bei seiner Recherche hatte er einige Bilder von Menschen und Orten im Orion-Sektor gesehen und sich gefragt, ob er jemals dorthin kommen würde. Jetzt war er hier und konnte nicht aufgeregter sein.

Sie streiften ihre Anzüge ab und trugen die weiß-grauen Kleidungsstücke, die Xev und der andere Sicherheitsbeamte für sie bereitgelegt hatten. Unter der weiß-grauen Außenseite fanden sie Wolltuniken mit einem dicken Gewebe, das die Wärme nah an ihren Körpern hielt.

Danach folgten sie den Anweisungen und gingen zur Kantine. Der Ort war beheizt, aber anders. Lange Energiestäbe strahlten in gleichmäßigen Abständen Licht und Wärme von der Decke aus. Sie setzten sich unter einen davon und rückten eng zusammen. Das Essen war ungewohnt und wurde auf geschnitzten Steinplatten zusammen mit geschnitztem Steinbesteck serviert.

Jaxon griff als Erster zu und reagierte begeistert: »Es schmeckt gut!«

Die anderen folgten, nahmen zunächst kleine Bissen und schlangen anschließend alles hinunter. Nach Beendigung der Mahlzeit saßen sie da und warteten auf Xev, der am anderen Ende des Raumes mit einigen Mitarbeitern sprach. Nach einiger Zeit kam er mit grimmigem Gesichtsausdruck auf sie zu.

»Ihr trefft morgen den Häuptling. Er will euch sehen.«

Etwas an seiner Sprechweise pflanzte einen Samen der Angst in ihre Herzen, aber sie schoben es beiseite. Sie waren bereits hier ohne Fluchtmöglichkeit. Es war das Beste, den Anführer zu treffen und zu sehen, ob sie ihn bitten konnten, die Barriere zu entfernen, damit sie wegfliegen könnten.

Bevor sie einschliefen, diskutierten sie leise über die Situation.

Sie waren in keiner offensichtlichen Gefahr, aber sie könnten es sein. Zuhause, in ihrem Universum, Prime, würden ihre Leute sehen, dass sie woanders hingegangen waren. Würden sie Hilfe schicken? Keiner von ihnen hatte die Antworten. Bisher war keiner der anderen Kadetten an einem Ort gelandet, an dem sie nicht sein sollten.

Schläfrig sagte Yasu: »Wir werden eine Menge Ärger bekommen, wenn wir nach Hause kommen.« Die anderen stimmten zu, aber ihre Augen schlossen sich bereits.

═══◆═══

Der Morgen brach an mit einer rötlichen Sonne, die die Kaserne mit Licht und spärlicher Wärme flutete. Die Kadetten waren schon vorher aufgestanden, als sie das kasernenweite Alarmsystem und die Bewegungen der Menschen in den anderen Gebäuden hörten. Sie zogen ihre Kleidung an und gingen nach draußen, um zu sehen, was zu tun war.

Obwohl Xev sagte, dass sie nicht dazu verpflichtet seien, nahmen sie an den morgendlichen Übungen mit den Soldaten teil. Es half ihnen, sich aufzuwärmen und etwas von der Angst zu vertreiben, die sie verspürten.

Als Nächstes kam die Essenszeit. Der Koch servierte allen heißen Brei in steinernen Schüsseln, und die Kadetten setzten sich wieder zusammen und wählten einen Platz unter dem Licht. Xev traf sie und erzählte ihnen, was als Nächstes anstand. »Wir gehen nach dem Essen zum Haus des Häuptlings. Sein Haus... oben auf dem Hügel. Wir müssen laufen.« Sie nickten und aßen schneller.

Der Spaziergang war nicht so anstrengend, da sie von der Akademie harte Übungen gewohnt waren. Sie nahmen Straßen, auf denen Passanten in ihren täglichen Geschäften hin und her liefen. Sie trugen schlichte Farben, einige mit Turbanen, die eng um ihre Gesichter gewickelt waren.

»Die Farben, die die Leute tragen...«, begann Yasu und versuchte sich zu erinnern, ob er bei seinen Recherchen etwas darüber gesehen hatte.

»Sie scheinen je nach Status codiert zu sein, oder?« Nia hatte die Kleidung auch schon eine Weile beobachtet. Alle in der Kaserne hatten Weiß und Grau getragen, aber außerhalb der Kaserne trugen die Menschen andere Farben.

»Das sind sie«, sagte Xev. »Weiß als Basis für alle. Es zeigt die Bescheidenheit unserer Anfänge. Dann schichten wir darüber. Rot für Königtum. Blau für Diener. Grau für Soldaten. Orange für Siedler.« Er verfiel in Schweigen.

Sie kamen am Haus des Häuptlings an, und die Wachen am Tor salutierten vor Xev. Er erwiderte den Gruß, tauschte ein paar Worte mit ihnen und wurde in den Innenhof eingelassen. Er wies die Kadetten an, ihre Schuhe im Hof auszuziehen, bevor sie den roten Teppich betraten, der in die Behausung des Anführers führte.

Sie tappten in Socken vorsichtig in sein Haus. Drinnen gingen sie durch ein Labyrinth von Korridoren, um zum Besprechungsraum zu gelangen. Sie setzten sich auf Lederstühle mit hohen Rückenlehnen und warteten auf die Ankunft des Häuptlings.

Ein Mann kam kurz darauf herein und hielt ein Tierhorn. Er pustete hinein und es ertönte ein tiefes Grollen, wie der Ruf eines Stieres. Der Häuptling kam als Nächstes herein, flankiert von zwei Wachen. Auf seinem Kopf trug er einen roten Turban, der mit Expertenhand gebunden und mit einer goldenen Kette umwickelt war.

Die Kadetten konnten erkennen, dass der Häuptling alt war. Seine Bewegungen waren angestrengt, und er machte kleine Schritte. Als er sich setzte und sie ansah, bemerkten sie einige Falten in seinem Gesicht und dass die roten Flecken auf seinem Gesicht eine dunklere Schattierung hatten als die der anderen. Er sprach kurz mit Xev in seiner Muttersprache, bevor er sich an sie wandte.

»Grüße«, keuchte er.

Er sprach, und Xev übersetzte. »Ich höre, ihr kommt von den

Sternen. Aber nicht von unseren Sternen. Andere Sterne, jenseits unseres Universums. Das ist wundersam. Da ihr zu mir kommt, sorge ich für euch. Aber ihr könnt auch mir helfen.«

Alex unterbrach sie dann. »Ihnen helfen? Wie?«

Der Häuptling kicherte und legte seine Hand über seinen Mund. Er winkte einer hinter ihm stehenden Wache, nach vorne zu kommen. Der Mann kam zum Tisch und legte den großen schwarzen Kasten, den er trug, ab. Es stellte sich heraus, dass es ein Computer war. Er justierte den Bildschirm, der nach Schätzung der Kadetten etwa 30 mal 45 Zentimeter maß. Dann schaltete er ihn ein. Der Bildschirm blieb eine Zeit lang schwarz, während der Computer hochfuhr.

Als er anging, navigierte die Wache zu einem schwarzen Bildschirm mit grünen Gitterlinien. Es sah ähnlich aus wie eine Karte, wie die Tabelle, die sie in der Akademie hatten und die zum Markieren von Punkten im Universum verwendet wurde. Diese Karte war nur für den Orion-Sektor. Es gab Namen von Planeten, die in ihrer Schrift geschrieben waren, aber die Kadetten erkannten die Anordnung vage von ihrem Landungsmanöver.

»Dort«, sagte Xev, als der Häuptling wieder sprach. »Etwas kommt aus dem All, um uns zu vernichten.«

Die Kadetten schauten auf das, worauf Xev zeigte. Irgendwo nahe ihrem System kam eine Wolke näher. Sie wurde auf dem Radar als Wärmesignatur erkannt, die wie ein lebendes Wesen aussah.

»Was ist das?«, fragten die Kadetten mit ehrfürchtigen Stimmen.

»Wir wissen es nicht. Es ist einige Monate her, seit wir es gesehen haben. Es kommt schnell. Wir befürchten, es könnte uns verschlingen.«

Die Kadetten standen auf, um es sich genauer anzusehen. Sie hatten es bei ihrer Landung nicht bemerkt. Insgeheim dachten sie alle, dass sie, wenn sie es bemerkt hätten, vielleicht gar nicht gelandet wären. Diese unbekannte Entität ging weit über den Rahmen ihrer Ausbildung an der Akademie hinaus. Vielleicht könnten weitere Forschungen aufdecken, was es war, aber hier gestrandet, mit der primitiven Technologie dieses einsamen Planeten, gab es wenig, was sie entdecken konnten.

»Kommt das jemandem bekannt vor?«, fragte Alex.

Sie schüttelten alle den Kopf.

»Was sollen wir tun?«, fragte Alex und blickte dem Häuptling direkt in die Augen. Er fürchtete, die Antwort zu kennen, wollte sie aber selbst hören.

»Wir bitten euch, uns zu beschützen«, übersetzte Xev. »Wie wir wissen, ist es Energie. Wir wissen, dass wir ein stärkeres Kraftfeld erzeugen können, um unseren Planeten zu schützen. Was wir nicht wissen, ist wie.« Xev pausierte, während der Häuptling Alex anstarrte. »Da kommt ihr ins Spiel.«

Die Kadetten nahmen die Informationen auf und tauschten Blicke untereinander aus. Sie wollten ihm sagen, dass sie nicht wussten, wie sie helfen sollten, aber etwas an der hoffnungsvollen Art, wie er sie ansah, ließ sie wissen, dass ihm das nicht gefallen würde.

Ein neues Abenteuer hatte für sie gerade begonnen, und sie waren sich nicht sicher, ob sie angemessen ausgerüstet waren, um es zu bewältigen.

KAPITEL 13

Der Häuptling stellte ihnen eine Unterkunft zur Verfügung. Die Kammer verfügte über bessere Einrichtung; hochwertige Wolle bedeckte die Betten, dunkelblaue Seidenvorhänge schirmten die Fenster ab, und die Heizungsanlage arbeitete lautlos. Mit ihren wenigen Habseligkeiten betraten sie den Raum und bestaunten die detaillierte Architektur der Kammer. Die Wände bestanden aus Ziegelsteinen, teilweise mit dunklem Holzgetäfel verkleidet. Eine hohe Decke ruhte auf zylindrischen Säulen, die mit kunstvollen Schnitzereien verziert waren. Nach ihrer Einschätzung war die Decke aus Gips gefertigt und in detaillierte, komplizierte Muster von Früchten, Bäumen, Tieren und Menschen geformt.

Nachdem sie sich eingerichtet hatten, versammelten sie sich, um ihre aktuelle Lage zu besprechen. Der einzige Weg, den Planeten zu verlassen, bestand darin, den Bewohnern zu helfen. Selbst wenn das nicht der Fall wäre, schien es nicht richtig, ohne Hilfe zu verschwinden. Diese sich bewegende Energiewolke würde wahrscheinlich alles Leben auf dem Planeten auslöschen. Sie befanden sich direkt auf ihrem Weg.

»Wir müssen ihnen helfen«, sagte Alex, während er im Raum auf und ab ging. Er versuchte zu verstehen, was eine solche Energiewolke verursachen könnte, fand aber keine Antworten.

»Aber wie?« Jaxon konnte nicht erkennen, wie sie einen ganzen Planeten vor der Zerstörung retten könnten. Ihre Ausbildung an der Akademie hatte ihnen umfangreiche Kenntnisse über den Weltraum und interstellare Reisen vermittelt, aber das machte sie nicht zu Helden. Sie konnten einen Planeten nicht vor einer böswilligen Kraft retten, besonders wenn sie keine konkrete Vorstellung davon hatten, was diese Kraft überhaupt war. »Wir hätten bessere Chancen, ihre Barriere zu zerstören und zu fliehen. Ich sage, das sollten wir tun.«

»Aber wir können es zumindest versuchen?« Nia schaute von Jaxon zu Alex. »Wir können diese Leute nicht einfach hier zurücklassen, ohne ihnen zu helfen.«

Jaxon warf verärgert die Hände in die Luft. »Wir können niemandes Retter sein, Nia. Wir sind nur Kinder. Wenn wir keinen Erfolg haben, wird uns diese Wolke auch finden und töten. Wir wissen nicht, was es ist. Wir müssen abhauen, bevor wir gefangen sind.«

»Wir müssen zu unserem Schiff gelangen«, sagte Alex. »Wir können es von dort besser überwachen und werden in der Lage sein zu erkennen, was es ist und vielleicht schließen, warum es in diese Richtung kommt.«

Nia nickte zustimmend. »Aber was, wenn wir das nicht können? Ich stimme Jaxon zu, dass wir einen Plan B brauchen; einen Fluchtplan. Diese Menschen glauben nur, dass wir sie retten können, weil wir Reisende aus dem Gaia-Sektor sind. Und der Gaia-Sektor hat bemerkenswerte Fortschritte in der technologischen Entwicklung gemacht. Vielleicht können wir ihnen nicht helfen.«

Alex wollte es trotzdem versuchen. Angesichts der Geschwindigkeit und Flugbahn der Erscheinung hatten sie noch etwas Zeit für Planungen. Es war nicht viel, aber es könnte reichen.

»Das ist eine hervorragende Lernmöglichkeit«, sagte er und sah die anderen an. »Die Informationen, die wir über dieses Ding sammeln, könnten der Interstellaren Akademie bei zukünftigen

Unternehmungen helfen. Wir könnten diese Menschen schützen und nützliche Informationen für die Akademie zurückbringen.«

Widerwillig stimmten die anderen zu.

Sie sprachen mit Xev und erzählten ihm von ihrem Raumschiff und den Systemen an Bord. »Wir könnten mehr Informationen über dieses Ding bekommen, wenn wir unser Schiff nutzen«, sagten sie.

Xev erklärte sich bereit, sie in einem ihrer Fluggeräte zum Raumschiff zu bringen. Sie machten sich auf den Weg, als der Nachmittag zum Abend wurde. Der Himmel war ein Gemälde aus brillanten Orangetönen, Purpur und Rot. Der Wind heulte um sie herum und rüttelte das Fluggerät auf seiner Reise über die Ebene. Aber Xev, der daran gewöhnt war, unter solchen Bedingungen zu fliegen, steuerte mühelos und erreichte ihr Raumschiff in wenigen Minuten.

Die Kadetten betraten das Raumschiff und überprüften ihre Konsolen. Auf ihrem Bildschirm konnten sie die Anordnung der Planeten im System sehen und in der Nähe die Energiewolke, die näher kam. Sie sah aus wie ein sich bewegender Stern, aber die Temperaturen waren viel niedriger. Etwas an den Bewegungen deutete auf Empfindungsvermögen hin, als ob es ein lebendiges Wesen wäre, das Leben zur Nahrungsaufnahme suchte.

»Es ist anders als alles, was wir je gesehen haben«, sagte Nia mit großen Augen. »Aber erinnert es euch nicht an etwas?«

Alex runzelte die Stirn und scrollte durch die Radardaten. »Was meinst du?«

Nia deutete auf die unberechenbaren Bewegungsmuster der Wolke. »Die Art, wie es sich bewegt, fast als ob es nach etwas sucht. Es ist zu... zielgerichtet.«

Jaxons Finger schwebten über der Konsole. »Deutest du an, dass es empfindungsfähig ist?«

»Ich vermute, es könnte mit den Anomalien zusammenhängen, die wir verursacht haben«, antwortete Nia. »Denkt mal nach – jeder Sprung, den wir gemacht haben, jede Störung, die wir ausgelöst haben... Was, wenn dieses Ding eine Konsequenz unserer Handlungen ist?«

»Könnte so etwas in unserem Universum existieren?«, fragte Jaxon.

»Vielleicht.« Yasu zuckte mit den Schultern, seine Augenbrauen immer noch zusammengezogen. »Wenn ja, ist es höchstwahrscheinlich nichts, was man in den Sektoren um die Erde herum sieht. Das könnte der Grund sein, warum wir noch nie davon gehört haben.«

»Wie gehen wir dann damit um?«, fragte Jaxon. Es gefiel ihm nicht, wie entspannt die anderen nur über diese unbekannte, gefährliche Erscheinung redeten. Er glaubte, dass jetzt die beste Zeit war, eine Flucht zu planen, wenn sie jemals von hier wegkommen wollten.

Alex beobachtete den Bildschirm, während die anderen sprachen, und versuchte zu begreifen, was er sah. Er erinnerte sich an ihre Ankunft in diesem Universum vor einigen Tagen. Die Planeten im Gaia-Sektor waren von Ringen aus Energiefeldern umgeben, stark genug, dass ihr Schiff nicht einmal landen konnte.

»Könnten wir alle vom Planeten evakuieren?«, fragte Yasu.

Alle sahen ihn an. »Wohin? Und mit welchen Schiffen?«, fragte Nia. »Die Bevölkerung des Planeten könnte in die Milliarden gehen. Nach dem, was wir bisher über ihre Technologie hier wissen, haben sie wahrscheinlich nicht genug Schiffe, um die gesamte Bevölkerung zu evakuieren.«

Yasu neigte den Kopf. »Soweit ich mich erinnere, sind es etwas weniger als eine Milliarde. Aber ich stimme zu. Ein alternativer Plan könnte hilfreich sein. Wir wissen nicht, ob sie die Ressourcen haben, um alle zu evakuieren.«

»Wir könnten Schutzschilde um den Planeten herum errichten«, schlug Alex vor. »Der Häuptling erwähnte so etwas Ähnliches, als er mit uns sprach. Wir könnten das stattdessen tun.«

Die anderen saßen einen Moment schweigend da, nachdem er gesprochen hatte.

»Aber sie haben doch bereits *Schutzschilde*«, sagte Jaxon. »Die Kommunikationstürme erzeugen ein Schutzfeld. Wir können wegen ihnen nicht weg.«

Alex nickte. »Daran erinnere ich mich. Vielleicht sind bösartige und empfindungsfähige Kräfte dieser Art in diesem Universum verbreitet, und Planeten schützen sich mit Kraftfeldern. Aber die Planeten im Gaia-Sektor waren undurchdringlich. Wir müssen wohl stärkere Kraftfelder erschaffen, wenn wir diesen Planeten vor der nahenden Wolke schützen wollen.«

»Das könnte sein«, sagte Nia langsam, während sie immer noch versuchte, Lücken in der Logik zu finden. »Aber haben sie die Technologie dafür?«

Jaxon kratzte sich am Kinn. »Ich glaube, wir könnten ihre vorhandene Technologie nutzen, um ein stärkeres Feld zu bauen. Ich könnte mein Wissen über die Kraftfelder unseres Schiffes verwenden, um ihre Türme umzubauen.«

Als die anderen sich ihren Aufgaben zuwandten, hielt Jaxon Nia kurz auf, bevor sie ging. »Hey, wegen vorhin...« Seine Stimme schwankte, untypisch zögerlich. »Ich wollte dich nicht untergraben.«

Nia hielt inne, ihr Gesichtsausdruck wurde weicher. »Ich weiß, Jaxon. Du machst dir zu viele Sorgen. Aber ich muss das tun.«

Er nickte und schob seine Hände in die Taschen. »Geh einfach... keine unnötigen Risiken ein, okay? Wir haben genug Probleme, ohne dich zur Liste hinzuzufügen.«

Ein kleines Lächeln spielte in ihren Mundwinkeln. »Mir wird nichts passieren. Und außerdem muss jemand Lady Raya im Auge behalten.«

Jaxon sah ihr nach, als sie ging, sein Magen verknotete sich vor Unbehagen. Zum ersten Mal wurde ihm bewusst, wie sehr ihn ihre Entschlossenheit inspirierte – und erschreckte.

Sie verharrten einige Momente schweigend, aber Xev unterbrach sie, indem er an der Luke klopfte. Jaxon ging, um ihn zu empfangen.

»Wir werden gerufen«, sagte Xev mit ausdrucksloser Miene.

»Gerufen? Vom Häuptling?«

»Nein«, sagte Xev. »Vom Oberhäuptling. Dem obersten Herrscher unseres Planeten.«

Ein großes Fluggerät stand auf dem Landeplatz der Kaserne. Das Design ähnelte dem Flugzeug, mit dem Xev sie zu ihrem Schiff gebracht hatte, aber es hatte eine stromlinienförmigere und aerodynamischere Bauweise, die vorne fast spitz zulief. Zudem hatte es einen frischeren und neueren weißen Anstrich und schien aus robusteren Metallen gefertigt zu sein.

»Der Vertreter des Oberhäuptlings kommt mit diesem Schiff«, sagte Xev. »Sie ist im Palast unseres Häuptlings. Wir gehen jetzt dorthin.«

Sie nahmen den langen Aufstieg zum Haus des Häuptlings, während die abendliche Kälte an ihnen hing. Über ihnen blinkten die Sterne fröhlich, und die Menschen schlossen für die Nacht um sie herum ab. Wieder lag Musik in der Luft. Die Kadetten hörten jemanden singen, die Melodie klagend.

Auch im Palast des Häuptlings gab es Musik. Sie betraten seinen Gerichtssaal, wo er auf seinem Thron neben der Vertreterin saß und Tänzern zusah, die sich mit Schwung bewegten. Bedienstete trugen Speisen auf steinernen Platten durch den Saal: geröstete Knollenfrüchte, gebackene Fladenbrote, gegrilltes Fleisch und geschnittenes Obst.

Die schwarz umrandeten Augen der Vertreterin weiteten sich, als die Kadetten hereinkamen, und sie verfolgte ihre Bewegungen, bis sie sich in die Ecke setzten.

Als die Musik aufhörte, erhob sich der Häuptling, um zu sprechen. Nia aktivierte ihren Universalkommunikator, da Xev nicht da war, um für sie zu übersetzen.

»Kameraden, in unserer Mitte ist ein geschätzter Gast. Die Sonderberaterin unseres Oberhäuptlings, Lady Raya.« Alle im Gerichtssaal jubelten. Die meisten trugen Weiß und Rot, obwohl gelegentlich auch graue und blaue Kleidungsstücke vorbeigingen.

»Lasst uns gut für sie sorgen und sicherstellen, dass sie ihren Aufenthalt in unserer bescheidenen Unterkunft genießt.«

Der Tanz und die Musik gingen weiter. Die Kadetten schauten fasziniert zu, beeindruckt von der Präzision und dem kraftvollen Stampfen. Sie aßen, während sie zusahen, und genossen die unverwechselbaren Aromen der Speisen des Planeten. Alles, was sie aßen, hatte eine vollmundige Reichhaltigkeit, die beruhigend wirkte.

Die Kadetten staunten und schwärmten beim Essen, die Aromen überraschten sie nach der Fadheit der Trainingsmahlzeiten.

Yasu liebte die Kunstfertigkeit, mit der die Bediensteten das Essen präsentierten. Sie erinnerten ihn an seine Heimat, sein Volk und ihre Kultur, Essen mit Flair zuzubereiten.

Jaxon genoss die Würze und den herzhaften Geschmack des Fleisches und nahm von jedem Fleischgericht den ersten Bissen, bevor die anderen es konnten. Nia mochte die Früchte. Es gab so viel Auswahl, und sie wurden aufgeschnitten neben den Fleisch- und Getreidespeisen serviert, mit würzigem Pulver bestäubt. Sie interessierte sich besonders für eine lila saure Frucht mit festem Fruchtfleisch. Kombiniert mit dem fluffigen Brot und dem, was sie als Pflanzenbutter bezeichnete, brachte es ihre Sinne zum Singen.

Bald zogen sich der Häuptling und Lady Raya in den Besprechungsraum zurück, und Xev rief die Kadetten, ihnen zu folgen. Sie trafen Lady Raya im Besprechungsraum, wo sie eine der lila sauren Früchte aß, die Nia so mochte.

»Reisende aus Gaia.« Ihre Stimme war wie Donner, tief und grollend. Sie waren auch überrascht, sie in ihrer Sprache sprechen zu hören, aber sie nahmen an, dass sie wie Xev möglicherweise eine Ausbildung im Gaia-Sektor erhalten hatte. »Ihr trefft mich in guter Stimmung.«

Die Kadetten verbeugten sich zur Begrüßung, unsicher, wie sie reagieren sollten. Sie winkte ihnen mit einer juwelenbesetzten Hand, sich zu setzen.

»Wir brauchen Hilfe«, sagte sie, sobald sie saß. »Es wird uns töten. Uns alle.«

»Wisst ihr, was es ist?«, fragte Alex und lehnte sich vor.

Lady Raya wedelte mit den Händen vor ihrem Gesicht, als wolle sie die Frage wegwischen. »Wir sehen es schon früher. Lange vorher. Unsere Bücher, Geschichten, sprechen davon. Es frisst ganzen Planeten. Tötet alles Leben. Sehr schlecht.«

Die Kadetten tauschten ängstliche Blicke aus.

»Wie habt ihr euch geschützt?«, fragte Alex.

»Damals war es nicht groß. Klein, sehr klein. Sie nutzen etwas Kraft und lenken es um. Es geht zu anderem Planeten und tötet sie. Sehr schlecht. Wir hatten Glück. Unser Planet war klein. Nicht viele Menschen. Und der Dämon, er war auch klein. Er suchte nach großem Leben. Jetzt haben wir kein Glück. Wir versuchen Umleitungsmethoden und sie funktionieren nicht. Unser Planet hat jetzt viele Menschen. Der Dämon ist auch größer. Er kommt zu uns.«

»Also sollten wir ihn für euch umleiten?« In Alex' Kopf drehten sich die Räder, während er versuchte, sich vorzustellen, wie viel Energie ein solches Unterfangen kosten würde.

Sie schüttelte den Kopf. »Es ist nah. Wir brauchen andere Methode.«

»Wie ein Energiekraftfeld?«, fragte Jaxon.

Lady Raya nickte und lächelte, als sei sie von der Antwort beeindruckt. »Die anderen in Orion-Föderation... sie benutzen auch Kraftfeld.«

Die Orion-Föderation!

Die Kadetten klammerten sich alle an diese Information.

»Die übrigen Planeten auch«, fuhr die Frau fort. »Außerhalb der Föderation. Außerhalb des Sektors. Viele Dinge sind im Weltraum. Wir brauchen Schutz. Unser Kraftfeld hält vielleicht nicht gegen dieses Ding.«

Nia kaute auf ihrer Unterlippe und richtete sich auf. »Habt ihr die Föderation um Hilfe gebeten?« Wenn die Föderation sich mit Kraftfeldern schützte, konnten sie sicherlich auch diese Leute schützen.

Lady Rayas Augen verdunkelten sich, und sie wandte sich an

den Häuptling. Sie sagte etwas zu ihm in ihrer Sprache, und er antwortete auf gleiche Weise. Sie schienen über etwas zu streiten, aber der Kommunikator der Kadetten war ausgeschaltet, und so konnten sie den Austausch nicht verstehen. Xev saß da und beobachtete mit einem undurchschaubaren Gesichtsausdruck.

Lady Raya rutschte auf ihrem Sitz und griff nach einer weiteren sauren Frucht auf dem Tisch. »Der Hohe Häuptling und die Föderation vertragen sich nicht. Sie haben vor einigen Jahren gekämpft. Hört zu, ich erzähle euch davon.«

Sie erzählte ihnen von der Regierung der Föderation. Sie wurde vor Hunderten von Jahren gegründet, um Frieden, Wohlstand und technologischen Fortschritt im Sektor zu verbreiten. Die Föderation baute eine starke Militärmacht auf und erzielte große Fortschritte in Landwirtschaft, Medizin und Wissenschaft. Anfänglich als Leuchtturm des Fortschritts gepriesen, begann die Struktur der Föderation unter dem Gewicht ihrer Expansion zu bröckeln. Viele der technologischen und ingenieurtechnischen Fortschritte, die von der Föderation genutzt wurden, einschließlich Energiesysteme und Transport, wurden in den frühen Jahren ihrer Existenz mit allen Mitgliedsplaneten geteilt, auch mit Krissia.

Lady Raya zögerte, bevor sie fortfuhr, ihre Stimme war sowohl von Stolz als auch von Bedauern gefärbt. »Selbst nach unserem Austritt blieb das Erbe der Föderationstechnologie in unseren Systemen erhalten. Die Werkzeuge, die wir heute nutzen, besonders im Energiemanagement und bei der Kraftfeldkonstruktion, sind Anpassungen dessen, was sie uns einst gaben. Aber ohne Zugang zu den neuesten Updates oder Materialien waren wir gezwungen, mit dem wenigen, was uns geblieben ist, zu improvisieren. Deshalb sehen unsere Systeme ähnlich aus, können aber dennoch nicht mit den modernen Standards der Föderation mithalten.«

Sie deutete auf das Schema von Krissias aktuellen Kraftfeldern, das auf dem Tisch angezeigt wurde. »Das ist der Grund, warum wir ihre Ingenieure, ihre Materialien brauchen. Wir haben die Überreste des Föderationsdesigns so weit wie möglich ausgereizt, aber ohne externe Hilfe können wir dieses Ding nicht aufhalten.«

Der letzte Präsident war so. Er herrschte mit eiserner Faust, Gier trübte seinen Blick. Er änderte Gesetze, um die Abgaben der Planeten im Sektor zu erhöhen. Der Hohe Häuptling hasste die Bedingungen und ging zum Rat, um fairere Abgaben zu fordern. Sein Volk war überarbeitet und die Belohnung für ihren Gehorsam brachte kaum oder gar keine Vorteile. Er stand vor all den anderen Vertretern und Anführern der Föderation und bat um mildere Steuern.

Der Präsident der Föderation weigerte sich nachzugeben. Er saß auf seinem Platz, ein Bein lässig über die Armlehne geschlagen, und sagte dem Hohen Häuptling, er könne die Verbindung zur Föderation kappen, wenn er wolle. Erzürnt über die Unverschämtheit des Mannes stimmte der Hohe Häuptling zu.

»Wir sind nicht mehr Teil der Föderation«, schloss Lady Raya. »Aber wir sind Teil des Orion-Sektors. Daher zahlen wir Steuern. Aber sie sind gering, und sie geben uns kein Recht auf Schutz durch die Föderation. Wir haben viele Rechte verloren, als wir die Föderation verließen. Sogar unser Handel mit Erzen und Energiequellen endete schlecht.«

Die Kadetten ließen wie ein einziger Mensch tief die Luft aus. Die Geschichte erklärte, warum der Planet so verzweifelt auf Hilfe von außen angewiesen war.

»Wäre es möglich, noch einmal an ihn zu appellieren?« fragte Nia.

Lady Raya musterte ihr Gesicht einen Moment lang. »Wen?«

»Den Präsidenten. Dies ist eine Frage von Leben und Tod. Sicherlich ist es einen Versuch wert.«

Lady Raya seufzte, ihre Stimme schwer. »Der Hohe Häuptling ist stolz, ja. Aber er trägt die Last des Leidens unseres Volkes. Als er die Verbindung zur Föderation kappte, dachte er, er würde uns retten. Jeder Verlust seitdem... er verfolgt ihn.«

Lady Raya lachte und legte ihren Kopf zurück. Die Kadetten

schauten in Stille zu. Schließlich sagte sie: »Der Präsident ist tot. Ein neuer hat seinen Platz eingenommen. Aber unser Hoher Häuptling, er ist stolz. Der Hohe Häuptling fühlt sich in seinen eigenen Entscheidungen gefangen«, erklärte Lady Raya. »Er fürchtet, dass ein Wiedereintritt in die Föderation das Andenken derer verraten würde, die gekämpft haben, um uns von ihrem Griff zu befreien. Aber Stolz allein kann keinen Planeten retten.« Ihre Stimme wurde sanfter. »Vielleicht könnt ihr ihn überzeugen, wo ich es nicht kann.«

Sterben? Und so viele Menschen mit ihm? Die Kadetten spürten einen Schauer, der ihnen bei einer solchen Entschlossenheit und einem solchen Stolz über den Rücken lief.

»Seht ihr unsere Lage?« Lady Raya breitete ihre Arme weit aus. »Wir wenden uns an euch, weil wir keine Wahl haben. Aber auch ihr habt etwas zu gewinnen.«

Alex' Ohren zuckten bei dieser Enthüllung. »Wie?«

»Wir sind ein Bergbauplanet. Unser Land hat reiche Energiequellen. Ihr rettet unser Volk, und wir geben euch viel. Genug, um euch reicher zu machen als alle Menschen, die ihr kennt.«

Sie winkte den Dienern, die hinter ihr standen. Sie verließen den Besprechungsraum und kehrten mit einer Truhe zwischen ihnen zurück. Sie ließen sie auf den Tisch fallen, und Lady Raya lehnte sich vor, um die Truhe zu öffnen. In der Kiste lagen drei Zylinder gefüllt mit einer leuchtend gelben Flüssigkeit.

Die Kadetten erkannten sie sofort als Molten Star, eine reichhaltige radioaktive Energiequelle zum Betrieb ganzer Kraftwerke. Eine solche Menge könnte die Akademie monatelang mit Strom versorgen.

Das Erscheinen dieses Anreizes hätte ein Wendepunkt sein sollen, aber das war es nicht. Lady Raya hatte ihnen nichts darüber gesagt, dass sie gehen könnten, wenn sie nicht zustimmten zu helfen. Wenn sie nicht schnell einen Plan entwickelten, würde der Dämon den Planeten verschlingen, zusammen mit dem stolzen Hohen Häuptling, den Kadetten und ihrem Geschenk.

KAPITEL 14

DIE KADETTEN SCHLIEFEN LANG und tief und standen erst spät am Morgen auf, erfrischt und erholt. Sie saßen um ihre Betten herum und diskutierten, was sie bisher wussten.

»Wir haben keine Wahl«, sagte Jaxon, seine Stimme ungewöhnlich hart. »Das ist eine der schlimmsten Entscheidungen, die wir seit unserem Eintritt in die Akademie getroffen haben. Wenn wir versagen, sterben wir alle.« Er fuhr sich mit der Hand durch die Haare und vermied die Blicke der anderen. »Wir sollten zusammenbleiben, Nia. Falls irgendetwas passiert–«

Nias Gesichtsausdruck verhärtete sich. »Ich kann auf mich selbst aufpassen, Jaxon. Du musst es nicht immer so sagen, als würde ich Schutz brauchen.«

Jaxons Hand fiel kraftlos zu seiner Seite, die Worte blieben ihm im Hals stecken. Er wollte mehr sagen, wollte erklären, warum ihr Plan ihn so verunsicherte, aber er brachte nur heraus: »Ich weiß, dass du das kannst. Darum geht es nicht.«

Alex' Stirnrunzeln vertiefte sich, während er den Austausch beobachtete und eine Unterströmung wahrnahm, die ihm bisher entgangen war. Er beschloss, seine Gedanken vorerst für sich zu behalten und sich stattdessen auf die Logistik ihrer Mission zu konzentrieren.

»Sei nicht so negativ. Ich bin sicher, Alex hat einen Plan.« Nia blickte in Alex' Richtung. Auch sie hatte Angst, innerlich zappelig und äußerlich nach einem einfachen Ausweg suchend. »Oder?«

Alex veränderte seine Haltung auf dem Bett und zog seine Beine näher an sich heran. »Ich denke, wir sollten es versuchen. Wir haben auf dem Raumschiff Technologie, die wir zum Aufbau stärkerer Kraftfelder nutzen können, besonders angesichts der Energieressourcen, die sie hier haben.«

»Wir können auch die Türme nutzen, denke ich«, sagte Jaxon. »Wenn ich zu einem komme, kann ich daran herumbasteln und herausfinden, wie er funktioniert.«

»Und was, wenn das alles nicht funktioniert?«, fragte Yasu. Er war lange Zeit still gewesen und hatte sorgfältig die Berichte über das Wesen aus vergangenen Zeiten übersetzt. Obwohl die Informationen ungewohnt angeordnet waren, was ihn zwang, verschiedene Abschnitte mehrmals zu lesen, konnte er feststellen, dass sie bereits versucht hatten, dieselben Methoden aus der Vergangenheit anzuwenden, und es hatte nicht funktioniert. »Was, wenn dieses Ding jetzt zu stark ist? Besonders, da wir keine Erfahrung damit haben?«

»Ich denke, jemand sollte zur Föderation gehen«, sagte Nia.

»Jemand?« Alex warf ihr einen scharfen Blick zu.

»Ich melde mich freiwillig. Ich kann mit Xev und Lady Raya sprechen, und wir gehen gemeinsam zur Föderation und bitten sie um Hilfe. Der Einsatz ist zu hoch. Wir können nicht alle unsere Handlungen auf die Hoffnung stützen, dass wir hier erfolgreich Kraftfelder aufbauen. Wir müssen auch andere proaktive Entscheidungen treffen.«

Jaxon rutschte unbehaglich hin und her, die Arme fest über der Brust verschränkt. Er fixierte seinen Blick auf den Boden, seine Stimme leiser als gewöhnlich, als er sprach.

»Lass stattdessen Yasu gehen.«

Die anderen drehten sich überrascht zu ihm um. Jaxons übliche

Selbstsicherheit schien ins Wanken zu geraten, sein Zögern war untypisch. Er fuhr sich mit der Hand durch die Haare und fügte hinzu: »Es macht einfach mehr Sinn. Yasu hat Erfahrung mit politischen Briefings.«

Nias Kiefer spannte sich an. Sie betrachtete ihn einen Moment, bevor sie antwortete: »Und ich habe das Wissen über die Bräuche der Föderation. Du machst dir Sorgen um mich, oder?«

Jaxons Blick huschte hoch und dann wieder weg. »Ich sage nur, dass es nicht unbedingt du sein musst.«

»Aber ich bin es, Jaxon.« Ihr Ton wurde sanfter, obwohl ihre Haltung fest blieb. »Es geht um mehr als nur darum, wer geht. Es geht darum, sicherzustellen, dass wir alles tun, was wir können, um diesen Menschen zu helfen. Du verstehst das doch, oder?«

Jaxon zögerte einen Moment, dann nickte er leicht, sein Gesichtsausdruck verschlossen.

Nun starrten die drei anderen ihn in stiller Verwirrung an. Nia durchbrach die Stille. »Ich glaube, ich kann auf mich selbst aufpassen, Jaxon. Ich will gehen, teilweise, weil die Föderation ihnen wirklich helfen könnte, aber hauptsächlich, weil ich gerne mehr über die übrige Politik in diesem Sektor erfahren würde.«

Darauf hatte Jaxon keine Antwort. Er wollte keinen seiner Freunde verlieren, aber der Gedanke, Nia zu verlieren, schmerzte viel mehr. Sie war die erste Freundin, die er an der Akademie gefunden hatte, als er neben ihr in der Orientierungshalle saß und ihr von da an folgte. Obwohl er sie davon abhalten wollte zu gehen, war es ihre Unabhängigkeit im Denken und ihre Neugier über Regierungsformen, die er am meisten an ihr mochte. Er wusste, dass sie diese Reise genießen würde und sollte sie nicht davon abhalten zu gehen.

Sie einigten sich noch vor dem Nachmittag darauf, ihr Bestes zu geben, um die Kraftfelder rund um den Planeten aufzubauen. Sie stimmten auch zu, dass Nia bei der Föderation um Verstärkung bitten sollte.

Sie verließen den Raum und trafen an der Tür auf einen Wachmann, der ihnen helfen sollte. Mit dem Kommunikator erklärten sie, wohin sie wollten und wen sie sehen wollten. Die Jungen gingen mit einem Soldaten, um nach Xev zu suchen, während Nia sich auf die Suche nach Lady Raya machte, um ihr ihren Standpunkt zu erklären.

Ihre Arbeit begann ernsthaft. Xev führte sie zu anderen Technikern und Ingenieuren in der Stadt und erklärte den Hintergrund dessen, was getan werden musste. Alex und Jaxon erläuterten, was sie mit den Türmen und der Energie aus der reichlich vorhandenen Molten-Star-Ressource auf dem Planeten erreichen wollten. Yasu fügte hinzu, dass sie einen Plan brauchen würden, um die meisten Menschen in Regionen mit mehr Landwirtschaft und Wildtieren umzusiedeln. So könnten sie den Fokus des Feldes auf diese Gebiete legen.

Auf der anderen Seite des Palastes des Häuptlings traf Nia Lady Raya, die in einem improvisierten Garten Früchte aß. Die Pflanzen dort sahen aus wie Wüstengewächse, widerstandsfähig und an begrenzte Feuchtigkeit gewöhnt. Sie erklärte, wie sie und die übrigen Kadetten geholfen hatten, aber auch Unterstützung benötigten. »Wir haben fortschrittliche Technologie, aber diese Kraft ist uns fremd. Wir könnten verlieren. Ich will nicht, dass das passiert. Wir sollten jetzt die Föderation kontaktieren und um Hilfe bitten, sonst könnte es zu spät sein und wir verlieren alles.«

Lady Raya stimmte ihr zu. Seit Wochen hatte sie dasselbe gedacht. Jedes Mal, wenn sie den Hohen Häuptling traf, blieb er unbeugsam in seiner Überzeugung, dass sie ohne externe Hilfe auskommen würden. Aber sie glaubte, dass sich die Föderation mit dem Tod des früheren Präsidenten in mancher Hinsicht verändert hatte. Dies wäre ein ausgezeichneter Zeitpunkt, um sie anzusprechen und um fairere Bedingungen und eine bessere Allianz zu bitten. »Wir gehen zusammen, du und ich.«

»Würdest du den Hohen Häuptling um Erlaubnis bitten, abreisen zu dürfen?«, fragte Nia.

Während sie die rosa Haut einer weiteren Frucht abschälte, lachte Lady Raya. »Nein. Einsprüche haben keinen Unterschied gemacht. Wir gehen ohne seinen Segen. Ich sage ihm, wir fahren wegen Vorräten nach Teros, und treffen stattdessen den Rat.« Teros war ein Planet im inneren Teil des Sektors, bekannt für seine zahlreichen Fabriken und Ingenieursprodukte.

»Und was, wenn der Hohe Häuptling es herausfindet?«

Lady Raya zuckte mit den Schultern. »Er könnte mich töten. Aber besser ich sterbe, während ich das Richtige tue, als mit dem ganzen Planeten zu sterben.«

Nia hatte weitere Fragen. »Wenn du so entschlossen bist zu sterben, warum hast du bis jetzt gewartet, um zu handeln?«

Lady Raya nahm einen Bissen von der Frucht in ihrer Hand und blickte Nia an. »Neugieriges Kind.« Sie ließ die Frucht angewidert auf ein Tablett fallen. »Ich hätte schon längst gehen sollen. Ich habe auf den richtigen Zeitpunkt gewartet. Dein Erscheinen hier ist der richtige Zeitpunkt.«

Unzufrieden, aber nicht gewillt, das Thema weiterzuverfolgen, ließ Nia es fallen. Sie war froh, bei der Reise dabei zu sein. »Ich bin ein Kind und eine Fremde auf diesem Planeten. Ist es wirklich in Ordnung, dass ich zu einer so wichtigen Angelegenheit mit dir komme?«

Lady Raya schnaubte. »Deine Anwesenheit könnte mir nutzen. Die Föderation könnte denken, du seist eine wichtige Würdenträgerin aus dem Gaia-Sektor. Und sie werden freundlicher zu uns sein, wenn sie glauben, dass Außenstehende zusehen.«

An diesem Abend trafen sich die Kadetten mit dem Häuptling, Xev und einigen anderen Offiziellen, um ihre Pläne zu finalisieren. Die Kadetten sollten am nächsten Tag mit Xev zum Hauptkontinent gehen. Dort wären sie besser ausgestattet, um Menschen mit größerem Einfluss zu erreichen und Hilfe zu erhalten.

Die Kadetten dankten dem Häuptling für seine Gastfreundschaft und betonten, dass sie ihr Bestes tun würden, um den Planeten mit allem, was sie hätten, zu schützen.

Die Sterne leuchteten in dieser Nacht wie Nadelstiche durch ein dunkles Tuch. Die Kadetten saßen in Decken gehüllt draußen und beobachteten sie. Jaxon lehnte sich näher zu Alex und brach die angenehme Stille. »Ich verstehe nicht, wie sie so furchtlos sein kann. Es ist, als würde sie denken, nichts könnte sie berühren.« Er seufzte und fuhr sich mit der Hand durch die Haare. »Es ist nicht so, dass ich ihr nicht vertraue. Ich will nur nicht... dass sie verletzt wird.« Alex legte eine Hand auf seine Schulter, sein Blick stetig. »Deshalb sind wir ein Team, Jaxon. Wir passen aufeinander auf.« Unbekannte Sternbilder übersäten den Himmel. Sie sprachen über die Dinge, die danach kommen würden. Sie waren besorgt über die Trennung, der sie auf dem Weg begegnen würden, aber sie wussten, dass es unvermeidlich war. Die Mission musste erfüllt werden, und sie waren entschlossen, ihr mit Mut und Entschlossenheit zu begegnen.

KAPITEL 15

Der Morgen brach an mit grauem Himmel und ohne jede Spur von Sonnenlicht. Ein Sturm fegte durch die Stadt und sandte trotz ihrer Kleidungsschichten eine trockene, bis in die Knochen dringende Kälte. Die Bediensteten brachten mit Pelz gefütterte Ledertuniken für die Kadetten. Sie bespritzten ihre Hände und Gesichter mit warmem Wasser aus dem Wasserhahn und machten sich auf den Weg nach draußen.

Sie trafen Xev und den Häuptling, boten ihren abschließenden Dank und Abschied an, bevor sie zum Landeplatz gingen, wo ein Fluggerät bereitstand, um sie zum Hauptkontinent zu bringen. Das Flugzeug war größer als die anderen auf dem Landeplatz und hatte eine gleichmäßige weiße Lackierung. Der Pilot war neu. Er sprach mit ihnen in ihrer Sprache, stolperte über die Worte. Trotzdem konnten sie verstehen, dass er von der Hauptstadt geschickt worden war, um sie sicher zum Palast des Hohen Häuptlings zu eskortieren.

Sie saßen in bequemen, mit Leder bezogenen Sitzen und schnallten sich an. Das Flugzeug stieg mit einigen Schwierigkeiten auf, wegen der Heftigkeit der umgebenden Winde. Bald waren sie in der Luft; das Flugzeug schwankte leicht aufgrund der Turbulenzen.

Der Flug dauerte ein paar Stunden. Sie flogen über den Wolken und sahen nichts als weitere Wolken. Eine Zeit lang gingen die Kadetten ihre Pläne durch, aber schließlich verfielen sie in Schweigen. Yasu las mehr über die Geographie des Planeten und dachte weiter über den besten Aktionsplan für die Evakuierung nach. Nia recherchierte über die Föderation, lernte mehr über die beteiligten Planeten und welche davon die meiste Macht besaßen. Jaxon und Alex studierten die vorhandenen Energiesysteme und versuchten herauszufinden, wie sie ihre Technologie mit der dieser Leute integrieren könnten.

Als das Flugzeug durch die Wolken hinabsank, drückten die Kadetten ihre Nasen an die Fenster, um das Layout der Hauptstadt zu beobachten. Es war anders als die Stadt, aus der sie kamen, viel größer und weiter entwickelt. Einige Gebäude stachen hervor, aus Metall und Beton gebaut und bis in den Himmel ragend. Aber im Allgemeinen verfügte die Stadt nicht über den technologischen Fortschritt der anderen Orte, an denen sie vor ihrer Ankunft in diesem Universum gewesen waren.

Zwei schwarze Schwebewagen standen auf dem Landeplatz, um sie abzuholen. Die Fahrer und das Sicherheitspersonal trugen weiße Ledertuniken, geschichtet mit grauer und blauer Wolle. Sie verbeugten sich und begrüßten sie in ihrer Sprache und dann in der Sprache der Kadetten. Die Kadetten stiegen in die Wagen ein und dankten ihnen.

Die Fahrt zum Palast des Hohen Häuptlings war holprig, aber sie konnten sich nicht beschweren. Sie beobachteten die Welt draußen und sahen Menschen, die mit schnellen Schritten die Straßen entlanggingen. Bald kamen sie am Palast an, bereit, die Leute zu treffen, die ihnen helfen würden, diese Welt zu retten.

Nia nestelte am Saum ihrer Zeremonienrobe, während sie durch die Tore fuhren, ihre Besorgnis wuchs mit jedem Kontrollpunkt. Der Palast ragte vor ihnen auf, seine hohen Türme warfen lange Schatten über den Hof. Die Prozeduren, um sie in den Palast zu bringen, waren langwierig, wobei die Sicherheit an den Toren Überprüfungen durchführte und viele Fragen stellte. Xev versicherte ihnen, dass es reines Protokoll sei; der Hohe Häuptling war wichtig und sie konnten bei seinem Wohlbefinden nicht nachlässig sein.

Sie wurden in den Thronsaal des Hohen Häuptlings geführt, als sie den letzten Kontrollpunkt passiert hatten. Es war eine lange Halle aus dunklem Stein und Betonpfeilern. Hohe Buntglasfenster ließen das schwache Sonnenlicht herein und färbten den gepflasterten Boden in hübschen Farben. Sie gingen hinein und steuerten auf den Fuß seines Throns zu.

Der Hohe Häuptling saß auf dem kunstvoll geschnitzten Sitz aus weißem Stein, vom Alter gebeugt. Durch Augen, die von grauem Star getrübt waren, starrte er die Kadetten an. »Dünn«, sagte er und sprach das Wort aus, als wäre es etwas Schmutziges. »Klein. Kinder.«

Lady Raya walzte an ihre Seite, ein breites Lächeln auf ihrem Gesicht. Sie sagte etwas in ihrer Sprache, was der Kommunikator als: »Obwohl sie jung sind, sind sie fähig. Dies sind Genies, einige der klügsten Köpfe in ihrer Welt. Sie werden uns nach besten Kräften helfen«, übersetzte.

Der Hohe Häuptling lehnte sich auf seinem Thron zurück, als wäre er erschöpft. Ein Seufzer entwich seinen Lippen und hallte durch den gesamten Thronsaal.

»Mein Segen«, sagte er und runzelte die Stirn. »Haben.«

Lady Raya lächelte hell und breit.

Sie eskortierte sie aus dem Thronsaal und zu einem Besprechungsraum auf derselben Etage. »Er gibt Segen. Wir machen weiter.«

Die Kadetten nickten, voller Energie und bereit anzufangen.

»Nia, du kommst mit mir.« Lady Raya fixierte Nia mit einem harten Blick. »Wir müssen unsere Reise nach *Teros* beginnen. Deine Freunde bleiben hier und arbeiten mit unseren Ingenieuren. Wir alle haben verschiedene Schlachten in diesem Krieg.«

Bevor die Kadetten sich zu ihren verschiedenen Einsatzorten

zerstreuten, trafen sie sich in einem verlassenen Flur, um ein letztes Mal zu sprechen.

»Könnte das ein Lebewohl sein?«, sagte Yasu und biss sich auf den Finger.

»Niemals!«, sagte Alex und schüttelte heftig den Kopf. »Wir schaffen das. Trotz eines tyrannischen Imperiums sind wir am Leben geblieben. Wir werden auch aus dieser Sache lebend herauskommen.«

»Stell sicher, dass du sicher zurückkommst«, sagte Jaxon und tippte ihr unbeholfen auf die Schulter.

Sie lachte ein wenig und versuchte, ihre allgemeine anhaltende Besorgnis zu vertreiben, aber sie blieb.

Sie drängten sich zu einer Gruppenumarmung zusammen und versprachen, sich wieder zu treffen und die Reise nach Hause sicher zu machen.

Nia ging zu dem Raumschiff, das sie, Lady Raya, zwei andere hochrangige Beamte und eine kleine Besatzung zur Hauptstadt der Föderation auf dem Planeten Eolu bringen würde. Lady Raya hatte alle Personen an Bord sorgfältig ausgewählt und sichergestellt, dass niemand mit dem Hohen Häuptling sprechen würde, bevor sie abflogen. Sie gingen in das Schiff, schnallten sich an und bereiteten sich auf den Start vor. Nia beobachtete durch die dicken Fenster, wie die Sterne näherkamen, während sich ein kleiner Knoten der Angst in ihrer Magengrube festsetzte. Aber sie schob ihn beiseite. Diese Gelegenheit, mehr über die Föderation und die beteiligten Regierungsprozesse zu erfahren, war gut, und sie durfte sie nicht verschwenden.

Die Reise verlief so reibungslos, wie Weltraumreisen eben sein können. Das Radar des Schiffes überwachte in der Ferne die Annäherung der Entität, und sie diskutierten ihre Geschwindigkeit und Bewegung. Sie sah gleichzeitig wie eine rollende Wolke und eine wandernde Sonne aus, aber vor allem jagte sie ihnen Angst ein.

Sie schliefen, aßen und beobachteten die Sterne. Sie hielten die Kommunikation mit ihrem Planeten Krissia aufrecht und erfuhren, wie dort die Vorbereitungen vorangingen. Die Dinge entwickelten sich langsam, aber stetig. Krissianische Ingenieure hatten mit den Kadetten zusammengearbeitet, um die besten Punkte für den Einsatz der Kraftfelder zu bestimmen. Sie arbeiteten auch an der besten Evakuierungsmethode.

Irgendwann musste Lady Raya dem Hohen Häuptling mitteilen, wohin sie gegangen waren. Ihr Raumschiff hatte zu diesem Zeitpunkt Teros bereits passiert, und sie hatten noch eine Reise vor sich, um Eolu zu erreichen. Der Hohe Häuptling forderte Fortschrittsberichte an, und sie musste reinen Tisch machen. Alle im Schiff beobachteten sie von ihren verschiedenen Stationen aus. Nia bemerkte, wie selbstbewusst die Frau wirkte, und wünschte, sie könnte selbst zu jemandem heranwachsen, der solch mutige Entscheidungen trifft.

Der Hohe Häuptling war außer sich vor Wut. Er verlangte, dass sie sofort zurückkehren sollten, aber Lady Raya erklärte ihm, dass sie das nicht tun würden. »Wir müssen unser Volk retten«, sagte der universelle Kommunikator in der Übersetzung. »Und wir können uns nicht nur auf eine Methode verlassen. Wir müssen Frieden mit der Föderation schließen.«

Auf der anderen Seite der Leitung redete der Hohe Häuptling noch eine Weile weiter. Lady Raya starrte mit einem unlesbaren Gesichtsausdruck ins Leere. Als sie schließlich das Gespräch beendete, antwortete sie auf den fragenden Blick in Nias Augen mit einem »Erfolg, ja.«

Nia sprach einige Tage später mit Alex, ihre Stimme von Frustration durchzogen. »Die Föderation hat allen Grund, ihnen zu helfen. Sie wissen, was auf dem Spiel steht, aber sie sind zu sehr in ihrer eigenen Politik gefangen, um zu handeln.«

Alex' Stimme knisterte über den Kommunikator. »Und der Hohe Häuptling macht es auch nicht gerade leichter. Zwischen seinem Stolz und der Bürokratie der Föderation fühlt es sich an, als würden wir versuchen, einen Stern auf einer Nadelspitze zu balancieren.«

»Dann müssen wir härter drängen«, beharrte Nia. »Sie werden nicht handeln, wenn wir ihnen nicht die Kosten des Nichtstuns vor Augen führen.«

Alex zögerte, bevor er antwortete. »Sei nur vorsichtig. Wenn du zu hart drängst, könntest du am Ende etwas zerbrechen.«

Je näher sie Eolu kamen, desto mehr wuchs Nias Angst. Fern von ihren Freunden, in dieser fremden Welt, wo jeder eine andere Sprache sprach, schwand ihr Selbstvertrauen. Sie wusste so viel über die Planeten in der Föderation, ihre Bräuche und Traditionen, aber sie war noch so jung.

»Was, wenn wir scheitern?«, fragte sie Alex.

»Werden wir nicht.« Seine Stimme war leise, erschöpft von einem Tag harter Arbeit, aber sie enthielt einen Hauch von Zuversicht. Wie immer glaubte Alex, dass er mit seinen Freunden alles erreichen könnte. »Das können wir nicht. Wir werden alle zusammen nach Hause gehen und uns den Konsequenzen dieser Entscheidung stellen, welche auch immer das sein mögen.«

Sie sprachen mehr über die Fortschritte auf Krissia. Sie hatten einen Weg gefunden, die Türme so umzukonfigurieren, dass sie ein stärkeres Kraftfeld bekamen. »Die Bewegungen der Wolke sind nicht zufällig«, sagte Jaxon und deutete auf eine pulsierende rote Linie auf dem Display. »Sie folgt der Restenergie unseres Sprungs. Es ist, als würde sie unseren Brotkrumen folgen.« Jaxon saß mit gekreuzten Beinen auf dem Boden, umgeben von holographischen Projektionen der krissianischen Turmschematik. Die Energiebahnen leuchteten schwach und pulsierten wie die Adern einer außerirdischen Kreatur. Seine Stirn runzelte sich vor Konzentration, als er ihren Fluss mit dem Finger nachzog. »Wenn wir die Hilfsenergie von diesen Knoten umleiten«, murmelte er, »könnten wir das Feld lange genug stabilisieren, um die Wolke abzuwehren.«

Alex hockte sich neben ihn und studierte das Schema. »Und was passiert, wenn die Knoten die Last nicht verkraften können?«

»Sie werden überlastet«, antwortete Jaxon unverblümt. »Im besten Fall schalten sich die Türme kurz. Im schlimmsten Fall...« Er brach ab und ließ die unausgesprochenen Konsequenzen in der Luft hängen.

Nia lehnte an der Konsole, die Arme verschränkt. »Im schlimmsten Fall sprengen wir das gesamte System und lassen sie völlig schutzlos zurück.« Ihr Ton war ruhig, aber ihre Augen verrieten ihre Unruhe.

Jaxon warf ihr einen Blick zu, sein Kiefer spannte sich an. »Wir haben keine Wahl. Wenn wir es nicht versuchen, löscht dieses Ding alles hier aus – und uns gleich mit.«

»Der Quantenschlüssel funktionierte, weil er dimensionale Anomalien stabilisierte«, murmelte er. »Wenn wir herausfinden können, wie wir dieses Prinzip reproduzieren können, könnten wir die Reichweite und Stärke der Türme verstärken.«

Alex beugte sich über seine Schulter und studierte die Projektion. »Aber der Schlüssel war nicht nur ein Stabilisator. Er schuf ein Gleichgewicht zwischen Kräften, die grundsätzlich entgegengesetzt waren. Glaubst du, die Türme können dieses Stressniveau aushalten?«

»Das müssen sie nicht«, antwortete Jaxon, seine Stimme von einer Mischung aus Selbstvertrauen und Vorsicht gefärbt. »Wir erschaffen den Schlüssel nicht neu; wir leihen uns nur seine Prinzipien. Wenn wir diese Knoten neu konfigurieren, um den Energiefluss zu bewältigen, sollte es halten – zumindest lange genug, um den Planeten zu schützen.«

Nia, die in der Nähe saß, nickte nachdenklich. »Es ist riskant, aber es könnte unsere beste Chance sein. Lass uns an die Arbeit gehen.«

Sie mussten große Komponenten über Kontinente hinweg bewegen, um die Türme zu rekonstruieren, aber sie arbeiteten schnell.

Er erzählte ihr auch von der Wut des Hohen Häuptlings. »Er

war so unbeeindruckt von Lady Rayas Täuschung. Wir haben ihn vor zwei Tagen getroffen. Er erinnerte sich, dass du früher bei uns warst, und fragte, wohin du gegangen wärst. Als er hörte, dass du mit ihr gegangen bist, schleuderte er einen steinernen Kelch gegen die Wand, und er zersprang in Stücke. Er sagt, er betet für euer Scheitern.«

Nia keuchte. »Das ist extrem.«

»Wirklich. Aber sein Stolz steht auf dem Spiel. Ich bezweifle, dass seine Gebete aufrichtig sind. Innerlich könnte er sich deinen Erfolg wünschen.«

Nia wusste nicht mehr, was sie fühlen sollte. Sie hatte Alex gesagt, dass sie Angst hatte, aber er ermutigte sie, an Lady Rayas Vertrauen zu glauben. Das half ihr, ruhiger zu werden.

Sie kamen an einem Landeplatz in Eolu an. Die Arbeiter am Raumhafen wiesen ihnen mit Leuchtstäben und reflektierenden Schildern den Weg zur korrekten Landeposition. Sie verließen das Schiff, Lady Raya an der Spitze der Reihe, die schnell voranschritt, als gehöre ihr der Ort. Sie hatten Nia in die zeremoniellen Gewänder ihres Planeten gekleidet; dicken weißen Brokat mit blutroten Seidenschichten darüber. Sie banden ihr einen Turban um den Kopf, steckten ihr Haar hinein und befestigten lange Messingketten darauf. Neben Lady Raya sah sie wie der wichtigere Gast aus.

Als das Schiff durch die Wolken schnitt, wandte sich Lady Raya an Nia. »Der Föderationsrat wird nicht freundlich sein. Sie erinnern sich besser an Verrat als an Freundlichkeit. Sie werden dich prüfen - versuchen, uns zu demütigen. Sei bereit, standhaft zu bleiben.« Lady Raya sprach in einer anderen Sprache mit den Menschen am Hafen und erklärte ihnen, wer sie waren und warum sie hier waren. Die Leute blickten verwirrt zu Nia, offensichtlich fragend, warum eine Eingeborene des Gaia-Sektors in ihrem Zug war. Aber Lady Raya erklärte, sie sei eine Prinzessin aus einer gaianischen Königsfamilie, die mehr über ihre Regierung erfahren wolle.

Sie bestiegen ein Luftfahrzeug zur Hauptstadt von Eolu, dem Hauptquartier und Herz der Föderation. Das Fahrzeug war schlanker gebaut als alles, was Nia auf Krissia begegnet war. Das Metall war hochpoliert grau und der Körper wie eine Kugel geformt. Sie gingen an Bord und schnallten sich in ihre Sitze.

Als das Fahrzeug durch die Wolken schnitt, kehrte Nias Besorgnis zurück. Sie wünschte, mit den anderen zu sprechen, die Möglichkeit zu haben, ihnen ihre Ängste zu erklären und im Gegenzug von ihnen beruhigt zu werden, aber es war unmöglich. Kommunikationskanäle aus Eolu waren gut bewacht und hauptsächlich auf diejenigen beschränkt, die von der Föderation zugelassen waren. Daher konzentrierte sich Nia auf die Neuheit der Erfahrung. Sie stellte sich vor, dass sie vielleicht nie wieder eine Ratssitzung in der Orion-Föderation erleben würde.

Aus ihrer Lektüre und Gesprächen mit Lady Raya erfuhr Nia, dass Sitzungen mehrere Tage dauern konnten, um verschiedene Themen zu diskutieren und sie nacheinander zu behandeln. Üblicherweise kamen die Sitzungen mit Pausen von mehreren Stunden dazwischen, damit sich die Beamten und Senatoren vor dem nächsten Thema ausruhen konnten.

Nia döste während des Fluges ein und erwachte mit einem Ruck, als Lady Raya ihre Schulter schüttelte. Sie verließen das Schiff und stiegen in Schwebewagen, die neben der Landebahn warteten. Der Schwebewagen bewegte sich durch asphaltierte Straßen, die von zweistöckigen Betongebäuden gesäumt waren. Gelegentlich sah Nia höhere Strukturen, die aus einer Mischung von Stein, Beton und Stahl gebaut waren.

Sie kamen rechtzeitig am Ratshaus an. Es war das beeindruckendste Bauwerk, das Nia seit ihrer Ankunft in diesem Universum gesehen hatte: ein monumentales Gebäude aus grauem Beton, einem Stahlrahmen und gehärtetem Glas. Lady Raya überprüfte ihr Taschengerät, wo sie den Ratsplan überwachte, und verkündete, dass ihr Zeitfenster noch bevorstand. Sie eilten hinein, rannten die Steinstufen davor hinauf, passierten Sicherheitskontrollen und folgten einem Begleiter ins Ratstheater.

Hier hielt Nia ehrfürchtig den Atem an und bestaunte ein Theater, größer als jedes, das sie in ihrem Leben gesehen hatte. Die Bühne und das Podium befanden sich ganz unten, mit über zwölftausend Sitzreihen auf ansteigenden Ebenen, die nach oben und weg davon führten. Ein rothäutiger Mann mit Hörnern und einem Stoßzahn sprach unten, als sie eintraten und zu ihren zugewiesenen Plätzen gingen. In der Nähe ihres Sitzes befand sich ein Bildschirm, auf dem sie die gewünschte Interpretation auswählen und eine schriftliche Übersetzung der Rede des Sprechers erhalten konnten.

In den nächsten Stunden traten verschiedene Personen von verschiedenen Planeten vor, um zu sprechen. Bedienstete kamen herein, brachten Fingerfood und Getränke, und Nia aß mit Begeisterung, beobachtete die Abläufe und machte Notizen. Als ihr geplanter Zeitpunkt kam, ging Lady Raya allein die Treppe zur Bühne hinunter.

Sie stand am Mikrofon und begrüßte die Zuschauer aus der ganzen Föderation in mehreren Sprachen. Lady Raya begann eine krissianische Volksgeschichte mit eleganter Geste zu erzählen und leitete über zum Plädoyer für ihren Planeten, wobei sie Details zu ihren früheren Interaktionen mit der Föderation gab.

Als sie fertig war, gab der Moderator den Föderationsvertretern Raum für Fragen. Mehrere Fragen wurden herabgeworfen, jede mit einem bösartigen Biss, der darauf abzielte, sie zu entgleisen und zu verwirren. Lady Raya erklärte, dass Krissia bereit sei, neue Bedingungen für eine günstigere Allianz zu besprechen. Sie verwies auf die Geschenke, die sie als Zeichen des guten Willens mitgebracht hatten; eine Truhe gefüllt mit geschmolzenem Stern und einigen Metallerzen, die auf ihrem Planeten heimisch waren.

Ein Vertreter, weiß wie ein leeres Blatt mit einem bauchigen Kopf und schwarzer Kleidung, sagte: »Ihr habt uns den Rücken gekehrt. Jetzt kehren wir euch den Rücken. Ihr habt uns verlassen, als es günstig war, und versucht nun zurückzukehren, wenn ihr kurz vor dem Tod steht?« Sein Lachen krächzte durch die Lautsprecher und andere Vertreter stimmten ein.

Nia konnte ihre Gedanken nicht zurückhalten. Sie schaltete das Mikrofon in der Nähe ihres Sitzes ein und sagte hastig: »Aber das ist nicht fair. Eure Föderation bewacht den Sektor. Ihr könnt nicht einfach einige Planeten im Stich lassen, weil sie euch nicht so viel zahlen wie andere Planeten.« Sie bemerkte den überraschten Blick auf Lady Rayas Gesicht, machte aber verzweifelt weiter. »Diese Menschen werden sterben. Sie brauchen eure Hilfe. Sie sind bereit, ein Geschenk als Zeichen ihres guten Willens zu geben und für den Transport der Ingenieure und Materialien nach Krissia zu bezahlen. Und doch spuckt ihr ihnen ins Gesicht.«

Für einen Moment herrschte Stille. Nia schaltete das Mikrofon aus, ihr Blick fand den Ausdruck von Stolz auf Lady Rayas Gesicht und senkte sich zu Boden. Sie war keine echte Delegierte, und sie hatte gerade etwas getan, was die Akademie den reisenden Kadetten verboten hatte – sich in ausländische Politik einzumischen. Vielleicht zählte ihre Anwesenheit im Rat als Einmischung, aber sie glaubte, solange sie keine Handlungen vornahm, zählte es nicht. Jetzt hatte sie eine klare Grenze überschritten. Aber der Druck war zu groß gewesen; sie konnte nicht anders. Sie setzte sich in ihren Stuhl zurück, kochend vor Empörung über die Leichtfertigkeit der Delegierten der anderen Planeten.

Gemurmel erfüllte den Saal, Blicke ruhten gelegentlich auf Nia und dem Rest der krissianischen Delegation. Nia bemerkte auch die missbilligenden Blicke, die die anderen Mitglieder ihrer Delegation ihr zuwarfen, offensichtlich verärgert über ihre Unterbrechung. Lady Raya beantwortete noch einige Fragen und kehrte zu ihrem Sitz zurück, bevor die Abstimmung begann.

»Sie mischen sich ein«, sagte sie, nachdem sie sich auf ihrem Platz zurechtgesetzt hatte.

Nia wollte sich gerade entschuldigen, aber Lady Raya hob eine Hand und wandte sich ab. »Das gefällt mir«, sagte sie.

Obwohl der Applaus sie beruhigte, schlich sich eine nagende Angst ein. Sie hatte eine der Grunddirektiven der Akademie verletzt. Als Alex später anrief, zögerte sie, das volle Ausmaß ihrer Handlungen zuzugeben, unsicher, ob Stolz oder Schuld schwerer auf ihrem Herzen lastete.

Nia lehnte sich zurück und richtete ihre Kleidung, während Stolz in ihrem Bauch anschwoll. Sie mochte Lady Raya; die Haltung, Anmut und das Selbstbewusstsein der Frau. Wenn der Frau ihre Unterbrechung gefiel, war das das Einzige, worum sie sich kümmern würde.

KAPITEL 16

Jᴇᴅᴇɴ Mᴏʀɢᴇɴ während ihres Vorbereitungsmonats überprüften die Kadetten das Radar und schätzten ab, wie viel Zeit ihnen noch blieb. Die Stunden und Tage glitten ihnen durch die Finger. Sobald sie eine Aufgabe beendeten und zur nächsten übergingen, tauchten weitere auf. Und jeden Tag kam die Energiewolke des Untergangs langsam, aber sicher näher und näher. Sie hatte bereits zwei Planeten im System überquert. Da diese Planeten jedoch leblose Gesteinsbrocken waren, unbewohnt bis auf einige Rover und Forschungsgeräte, entstand kein Schaden.

Während Nias Reise hatten sie erfolgreich einen Evakuierungsplan für die Einheimischen von Krissia erstellt, das Design der Türme neu konstruiert, um Kraftfelder mit mehr Schutzleistung zu erzeugen, und mit den Tests begonnen.

Die Sprachbarriere machte die Prozesse noch schwieriger. Xev konnte nicht überall mit ihnen arbeiten. Nur eine Handvoll Arbeiter sprach ihre Sprache, und sie hatten nur einen universellen Kommunikator, da Nia den anderen mitgenommen hatte. Dennoch bemühten sie sich jeden Tag, arbeiteten trotz der Einschränkungen und schoben ihre Ängste beiseite.

Sie fanden Freude und Unterhaltung in verschiedenen Formen.

Durch die Interaktion mit den Einheimischen eigneten sie sich etwas von der Sprache an und lernten, einige hilfreiche Phrasen zu sagen. Mit diesem geringen Verständnis konnten sie an beliebten Spielen und Tänzen ihrer Kultur teilnehmen.

Yasu entwickelte ein besonderes Interesse an der großen Vielfalt von Brettspielen, die es auf dem Planeten gab. Wenn er nicht arbeitete, spielte er mit einem Einheimischen, verlor und lernte aus seinen Niederlagen, bis er seinen ersten Sieg verbuchen konnte.

Jaxon und Alex vertieften sich nach Feierabend in weitere Arbeit. Alex las über die Erde in diesem Universum und machte mühsam langsame Übersetzungen, wobei er Yasu bei Bedarf um Hilfe bat. Er erfuhr, dass die meisten Planeten in diesem Universum Kraftfelder nutzten, um unerwünschte Besucher fernzuhalten, aber sie dienten auch als Schutz vor anderen Weltraumphänomenen.

Während Alex häufig mit den Informationen herumbastelte, arbeitete Jaxon in einer Ecke des Raums mit einigen Geräten, zerlegte und baute sie wieder zusammen, um ihre Funktionen besser zu verstehen.

Nachdem Nia in Eolu angekommen war, konnten sie weder sie noch Lady Raya erreichen. Das löste einen Hauch von Angst in ihren Herzen aus. Jaxon verbrachte zwei Tage damit, Alex zu bedrängen, indem er sagte: »Was, wenn das ein großer Plan war, um uns hier zu fangen? Wenn sie Nia gefangen haben, werden wir nicht nach Hause zurückkehren können. Wir hätten einfach die Kontrolltürme hacken und fliehen sollen, solange wir konnten.«

Schließlich, von Jaxons Sorgen niedergedrückt, traf sich Alex mit Xev, um Antworten zu bekommen. Xev versicherte ihnen, dass alles in Ordnung sei. Eolu habe strenge Richtlinien gegen unbefugte Kommunikation, die in den Planeten hinein- oder hinausging. Jede Kommunikation müsse über ihre Kanäle laufen. Ein zusätzliches Hindernis für ihre reibungslose Kommunikation sei die Distanzierung des Hohen Häuptlings zu Eolu. Wenn die beiden Planeten ein herzliches Verhältnis hätten, wäre eine einfache Kommunikation über den Palast des Hohen Häuptlings möglich gewesen. »Wir werden bald von ihnen hören«, sagte er zuversichtlich und klopfte Alex auf die Schulter. »Und wir werden erfahren, dass sie erfolgreich sind.«

Die Energiewolke kam näher, unbeeindruckt von ihrer mangelnden Vorbereitung. Bevor die Tagesaktivitäten begannen, überwachten die leitenden Ingenieure und Techniker ihre Annäherung. Je näher sie kam, desto besser konnten sie ihre Zusammensetzung verstehen. Jaxon runzelte die Stirn bei den Messwerten. »Die Energiesignatur hier - sie ist schwach, aber vertraut. Könnte dies ein Nebenprodukt von Multiversumsreisen sein? Was, wenn jeder Sprung, den wir machen, Fragmente hinterlässt, wie Brotkrumen, denen etwas da draußen folgt?« Seine Stimme zitterte, als er das Hologramm anstarrte. Es hatte einen dichten Kern und übte eine Gravitationsanziehung auf die Umgebung aus. Bisher konnten sie auch einen Dunst aus zermahlenen Gesteinen und dichten Gasen beobachten, der sich darum bildete.

Sie beobachteten auch die Planeten, über die die Wolke hinweggezogen war, und bemerkten die Auswirkungen auf deren Oberflächen. Die auf ihren Oberflächen zurückgelassenen Forschungsgeräte waren in unterschiedlichem Maße beschädigt. Einige Geräte waren so stark beschädigt, dass sie nicht mehr mit ihnen kommunizieren konnten. Andere hatten Kratzer und Beulen und arbeiteten daran, einige Signale an ihr Raumfahrtprogramm zurückzusenden. Sie hatten nur begrenzte visuelle Eindrücke vom Durchzug der Wolke und stellten lediglich fest, dass die Wolke die Planeten einer undurchdringlichen Dunkelheit aussetzte, die voller elektromagnetischer Kräfte war, ähnlich denen ihres Systemsterns.

Eines konnten alle bestätigen: Obwohl sich die Wolke bewegte, als wäre sie lebendig, war sie es nicht. Eine so große Entität konnte nicht in der Leere des Weltraums ohne Sauerstoff entstehen und existieren. Niemand konnte zu einem Schluss kommen, was es war, aber unter den Krissianern herrschte Konsens, dass es sich um einen Dämon handelte.

Bei all dem zeichneten die Kadetten ihre Erfahrungen auf diesem seltsamen Planeten in diesem alternativen Universum auf. Zum einen beobachteten sie, dass es keine Anomalien gab, was ihnen Hoffnung gab, dass Alex' Erkenntnisse wahr sein könnten. Sie waren schon mehrere Wochen dort und bewegten sich auf dem Planeten, aber das Quantum-Leap-Gerät hatte keine einzige Anomalie aufgezeichnet. Zum anderen lernten sie mehr über Energieeinsparung von den Krissianern. Obwohl Krissia mit riesigen Vorräten an Molten Star gesegnet war, gingen sie sparsam damit um. Ihre Geräte mochten groß und etwas veraltet sein, aber sie waren effizient, mit wenigen Energieverlusten.

Die Kadetten diskutierten über ihr Schicksal bei der Rückkehr nach Hause. Keiner der anderen Kadetten war jemals so lange auf einer Mission gewesen. Sie scherzten über einige ihrer Techniker zu Hause und stellten sich vor, dass diese vielleicht viel älter und vielleicht verheiratet sein könnten, wenn sie zur Akademie zurückkehrten. Aber all ihre Scherze konnten die Befürchtung über die Konsequenzen ihres Umwegs nicht fernhalten. Die Reise zu diesem Planeten war keine Notwendigkeit gewesen, sondern eine Reise aus Neugierde geboren.

»Wir bringen eine Menge Informationen zurück«, sagte Yasu, während er durch seine Notizen schaute. Er hatte noch nie in einem einzigen Semester an der Akademie so viele Notizen geschrieben. Er hoffte, dass diese Informationen irgendwie ausreichen würden. Kadetten ins Multiversum zu schicken, war ein riskantes Unterfangen. Deshalb mussten sie sich als unersetzlich erweisen, gut in der Erkundung und Entdeckung. Er hoffte, sie hätten genug entdeckt.

»Und den Geschmolzenen Stern. Vergiss den Geschmolzenen Stern nicht«, fügte Jaxon mit einem zittrigen Grinsen hinzu.

»Aber würde es genug sein? Was, wenn sie uns von zukünftigen Reisen ins Multiversum abhalten?« Yasu schaute jeden von ihnen an, sich bewusst, was ein solches Schicksal bedeuten würde. »Das können sie doch nicht machen. Oder doch?«

Die anderen hatten Antworten, wollten sie aber nicht aussprechen. Also saßen sie schweigend bei ihrem Essen.

Am Abend, als die Kadetten endlich erfolgreich ein Kraftfeld errichteten, das stark genug war, um die Blaster in ihrem Raumschiff abzulenken, erhielten sie eine Vorladung vom Hohen Häuptling. Das Kraftfeld umgab die Stadt, neben der sie bei ihrer Ankunft gelandet waren. Sie hatten die Bewohner zuvor in die nächstgelegene landwirtschaftlich reiche Region evakuiert, da diese vorrangig geschützt werden mussten.

Die Kadetten schlossen sich den Ingenieuren, Soldaten und Technikern an, um zu jubeln. Sie hatten die Blaster auf dem Schiff neu konfiguriert, um den Energiesignaturen und Kräften zu entsprechen, die sie von der Wolke beobachtet hatten. Sie waren sicher, dass der Einfluss der Wolke anders sein würde, aber das Wissen, dass das Kraftfeld jetzt so stark war, reichte vorerst aus.

Ein Soldat eilte zu dem Turm, wo sie feierten, fröhliche Lieder sangen und im Kreis tanzten. Er rief etwas in ihrer Sprache, vielleicht in der Hoffnung, dass sie ihn verstehen würden, aber sie brauchten einen Dolmetscher.

Ein älterer Ingenieur übersetzte die Worte des Soldaten langsam. »Der Hohe Häuptling. Er will euch sehen.«

Der Soldat eskortierte die Kadetten zügig zu einem Flugzeug. Der Wind blies um sie herum und trug die restlichen Worte des Soldaten davon. Sie schnallten sich an, blickten aus dem Fenster, mit rasenden Herzen und breiten Lächeln im Gesicht. Draußen, jenseits des Leders und Metalls des Flugzeugs, sank die Sonne in ihr Bett, und die Dunkelheit trank den Himmel leer.

Sie fuhren vom Flugzeug zum Palast des Hohen Häuptlings in der Dunkelheit und schauten durch die Fenster auf die beleuchteten Straßen und die Menschen darin. Sie hoben ihre Hände in die Luft und spielten Musik, sie jubelten. Sie schienen das Schwebeboot als das des Hohen Häuptlings zu erkennen und winkten ihm zu, als es vorbeifuhr.

Im Palast saßen sie einige Minuten im Besprechungsraum und warteten auf den Hohen Häuptling. Bedienstete kamen mit Tabletts voller Speisen und Getränke herein, trugen strahlende Lächeln und sprachen aufgeregt. Ihr Kommunikator übersetzte ihre Worte als Dank und Lob. Sie reagierten mit zurückhaltenden Lächeln und fragten sich, ob es zu viel war.

Der Hohe Häuptling kam herein, getragen auf einem großen, hölzernen Stuhl. Er lehnte sich zurück und beobachtete, wie die Kadetten Krümel und Öl von ihren Lippen wischten.

»Eure Arbeit«, sagte er und schloss die Augen, als er versuchte, sich an die Übersetzung des nächsten Satzes zu erinnern. »... gut.« Er schien aufzugeben, in ihrer Sprache zu sprechen, und begann eine Rede in seiner Sprache darüber, wie ihre Bemühungen ihrem Planeten eine Kampfchance gegeben hatten. Eine Zeit lang hatten alle in Panik geraten, wobei einige reichere Einheimische in Schiffen zu anderen Planeten der Föderation flohen.

Er erzählte ihnen von seiner Unzufriedenheit mit der Föderation, wie er die widerliche Art verabscheute, mit der sie ihre Planeten ausplünderten und alle zwangen, sich ihren Launen zu beugen. Er hasste es, dass Lady Raya mit Geschenken und einem Außenseiter zu ihnen gehen musste, um um Hilfe zu bitten. »Ich habe dieser Frau zu viel Macht gegeben.«

Alex stellte die Frage, von der er wusste, dass die anderen sie hatten. »Haben Sie irgendeine Nachricht von Lady Rayas Gruppe erhalten?«

Jaxon und Yasu lehnten sich mit gespannten Gesichtsausdrücken nach vorne.

Der Hohe Häuptling schloss die Augen, sein runzliges Gesicht wurde nachdenklich, während er der Übersetzung lauschte. Er antwortete, sprach mit übertriebener Langsamkeit, als wolle er seinen Worten mehr Dramatik verleihen. »Sie hatten Erfolg.«

Die Kadetten sprangen fast vor Aufregung von ihren Sitzen. Sie hatten nicht gedacht, dass der Abend noch besser werden könnte, aber er war es. Die Mission ihrer Freundin war ein Erfolg gewesen, und sie würden alle glücklich nach Hause zurückkehren.

»Sie kehren jetzt mit den Streitkräften der Föderation zurück. Wenn eure Freundin hier ist, könnt ihr alle in eure Welt zurückkehren, bevor die Wolke kommt. Wir danken euch für eure Hilfe. Unser Planet wird euch nie vergessen.«

Stolz schwoll in den Herzen der Kadetten an. Die Angst vor ihrer Heimkehr blieb, aber das Wissen, dass sie zusätzliche Verantwortung übernommen und Erfolg gehabt hatten, gab ihnen eine Atempause.

KAPITEL 17

WÄHREND NIAS und Lady Rayas Schiff näher kam, gaben die Kadetten und die Bevölkerung von Krissia den Kraftfelddesigns den letzten Schliff. Sie wussten, dass mit der Delegation von Eolu weitere Ingenieure mit herausragender Expertise für Kraftfelder kamen, aber sie wollten ihr Bestes präsentieren.

Je näher die Delegation jedoch kam, desto gefährlicher wurde ihre Reise. Die Annäherung der Wolke hatte ihre übliche Flugbahn blockiert, was sie zwang, eine längere Route auf der anderen Seite des Systems zu nehmen. Diese längere Route erhöhte das Risiko, dass sie nicht rechtzeitig ankommen würden, bevor die Wolke über Krissia hinwegfegte.

Die Kadetten sprachen mit Nia und erfuhren, wie die Stimmung auf dem Schiff war. »Alle sind optimistischer und fröhlicher«, sagte sie strahlend, »aber wir befürchten auch, dass wir es vielleicht nicht rechtzeitig schaffen werden.«

Eine weitere Sorge der Kadetten war ihre Rückreise in ihr Universum. Wenn die Wolke Krissia erreichte, bevor Nias Gruppe ankam, wären sie gezwungen, die gesamte Zeit, in der die Wolke über den Planeten zog, auf Krissia zu bleiben. Und diese Bewegung könnte mehrere Wochen dauern.

»Wir haben in der Zeit, die wir hier sind, viel erreicht«, sagte Alex. »Die meisten Dinge, die wir getan haben, hätten wir uns nie vorstellen können. Unsere Reise kann hier nicht enden. Wir werden Erfolg haben, diese Menschen retten und rechtzeitig nach Hause zurückkehren.«

Was Alex den anderen nicht erzählte, war, dass er jede Nacht Berechnungen anstellte und überprüfte, wie knapp die Lande- und Startfenster waren. Nach seinen Berechnungen gab es, angesichts der Geschwindigkeit der Wolke und der Entfernung und Geschwindigkeit der Delegation von Eolu, ein kleines Fenster von einigen Tagen. Sein Wissen ließ ihn glauben, dass etwas schiefgehen könnte. Berechnungen waren manchmal unvollkommen. Jede Nacht waren seine Ergebnisse unterschiedlich, und das belastete ihn.

Alex schob seine Bedenken beiseite, indem er sich in die Arbeit stürzte. Sie führten täglich Tests zur Integrität der Kraftfelder durch und nutzten dazu die Blaster ihres Raumschiffs. Sich auf die Arbeit zu konzentrieren hielt ihn davon ab, sich ständig mit seinen Gedanken über die Unheilswolke und die Ankunft seiner Freunde zu beschäftigen.

Endlich war die Delegation nah genug, um landen zu können. Alex, Jaxon, Yasu und Xev flogen am Tag der Landung zur Hauptstadt des Planeten und starrten in den Himmel, beobachteten, wie die Raumschiffe in die Atmosphäre des Planeten eindrangen und zu ihren Landeplätzen navigierten. Eine kleine Menschenmenge hatte sich versammelt, um die Landung zu beobachten, der Hohe Häuptling in ihrer Mitte, der auf seinem hölzernen Stuhl saß und einen unzufriedenen Ausdruck trug. Alle klatschten und jubelten, glücklich über die rechtzeitige Ankunft.

Der Palast bereitete einen Empfang mit Musikern, Tänzern und Essen vor. Die Delegierten der Föderation schreckten zunächst vor dem Empfang zurück, aber bald tanzten auch sie, angesteckt von der hohen Energie der Einheimischen.

Die anderen Kadetten stürzten sich auf Nia und stahlen einen Moment inmitten des Chaos. Jaxon schloss sie in eine Bärenumarmung, und die anderen drängten sich nah heran und umringten sie. Sie ließen sie aus der Umarmung los, erzählten ihr aber Geschichten von ihren Abenteuern. Jaxon und Yasu hatten während ihrer Rückreise nicht so viel mit ihr gesprochen wie Alex, also erzählten sie ihr alles, was sie ihr mitteilen wollten, während sie weg war. Obwohl Nia ihre eigenen Geschichten hatte, blieb sie ruhig und beobachtete die hohe Energie und Lebhaftigkeit ihrer Freunde.

Der Hohe Häuptling rief alle zur Ordnung auf und erhob sich mit Unterstützung eines Wächters und eines weiteren Königlichen. Er sprach über die bisher erzielten Fortschritte und die Arbeit, die noch zu erledigen war. Er betonte die Präsenz und das technologische Wissen der Kadetten und verwies auf ihre Bemühungen, die in ihrer Not dringend benötigte Hilfe gebracht hätten. Er begrüßte die Agenten der Föderation mit einer kühlen Geste und sagte: »Wir hoffen, dass dieses Mal unsere Allianz fruchtbar, friedlich und wohlhabend sein wird!«

Lady Raya applaudierte mit allen anderen, aber als der Hohe Häuptling einen kalten Blick auf sie warf, ließ sie ihre Hände an ihre Seiten sinken. Nia nahm sich vor, vor ihrer Abreise um Gnade für sie zu bitten.

Die Menge brach in erneuten Jubel aus. Die Fröhlichkeit dauerte bis spät in die Nacht an, mit Musik und Getränken, die in einem endlosen Strom flossen.

Nichts davon konnte die Kadetten beeinflussen. Mit ihrer abgeschlossenen Aufgabe mussten sie nach Hause zurückkehren. Sie trafen sich in einem ruhigen Teil des Palasthofs, um ihre Abreisepläne zu besprechen. Alex enthüllte dann seine Berechnungen und zeigte ihnen die Mathematik, die ihn die ganze Zeit geplagt hatte.

»Ich befürchte, wenn wir nicht schnell genug handeln, könnten wir von der Gravitationsanziehung der Wolke erfasst werden, wenn wir versuchen, einen Lichtsprung zu machen. Wir haben genug Treibstoff für die Heimreise, aber nicht genug, um die Triebwerke zu zünden und uns von der Wolke zu entfernen, wenn wir von ihr erfasst werden.«

Die anderen hatten, obwohl ihre Berechnungen nicht so gründlich waren, ähnliche Sorgen. Sie saßen einige Minuten da und teilten ihre Ideen.

»Warum gehen wir dann nicht direkt ins Multiversum?«, schlug Yasu vor. Er starrte auf seine Notizen und erinnerte sich an ihre Reise dorthin. »Die Kraft des Durchbruchs durch das Gewebe von Zeit und Raum wird ausreichen, um uns vor den Gravitationseffekten der Wolke zu retten.«

Die anderen nickten, und Nia fügte hinzu: »Wir können das tun und auf der anderen Seite einen Sprung machen!«

Alex grübelte und überlegte, ob es eine praktikable Lösung wäre. Als ob er seine Gedanken lesen würde, sagte Jaxon: »Wir bräuchten mehr Geschwindigkeit und Präzision als je zuvor für diese Reise. Aber ich glaube, wir können es schaffen.« Er klopfte Alex auf die Schulter. »Wir haben einen guten Anführer. Auch wenn er uns oft dazu überredet, in unangenehme Situationen zu geraten.«

Sie hatten eine Lösung gefunden, die sie beruhigte, sodass sie den Rest der nächtlichen Aktivitäten genießen konnten.

***

Die Kadetten hatten ein letztes Treffen mit dem Hohen Häuptling, bevor sie ihr Raumschiff betraten. Er saß in seinem Stuhl und winkte jeden von ihnen heran, legte zum Segen eine Hand auf ihren Kopf. Als er Alexs Hände in seinen faltigen hielt, dankte er ihnen noch einmal für ihre Hilfe. Die Techniker der Föderation hatten die Arbeit, die sie mit den Krissianern geleistet hatten, überprüft und festgestellt, dass ihr Beitrag, obwohl nicht vollständig wirksam, einen Großteil des Planeten vor der Vernichtung bewahrt haben könnte. »Reist sicher«, sagte er zum Abschluss, »und kommt wieder.«

Die Kadetten bestiegen ihr Raumschiff, begleitet von den Jubelrufen einer überschwänglichen krissianischen Menge, und mit dem

Geschmolzenen Stern in einer Bleikiste, die in einem bewachten Aufbewahrungsraum des Schiffs untergebracht war.

Sie saßen an ihren Konsolen, beobachteten die sich nähernde Wolke durch die Fenster und ihre Nähe zu ihrem Planeten und berechneten die beste Startroute. Im Weltraum sah die Entität wie eine wütende Gewitterwolke aus; eine turbulente Ausbreitung von Dunkelheit mit einem feurigen Kern.

»Wir haben es«, verkündete Alex, als er die Berechnungen der anderen Kadetten sah.

Sie konnten ihren Flug beginnen.

Sie schossen in die Luft, aktivierten die Triebwerke, um aus Krissias Gravitationszone auszubrechen, und steuerten von der Wolke weg. Ihr Raumschiff schwankte, von den mächtigen Kräften in der Umgebung umhergeworfen, aber sie arbeiteten zusammen, um das Quantensprunggerät zu initialisieren.

Alex zählte herunter, und die Kadetten machten sich bereit, hofften, dass es funktionieren würde. Das Raumschiff ruckte plötzlich, als würde es von der Wolke gezogen, aber es durchbrach die Barriere und schoss in die Welt zwischen den Welten, wo nur Licht und Klang existierten und die pure Begeisterung, etwas zu tun, was vor einigen Jahren noch Fiktion gewesen wäre.

Sie durchbrachen die andere Seite und tauchten in der Nähe eines Planeten wieder auf, der Krissia sehr ähnlich sah. Alex überprüfte das Quantensprunggerät und stieß einen lauten Jubelruf aus. Die anderen, als sie seine Aufregung hörten, ließen ihre eigenen Freudenrufe erschallen.

Ihr Abenteuer hatte sie in Länder geführt, von denen sie nie gedacht hätten, dass sie dorthin gehen würden, und jetzt waren sie sicher zurückgekehrt, in die ihnen vertraute Welt. Sie begannen die letzte Etappe ihrer Reise, voller Entschlossenheit und mit erneuertem Entdeckungsdrang.

KAPITEL 18

Das Raumschiff flog in die Erdatmosphäre; die Kadetten signalisierten den Mitarbeitern am Landedock. Diese waren schockiert, von ihnen zu hören, und fragten immer wieder: »Team Alpha?« Die Kadetten lachten und konnten sich denken, woher die Überraschung kam. Sie waren etwa drei Monate weg gewesen. Es war zu erwarten, dass die Akademie dachte, sie wären für immer verloren.

Sie navigierten zur Landezone und bedienten die Kontrollen des Raumschiffs mühelos. Nach der Landung blieben sie noch einige Augenblicke auf ihren Sitzen und ließen die Erkenntnis auf sich wirken, dass sie es geschafft hatten. Sie waren auf einem anderen Planeten gewesen, in einem anderen System, in einem anderen Universum, und trotz aller Herausforderungen hatten sie es lebendig zurückgeschafft.

Als sie das Raumschiff verließen, begegneten sie den verblüfften Blicken der Mitarbeiter.

»Ihr lebt!« Unglaube war deutlich in ihren Gesichtern zu sehen. »Was ist passiert?«

So aufgeregt die Kadetten auch waren, sie konnten die Geschichte nicht sofort ausplaudern. Sie mussten den Kommandanten treffen, um zu erklären, warum sie an einen Ort außerhalb ihres Auftrags gereist waren und was während der Reise passiert war.

Sie gingen zum Büro des Kommandanten im Hauptgebäude, hielten ihre Köpfe hoch, Alex vorneweg. Andere Kadetten und Offizielle, die sie sahen, starrten mit schlecht verborgenem Erstaunen. Einige riefen ihnen Fragen hinterher und fragten, ob sie Geister seien oder in welche Schwierigkeiten sie während ihres Abenteuers geraten seien. Aber die Kadetten, getrieben von dem Wunsch, sich so schnell wie möglich den Konsequenzen ihrer Handlungen zu stellen, ignorierten alle.

Alex klopfte an die Tür und wartete darauf, dass die Stimme des Kommandanten sie hereinrief. Als seine tiefe Stimme mit einem Hauch von Unmut erklang, drehten sie den Knauf und traten ein.

Der Kommandant betrachtete sie, als ob er halb erwartete, dass sie verschwinden würden. Eine lange Minute verstrich, in der sie einander anstarrten, und auf dem Gesicht des Mannes erschien ein finsterer Blick, der sich langsam vertiefte.

»Ihr habt eine Menge zu erklären, Team Alpha. Wir haben bemerkt, dass euer Raumschiff vor einigen Tagen wieder in unser Universum eingetreten ist, aber konnten nicht glauben, dass das möglich war.«

Sie hatten ihre Notizen bereit, reichten sie ihm über den Tisch und redeten durcheinander. Sie alle hatten gemeinsam beschlossen, den Teil wegzulassen, in dem Nia eine Senatssitzung unterbrochen hatte, und stellten sie stattdessen als passive Zuschauerin dar. Schließlich verstummten die anderen und überließen Alex die Führung des Gesprächs. Alex, voller nervöser Energie, berichtete chronologisch von ihrem Abenteuer, erklärte, warum sie einen Umweg genommen und überhaupt einen anderen Planeten angesteuert hatten, und gab eine detaillierte Zusammenfassung dessen, was sie dort gefunden hatten.

Mehrere Stunden vergingen, und als Alex die Geschichte beendete, war es bereits Abend geworden. Der Kommandant saß auf seinem Platz und betrachtete Nias Notizen. Sie hatte Zeichnungen von den Gewändern der Menschen, Zeichnungen der Fahrzeuge, Zeichnungen der Gebäude und sogar Skizzen einiger Systeme des Sektors angefertigt. Er gab lange Zeit keine Antwort und studierte, was sie über die Menschen, Kulturen, technologischen Fortschritte, Entwicklungen und Politik geschrieben hatten.

Der Kommandant brummte und schob schließlich die Notizen beiseite. »Wahrlich, eure Entdeckungen sind monumentaler Natur. Wieder einmal habt ihr euch als wissensdurstige Genies erwiesen.« Er schwieg erneut. »Allerdings war kein Teil dieser Mission autorisiert.« Er hielt Alex' Blick stand, die Stirn in Falten gelegt. »Euer einziger Auftrag war es, Kontakt mit der Erde in diesem Universum aufzunehmen. Nachdem ihr festgestellt habt, dass ihr die Erde nicht erreichen konntet, wäre eure nächste Handlung die Rückreise gewesen. Nicht der Beginn einer weiteren Reise.«

Die Kadetten nickten und senkten reumütig ihre Blicke.

»Werden wir bestraft werden?«, fragte Alex.

»Natürlich. Eure Handlungen haben Konsequenzen. Aber angesichts der Art eurer Entdeckungen könnte die Sanktion, welche auch immer es sein wird, eine leichte sein. Ihr habt Befehle missachtet, aber uns einen Schatz an Wissen gebracht. Dafür ist diese Akademie da: Wissen zu finden, gegen alle Widrigkeiten.«

Die Kadetten verließen das Büro des Kommandanten mit einem Gefühl der Erleichterung. Die Last, die sie während ihrer Reise auf ihren Schultern getragen hatten, war verschwunden.

Sie gingen zur Cafeteria, um die Mahlzeit des Tages zu finden und während des Essens über alles zu sprechen, was die Schule betraf. Sie nahmen die Metalltabletts vom Regal und vermissten die Steintabletts in Krissia. Das Essen bestand aus Kartoffelpüree und etwas Grünzeug, und die Kadetten starrten auf ihre Tabletts und sehnten sich nach der krissianischen Küche.

»Habt ihr auch das Gefühl, dass je mehr wir im Multiversum unterwegs sind, desto weniger real sich die Heimat anfühlt?«, bemerkte Jaxon und starrte missmutig auf den Teller mit Essen vor sich.

Die anderen kicherten und verstanden das Gefühl vollkommen. Sie hegten Gedanken darüber, welche anderen Universen und Planeten sie besuchen und welche neuen Menschen sie kennenlernen würden. Die Gedanken waren aufregend, und obwohl sie etwas Angst hatten, dass ihre Strafe sie daran hindern könnte, in naher Zukunft wieder ins Multiversum zu reisen, waren sie zuversichtlich, dass sie in Zukunft eine weitere Chance bekommen würden.

EPILOG

WEIT ENTFERNT, jenseits der Grenzen des Multiversums, beobachteten die Menschen von Krissia ihren klaren Himmel. Jetzt, da sie vom Dämon befreit waren, verspürten die Menschen von Krissia eine große Erleichterung, die ihnen noch mehr Glück brachte. Sie sangen mit mehr Inbrunst, tanzten mit mehr Energie und aßen mit größerem Appetit.

Der Hohe Häuptling und Lady Raya saßen im Besprechungsraum seines Palastes.

Nachdem die Kadetten abgereist waren und die Föderationsagenten mit der Arbeit am Kraftfeld begonnen hatten, hatte der Hohe Häuptling Lady Raya eine Standpauke gehalten. Eine Zeit lang hatte sein Schweigen sie glauben lassen, er hätte ihr den Akt der Befehlsverweigerung verziehen, aber dem war nicht so. »Wenn du nicht mein Kind wärst, würde ich dich in Ketten legen und für immer einsperren lassen«, sagte er, während er auf seinem Stuhl zitterte. Irgendetwas an der Art, wie er das sagte, entlockte Lady Raya ein Lachen. Sie warf den Kopf zurück und lachte laut und lange, bis ihr Vater widerwillig mit einstimmte.

»Tu das nie wieder«, warnte er.

»Wenn ich müsste, Vater«, sagte sie, »würde ich es wieder tun. Immer und immer wieder. Für das Wohlbefinden der Menschen.«

Jetzt erinnerten sie sich an den Aufenthalt der Kadetten und an die Tatkraft, mit der die Menschen gearbeitet hatten, während die Fremden unter ihnen weilten.

»Sie waren jung, aber sie waren intelligent und inspirierend«, sagte der Hohe Häuptling.

Lady Raya konnte dem nur zustimmen. Die Menschen sprachen ständig über sie, nannten sie ehrfürchtig Gaianer und bemerkten ihre Bereitschaft, einem Volk zu helfen, mit dem sie zuvor nichts zu tun gehabt hatten. Es spielte für sie kaum eine Rolle, dass sie sie anfangs erpresst hatten. Es schien keinen anderen Weg zu geben, sie zur Hilfe zu bewegen. Wenn die Kadetten weggeflogen wären, hätten sie der Gnade der Föderation ausgeliefert sein und zu extremeren Maßnahmen greifen müssen, um ihre Aufmerksamkeit zu gewinnen.

Sie erinnerte sich auch an Nias Kühnheit im Rat. Vielleicht hätte die Föderation ihnen auch ohne Nia geholfen, aber Nias Worte könnten tief in die Herzen aller Anwesenden eingedrungen sein.

»Fragst du dich, wohin sie als Nächstes gehen werden?«, fragte der Hohe Häuptling.

»Gelegentlich. Sie sprachen davon, Reisende zu sein. Ich frage mich, wohin ihre Reise sie als Nächstes führen wird.«

Die beiden hatten keine Antworten auf ihre Fragen. Sie lehnten sich auf ihren Steinstühlen zurück und lauschten der Musik, die durch die Fenster von den Straßen hereinströmte, überzeugt davon, dass die Kadetten, egal wohin sie gingen, zum Erfolg bestimmt waren.

Ende

ECHOS DER LEERE

KAPITEL 19

REGEN FIEL in einem ständigen Schwall aus einem schiefergrauen Himmel auf die glänzenden Wände der Interstellaren Akademie. Vier intelligente Kadetten, deren Gedanken darum kreisten, wie viele andere Versionen von ihnen wohl in ihren Welten gerade den Regen beobachteten, saßen an einem großen Fenster und aßen Eis.

»Die eine Version von Yasu, die endlich die Weltherrschaft erlangt hat, ist wütend, weil er heute eine Party schmeißen wollte«, sagte Jaxon Brooks.

Alex und Nia lachten als Antwort, aber Yasu sah unbeeindruckt aus.

Vor einigen Monaten hatte Yasu Garcia ein Projekt begonnen, um herauszufinden, wie ein Bösewicht das Universum dominieren und übernehmen könnte. Er tat es zum Spaß, interessiert daran, alle Bereiche zu erforschen, die ein kriminelles Genie abdecken würde, um seinen Plan fehlerlos zu gestalten. Er hatte das Projekt längst aufgegeben und sich anderen Dingen zugewandt, aber seine Freunde brachten es gelegentlich auf, um ihn zu necken.

Die Kadetten verfielen in Schweigen, und ihre Gedanken drifteten ab.

Alex Riveras Gedanken wanderten wie immer an mehrere Orte

gleichzeitig. Er hinterfragte ständig das Multiversum und die Möglichkeiten, die mit seiner Existenz verbunden waren. In ihrer letzten Vorlesung hatte die Ausbilderin unerklärliche kosmische Phänomene erläutert. Sie hatten ein solches Phänomen bei ihrer letzten Mission in ein anderes Universum erlebt. Es war eine wallende Wolke aus Energie und Staub gewesen, die über Planeten im Orion-Sektor streifte und alles Leben in ihrem Kielwasser verschlang. Sie konnten sie nicht zerstören, aber sie halfen dabei, den Planeten vor ihrem Einfluss zu schützen.

In ihrem Unterricht sagte die Ausbilderin: »Das Universum ist grenzenlos, gefüllt mit kosmischen Stürmen und Himmelsereignissen, von denen wir nur spärliches Wissen haben. Je weiter wir vordringen und den Stoff des Multiversums durchbrechen, desto mehr Geschehnisse entdecken wir, über die wir noch weniger wissen.«

Alex hob die Hand, um eine Frage zu stellen, und sie warf ihm ihren üblichen erschöpften Blick zu. Seine Fragen, obwohl intelligent, unterbrachen oft ihren Arbeitsablauf. Er bezog sich lediglich auf ihre letzte Mission und fragte, ob solche Anomalien möglicherweise nur in anderen Universen existierten. Bisher hatten sie in ihrem Universum Planetenkollisionen, Novae und kosmische Stürme erlebt. »Was, wenn andere Universen die perfekte Umgebung für die Entstehung von Ereignissen bieten, die sich von denen in unserem unterscheiden?«

Die Ausbilderin starrte ihn an, während es im Klassenzimmer noch stiller wurde. Ein Kadett hustete und murmelte verlegen schnell eine Entschuldigung.

»Unser Verständnis des Multiversums ist begrenzt«, sagte die Ausbilderin und wandte den Blick von ihm ab. »Wir haben nur genug Ressourcen, um einige wenige Reisen aus unserem Universum zu unternehmen. Wenn die Zeit kommt und wir ausreichende Ressourcen für ständiges Reisen und Forschung aufgebaut haben, werden wir ein umfassenderes Wissen über die anderen Welten haben. Aber für jetzt...« Sie trug ein kleines Lächeln, angespannt mit einer Warnung vor weiteren Unterbrechungen.

In diesem Moment ließ Nia Chen einen kleinen Ausruf hören. »Eine Mitteilung. Hat jemand von euch eine bekommen?« Sie war oft diejenige, die ihren Zeitplan im Auge behielt. Es beunruhigte sie zu wissen, dass sie etwas übersehen haben könnte.

Die anderen Kadetten holten ihre Tablets heraus – Alex befreite sich aus seinen tiefen Gedanken – und prüften, ob sie eine Mitteilung erhalten hatten. Der Kommandant bat darum, sie im Besprechungsraum zu sehen.

»Hat jemand etwas falsch gemacht?«, fragte Nia.

Jaxon trug einen schuldigen Ausdruck, und obwohl er versuchte, ihn zu verbergen, bemerkte Nia es.

»Was hast du getan, Jaxon?«, fragte sie mit bestimmtem Ton.

Jaxon hob die Hände, als würde er kapitulieren. »Ich habe es zurückgegeben. Ich schwöre.«

»Was war es?«, fragten die anderen im Chor.

»Da war ein Elektrowerkzeug im Raumlabor. Ich habe es während unserer letzten Sitzung gesehen und ausgeliehen. Aber ich habe es zurückgegeben. Versprochen!«

Sie lachten leicht, aber Nia warf ihm immer noch einen tödlichen Blick zu. Er war vor ein paar Wochen in Schwierigkeiten geraten, weil er in geheime Dokumente über alle Missionen ins Multiversum eingebrochen war. Er tat es hauptsächlich, um Alex etwas zu beweisen, aber es brachte die ganze Gruppe in Schwierigkeiten.

Sie konnten sich keine weiteren Fehler leisten. Sie waren seit Ewigkeiten nicht mehr auf einer Mission gewesen, weil sie für unbefugtes Reisen auf ihrer letzten Mission sanktioniert wurden. Bei ihrer Ankunft im anderen Universum entdeckten sie, dass die Erde und andere Planeten dort von Schutzfeldern umgeben waren. Anstatt nach Hause zurückzukehren, beschlossen sie einstimmig, andere Planeten in diesem Universum zu erkunden. Obwohl sie mit nützlichen Informationen zurückkamen, betrachtete der Kommandant und das Disziplinarorgan der Akademie ihre Handlungen als ungehorsam und widerspenstig.

»Das Treffen ist in einer Stunde. Müssen wir noch etwas anderes tun?«, fragte Alex.

Sie schüttelten alle den Kopf.

Mit einer freien Stunde vor sich kamen sie pünktlich im Besprechungsraum an. Der Regen hatte sich zu einem leichten Schauer abgeschwächt, und sie gingen unter einem Nieselregen vom Vorlesungsgebäude zum Hauptgebäude.

Ein älterer Angestellter bereitete den Besprechungsraum vor und ordnete die Dokumente für das Meeting. Er gab ihnen einen wissenden Blick, während er sie zu ihren Plätzen winkte, und die Kadetten nahmen das als gutes Zeichen.

Mehrere Minuten vergingen, und die Kadetten beschäftigten sich mit ihren Geräten, lasen ihre Vorlesungsnotizen und überprüften die Zeitpläne für den nächsten Tag. Der Kommandant kam herein, flankiert von höheren Beamten, Technikern und Physikern. Als sie die Gesichtsausdrücke der Vorgesetzten sahen, die hereinkamen, spürten die Kadetten jeweils einen Schub der Aufregung.

Es sah nach guten Neuigkeiten aus.

»Ich komme gleich zum Grund, warum wir alle hier sind«, sagte der Kommandant. »Team Gamma war für den nächsten Einsatz eingeplant. Allerdings hat sich Tom gestern beim Training das Handgelenk gebrochen.«

Die Kadetten kannten Tom. Er war älter als sie und hatte ein Gehirn, das komplexe Gleichungen mit lächerlicher Geschwindigkeit berechnete. Er war auch der Teamleiter für Team Gamma und machte seine Arbeit ziemlich gut. Aus ihren Interaktionen mit seinem Team konnten die Kadetten erkennen, dass er sie wie Klebstoff zusammenhielt.

»Ihr Team kann ohne einen Anführer nicht funktionieren. Daher brauchen wir einen Ersatz für diese Mission.« Der Kommandant hielt kurz Alex' glänzenden Blick fest, als ob er den Worten Zeit geben wollte, einzusinken. »Wir haben beschlossen, euch ihren Platz einnehmen zu lassen.«

Die Lichter im Raum wurden gedimmt, und die Multiversumskarte schwebte über dem Tisch, in grünem Licht leuchtend. Sie zeigte einige markierte Punkte, die auf Universen hinwiesen, welche die Kadetten der Akademie bereits erforscht hatten. Wann immer jemand einen Punkt auswählte, wurden weitere Details über die Mission und das eingesetzte Kadettenteam angezeigt.

»Obwohl ihr in euren vergangenen Missionen drastische Entscheidungen getroffen habt, die euch über den Rahmen der Mission hinausführten, habt ihr auch Eigenschaften gezeigt, die wir an der Akademie loben: Neugier und einen Durst nach Gerechtigkeit.«

Sie nickten, ihre Herzen schwollen vor Stolz an.

Bei ihrer letzten Begegnung mit vielen dieser Offiziellen hatten sie eine heftige Standpauke erhalten. Ihre Mission wurde vor allen auseinandergenommen und analysiert, und einige Offizielle waren vernichtend in ihrer Bewertung gewesen. Aber hier hörten sie Worte des Lobes, die sie glauben ließen, dass sie tatsächlich zum Wachstum der Akademie beitrugen.

»Bislang können wir von hier aus nicht mehr über andere Universen herausfinden. Bis wir dieses Niveau der Weiterentwicklung in unserem Bereich erreicht haben, werden wir euch ins Multiversum schicken.

»Wir haben die Energiesignaturen von einem der Universen auf unserem Radar überwacht. Es ist unserem nahe, oder so nahe, wie es bei Universen möglich ist. Unsere Entdeckungen lassen uns glauben, dass das Universum interessante Informationen enthält, die unser Wissen hier an der Akademie voranbringen könnten.«

Der Kommandant machte eine wirkungsvolle Pause, während das betreffende Universum aufgerufen wurde. Die Kadetten konnten sofort erkennen, warum er besorgt darüber war, als sie die niedrigen Werte der Energiemessungen bemerkten. Aber mehr als alles andere gab ihnen die Enthüllung wieder den Nervenkitzel der Erforschung.

»Wie immer beginnt euer Training nun im Ernst. Ihr müsst hart arbeiten und die Akademie stolz machen.«

Die Kadetten strahlten und absorbierten das Wohlwollen dieser Gelegenheit. Hier war eine weitere Chance, neue Welten zu sehen und etwas Neues über unerklärliche Phänomene im Multiversum zu entdecken. Sie würden sie mit Entschlossenheit ergreifen und das Beste daraus machen.

KAPITEL 20

DAS NEUE TRAINING dauerte drei Wochen. Die Ingenieure und Physiker hatten das Quantensprunggerät verändert, was die Grundlage für das neue Training der Kadetten bildete. Sie mussten sich an die verschiedenen Betriebsabläufe gewöhnen, um sich besser auf den neuen Tauchgang ins Multiversum vorzubereiten.

Ihre Ernährung änderte sich während des Trainings, wie üblich, und stellte sie auf nährstoffreiche Mahlzeiten um, die oft fade schmeckten. Sie aßen zusammen, ihre Geräte neben sich, während sie neue Informationen über ihre nächste Mission durchgingen.

»Was glaubst du macht dieses Universum so anders?«, fragte Alex, während er auf einem Klumpen kaute, der vielleicht Hühnchen war, aber nicht danach schmeckte.

»Vielleicht sind die Sterne kleiner?«, schlug Jaxon vor. Er war der Einzige unter ihnen, der das Essen zu mögen schien, und schaufelte löffelweise Nahrung in seinen Mund, mit kaum einem Atemzug dazwischen.

Alex grübelte darüber nach, sein Essen vernachlässigend. Von der anderen Seite der Cafeteria rief der Koch: »Herr Rivera, essen Sie Ihren Teller leer!«

»Kleinere Sterne und auch kleinere Planeten«, sagte Yasu und lachte über den Ausdruck von Verärgerung, der über Alex' Gesicht huschte.

»Warum kleinere Planeten?«, fragte Alex.

»Wir stellen doch alle nur Vermutungen an, oder?«, Yasu schaute die anderen beiden an und hob seine Augenbrauen. »Kleinere Planeten, kleinere Menschen, kleinere Energiesignaturen. Es war nur eine Ahnung.«

Nia schluckte etwas Essen und stieg in das Gespräch ein, wobei sie Yasu anlächelte. »Ahnungen sind okay. Ich denke nur, dass ein Universum mit winzigen Proportionen nicht so nah an unserem liegen würde. Da ist noch etwas anderes im Spiel. Wir werden es bald genug herausfinden. Lasst uns essen, auch wenn das Essen wie gekochte Socken schmeckt.«

Die drei Wochen vergingen schnell, und ihr Abreisetag kam. Sie trafen den Kommandanten und einige andere Offizielle für ein abschließendes Briefing. Sie erkannten einen von ihnen, der mit einem Glas dunkler brauner Flüssigkeit hinten im Raum saß, als den Mann, der sie während ihrer Disziplinaranhörung bitter angefeindet hatte. Seine Anwesenheit jagte ihnen Angst ein, aber der warme Blick auf dem Gesicht des Kommandanten beruhigte sie ein wenig.

»Der Tag eurer Reise ist nun gekommen, und ihr werdet eure dritte Reise ins Multiversum antreten«, sagte er. »Ihr habt ein anstrengendes Training durchlaufen, das eure körperlichen, geistigen und psychologischen Fähigkeiten auf die Probe gestellt hat, und ihr seid angemessen auf die bevorstehenden Reisen vorbereitet worden.«

Er schaute sich im Raum um, als er innehielt, als ob er überlege, wie er am besten sagen könnte, was gesagt werden musste. »Dennoch lassen uns eure Handlungen in der Vergangenheit glauben, dass euer Team zu viel Gutem, aber auch zu viel Zerstörung fähig ist. Wir wollen *nicht*, dass das bei dieser Mission der Fall ist. Eure strikten Befehle sind, die Anomalien, die wir auf unserer Seite beobachtet haben, zu untersuchen und zu dokumentieren. Wir wollen nicht, dass ihr euch in irgendwelche Handlungen einmischt, die mit der Politik der Region zu tun haben oder in diese eingreift.«

Alex hob eine Hand, und der Kommandant nickte als Antwort. »Und was, wenn wir feststellen, dass die Erde nicht für eine Landung verfügbar ist? Haben wir die Erlaubnis, andere Planeten und Sektoren zu besuchen?«

Der Kommandant lächelte. »Ihr habt für diese Mission die Erlaubnis, andere Planeten und Sektoren zu besuchen, ja.«

Die anderen Kadetten tauschten begeisterte Blicke untereinander aus, aber Alex war überglücklich. Wenn sie die Erlaubnis hatten, mit anderen Sektoren in Kontakt zu treten, konnten sie während ihrer Reise mehr erkunden.

Die Besprechung endete mit weiteren Warnungen, und die Offiziellen wünschten ihnen eine sichere Reise. Die Kadetten kehrten müde in ihre Zimmer zurück, mit erneuerter Entschlossenheit und einem Gefühl von Abenteuer.

Der nächste Morgen brach an, die Sonne schien schwach durch geschwollene Wolken. Die Kadetten versammelten sich auf den Landebahnen und zogen ihre Raumanzüge an. Der Kommandant und andere Offizielle waren anwesend und beobachteten den Vorgang mit Stolz.

Die Kadetten stiegen in das Raumschiff und passten ihre Sitze an ihren Konsolen an. Wieder einmal hatte Alex die Hauptkontrolle über das Quantensprunggerät.

»Sind wir alle in Position?«, fragte er und überprüfte die Koordinaten auf dem Quantensprunggerät.

Alle antworteten bejahend.

»Alles klar!« Er zeigte den Technikern im Kontrollturm einen Daumen nach oben. »Bereite Start vor in 3, 2, 1...«

Mit einem Rumpeln schossen die Triebwerke das Raumschiff durch die Wolken. Alex schaltete das Quantensprunggerät ein und rief: »Initialisiere Sprung in 3, 2, 1...«

Das Quantensprunggerät fuhr hoch und ermöglichte dem Raumschiff, in ein neues Universum überzugehen. Wie es bei den ersten beiden Malen gewesen war, war es immer noch ein berauschendes Erlebnis, mit dem Schiff in einen neuen Raum einzudringen. Die

Kadetten wappneten sich, als das Schiff durch einen Tunnel aus brillantem Licht und Klang raste. Schließlich verschwand die um sie herumsausende Energie, und sie tauchten an einem ruhigen Ort im Weltall wieder auf.

»Wir haben es geschafft!«, Alex hob einen Arm zum Jubel.

»Sieht dieser Ort für euch seltsam aus?«, fragte Nia. Sie konnten die Version der Erde dieses Universums in der Ferne schweben sehen, eine Vision aus Grün, Blau und wirbelnden weißen Wolken.

Jenseits der Erde jedoch konnten sie etwas Falsches erkennen, etwas Fehlendes. Der Himmel war fast makellos, als ob die Sterne eine Pause eingelegt hätten.

»Es sieht unglaublich seltsam aus«, antwortete Jaxon. »Könnte das der Grund für die niedrigen Energiesignaturen sein?«

»Möglicherweise«, sagte Alex und verengte seine Augen. Dies war viel anders als er erwartet hatte. Er ließ seinen Blick über den Himmel schweifen und nahm das Fehlen vertrauter Sternbilder in sich auf.

Die Kadetten tauschten verblüffte Blicke im Schiff aus, sicher, dass diese Mission die perfekte Mischung aus Herausforderung und Aufregung sein würde.

KAPITEL 21

»Wir sollten versuchen zu landen«, sagte Nia in die Stille hinein. »Von hier oben können wir nicht viel über diese *Situation* herausfinden. Vielleicht können wir ausführliche Gespräche mit den Bewohnern dieses Planeten führen.«

Stets vorsichtig sagte Jaxon: »Und wenn wir das nicht können? Was, wenn diese Leute feindlich gesinnt sind?«

Die anderen warfen ihm verstohlene Blicke zu. Jaxon war oft der Pessimistischste in der Gruppe. Die anderen führten das auf seine harte Kindheit zurück. Nachdem er durch mehrere Pflegefamilien gegangen war, kam er durch ein Stipendienprogramm zur Akademie. Er kannte sich mit Maschinen und allem, was mit Elektronik betrieben wird, bestens aus, war aber misstrauisch gegenüber Fremden.

»Lass uns positiv bleiben«, sagte Alex.

»Als wir das letzte Mal auf einem Planeten gelandet sind, saßen wir fest, bis wir ihnen geholfen haben. Was, wenn uns hier dasselbe passiert?«

Yasu dachte darüber nach. »Guter Punkt. Wir müssen bei der Landung einfach vorsichtig sein.«

Sie bewegten das Raumschiff und suchten auf der Oberfläche

des Planeten nach einem geeigneten Landeplatz. Als sie einen fanden, gab Alex ihnen das Signal, das Landeverfahren einzuleiten, und sie machten sich daran.

Als sie in die Atmosphäre des Planeten eintraten, blinkten Nachrichten auf ihren Konsolen auf. Sie kamen in verschiedenen Sprachen mit unterschiedlichen Schriften durch. »Identifiziert euch«, stand dort in ihrer Sprache.

»Können das alle sehen, oder werde ich verrückt?«, sagte Jaxon.

Nia lachte. »Jemand will wissen, wer wir sind. Ich sage, wir teilen ihm mit, dass wir das außergewöhnliche Team Alpha sind, das Planeten vor Tyrannei und, nun ja, einer subtileren Form von Tyrannei gerettet hat.«

»Ich vermute, es kommt von einem Kontrollturm in ihrem Raumfahrtprogramm oder so«, sagte Alex, seine Worte von Lachen begleitet. »Wir sollten sie wissen lassen, dass wir Reisende sind und in Frieden kommen.«

»Was, wenn sie feindselig sind?«, fragte Nia, und die anderen murmelten zustimmend zu ihrer Frage.

»Ich glaube nicht, dass sie es sind.« Alex tippte eine Nachricht an das Programm, die erklärte, wer sie waren. Sie lautete einfach: *Wir sind Reisende von einer anderen Welt. Wir sind hierhergekommen, um Wissen über den Weltraum und das unbekannte Universum, das uns umgibt, zu suchen.*

Sie warteten einige Momente und erhielten eine Antwort, die nach der Identifikation des Schiffes und einer Identifikation ihrer Institution fragte. Die anderen suchten in der Datenbank nach den Dokumenten und als sie sie fanden, schickten sie sie rüber.

Sie warteten wieder und hielten den Atem an.

In einem stillen, nach Anarchie dürstenden Teil von Alex' Gehirn wünschte er sich, er könnte die Dinge auf dem Planeten durcheinanderbringen und direkt zur Landung übergehen. Es würde zu einem Handgemenge kommen, aber er würde...

Eine Nachricht kam herein, die sie als Besucher auf dem Planeten willkommen hieß, aber darauf hinwies, dass sie die strengen

Vorgaben für die Landung befolgen müssten. Es gab eine lange Liste mit Anweisungen, die sie befolgen sollten, und sie lasen sie interessiert durch. Sie berieten untereinander und entschieden, dass es am besten wäre, den Anweisungen zu folgen.

Sie gingen zur Landung über und fanden die Landebahn mit ihren blinkenden Lichtern leicht. Die Stadt, die sie umgab, wurde deutlicher, als sie tiefer sanken, und zeigte ihnen das solide Layout identischer cremefarbener Häuser mit identischen Veranden und identischen Gärten in kurzer Entfernung vom Raumhafen. Es hatte etwas Malerisches und Friedliches an sich.

Alex überprüfte nach der Landung die anderen Kadetten, um sicherzustellen, dass sie unverletzt waren und keine Anomalien auf ihren Konsolen sehen konnten. Alle antworteten zustimmend und signalisierten ihre Begeisterung, den neuen Planeten zu erkunden.

Außerhalb des Raumschiffs hatten sich einige Leute um die Landebahn versammelt, beobachteten das Schiff und warteten darauf, dass die Insassen herauskamen.

Alex stieg als Erster aus und atmete die frische Luft des Planeten tief ein. Über seinem Kopf war der Himmel dunkel und ziemlich wolkenlos. Ein einzelner Stern leuchtete in der Weite, funkelte auf alles herab und wirkte in seiner Erscheinung etwas einsam.

»Es hat eine überirdische Schönheit«, bemerkte Nia und blickte zum Himmel hinauf.

Die Leute, die um das Schiff herumstanden, kamen näher, mit vorsichtigen Ausdrücken in ihren Gesichtern. Einer stand vorn, bullig und streng.

»Seid gegrüßt, Reisende«, sagte er, seine Stimme klang wie ein knallender Peitschenhieb. »Aus welchen Gefilden kommt ihr?«

Alex trat vor. »Wir sind Reisende aus einem anderen Universum. Einer anderen Version eures Planeten, der Erde.«

Unter ihnen erhob sich Gemurmel, ihre vorsichtigen Ausdrücke verwandelten sich in Verwirrung. Der Mann vorne warf einen strengen Blick zurück, und alle verstummten.

»Wie habt ihr das geschafft, dieses Universumspringen? Es klingt fast wie Magie.«

Ein schiefes Lächeln verzog Alex' Lippen. »Ja. Aber dann hat jede große wissenschaftliche Entdeckung zu irgendeinem Zeitpunkt andere dazu gebracht, sich zu fragen, ob sie real oder Magie ist.«

Der Mann starrte ihn an und verschränkte die Arme vor seiner breiten Brust. Er schien Alex' Antwort zu mögen, denn ein Lächeln breitete sich auf seinem Gesicht aus und veränderte die unheilvolle Aura, die ihn umgab. »Ein Mann großer Worte. Du gefällst mir.«

Obwohl er jetzt freundlicher war, wirkte der Mann wie eine scharfe Klinge. Er teilte den Kadetten mit, dass er und seine Begleiter sie und ihr Schiff nach potenziellen Waffen durchsuchen müssten, die ihnen und dem Planeten schaden könnten.

»Ihr scheint vertrauenswürdig zu sein«, sagte er und sah jedem von ihnen mit durchdringendem Blick in die Augen. »Aber wir können nie zu vorsichtig sein. Ihr könntet Terroristen aus einem anderen Sektor sein. Wir müssen wachsam sein.«

Die Kadetten willigten in die Durchsuchung ein und ließen den Mann und seine Kameraden mit blinkenden Sensoren das Raumschiff betreten. Sie stellten mehrere Fragen über ihr Universum und den Grund ihres Kommens, und die Kadetten antworteten aufrichtig, ließen sie wissen, dass ihre Interstellare Akademie sich mit der Aufdeckung der Geheimnisse des Universums beschäftige und das Wissen nutze, um ihre Welt zu verbessern.

»Wir lernen bei jeder Mission neue Dinge, und diese helfen uns, mehr über unseren Platz in dieser Welt und unserer eigenen zu erfahren«, sagte Alex.

Der Mann antwortete nicht, sondern grunzte nur und winkte ihnen, ihm in das Gelände zu folgen.

Während sie gingen, bemerkten die Kadetten, dass seine unheimliche Aura zurückgekehrt war. Er erklärte ihnen, wo sie sich befanden, nämlich auf der Universellen Raumstation der Erde. »Wir empfangen hier alle Besucher. Und schicken auch mehr Besucher von hier aus weg.«

»Es ist wunderschön«, bemerkte Nia. »Wir haben diese hübsche Stadt in der Nähe gesehen. Sie hatte mehrere identische Häuser in einem Rastermuster.« Sie fand die Anordnung der Stadt ansprechend, da sie sie an die Städte erinnerte, die sie als Kind mit ihrem Bruder gebaut hatte.

Der Mann brummte wieder. »Dort wohnt das Personal. Aber in letzter Zeit mussten wir Änderungen vornehmen.«

»Welche Änderungen?«, fragten Alex und Jaxon wie aus einem Mund. Sie schauten sich mit angenehmer Überraschung an, erhielten aber keine Antwort von dem Mann. Da sie keine andere Wahl hatten, beschlossen sie, es auf sich beruhen zu lassen, in dem Glauben, dass sie die Antwort zu gegebener Zeit finden würden.

In einem strahlend weißen Büro mit hellen Lichtern forderten die Beamten die Kadetten auf, sich um einen Metalltisch zu setzen und auf die Besprechung zu warten. Sie warteten dort und unterhielten sich darüber, was passieren könnte.

»Könnten wir verhaftet werden?«, fragte Jaxon, und Besorgnis huschte über seine Züge.

»Sie wirkten feindselig«, sagte Nia, »aber nicht feindselig genug, um uns zu verhaften. Vielleicht schicken sie uns weg. Und wir müssten alleine auf Erkundungstour gehen.« Sie rümpfte die Nase. »Wie spaßig.«

»Es scheint, als gäbe es auch in diesem Universum politische Konflikte«, sagte Alex. »Sie sind vielleicht vorsichtig, weil sie eine Geschichte mit Reisenden haben, die Probleme verursachen. Wir können ihnen das nicht vorwerfen.«

Die anderen murmelten zustimmend und beschlossen, den Beamten bei der Besprechung ihre Missionserklärung zu zeigen.

Ein paar Minuten später kamen einige Personen herein, die Klemmbörder trugen und strenge Mienen aufgesetzt hatten. Die Kadetten erkannten sofort einen von ihnen als den - ˎ

»Commander!«, riefen sie, überrascht, aber froh, ihn zu sehen.

Er und die anderen Beamten zuckten zusammen, fingen sich

aber schnell wieder. Sie setzten sich nebeneinander und zwangen ihre Gesichter in ausdruckslose Nüchternheit.

Die Kadetten erkannten auch einen der anderen Beamten als den Mann aus ihrer Welt, der sie während ihrer Anhörung angefeindet hatte, Oberst Klaus. Sie starrten vom Commander zu Oberst Klaus und bemerkten, wie ähnlich sie ihren Pendants von zu Hause sahen.

Sie stellten sich als Beamte der Interstellaren Akademie der Erde vor, einer angesehenen Institution, die mit der Erforschung der grenzenlosen Weite des Universums betraut war. Sie waren hier, um die Kadetten zu befragen, neugierig auf das Wissen, das sie aus ihrer Welt mitbrachten.

Das Pendant des Commanders stellte sich vor. »Ich bin Harold S., der Commander der Interstellaren Akademie...«

Die Kadetten keuchten erneut.

Er zog eine Augenbraue hoch und betrachtete sie mit deutlichem Mangel an Belustigung. »Was daran ist so schockierend?«

»Unser Commander in unserer Interstellaren Akademie heißt auch Harold«, sagte Alex mit leuchtenden Augen. »Du bist sein Pendant.«

Der Commander und die anderen Beamten nahmen diese Information auf. Oberst Klaus bewegte sich auf seinem Stuhl und reckte den Hals, um die Gesichtsausdrücke der anderen Beamten zu beobachten.

»Sicherlich können wir diesen *Kindern* nicht glauben.«

»Warten Sie, Oberst«, sagte der Commander. »Wir haben Forschungsergebnisse, die die potenzielle Existenz anderer Universen belegen. Dies könnte unser erster Kontakt mit einer anderen Welt sein. Ich bin sicher, wir können mehr über sie herausfinden.«

Er bat um eine Art Ausweis, und sie reichten ihm ihre von ihrem Commander unterschriebene Missionserklärung. Er starrte mehrere Minuten lang darauf, seine Augenbrauen zogen sich immer tiefer zusammen, während die anderen Beamten einander ansahen.

Schließlich reichte er die Erklärung mit einem Seufzer an den Beamten neben ihm weiter. »Sie lügen nicht«, sagte er, seine Stimme mit Verwunderung gefärbt. »Sie sind aus einem anderen Universum. Ein Universum, in dem *ich* ihr Commander bin und sie auf diese Mission geschickt habe.«

Die Kadetten fuhren mit den Beamten zur Interstellaren Akademie. Sie stiegen in ein Schwebeauto mit Designs, die denen auf ihrem Heimatplaneten sehr ähnlich waren, und fuhren neben schweigsamen Wachen. Sie versuchten, einige Fragen über den Planeten und das Fehlen von Sternen zu stellen, erhielten jedoch keine Antworten. Die Wachen wiesen sie an, bis zum nächsten Tag auf das Briefing mit dem Commander am Morgen zu warten.

Sie bekamen Zimmer in einem unbewohnten Abschnitt des Akademiewohnheims. Als sie an den anderen Kadetten der Akademie vorbeigingen, bemerkten sie die neugierigen Blicke, die sie bekamen, und wunderten sich darüber.

»Könnten sie unsere Versionen in dieser Welt kennen?«, fragte Jaxon, als sie ihr zugewiesenes Zimmer betraten.

Alex zuckte mit den Schultern. »Möglich.«

»Oder vielleicht sind es nur unsere Anzüge?«, sagte Jaxon und begann, die Klettverschlüsse an seinem zu öffnen. »Ich habe euch gesagt, dass sich diese seltsam anfühlen. Aber sie sehen auch ziemlich merkwürdig aus.«

Alex warf ihm einen müden Blick zu. »Wir sollten alle etwas schlafen. Morgen könnte ein langer Tag werden. Wir haben ein Briefing mit dem Commander, und wir wissen alle, wie informationsgeladen diese sind.«

Die Kadetten brauchten keine zweite Aufforderung. Sie zogen

ihre Anzüge schweigend aus, legten die Pyjamas aus dem Schließ-fach an und gingen schlafen.

Die Morgendämmerung kam mit Regen, der in einem blen-denden Schleier gegen das Glas fiel. Sie schauten gemeinsam durch das Fenster.

»Ich kann nicht glauben, dass der Regen uns hierher gefolgt ist«, sagte Nia.

Yasu kicherte. »Ich denke, es ist eher so, dass das Wetter auf beiden Planeten ähnlich ist.«

Nia rümpfte die Nase, als sie vom Fenster wegtrat. »Mir gefällt meine Version besser.«

Sie zogen die in den Schließfächern bereitgestellten Kadettenan-züge an und gingen in die Cafeteria zum Essen. Mit provisorischen Ausweisen vom Commander brachten sie ihre Tabletts zum Bedie-nungsbereich. Alle anderen Kadetten in der Halle verfolgten ihre Bewegungen mit ihren Augen und murmelten untereinander.

Yasu drehte sich unbehaglich auf seinem Sitz, als er sich setzte. »All diese Augen auf uns...«

»Ich fühle mich auch unwohl«, sagte Jaxon. »Ich möchte essen, aber es ist mir unangenehm, wenn alle uns beobachten.«

»Iss einfach wie gewohnt«, sagte Nia. »Du isst auch gut, wenn wir zu Hause sind.«

»Ich kenne diese Leute nicht!«

»Einfach -«

»Yasu!« Ein Mädchen stand neben ihrem Tisch, ihre olivfarbene Haut mit einem unnatürlichen roten Schimmer getönt und ihr schwarzes Haar, das bis zu ihrer Taille reichte. Ihr Blick ruhte nur auf Yasu, mit einer Intensität, die die vier Kadetten innehalten ließ. Ihre Lippen zitterten, ihre Augen füllten sich mit Wasser, und dann warf sie sich auf ihn und schlang ihre Arme um seinen Hals. »Ich fürchtete, ich würde dich nie wiedersehen. Alle dachten, du seist gestorben, aber ich hoffte immer, dass es nicht wahr ist.« Sie zog sich zurück und strich ihm die Haare von der Stirn.

Dann, als ob ihr plötzlich die Anwesenheit der anderen bewusst wurde, schaute sie sie an, plötzlich verlegen. »Wir dachten, ihr wärt auch gestorben. Es ist so gut, euch wiederzusehen.«

KAPITEL 22

Ihre Gegenstücke waren tot!

Die Information drang nur langsam zu ihnen durch und verstärkte all die anderen Reaktionen, die sie bekommen hatten, seit sie den Offiziellen der Akademie begegnet waren. Die müssen gedacht haben, die Kadetten seien Wiedergänger, die aus dem Grab zurückgekehrt waren, um sie heimzusuchen.

Die Kadetten wollten dem Mädchen weitere Fragen stellen, aber ein grimmig dreinblickender Offizieller kam und zerrte sie weg. Er kehrte zurück, um den Kadetten mitzuteilen, dass sie sich mit ihrer Mahlzeit beeilen sollten, und stellte sich neben sie – eine Abschreckung für andere Kadetten.

Sie aßen so schnell wie möglich, angetrieben von den potenziellen Informationen, die sie noch erfahren mussten. Obwohl sie sich gerne weiter unterhalten hätten, verhinderte die Anwesenheit des Offiziellen jegliches Gespräch.

Der Offizielle eskortierte sie nach dem Essen zum Besprechungsraum. Eine kleine Gruppe saß um den Tisch herum, ihre Gesichtsausdrücke perfekt kontrolliert.

»Ein Mädchen ist in der Cafeteria auf Yasu zugestürzt«, sagte

Alex. »Sie sagte, ihr dachtet alle, wir wären tot. Wir nehmen an, es geht um unsere Gegenstücke.«

Der Kommandant nickte, ein grimmiges Lächeln auf seinem Gesicht. »Nun, zu sagen, dass sie gestorben sind, klingt sehr endgültig, und nichts, was wir wissen, ist endgültig. Wir haben eine Ahnung, dass sie vielleicht noch zurückkehren könnten.«

Die Kadetten verstanden nicht und warfen sich verwirrte Blicke zu.

»Ich weiß, ihr müsst viele Fragen haben«, fuhr der Kommandant fort, während er sich durch seinen grau-melierten Bart kratzte, »und wir werden sie zu gegebener Zeit beantworten. Ihr Schiff wurde von etwas verschlungen, das wir die Leere nennen. Es ist eine dunkle Schwärze, die Ähnlichkeiten mit einem schwarzen Loch aufweist. Sie saugt Licht, Leben, Sterne und Planeten auf und bewegt sich über Sektoren und Planeten hinweg.«

Er gestikulierte, und jemand dimmt das Licht. Über dem Tisch erschien ein rotierendes 3D-holografisches Bild des Universums. Im Gegensatz zu der Version, die die Kadetten in ihrer Welt gesehen hatten, fehlten hier viele Sterne; ganze Systeme waren verschwunden!

»Unglaublich«, murmelte Alex leise.

»Wirklich unglaublich«, sagte der Kommandant. »Aber auch wirklich gefährlich. Die Akademie und die Universelle Schutzkommission sind entschlossen herauszufinden und zu stoppen, was es ist. Sonst riskieren wir, unser gesamtes Universum an diese Seuche zu verlieren.«

Er erklärte weiter ihre Fortschritte bei ihren Forschungen zur Leere. Sie mussten andere Forschungsprogramme stoppen und sich auf die Leere konzentrieren, indem sie Kadetten und Offiziere in Sektoren schickten, wo die Leere Sterne und Systeme verschlungen hatte, um herauszufinden, was die Leute darüber wussten. Dennoch war ihr Wissen immer noch lückenhaft, obwohl schon einige Jahre vergangen waren.

»Wir haben *unseren* Alex, Nia, Yasu und Jaxon in einen solchen

Sektor geschickt, und wir haben herausgefunden, dass die Leere ihren Ursprung möglicherweise im Lyra-Sektor hat.« Jemand zoomte auf den Lyra-Sektor. »Bis jetzt ist es einer von sieben Sektoren, aus denen nichts entfernt wurde. Aber das ist noch nicht alles. Wir haben Bilder des Sektors von vor mehreren Jahren analysiert und Spuren der Leere gefunden. Es scheint, dass dies auch der erste Ort war, an dem die Leere auftauchte, vor mehreren Jahrtausenden.«

»Das ist verdächtig«, sagte Nia.

»In der Tat. Wir glauben, dass der Lyra-Sektor möglicherweise Kenntnisse über die Ursprünge der Leere besitzt. Wir entsenden ein Team dorthin, um weitere Nachforschungen anzustellen und mehr Geheimnisse über die Leere aufzudecken.«

Gedanken schwirrten in den Köpfen der Kadetten, als sie den Besprechungsraum verließen. Die Vorstellung von einer Leere, die Materie und Energie in der Weite des Universums verschlingt, war beängstigend und aufregend zugleich. Besonders Alex fand es interessant. Hier, wieder in einem anderen Universum, begegnete er etwas Unerklärlichem und völlig Anderem als alles in seiner Welt.

»Wir sollten beantragen, Mitglieder dieser Mission zu werden«, sagte Alex, als sie in ihr Zimmer zurückkehrten.

»Was?« Jaxon trug einen misstrauischen Ausdruck. »Wir sind gerade erst gegen eine böse Weltraumwolke angetreten und haben kaum überlebt. Jetzt willst du, dass wir auf eine Mission gehen, bei der es um ein verschwindendes und wiederauftauchendes schwarzes Loch geht?«

Alex drehte sich mit einem begeisterten Blick zu ihm um. »Es wird eine fantastische Lernmöglichkeit sein.«

»Ja. Aber auch eine Gelegenheit zu sterben. Unsere Gegenstücke in diesem Universum könnten tot sein.«

»Aber indem wir an der Mission teilnehmen, könnten wir auch eine Chance bekommen, sie zu retten. Der Kommandant hat es nicht gesagt, aber sie glauben höchstwahrscheinlich, dass die Zerstörung der Leere alles zurückbringen könnte, was sie verschlungen hat.«

Jaxon warf die Hände hoch. »Wenn dies eine Mission wäre, um

gegen einen großen, bösen Typen mit gezwirbeltem Schnurrbart zu kämpfen, wäre ich vielleicht darauf angesprungen. Menschen sind leicht zu bekämpfen, weil sie *sterben*. Wie bekämpft man etwas so Amorphes, dass niemand weiß, was es ist? Anstatt diese Leute zu retten, könnte dies unsere letzte Mission sein. Ich kann nie etwas Cooles erfinden. Yasu wird nie das Universum beherrschen –«

Yasu rief: »Ich will das Universum gar nicht beherrschen!«

»Und Nia entdeckt nie den Planeten mit einer perfekt diplomatischen Regierung.«

»Das ist nicht das, was ich will«, sagte Nia.

Verärgert über Jaxons mangelnden Enthusiasmus wandte sich Alex den anderen beiden zu.

Yasu hob sofort die Hände. »Ich fürchte, ich bin auf Jaxons Seite.« Die Mission war für ihn so überwältigend. Normalerweise liebte er es, neue Dinge zu entdecken, aber dies brachte ihn aus seiner ruhigen Komfortzone heraus. Sie hatten ihr letztes Abenteuer kaum überlebt.

Nia rieb sich die Arme und blickte durch das Fenster auf die geschwollenen Wolken. »Ich bin unentschieden. Einerseits möchte ich mehr über diese *Leere* erfahren. Aber andererseits befürchte ich, dass es viel größer sein könnte, als wir es sind.«

Alex' Schultern sackten herab. »Also sind wir den ganzen Weg hierher gekommen für nichts?«

Die anderen hatten keine Zeit, noch etwas zu sagen. Es klopfte an der Tür, und sie hielten inne, drehten sich zu ihr um.

Alex öffnete die Tür und enthüllte das Mädchen aus der Cafeteria und Tom. Oder Toms Gegenstück.

»Tom?« Die Kadetten starrten ihn ungläubig an und bemerkten, wie neuwertig er aussah. Ganz im Gegensatz zum Teamleiter aus ihrer Welt, der einen Gipsverband um sein Handgelenk trug.

Die Augen des Jungen verengten sich, und er betrat mit dem Mädchen den Raum. »Also, ich nehme an, ich existiere auch in eurer Welt«, sagte er und verschränkte seine gewaltigen Arme vor der Brust.

»Ja, tust du«, sagte Alex.

Das Mädchen winkte. »Und ich nehme an, in eurer Welt gibt es mich nicht. Und ich date auch nicht Yasu.« Sie verzog das Gesicht, als sie Yasus Unbehagen bemerkte. »Ich bin Safira. Und es tut mir leid, dass ich heute Morgen auf dich geklettert bin. Ich hätte einfach nie erwartet, dich wiederzusehen.«

Yasu murmelte eine Antwort.

Tom trat vor, straffte die Schultern und sagte: »Kommen wir gleich zur Sache. Wir wollen euch für unsere Mission.«

»Warum?«, fragte Jaxon mit gerunzelter Stirn.

Tom fixierte ihn mit einem tödlichen Blick. Die Kadetten fanden das gleichermaßen lustig und überraschend. In ihrer Welt tat er das auch gerne. Er sah immer aus, als wäre er bereit, sich zu prügeln, und seine finstersten Blicke hob er sich für Alex auf. Jenseits dieser Blicke pflegten er und Alex eine höfliche Beziehung, tauschten Informationen aus, wenn nötig, und ignorierten einander zu anderen Zeiten. »Weil der Alex, die Nia, der Yasu und der Jaxon, die wir kannten, intelligent, mutig und neugierig auf die Welt um sie herum waren. Wir nehmen an, dass ihr das auch seid. Und wir brauchen die schärfsten Köpfe für diese Mission. Ihr wärt nicht für Multiversum-Reisen ausgewählt worden, wenn ihr nicht zu den klügsten Köpfen eurer Akademie gehören würdet.«

Safira nickte neben ihm, ihre schwarzen Augen glitzerten. »Wir wissen, es kommt sehr kurzfristig, aber das Schicksal unserer Welt steht auf dem Spiel. Wir könnten alles verlieren. Wir müssen zum Lyra-Sektor und so schnell wie möglich herausfinden, was wir können. Und wir könnten jede Hilfe gebrauchen, die wir bekommen können.«

»Aber warum wir?«, fragte Jaxon und ignorierte die vorsichtigen Blicke, die die anderen drei ihm zuwarfen. »Wir sind Fremde. Wir könnten gefährlich sein.«

Die beiden Neuankömmlinge tauschten einen Blick aus und kommunizierten stumm. »Wir vertrauen euch«, sagte Safira schließlich. »Es ist definitiv lächerlich, aber ich habe Yasu in die Augen gesehen, und ich glaubte, ihm vertrauen zu können. Auch wenn ich eine Fremde war, hegte er keine bösen Absichten. Ich bin eine gute Menschenkennerin.«

Jaxon gefiel die Antwort nicht. Er ging zu seiner Koje und ließ sich auf die Matratze fallen. Obwohl er diese Reisen ins Multiversum genoss, hasste er jeden Teil, in dem er etwas Lebensbedrohliches gegenübertreten musste. Es schien, als würde jeder neue Schritt ihn gegen etwas Größeres und Geschickteres bringen, das ihm das Leben nehmen konnte.

Tom übernahm von Safira. »Wir glauben auch, dass die Beendigung der Leere alles zurücksetzen kann. Wir haben keine Beweise dafür, dass alles, was hineingezogen wurde, für immer verloren ist. Einige Tage nachdem unsere Freunde mitgenommen wurden, erhielten wir Signale von ihrem Schiff. Es war nur von kurzer Dauer, aber es gab uns Hoffnung, dass sie noch am Leben sind.«

»Wir wollen sie retten, und wir brauchen eure Hilfe«, sagte Safira schließlich mit einem dünnen Lächeln. »Wir geben euch etwas Zeit, aber wir brauchen bis morgen eine Antwort.«

Als niemand sprach, verließen sie den Raum.

Alex schloss die Tür hinter ihnen und stand mit dem Rücken dazu. »Also, was meint ihr, sollten wir jetzt tun?«

Nia wirkte nachdenklich. »Es ist einen Versuch wert. Es könnte riskant sein, aber wenn wir potenziell alles retten können, was in dieser Welt genommen wurde, und auch unsere Alternativ-Ichs, sollten wir es versuchen.«

»Ich stimme zu«, sagte Yasu. »Die einzige Alternative ist, nach Hause zu gehen -«

»Was wir tun sollten!«, rief Jaxon. »Warum sieht keiner, dass das der beste Ausweg ist?«

»Okay, Jaxon«, sagte Alex mit knappem Ton, »wenn das ist, was du tun willst, nur zu. Wir lassen dich hier mit dem Quantensprung-Gerät und unserem Raumschiff. Wenn wir von der Leere mitgenommen werden, gehst du nach Hause und erzählst ihnen, was passiert ist.«

Jaxon erhob sich vom Bett, die Stirn gerunzelt. »Du weißt, dass das nicht fair ist. Wir müssen zusammenhalten.«

»Dann halt mit uns zusammen«, sagte Alex und kam näher. Nia tätschelte seinen Arm, um ihn zu beruhigen. »Wir sind jetzt schon zweimal heil herausgekommen. Wir können es wieder schaffen. Ich habe ein gutes Gefühl bei der Sache.«

Jaxon wusste, dass die meisten von Alex' guten Gefühlen mit seiner Neugier zusammenhingen. Wenn er neugierig auf etwas war, hatte er immer ein gutes Gefühl dabei, einen Fuß hineinzusetzen. Obwohl Jaxon verängstigt war, war er ebenfalls neugierig. Er beschloss, an Alex' Überzeugung zu glauben.

»Also gut. Ich bin dabei.«

KAPITEL 23

TOM UND SAFIRA WAREN BEGEISTERT, als sie vom Wunsch der Kadetten hörten, an der Mission teilzunehmen. Sie erzählten dem Kommandanten davon und erklärten, wie die Unterstützung von fähigen Kadetten ihnen eine frische Perspektive und einen zusätzlichen Schub zum Erfolg geben könnte.

Der Kommandant dachte darüber nach. Safira und Tom waren für die Mission ausgewählt worden, weil Safira einige Vorfahren im Lyra-Sektor hatte und Tom älter und erfahrener im Weltraumreisen war. Zwei weitere Mitglieder gehörten zur Mission, und sie waren ebenfalls älter und erfahrener. Der Kommandant war unsicher, ob es ein guter Plan war, die Kadetten mitzuschicken, besonders da Alex, Nia, Yasu und Jaxon beim letzten Mal nicht zurückgekehrt waren.

Er besprach seine Überlegungen mit den anderen Offiziellen und erklärte die Vor- und Nachteile, Reisende aus einer anderen Welt auf diese Mission zu schicken. Die anderen Offiziellen berieten sich über eine Stunde lang. Oberst Klaus war besonders dagegen und verwies auf das Verschwinden der letzten Kadetten, die sie auf diese Mission geschickt hatten.

»Wir brauchen erfahrenere Leute dafür«, sagte Oberst Klaus. »Wir sind uns alle einig, dass die Kadetten intelligent, brillant und aufgrund ihrer Erziehung körperlich überlegen sind, aber wir können sie nicht ständig in schwierige Missionen werfen. Einige unserer älteren Piloten und Kämpfer könnten auch gehen. Wenn wir alle Kinder töten, wer wird dann in Zukunft wichtige Missionen übernehmen?«

Ihre Akademie hatte eine Vorliebe dafür, Kadetten auf Missionen zu schicken. Sie hatten bemerkt, dass Kadetten eifriger waren, sich zu engagieren, neugieriger waren und schneller lernten. Natürlich neigten Kadetten auch zu unüberlegten Entscheidungen. Dennoch machten ihre Erfolge in früheren Missionen sie zu idealen Kandidaten für jede neue Mission.

»Ich habe das Gefühl, dass wir diesmal Erfolg haben werden«, wiederholte der Kommandant. »Ihre Akademie hat ihnen die Aufgabe gestellt, durch das Gefüge des Weltraums zu reisen, um in unsere Welt zu kommen. Sie müssen mit Sicherheit zu den klügsten Köpfen ihrer Welt gehören.«

Die Offiziellen waren gespalten, viele unterstützten die Vision des Kommandanten, und ebenso viele stellten sich auf die Seite von Oberst Klaus. Schließlich entschieden sie sich für den demokratischen Weg und stimmten ab.

Mit einem klaren Vorsprung von zehn Stimmen gewann die Position des Kommandanten.

Er schickte den Kadetten umgehend eine Nachricht mit der Bitte, ihn in seinem Büro zu treffen.

Sie kamen gerade an, als er von der Besprechung zurückkehrte. Er betrachtete ihre Gesichter und erinnerte sich an die Gesichter der Versionen von ihnen, die er kannte.

»Wir haben beschlossen, euch zu erlauben, mit den anderen Kadetten und Veteranen auf diese Mission zu gehen. Es wird eine gefährliche sein, bei der wir es mit etwas zu tun haben, worüber wir nur begrenzte Kenntnisse haben, aber ich glaube, ihr seid dafür gerüstet. Wir haben die Leere untersucht und ihr Verhaltensmuster kartiert, wodurch wir eine grobe Vorhersage darüber machen konnten, wo sie sich befinden wird. Nach unseren Vorhersagen ist euer Weg zum Lyra-Sektor frei.«

Die Kadetten nickten, als ihnen der Ernst der Mission bewusst wurde.

Als Nächstes kamen die Vorbereitungen, alles ging in Eile vonstatten. Sie sollten an einem intensiven Training teilnehmen, bei dem der Betrieb des Raumschiffs und die Protokolle für die Reise detailliert erklärt wurden. Sie trafen die anderen Mitglieder der Mission, Mario und Lucille. Sie waren viel älter und hatten während ihres Dienstes an der Akademie zahlreiche Reisen ins All unternommen. Beide sahen sehr vertraut aus, was darauf hindeutete, dass auch sie in der Welt existierten, aus der die Kadetten kamen.

Mario und Lucille hatten ebenfalls Freunde an die Leere verloren. Drei ihrer Freunde waren auf dem Schiff gewesen, auf dem sich die Alternativversionen von Alex, Nia, Yasu und Jaxon befunden hatten.

Obwohl Mario leicht mürrisch aussah, freute sich Lucille, sie an Bord zu haben. »Ich habe eure Gegenstücke immer als einige der intelligentesten Kadetten der Akademie gekannt. Lasst uns zusammenarbeiten und unsere Freunde nach Hause bringen.«

In ihren Gesprächen mit Mario, Lucille und den anderen Vorgesetzten schlug Alex vor, ihr Raumschiff mit an Bord zu nehmen. Das Schiff war groß genug, um kleinere Schiffe für kleinere Missionen unterzubringen. »Wir könnten auch feststellen, dass das Quantensprunggerät in einem entscheidenden Teil der Mission nützlich sein könnte.«

Der Kommandant strich sich nachdenklich über das Kinn. »Welcher entscheidende Teil?«

Alex zuckte mit den Schultern. »Irgendwas an dem Verschwinden und Wiederauftauchen der Leere lässt mich denken, dass sie möglicherweise zwischen Universen wechselt. Irgendwann könnten wir herausfinden, wohin sie geht, und das könnte uns der Lösung des Rätsels näherbringen.«

Die Vorgesetzten diskutierten Alex' Vorschlag in einer privaten

Besprechung noch etwas intensiver. Sie hatten eine detaillierte Anleitung für den Betrieb und die Fähigkeiten des Geräts. Die Besprechung endete mit einer einstimmigen Entscheidung, dass das Gerät bei der Mission nützlich sein könnte.

Der Tag ihres Abflugs kam. Die Kadetten hatten ihre Anzüge angelegt und bestiegen das Schiff mit ihren Kameraden. Safira trug ein gezwungenes Lächeln, ihre Augen waren auf den Himmel gerichtet. Tom fragte sie, ob alles in Ordnung sei, als sie das Schiff betraten.

»Ich habe Angst«, sagte sie. »Ich träume davon, dass die Leere zu mir spricht und mir sagt, sie würde mich holen, so wie sie Yasu geholt hat.«

Tom klopfte ihr auf den Rücken und schenkte ihr ein aufmunterndes Lächeln. »Wir werden nicht zulassen, dass sie dich mitnimmt. Keine Sorge.«

Die Kadetten waren es gewohnt, alles auf ihrem Schiff allein zu erledigen, aber diesmal hatten sie kleinere Aufgaben. Mario war der Anführer des Schiffes und gab alle Anweisungen, wobei er Aufgaben entsprechend ihren Fachkenntnissen verteilte. Alex war sein Copilot, angesichts seiner außergewöhnlichen Fähigkeiten im Steuern kleinerer Raumschiffe. Tom, Nia und Yasu arbeiteten an der Navigation, wählten die besten Routen durch die Systeme und berechneten die richtigen Stellen für Lichtsprünge. Safira, Jaxon und Lucille waren im technischen Support.

Sie starteten reibungslos, steuerten mit klopfendem Herzen in den Abgrund und planten eine Reise zum Lyra-Sektor auf dem schnellsten Weg. Sie schwangen sich in Aktion, machten ihren ersten Lichtsprung und brachen in den Weltraum näher an ihrem Ziel ein. Es war schwierig, mehr als einen Lichtsprung auf einmal zu machen, also stellten sie das Schiff auf Autopilot und ließen es mit konstanter Geschwindigkeit in Richtung des Sektors fliegen.

»Wir müssen die ganze Zeit wachsam sein«, sagte Mario. »Die Leere ist hinterlistig, ihre Stränge tauchen in verschiedenen Sektoren auf und verschlingen Planeten und Sterne. Wann immer wir so etwas sehen, müssen wir so schnell wie möglich einen Sprung machen, um ihr auszuweichen.«

»Wird das nicht das Schiff belasten?«, fragte Nia. »Ich weiß, von der Leere erfasst zu werden ist das Schlimmste, was uns passieren könnte. Aber mittendrin bei einem Sprung zerschnitten zu werden, ist genauso schlimm.«

»Es wird das Schiff nicht belasten.« Jaxon hatte über alle bekannten Wege gelesen, der Reichweite der Leere zu entkommen. »Das Schiff kann zwei aufeinanderfolgende Sprünge auf einmal verkraften. Wir lassen es das nur nicht tun, weil es auf der anderen Seite einen Notfall geben könnte. Du willst immer die Energie für einen zusätzlichen Sprung zur Verfügung haben.«

Es gab nicht viel zu tun auf dem Schiff außer die Navigationskonsolen zu beobachten, den Treibstoffstand und die Integrität der Schiffsteile zu überwachen und das Schiff um große schwimmende Hindernisse zu steuern. In ihrer Freizeit brachte Yasu ihnen das Spiel bei, das er auf ihrer Reise zum Orion-Sektor gelernt hatte. Sie hatten nicht das Set, das sie auf dieser Reise verwendet hatten, also behalf er sich mit markierten Papierstücken.

Während sie eines Tages Navigationswache hatte, hörte Nia, wie Safira im Gemeinschaftsraum nach Luft schnappte. Sie ging zu ihr, klopfte ihr auf den Rücken und versuchte, sie zu beruhigen, aber das Mädchen drehte sich um und packte ihr Handgelenk mit eisernem Griff. Ihre Augen waren nach hinten gerollt und zeigten nur das Weiße. Ihre Stimme klang klar mit einer leicht rauen Note. »Die Welt wird fallen. Die Welt *muss* fallen.«

Nia war erschrocken, entsetzt über den sich verstärkenden Griff des Mädchens und den Hass, der sich deutlich in ihren Gesichtszügen abzeichnete. Sie wand sich und versuchte, sich loszureißen, war aber nicht bereit, zu viel Lärm zu machen und mehr Aufmerksamkeit auf die Situation zu lenken.

Lucille schien es jedoch zu hören. Sie kam zu ihnen, befreite Safiras Hände und schüttelte sie fest. »Reiß dich zusammen!«

Das Mädchen reagierte nicht und wiederholte immer wieder ihre düstere Warnung. Sie hörte erst auf, als Lucille ihr ins Gesicht schlug.

Safira, die nun wieder bei Sinnen war, hielt sich das Gesicht und weinte still. Sie murmelte eine Entschuldigung mit gesenktem Kopf.

Mario berief später ein Treffen ein, um die Situation zu besprechen. Er saß am Rand, mürrischer als sonst, mit überkreuzten Beinen und verschränkten Armen. »Erkläre dich.«

Safira erzählte ihnen, dass sie seltsame Träume hatte, in denen die Leere nach ihr rief. Sie sagte, dass sie schlimmer geworden seien, je mehr sie die Reise geplant hatte, und jetzt, auf der Reise, versuchten sie, sie zu überwältigen.

»Wir hätten dich zurücklassen sollen«, sagte Mario. »Ein Teil deiner Vorfahren stammt aus dem Lyra-Sektor, richtig? Und dein *Freund* war auch bei der letzten Mission dabei. Vielleicht stehst du der Mission zu nahe.«

Alex gefiel die Verachtung im Ton des Mannes nicht. »Das kannst du nicht mit Sicherheit sagen. Sie mag Angst haben, aber sie hat ihre Arbeit bisher gut gemacht.«

»Wie sie sollte. Aber sie wird zu einer Belastung. Sie kann nicht weiterhin in diesen seltsamen tranceartigen Zustand verfallen. Wenn sie das im falschen Moment tut, könnte sie die Mission gefährden.«

»Ich verstehe, was du meinst, aber –«

»Aber nichts, falscher Alex.« Mario fixierte ihn mit einem grimmigen Blick. »Wir führen hier eine Mission mit hohem Risiko durch. Das gesamte Gremium mag von euren Erfolgen bei vergangenen Missionen getäuscht sein, aber ich sehe euch alle als das, was ihr seid: Kinder. Ihr alle müsst euch zusammenreißen. Und sie auch, oder ich werde sie selbst ruhigstellen –«

»Ich werde ein Auge auf sie haben«, sagte Yasu. Er bewegte sich unbehaglich. Er hatte sich seit ihrem ersten Treffen in ihrer Nähe unwohl gefühlt, aber er fühlte eine persönliche Verantwortung, sich um sie zu kümmern. Er hatte den leisen Glauben, dass sein Gegenstück in dieser Welt das von ihm wollen würde.

Mario warf ihm einen bösen Blick zu und verließ den Gemein-schaftsraum.

Als Yasu sie ansah, immer noch misstrauisch, schenkte sie ihm ein schwaches, aber dankbares Lächeln.

Sie machten noch zwei weitere Lichtsprünge, bevor sie im Sektor ankamen. Ein Sprung folgte unmittelbar auf den anderen, nachdem sie Stränge der Leere entlang ihres Weges gesichtet hatten. Die Kadetten starrten durch die Glasfenster des Schiffes auf die Dunkel-heit, die vor ihnen alles Licht verschlang. Sie trieb, aber sie wussten, dass sie sich schnell bewegen konnte, das Schiff überholen und sie ganz verschlingen.

Sie rechneten schnell und fanden die beste Flugbahn für den Sprung und leiteten die Sequenz ein.

Sie kamen aus dem Sprung im Lyra-Sektor heraus, unbeschadet und sicher vor der Leere.

»Wir steuern den Planeten Gilrai im äußeren Ring des Sektors an«, informierte Mario sie. Er hatte ihn nach Beratungen mit Nia, Yasu und Tom ausgewählt. Der Planet war der nächstgelegene Ort, um mit einigen Untersuchungen zu beginnen und sich zu erholen, bevor sie eine weitere Reise antraten.

»Warum Gilrai? Wir werden dort nichts finden«, sagte Safira. »Soweit ich mich erinnere, ist es ein kleiner landwirtschaftlicher Planet und größtenteils verlassen.«

»Wir könnten trotzdem nützliche Informationen finden«, sagte Mario. »Ruht euch aus. Mit unserer Geschwindigkeit sollten wir in den nächsten achtundvierzig Stunden landen können.«

Die Kadetten führten in den nächsten Stunden die notwendigen Kontrollen durch, um sich auf die Landung vorzubereiten. In dieser Zeit verhielt sich Safira vorbildlich, schlief nur wenige Stunden am

Stück und stand früh auf. Yasu versuchte, mit ihr zu sprechen und ihr zu versichern, dass er nicht zulassen würde, dass Mario ihr etwas antut, aber sie wies ihn beiseite und versicherte ihm, dass es ihr gut ginge.

Sie landeten sicher auf einem weitläufigen Feld im am dichtesten besiedelten Teil des Planeten. Eine Stadt war in der Nähe. Sie war nicht so gut entwickelt wie jede Stadt auf ihrem Planeten, aber sie schien der beste Ort zu sein, um Antworten zu finden.

Sie gingen in die Stadt, immer noch in ihren Raumanzügen gekleidet. Sie gingen durch halb verlassene Straßen und trafen nur auf Menschen, die davonliefen, sobald sie versuchten, mit ihnen zu sprechen. Die Leute hatten rötliche, schuppige Haut, große schwarze Augen und leichte Hörner, die aus ihren Stirnen ragten.

»Wie sollen wir jemals Informationen von diesen Leuten bekommen?«, beschwerte sich Jaxon. Eine helle Sonne brannte auf sie nieder und, im Anzug steckend, war er schweißgebadet.

»Wir werden es weiter versuchen«, sagte Nia und gab ihm einen beruhigenden Klaps. »Wahrscheinlich werden wir bald auf die Sicherheitskräfte treffen.«

Sie hatte Recht. Sie bogen um eine Ecke, und zehn Sicherheitsleute warteten dort bereits. Sie trugen dunkelgraue Anzüge und hielten Lasergewehre. Der Vordere schien sie anzufluchen. »Menschen!« Was danach kam, war ein Haufen unverständlicher Worte, aber sie konnten mit dem universellen Kommunikator einiges davon erfassen. Der Kern der Aussage war, dass sie die ganze Zeit friedlich gelebt hatten und keine Störung von Fremden wollten.

Die einheimischen Sicherheitsleute standen da und schwenkten ihre Waffen. Nia versuchte, in ihrer Sprache mit ihnen zu reden und scheiterte. Ungeduldig und in der Erkenntnis, dass sie es nicht so schnell richtig hinbekommen würde, trat Mario mit dem Kommunikator nach vorne.

»Das gesamte Universum ist in Gefahr«, sagte er. »Unsere Forschung hat uns hierher geführt, in euren Sektor, um herauszufinden, was wir über das Ende dieser Welt, wie wir sie kennen, in Erfahrung bringen können.«

»Verschwindet!«, sagten sie. »Die Welt endet, die Welt endet.«

Mario bemühte sich, es erneut zu versuchen, aber diesmal waren sie noch unnachgiebiger. Yasu und Tom, die den Rückzug deckten, machten Mario auf weiteres Personal aufmerksam, das sie aus den Fenstern der umliegenden Gebäude beobachtete.

»Wenn wir jetzt nicht gehen«, sagte Yasu, »werden sie uns töten. Und unsere Reise wird enden.«

Mario, widerwillig, befahl den Rückzug. Sie teilten den Leuten mit, dass sie gehen würden, und kehrten geschlagen zum Schiff zurück.

KAPITEL 24

»WOHIN KÖNNEN wir sonst noch gehen?« fragte Mario, während er über Nias und Toms Schulter auf die Navigationskonsole blickte.

»Zum Andorg«, sagte Safira hinter ihm.

Mario drehte sich um und sah sie an. »Was?«

»Das ist, wohin ich uns vorher bringen wollte. Der Andorg.«

»Was ist das?«

»Nach dem, was ich hier lese«, sagte Nia, »ist es ein Planet im inneren Ring des Lyra-Sektors. Eine alte Religion in dieser Region betrachtete ihn als den angestammten Sitz ihres Gottes.«

Tom bestätigte dies und las eine kurze Passage aus *Der Kompakte Reiseführer zur Galaxis*, die besagte, dass der Planet hauptsächlich von Priestern und anderen Gläubigen des Angoo-Glaubens bewohnt sei. Der Planet war einst das Zentrum des Sektors auf dem Höhepunkt des Einflusses dieser Religion, wobei viele Herrscher im Planetenrat in den Glauben getauft und von ihm ordiniert wurden.

»Mit jedem Schritt, den wir tiefer in diese ganze Sache machen, werde ich erschöpfter«, sagte Jaxon. »Jetzt müssen wir in einem Tempel recherchieren?«

Nia hob eine Augenbraue. »Was ist falsch an einem Tempel? Religionen sind in unserem Teil des Universums vielleicht größtenteils aus der Mode, aber in vielen anderen Teilen waren sie das Rückgrat ihres technologischen Aufstiegs. Tempel können immer noch eine hilfreiche Quelle für Informationen und Wissen sein.«

Mario las über ihre Schulter mehr über den Andorg. »Und ich nehme an, du weißt davon, weil du schon mal dort warst, richtig?«, fragte er Safira.

»Nein«, antwortete Safira. »Ich habe davon gehört, als ich meinen entfernten Heimatplaneten Ixis besuchte. Er liegt auf der anderen Seite des Sektors, im mittleren Ring.«

Mario schnaubte. »Dann setzt Kurs auf den Andorg. Wir haben keine anderen Anhaltspunkte. Hoffen wir, dass uns das dorthin bringt, wo wir hin müssen.«

Nia und Tom arbeiteten daran, einen Kurs zu ihrem Ziel zu planen, und Alex passte die Einstellungen des Schiffes an, um ihre Ankunft dort zu erleichtern.

Die Zeit verging langsam auf dem Schiff, und sie unterhielten sich, indem sie die Spiele spielten, die Yasu ihnen beigebracht hatte, und Geschichten über ihre verlorenen Kollegen austauschten. Die Kadetten erzählten auch Geschichten über ihre Welt und ihre Reisen zu anderen Welten. Ihre Kameraden fragten sich über die Anomalien.

»Du meinst also, wenn *euer* Tom statt dir auf diese Mission gekommen wäre, gäbe es hier Anomalien?«, fragte Tom mit ungläubig gerunzelter Stirn.

»Es ist immer noch eine Hypothese«, sagte Alex. »Wir haben nicht genug Reisen in andere Welten unternommen, um zu wissen, ob die Begegnung mit unseren Alternativversionen immer Anomalien verursacht.« Obwohl die Wissenschaftler an der Akademie mit dieser Annahme arbeiteten und ihre Reisenden ermutigten, ihren alternativen Ichs auszuweichen, gab es keine konkrete Schlussfolgerung darüber, ob es wahr war.

»Aber wenn es stimmt, bedeutet das, dass *euer* Tom Anomalien mit unserem verursacht hätte«, sagte Lucille fasziniert. »Das ist keine gute Sache.«

Jaxon zog Alex zur Seite, bevor sie auf dem Planeten ankamen. »Was, wenn wir dort nichts finden?«, fragte er. »Was, wenn wir den ganzen Weg umsonst gereist sind?«

»Du klingst negativer als sonst«, bemerkte Alex mit einem dünnen Lächeln. »So schlimm warst du nicht einmal, als wir gegen den Weltraum-*Dämon* gekämpft haben.«

»Das war anders. Es war eine Wolke.«

»Und dies ist eine Leere.« Alex runzelte die Stirn.

»Genau. Es ist beängstigender.«

Alex brach in Gelächter aus, aber als er aufhörte zu lachen, versicherte er Jaxon, dass er ein gutes Gefühl bei der Mission hatte. »Ich glaube, wir werden auf diesem neuen Planeten viel lernen. Und du wirst froh sein, dass du mitgekommen bist.«

Sie landeten rechtzeitig auf Andorg. Aus dem Weltraum konnten sie einen Planeten voller Grün und Gebäude aus gelb- und braunfarbenem Stein sehen. Safira hatte nicht genügend Informationen über den Planeten, um ihnen eine solide Orientierung zu geben, also landeten sie auf einer erhöhten Plattform in einem Teil des Planeten, wo sie die meisten Menschen vermuteten.

Vom Himmel aus sahen sie, dass die Plattform nahe einer Stadt lag, die in einem konzentrischen kreisförmigen Muster um das gebaut war, was sie für den Tempel des Großen Gottes Tarrhus hielten. Ihre Sicht aus der Luft entsprach den Bildern, die sie in den Reiseführern gesehen hatten.

Ihre Landung lockte eine Menge Menschen an, die sich mit ehrfürchtigen Gesichtsausdrücken um die Plattform versammelten. Sie gehörten verschiedenen Spezies an; einige sahen Menschen ähnlich, andere hatten grüne Haut wie die aus dem Orion-Sektor, und wieder andere ähnelten denen, die sie in Gilrai getroffen hatten.

Die Reisenden standen vor dem Schiff und schauten auf die Eingeborenen, die zu ihnen hochblickten. Einer nach dem anderen zeigten die Einheimischen auf sie und sangen in ihrer Sprache: »Harga, Harga.« Der Universalübersetzer fing das Wort auf und interpretierte es als »Göttin«.

»Wen meinen sie?«, fragte Alex, während er die ehrfürchtigen Gesichtsausdrücke mit einem Hauch von Angst erwiderte.

»Vielleicht Nia«, bot Jaxon an, »weil sie überirdisch aussieht.«

Nia warf ihm einen vielsagenden Blick zu. »Ich glaube, es könnte Safira sein.«

Als Antwort darauf trat Safira vor, ihr Herz hämmerte in ihrer Brust. Sie sagte etwas zu den Einheimischen in ihrer Sprache; die Worte rollten von ihrer Zunge, als hätte sie die Sprache ihr Leben lang gesprochen.

Der Übersetzer fing ihren Monolog auf. »Freunde, das Ende der Welt naht. Meine Gefährten und ich suchen Antworten. Unsere Suche hat uns hierher geführt, in eure Heimat, um den Ursprung dieser Plage zu finden, die das Schicksal unserer Welten bedroht. Führt uns. Helft uns. Bitte.«

Die Leute zeigten eine lange Straße hinunter. Sie führte durch die Stadt zu ihrem Herzen, wo der riesige Tempel saß und über alle anderen Gebäude hinausragte. »Ihr werdet dort Antworten finden«, sagte einer der älteren Männer. »Der Tempel birgt seit Äonen Geheimnisse. Sucht gut, Göttin.«

Safira verbeugte sich, und die Menschen verbeugten sich ebenfalls, ihre Köpfe berührten den Boden.

Da sie keine Zeit verschwenden wollte, winkte sie ihren Freunden zu, und sie eilten in die Stadt und die Straße hinunter, auf die die Leute gezeigt hatten.

»Woher kanntest du diese Sprache, Safira?«, fragte Mario.

»Ich weiß es nicht«, sagte sie. »Vielleicht hat meine Mutter in meiner Kindheit mit mir darin gesprochen? Als ich sie singen hörte, hat das eine verborgene Erinnerung freigesetzt. Dieser Ort erscheint mir vertrauter. Ich glaube, wir sind jetzt nahe an unseren Antworten.«

Sie bewegten sich schnell, obwohl die Sonne sie durch ihre Anzüge wärmte.

Sie fanden den Tempel verlassen vor, Unkraut wucherte über die Steinplatten und die Wände. An der Vorderseite stand eine große bronzene Statue eines Mannes mit drei Köpfen und sechs Armen. Eines seiner Gesichter trug einen zornigen Blick, das andere ein Lächeln, das letzte einen neutralen Ausdruck.

»Der große Gott Tarrhus«, sagte Safira und betrachtete die grimmige Figur.

»Wir sollten uns beeilen«, sagte Mario. »Ich bekomme einige Informationen von zu Hause. Es ist auf diesem Gerät unklar, aber ich denke, wir können uns hier umsehen, und wenn wir zum Schiff zurückkehren, werden wir es überprüfen.«

»Was, wenn es dringend ist?«, fragte Lucille.

»Nichts ist dringender als die Antworten zu bekommen, die wir brauchen«, sagte Mario und steckte sein Gerät ein.

Die Tempeltüren waren groß, ohne erkennbare Möglichkeit, sie zu öffnen. Sie bestanden ebenfalls aus Bronze und waren mit komplizierten Schnitzereien verziert. Eine Weile hantierten sie mit den hölzernen Riegeln, bewegten Teile ohne Zusammenhang, bis Jaxon und Lucille es herausfanden. Es war ein Rätsel mit vier beweglichen Teilen.

Jaxon und Lucille gaben Anweisungen weiter und wiesen jedem eine Aufgabe zu. Das Team kämpfte mit dem schweren Mechanismus, das Geräusch von mahlendem Metall hallte durch die Höhle. Als die Türen ächzend aufgingen, enthüllten sie Reihen von Speichersäulen, die im schwachen Licht schimmerten. Diese alten Geräte, mit Inschriften versehen und schwach pulsierend vor Energie, schienen die Antworten zu enthalten, die sie suchten – Antworten, die den Ursprung der Leere und ihre Verbindung zu ihrem

Multiversum erklären könnten. Drinnen angekommen, atmeten sie gemeinsam schwer auf. Der Ort roch nach eingefrorener Zeit, muffig und uralt. Sie schalteten ihre Taschenlampen ein und warfen helle Strahlen auf die Pflanzen, die den Ort überwuchert hatten.

»Wir sollten uns aufteilen«, sagte Mario. »Dieser Ort ist riesig. Wir decken mehr Fläche ab, wenn wir getrennt sind. Wir treffen uns in einer Stunde wieder hier.«

Mario ging mit Yasu, Safira und Jaxon, während Lucille Alex, Nia und Tom mitnahm.

Lucilles Gruppe begab sich zu den oberen Ebenen, ihre Lichter um sich werfend. Die Treppen waren teilweise bröckelig, trugen aber immer noch ihr Gewicht. An den Wänden wurde eine Geschichte mit einem farbenprächtigen Wandgemälde erzählt. Einige Menschen jagten andere, schwangen scharfe Waffen. Einige Menschen versammelten sich um ein Loch im Boden, gefüllt mit grüner Flüssigkeit. Hände hielten ein nacktes Baby zum Himmel empor.

»Schaut euch das an!«, sagte Nia und starrte konzentriert auf eine der Wände. »Ist das nicht die Leere?«

Die anderen versammelten sich um sie und betrachteten das Gemälde, auf das sie sich bezog. Drei nackte Männer standen vor einer Dunkelheit, ihre Körper unnatürlich hell im Kontrast.

»Was glaubst du, was es bedeutet?«, fragte Tom.

»Keine Ahnung«, sagte Nia und bewegte sich vorwärts, um einige der feineren Details zu betrachten. »Aber es sagt uns eines: Wir sind der Wahrheit näher. Dieser Ort *hat* Erinnerungen und Informationen über den Anfang der Leere.«

Sie erreichten die zweite Ebene und fanden einen kalten Raum vor, gefüllt mit Reihen und Reihen von Regalen voller Bücher, Schriftrollen und –

»Was sind das?«, fragte Tom und hielt einen der großen Zylinder in seiner Hand. Darin befand sich ein dünnerer Zylinder in einer zähflüssigen Flüssigkeit.

»Speichersäulen«, sagte Nia ohne zu zögern.

Lucille kam näher und nahm die in Toms Hand von ihm. »Ich habe schon von diesen gehört. Ich dachte nicht, dass ich in meinem Leben jemals eine sehen würde. Sie kamen vor Jahrhunderten aus der Mode.«

Tom ging zu einem anderen Regal, das mit ihnen gefüllt war. »Wie werden wir die Informationen darin lesen?«

Alex schaute sich um und stand ehrfürchtig nahe an einem vollen Regal. »Irgendwo in der Nähe sollte ein Speicherlesegerät sein. Ich sehe ein großes System mit einem Monitor.«

Lucille folgte seinem Blick, ihre Augen landeten auf dem System, auf das er sich bezog. Es hatte die Größe einer Kuh, war aus Metall gebaut und von kühlem grauen Stein umgeben. Sie hatte so etwas nicht mehr gesehen, seit sie ein Kind war und ihr erstes Buch über die Geschichte der Computer bekam. »Ja. Das ist uralt. Aber ich glaube, ich kann die Bedienung herausfinden.«

Tom betrachtete einen der Behälter, den er hielt, und schnupperte daran. »Aber die Sprache?« Es gab ein Etikett an dieser Säule, aber die Sprache war undeutlich.

»Ich kann versuchen, es mit dem Universalkommunikator zu scannen«, bot Nia an. Sie eilte an seine Seite und hielt den Kommunikator hoch. Es dauerte eine Weile, bis er funktionierte, da er Schwierigkeiten hatte, aus dieser Entfernung auf die Sprachdatenbank des Schiffes zuzugreifen, aber schließlich gelang es ihr.

»Das Verbrennen des roten Baumes«, las sie, Verwirrung war auf ihrem Gesicht zu erkennen. »Das hilft uns nicht viel. Lass uns andere finden.«

Nach langem Suchen hielten sie mehrere Säulen in den Händen, mit Beschriftungen wie *Zerstörung des Todes, Das Feuer am Ende der Welt, Der Ursprung Gottes, Der große Krieg von Ludwik* und *Die Erschaffung der Apokalypse.*

Die ganze Zeit über hatte Lucille am System herumgebastelt, versucht, es zum Laufen zu bringen. Endlich hatte sie Erfolg, Schweißperlen standen auf ihrer Stirn. Nichts am System war in einer Sprache, die sie kannte, was ihre Frustration noch steigerte.

»Alles hier führt uns in eine Sackgasse«, sagte sie und wischte sich den Schweiß von der Stirn. »Wir sollten die oberen Ebenen überprüfen und dann zum Treffpunkt gehen«, sagte sie. »Eine Stunde ist fast um.«

Nia war zögerlich, mit ihr zu gehen. Sie zeigte auf ein Buch, das sie gefunden hatte, mit dem Titel *Die Geburt der Enden*. »Ich bin einfach sehr neugierig, was darin sein könnte«, sagte sie. »Die Übersetzungen werden langsam vorangehen, aber ich möchte durchsehen, was ich über die Leere finden kann.«

Lucille hatte kein Problem damit. Sie bat Alex, bei Nia zu bleiben, ihr bei den Übersetzungen zu helfen und ihr bei Bedarf anderweitig zu assistieren.

Sie saßen im Schneidersitz auf dem Boden, Nia machte sich an die Arbeit. Das Buch war groß, die Seiten bestanden aus einem Material ähnlich wie Leinen. Obwohl der Druck hätte verblassen sollen, hatten die versiegelten Bedingungen der Kammer die Bücher geschützt. Zahlreiche Illustrationen schmückten die Seiten, zeigten Krieger, die sich für den Kampf rüsteten, Details ihrer Waffen und Rüstungen sowie Beschreibungen ihres Heimatplaneten.

Nia übersetzte eine kurze Passage. »Ixis. Das ist doch, woher Safiras Vorfahren stammen, richtig?«

Alex erinnerte sich an den Namen aus ihrem vorherigen Gespräch. »Ja. Ich glaube schon.«

»Diese Krieger sind von diesem Planeten. Sie hatten bedeutende Stärke in der Region und nutzten organische Computer, um ihre Fähigkeiten zu verstärken.«

Alex hob eine Augenbraue. »Organische Computer?«

Der Name klang vertraut, aber Nia konnte nicht identifizieren, wann oder wo sie ihn zum ersten Mal gehört hatte. »Es scheint, dass es sich um Computer handelt, die aus Organismen hergestellt werden.« Sie blätterte zum Ende des Buches, wo das Inhaltsverzeichnis lag, und suchte nach organischen Computern. Es wurden einige andere Seiten erwähnt. Sie wählte zufällig eine aus, was Alex mit ihrer Geschwindigkeit verwirrte. »Ein sehr seltsamer Gedanke kam mir in den Sinn«, sagte sie. »Was, wenn die Leere ein korrupter organischer Computer ist?«

Alex dachte darüber nach. »Aber es verhält sich wie ein schwarzes Loch. Zumindest hat das jeder darüber gesagt.«

»Vielleicht. Aber was, wenn nicht?«, fragte sie mit einem Achselzucken.

Nia arbeitete mit einer Effizienz, mit der Alex kaum mithalten konnte. Die zwanzig Minuten, die sie mit dem Buch verbrachten, während Lucille und Tom oben recherchierten, fühlten sich wie über eine Stunde an. Sie blätterte zwischen den Seiten hin und her, ließ Alex an manchen Stellen wissen, was er aufschreiben sollte, durchstöberte die Bilder und sammelte Informationen über den Ixianischen Kriegerstamm, die Angoo-Religion und die zivilen Unruhen im Lyra-Sektor, die vor ein paar Jahrtausenden stattgefunden hatten.

Als Lucille und Tom von den oberen Ebenen zurückkehrten, hatte Nia eine Ahnung, was die Leere verursacht hatte. Alex hatte das Gefühl, dass er es auch wusste, aber sie brauchten weitere Untersuchungen. Sie sprudelten vor Aufregung und freuten sich darauf, ihre Erkenntnisse zu teilen.

In der Zwischenzeit untersuchte Marios Gruppe die Keller des Tempels. Auch sie fanden eine kalte Kammer, gefüllt mit Reihen über Reihen von Speichereinheiten. Jaxon stürzte zu den Speichersäulen und fand viele, die länger als sein Arm und mit Umfängen größer als sein Kopf waren.

»Unglaublich«, rief er. »Ich dachte, diese existieren nicht mehr.«

Yasu grinste ihn an und betrachtete die Fülle an Wissen, das auf den Regalen stand. »Nia würde sich liebend gerne darauf stürzen.«

Jaxon nickte und ging um die Regale herum, um weitere Regale zu betrachten.

»Wie viel können wir mit dem anfangen, was wir hier haben?«, sagte Mario mit einem Anflug von Gereiztheit.

»Beruhig dich, Mario«, sagte Jaxon.

»Beruhigen? Unsere Welt steht kurz vor dem Ende!«

Safira wanderte durch die Kammer und betrachtete die Systeme, die in verschiedenen Nischen im Raum installiert waren. Sie waren wahrscheinlich ihre einzige Möglichkeit, die Informationen in den Speichersäulen zu entschlüsseln.

Irgendetwas an diesem Ort kam ihr bekannt vor, aber sie konnte nicht genau sagen, was es war. Sie erreichte die Rückseite der Kammer und fand eine große Tür mit einer kleinen steinernen Schale in der Mitte. Auf der Tür war ein Dämon eingraviert, rote Edelsteine markierten die Stellen, wo seine fünf Augen im Gesicht sitzen sollten.

Sie starrte auf das Gesicht der Kreatur und spürte, wie ihr Bewusstsein entglitt. Ein Funke der Erkenntnis durchfuhr sie, als die Leere in ihrem Blickfeld auftauchte, ihre wirbelnden schwarzen Ranken verflochten mit schwachen, glühenden Energiespuren. Ihr wurde klar, dass die Muster den Verzerrungen entsprachen, die sie nach jedem Multiversum-Sprung gesehen hatten. Ihr Herz pochte, als ein erschreckender Gedanke auftauchte – war die Leere eine Folge ihrer Einmischung? Die körperlose Stimme hallte wieder, ihr Ton entschlossen und doch eindringlich, als wäre es nicht nur eine Warnung, sondern ein Urteil. Die Leere erhob sich wieder vor ihr, eine körperlose Stimme drang daraus hervor und sagte in der Sprache dieser Leute: »Das Ende wird kommen. Die Welt muss enden.« Diese Vision verblasste, und eine Erinnerung durchflutete sie, füllte eine Lücke, von der sie nie wusste, dass sie existierte. Die Erinnerung war fragmentiert, aber lebhaft. Sie sah Ausschnitte eines brennenden Himmels und verdrehte Gestalten, die aus der Leere krochen, ihre Formen wechselnd und instabil. Eine Stimme – tief, resonant und unheimlich vertraut – sprach in ihrem Geist: »*Dies ist nicht das erste Mal. Die Leere hat immer gewartet und wurde mit jedem Durchbruch stärker.*« Sie taumelte, die Last der Enthüllung drückte auf sie nieder. Sie musste laut nach Luft geschnappt haben, denn Yasu war sofort an ihrer Seite.

»Geht es dir gut?«, fragte er und hielt ihren Arm.

»Ja«, sagte sie, obwohl ihre Stimme angespannt klang. Ihre Augen verweilten noch einen Moment länger auf der Tür, ihr Geist raste mit fragmentierten Gedanken über die Leere und ihre kryptische Botschaft. Sie folgte Yasu, um sich den anderen anzuschließen. Jaxon kämpfte damit, das System einzuschalten, und nutzte sein intuitives Wissen darüber, wie solche Geräte seiner Meinung nach funktionierten. Bald leuchtete der Bildschirm auf, und eine Nachricht erschien in weißer Schrift auf dunklem Hintergrund.

»Safira«, rief Jaxon, »kannst du das verstehen?«

Sie trat näher und betrachtete die Worte. »Es scheint gesperrt zu sein«, sagte sie langsam. »Nur diejenigen mit Befugnis können hinein.«

Mario fluchte leise. »Welche Befugnis? Warum ist jeder Teil dieser Mission unmöglich zu durchdringen?«

Safira trat näher, drückte ihre Handflächen gegen die Tastatur und entsperrte das Gerät.

»Woher wusstest du, dass das funktioniert?«, fragte Jaxon mit offenem Mund.

Safira trat zurück, ihr Herz klopfte. »Keine Ahnung.«

Yasu berührte ihren unteren Rücken. »Ist alles in Ordnung mit dir?«

Sie schaute ihn an, ihre Augen voller Schuld. »Ja. Alles gut. Ich bin nur ein bisschen überrascht. Es schien intuitiv. Ich denke, Jaxon hätte das Rätsel auch ohne meine Hilfe lösen können.«

Jaxon war bereits eifrig am System beschäftigt. Der Bildschirm zeigte eine detaillierte Sprachauswahl, und obwohl er die Standardsprache nicht verstand, erkannte er ein Sprachauswahlmenü, wenn er eines sah. Er fand ihre Sprache irgendwo in der Mitte der Liste und wählte sie aus.

Willkommen! wurde in leuchtenden Buchstaben auf dem Bildschirm angezeigt.

»Wir sind drin!«, rief Jaxon jubelnd. »Alles Heil mir! Und der Göttin Safira.«

Mario drehte sich zu ihr um, sein Blick verdunkelte sich. »Was genau meinten sie damit?«

»Was?«, Safiras Augen weiteten sich.

»Was meinten sie mit 'Göttin'?«

Jaxon nahm einen der Zylinder und steckte ihn in die freie Öffnung an der Seite des Systems. Ein Fenster erschien auf dem Bildschirm und fragte nach Eingaben, was als Nächstes zu tun sei. Jaxon wählte »Speicher lesen«, und das System begann zu surren, was Safira die Last ersparte, Marios gezielte Frage zu beantworten.

»Was ist das für ein Geräusch?«, fragte Mario und trat auf Jaxon zu.

»Es liest den Speicherzylinder«, sagte Jaxon sachlich. Ein Video begann abzuspielen, das den Bau des Tempels zeigte. Die Erzählung war in einer anderen Sprache, und Jaxon stöhnte. »Gibt es eine Möglichkeit, Untertitel für dieses Ding zu bekommen?« Er bastelte an den Einstellungen herum und verfluchte die alte Technologie hier.

Safira tauchte wieder an seiner Schulter auf, um ihn anzuleiten, und fand mühelos eine Untertiteldatei, die sie in ihre Sprache konvertierte. Jaxon schaute sie wieder staunend an, beeindruckt von der Leichtigkeit, mit der sie diese Technologie handhabte.

»Wir sollten uns auf den Weg zum Treffpunkt machen«, sagte Mario. Er starrte auf sein Taschengerät und konnte sich nicht mehr konzentrieren.

»Aber wir haben kaum etwas gesehen«, sagte Jaxon.

»Wir können später zurückkehren. Jetzt müssen wir zum Schiff. Kommt schon!«

Sie verließen die Kammer und gingen zum Treffpunkt. Safira blieb zurück, ihre Augen scannten die Kammer und fanden wieder die versiegelte Tür an der Rückseite. Sie wartete, bis die anderen außer Sichtweite waren, ging zurück in die Kammer, schloss die Tür hinter sich und rannte auf die Tür zu.

Sie trafen die anderen in der Nähe der Tür, Alex, Nia und Tom standen mit ein paar Zylindern in der Hand.

»Ihr seid spät dran«, bemerkte Lucille.

»Es gibt ein Problem zu Hause«, sagte Mario.

Lucilles Gesicht wurde aschfahl, ihr Atem kam in kurzen Stößen.

Mario trug einen grimmigen Ausdruck und fuhr mit zitternder Hand über sein Gesicht. »Eine Nachricht kam auf dem Gerät an. Es scheint, dass die Leere in unserem Sektor wieder aufgetaucht ist, in einem System nahe dem unseren. Es ist nur eine Frage der Zeit, bis sie nach Hause kommt.«

Lucille stieß einen markerschütternden Schrei aus.

Safira schnitt sich in den Finger und ließ das Blut herausfließen. Sie überwand sich und legte ihren Finger auf die steinerne Schale, drückte ihn nieder, damit das Blut in die Schale fließen konnte. Die Tür ächzte, und die Edelsteinaugen der Kreatur begannen zu leuchten.

Die anderen beobachteten in angespanntem Schweigen, ihre Unruhe wuchs mit jeder verstreichenden Sekunde. Jaxon lehnte sich zu Alex, seine Stimme leise, aber scharf. »Woher weiß sie überhaupt, was zu tun ist? Das Ganze wirkt zu verdächtig günstig.«

Alex runzelte die Stirn, antwortete aber nicht, seine Augen auf Safira gerichtet. Sie drehte sich zu ihnen um, ihr Gesichtsausdruck undurchschaubar. »Ich weiß nicht, woher ich es weiß«, sagte sie, ihre Stimme ruhig, aber mit einem Hauch von Verteidigungshaltung. »Aber wenn ihr mir jetzt nicht vertraut, warum sind wir dann hier?«

Yasu trat vor und legte eine Hand auf Jaxons Schulter. »Lass sie fertig machen. Wenn es funktioniert, haben wir unsere Antworten. Wenn nicht... werden wir uns dann damit befassen.«

Dann, mit einem lauten, kratzenden Geräusch, begann die Tür sich zu öffnen, und Nebel strömte aus der Kammer dahinter heraus.

KAPITEL 25

EIN STREIT BRACH AUS.

Jaxon vergaß seine vorherige Begeisterung über die Entdeckung solch alter Technologie und drehte sich zu Alex, um ihn anzugreifen. »*Du* hast uns gesagt, dass das alles gut ausgehen wird. Welcher Teil davon geht denn jetzt gut aus?«

Alex versuchte, ihn zu beruhigen, und hielt seine Schulter fest. »Wir sind hier noch nicht fertig. Es gibt so viel zu lernen in diesem –«

»Erinnerungssäulen!«, rief Jaxon. »Sie benutzen Erinnerungssäulen. Wir können in so kurzer Zeit nur so viel lernen. Jetzt wird dieses Ding unsere alternative Heimat *verschlingen*. Und wir werden nicht zu unserer richtigen Heimat zurückkehren können.«

Alex trat näher an ihn heran und flehte ihn an, geduldig zu sein.

Mario hingegen schmiedete mit Tom Pläne, zum Schiff zurückzukehren. Er wollte versuchen, die Erde zu erreichen und sich ein besseres Bild von der dortigen Situation zu machen. »Der Rest von euch kann hier bleiben, die Kanister oder Zylinder durchsuchen und finden, was ihr könnt. Wir sind im Nu zurück.«

»Wo sind Yasu und Safira?«

Jaxon sah doppelt beunruhigt aus. »Sag mir nicht, dass bei allem, was hier passiert, die beiden –« Er konnte den Gedanken nicht zu

Ende bringen. Er stieß einen lauten Schrei aus, der im Raum widerhallte. »Sie könnten im Keller sein. Vielleicht hatten sie einen Anhaltspunkt. Safira kennt sich gut mit Computern aus.«

＝＞＜＝

Yasu bemerkte, wie Safira ihr Tempo verlangsamte und die Gruppe verließ. Er folgte dem Rest seiner Gruppe zum Treffpunkt, blieb aber nur so lange, bis er Marios Ankündigung hörte. Er kehrte in den Keller und die Kammer zurück, in der sie gerade gewesen waren, gerade noch rechtzeitig, um zu sehen, wie sie die Tür öffnete und eine weitere geheime Kammer betrat.

Um sie nicht zu erschrecken, schlich er hinterher und bewegte sich mit geübter Heimlichkeit. Ein eisiger Nebel quoll aus der Kammer und sammelte sich auf dem Boden rund um die Tür.

Er erreichte die Tür und fand Safira vor einem großen Organismus stehend. Es war geformt wie ein Blumenkohl oder Kohl, knollig und fleischfarben. Ranken ragten vom unteren Teil heraus und umgaben den Raum. Der Name des Organismus existierte irgendwo in seinem Kopf, aber er konnte nicht darauf zugreifen.

Safira war nahe an dem Ding und berührte seinen Körper mit einer blutigen Hand. Er wollte zu ihr eilen, aber irgendetwas an diesem Moment schien privat, intim.

Der Organismus erwachte langsam bei ihrer Berührung zum Leben, streckte seine Ranken im Raum aus und verband sich mit ihrem Kopf, ihren Gliedmaßen und ihrem Oberkörper.

Die Erinnerung daran, was der Organismus war, kehrte zu ihm zurück. Er konnte sich nicht an den Namen erinnern, aber er konnte sich an seine Funktion als Speicher für Erinnerungen aus alten Zeiten erinnern. Sie waren ausgestorben, weil der Speicher leicht korrumpiert wurde und im Gegenzug die Benutzer korrumpierte.

An diesem Punkt war Yasu verängstigt, aber er konnte immer

noch nicht hineingehen. Er dachte: *Was, wenn dieser Prozess wie das Laden eines Speichergeräts ist? Was, wenn ich sie berühre und etwas korrumpiere?*

Er beobachtete mehrere Minuten lang, die sich wie Stunden anfühlten. Die Ranken hoben Safira an, hielten sie regungslos in der Luft. Die Zeit dehnte sich um ihn herum, und als er erwog, zu ihr zu rennen, tauchten die anderen auf und riefen ihre Namen.

Der Organismus zitterte, die Ranken lösten sich und ließen Safira auf den harten Steinboden fallen. Yasu zuckte zusammen und eilte an ihre Seite.

Sie blinzelte, ihr Blick unfokussiert. »Yasu.« Ihre Finger streiften seinen rechten Wangenknochen. »Hass mich nicht für das, was ich tun muss«, sagte sie. »Halt noch ein bisschen mit mir durch. Ich werde uns alle retten, aber hass mich nicht.«

Jaxons Stimme war am lautesten. Er stürmte in die innere Kammer, gezogen vom herausströmenden Nebel. »Was ist das für ein Ort?« Er zeigte auf den jetzt ruhenden großen Organismus. »Ist das, was...«

Safira kam mit Yasus Hilfe auf die Beine. »Ich weiß, wie man die Leere aufhalten kann.«

Die anderen hatten sich um die Tür versammelt und sahen sie mit Besorgnis und Überraschung an. Sie sah blass und instabil aus.

Sie schob sich an ihnen vorbei. »Wir müssen uns beeilen. Jede Minute, die wir verzögern, ist eine Minute, in der die Leere näher daran kommt, alles zu zerstören. Wir können auf dem Schiff ausführlicher diskutieren.«

Während sie sprach, drängten fragmentierte Erinnerungen in ihren Geist – die Stimme ihrer Mutter, die Geschichten von alten Kriegern erzählte, die gegen einen alles verschlingenden Schatten kämpften, von Leben, die geopfert wurden, um die Dunkelheit in Schach zu halten. Safira stolperte und hielt ihren Kopf fest, als eine Vision sie überkam: ein großer Tempel, eingehüllt in wirbelnde Schwärze, und eine Stimme – tief und resonant – die ihren Namen flüsterte. Sie fing sich wieder, die Echos verblassten, hinterließen jedoch eine erschreckende Gewissheit. »Es ist nicht das erste Mal«, murmelte sie. »Die Leere war schon immer hier, wartend.«

Sie eilten aus der Kammer und hinauf zur höheren Ebene. Auf ihrem Weg trafen sie Mario und Tom, die vom Schiff zurückkehrten. Der übliche mürrische Blick auf Marios Gesicht war verschwunden; er trug jetzt eine Maske der Qual.

»Diese Nachricht war von vor ein paar Tagen«, sagte er und drückte sein Taschengerät. »Ich weiß nicht, wie wir sie die ganze Zeit nicht empfangen haben. Aber es gab keine weitere Kommunikation.«

Eine unruhige Stille legte sich über sie, während sie über die Auswirkungen des Kommunikationsmangels nachdachten. Alle könnten in Ordnung sein, aber die Anwesenheit der Leere hatte sie dazu gebracht, Vorbereitungen zu treffen, und sie hatten vergessen, eine weitere Nachricht zu senden. Oder es könnte sein, dass sie bereits das System der Erde eingenommen hatte, mit all seinen Planeten und seinem Stern.

»Es ist nicht zu spät«, sagte Safira, ihre Stimme klang leise und zittrig. »Es ist noch Zeit, uns zu retten, und ich weiß wie.«

»Wie?« Marios Augen flammten mit etwas auf, das Hass ähnelte. »Ich habe das nagende Gefühl, dass du Teil des Ganzen bist.«

Safira zuckte zurück, als hätte er sie geschlagen. Sie war ein Teil davon, aber nicht auf die Weise, wie er dachte. Aber wie konnte sie das erklären? »Es gibt keine Zeit für Erklärungen. Wir müssen uns beeilen.«

»Du musst uns zumindest versuchen, eine Erklärung zu geben«, sagte Jaxon. »Alles, was wir kennen, zerbröckelt rasch. Wir haben nicht den Luxus, dir einfach zu vertrauen.«

Die anderen murmelten zustimmend.

So gern Alex und Nia auch jeden Wälzer und jeden Speicherzylinder in den Gewölben durchgesehen hätten, wichtiger war es, sich schnell zu bewegen. Aber sie brauchten einen Grund, sich so schnell zu bewegen. Sie kannten dieses Mädchen kaum, und was sie über sie wussten, verband sie mit einem Stamm, der möglicherweise für die Leere verantwortlich war. Soweit sie wussten, könnte sie gerade auf ihre Wurzeln zurückgreifen und sie hinhalten, bis die Leere alles verschlang.

Yasu hatte ähnliche Gedanken, war aber eher geneigt, ihr blind zu vertrauen. Vielleicht war es Intuition, basierend auf der Tatsache, dass sein Alternativ-Ich ihr genug vertraut hatte, um mit ihr auszugehen, aber er glaubte, dass sie das Beste für die Gruppe im Sinn hatte.

Jaxon und Tom wollten einfach nur sicher nach Hause zurückkehren. Viele ihrer Entdeckungen auf diesem Tempelplaneten hatten nirgendwo hingeführt, aber sie konnten hier so lange bleiben wie nötig, um es herauszufinden.

Tom kannte Safira seit seinen ersten Tagen an der Akademie, und er vertraute ihr mehr als die anderen. Er wusste, dass ihre Mutter von einer langen Linie von Kriegern aus Ixis abstammte, hier im Lyra-Sektor, aber dort endete sein Wissen über ihre Geschichte. Wenn sie tatsächlich etwas darüber wusste, wie man die Leere aufhalten konnte, und die Leere *tatsächlich* in diesem Sektor entstanden war, glaubte er, dass sie die Wahrheit sagen musste.

Safira holte tief Luft und wusste, dass sie jetzt die Wahrheit sagen musste. »Wir alle kennen meine Herkunft, oder?«

Alle tauschten Blicke aus.

»Dass du aus dem Lyra-Sektor kommst?« fragte Mario und trat vor. »So viel wissen wir, aber nichts darüber hinaus.«

»Meine Mutter kam vom Planeten Ixis. Vom Stamm der Gante, bestehend aus einer langen Linie von Kriegern. Sie beschützten die Systeme in ihrer Region mit Schiffen und komplexen Waffen, die hauptsächlich mit organischer Technologie betrieben wurden. Sie waren *gut* in dem, was sie taten. So gut, dass die Priester auf dem Andorg befürchteten, sie würden sie stürzen.«

Nia und Alex tauschten einen Blick. Sie hatten etwas darüber in dem Buch gesehen. Der Autor hatte die Unruhen in dem, was als Myrass-Konföderation bekannt war, detailliert beschrieben. Der Streit drehte sich um den Besitz von Gebieten mit Organismen, die nützliche organische Ressourcen boten. Die Angoo-Priester ergriffen in dem Streit eine Seite, während die Krieger des Gante-Stammes die andere Seite einnahmen.

»War der Plan, sie zu vernichten?« fragte Nia. »Den Gante-Stamm, meine ich. Wollten sie die Priester vernichten?«

Safira schüttelte den Kopf, wodurch ihr Haar umherflog. »Nein. Zumindest nicht ausschließlich. Es war ein Krieg. Und jeder will den Krieg gewinnen. Der Gante-Stamm hatte vielleicht jahrelange Kriegserfahrung auf seiner Seite, aber die Angoo-Priester hatten die Überzahl. Die meisten Menschen waren den Priestern und ihrem Gott treu. Und so schlossen sie sich den Priestern an und kämpften auf ihrer Seite.

»Sie kämpften ein paar hundert Jahre, zerstörten organische Waffen und sabotierten Computer. Es war auf beiden Seiten schrecklich. Viele Menschen flohen aus der Region in nahe gelegene Sektoren wie Gaia, Eos und gelegentlich Orion. Meine Vorfahren flohen ebenfalls. Sie waren eine gemischte Familie, teils Gante und teils Einheimische des Andorg. Sie zogen zuerst in den Eos-Sektor und dann in den Gaia-Sektor.«

Es folgte ein Moment der Stille, und in seiner Ungeduld brach Mario sie. »Wie hängt das mit allem anderen zusammen?«

»Es erklärt, wie ich auf die Informationen des Riesen-Computers im Keller zugreifen kann. Ich bin nicht nur mütterlicherseits verwandt. Die Familie meines Vaters stammte auch vom Andorg ab. Mein Blut öffnete die Tür im Keller. Niemand anderes Blut hätte das tun können. Ich konnte auch den Computer in der unterirdischen Kammer entsperren.« Sie blickte zu Jaxon, ihr Blick entschuldigend. »Die Nachricht besagte, dass nur die Auserwählten eintreten durften, nur diejenigen, deren Schweiß den Schlüssel enthielt. Ich habe es versucht, und es hat funktioniert.«

Jaxon sah müde aus. »Aber wie hilft uns das?«

»Ich komme dahin!« Safiras Atem ging schnell. »Ich habe mich mit dem Computer verbunden, weil ich auserwählt war. Ich bin eine Nachfahrin der Andorg-Priester väterlicherseits. Ich bekam auch Zugang zu dem Computer hinter der Tür. Ich sah, was am Ende des

Krieges geschah. Es ist, als wären die Erinnerungen im Computer Erinnerungen, die aus den Köpfen aller Beteiligten dort platziert wurden.

»Die Angoo-Priester wollten eine schnelle Lösung. Sie versuchten, ein Experiment an einem organischen Supercomputer durchzuführen, der den Gante-Stamm gleichzeitig auslöschen konnte. Der Plan war, ihre genetischen Daten zu verknüpfen und sie einen nach dem anderen aufzuspüren. Aber sie unterschätzten die Kräfte organischer Computer.

»Sie experimentierten auf einem fast verlassenen Planeten und nutzten die Energien der Sonne und des geschmolzenen Kerns des Planeten. Der Computer war zu mächtig. Sie hatten nicht die technischen Fähigkeiten, ihn abzuschalten. Er wurde unkontrollierbar, erzeugte ein kleines schwarzes Portal mit erheblicher Anziehungskraft und ließ den Kern des Planeten kollabieren. Alles wurde hineingezogen, und sie versuchten immer wieder, ihn abzuschalten. Aber er tat sein Bestes, um zu nehmen, was er wollte.

»Schließlich schien es ihnen, als hätten sie Erfolg gehabt. Das Portal verschwand mit dem Computer. Sie kehrten nach Hause zurück, zum Andorg, und stellten fest, dass sie den Krieg gewonnen hatten. Die letzten Mitglieder des Gante-Stammes waren in große, schwarze Portale gesaugt worden. Die Angoo-Priester, die nicht bereit waren, die Geheimnisse ihres Sieges preiszugeben, versiegelten die Geschichten in diesem Computer.«

»Also ist die Leere das Maul eines organischen Supercomputers?« fragte Nia, ihr Ton skeptisch.

»Ja. Das ist sie.«

Jaxon lachte hart auf. »Nochmal, *wie* hilft uns das?«

»Euer Quantensprunggerät«, sagte sie und starrte Yasu an, weil er sich am sichersten anfühlte. »Der Supercomputer ist von dieser Ebene verschwunden, aber ich habe eine Ahnung, dass er in ein alternatives Universum gegangen ist, das er erschaffen hat. Wenn wir ihn finden können –«

Alex nickte und erinnerte sich an seinen früheren Vorschlag an den Kommandanten. Eine weitere seiner Ahnungen hatte sich als richtig herausgestellt.

Jaxon hustete. »Ich sage, wir sollten uns beeilen. Die Zeit drängt. Wenn die Leere dieses riesige, selbsterhaltende Wesen ist, dann könnte sie eine gewisse Empfindungsfähigkeit besitzen.«

»Und könnte spüren, dass wir an ihrem Geburtsort herumstöbern«, sagte Nia schaudernd.

»Ja!« sagte Jaxon.

Mario dachte über die Geschichte nach, die Hand am Kinn. Er wirkte weltmüde und trug die Last all dieser Informationen auf seinen Schultern. »Wir haben jetzt nicht mehr viel Wahl, oder?« sagte er schließlich mit einem schweren Seufzer. »Sag uns, wohin wir gehen müssen, Safira.«

KAPITEL 26

IHR ENDGÜLTIGES ZIEL war der Geburtsort der Leere, Uz, ein verlassener Planet am Rande des Sektors. Es lag in einem verödeten System mit mehreren umgebenden Gasplaneten. Safira half ihnen, es auf der Navigationskonsole zu lokalisieren, und unterstützte Tom und Yasu bei der Festlegung des schnellsten Kurses dorthin.

Yasu traf sie unter vier Augen, als sie den letzten Teil der Reise begannen. »Hast du Angst?«

Sie setzte ein dünnes Lächeln auf. »Seltsamerweise nein. Es scheint, als wäre dies meine Bestimmung. Ich hatte diese merkwürdigen Träume, bevor wir hierherkamen, aber jetzt fühle ich mich in Frieden.«

Er klopfte ihr auf den Arm und zog sich schnell zurück, als er die Überraschung in ihrem Gesicht sah.

Auf ihrer Reise arbeiteten sie am Quantensprunggerät, um potenzielle alternative Universen zu finden, in denen die Leere sein könnte. Wenn es eines war, das die Leere erschaffen hatte, könnte es ähnliche Energiesignaturen wie ihre aufweisen.

Sie fanden einige andere Universen mit ähnlichen Energiesignaturen: unnatürlich niedrig. Alex, Jaxon und Tom arbeiteten gemeinsam daran, ihre Gesichter ähnliche Masken der Verwirrung.

»Wir müssen das verstehen«, sagte Tom. »Wir sind so nah dran. Wenn wir das vorher gewusst hätten, hätten wir vielleicht aufgetankt und alle nahe gelegenen Planeten erkundet.«

Aber das war nicht der Fall. Sie kamen Uz immer näher, versuchten immer noch, nach Hause zu gelangen und scheiterten. Lucille hatte an den meisten Tagen einen stumpfen Blick, starrte aus dem Fenster mit einem Gerät in der Hand. Sie versuchten, ihr Trost zu spenden, aber schließlich erkannten sie, dass der einzige Trost darin bestehen würde, die Leere zu zerstören.

Sie kamen rechtzeitig auf Uz an.

Der Planet sah aus wie das, was er war: die verlassene Heimat eines gescheiterten Experiments. Es war ein Cluster großer Felsen, die zusammen schwebten, zusammengehalten durch ihre gegenseitige Gravitationskraft. Vom Weltraum aus betrachteten sie die Ruinen des Planeten und suchten nach dem Ort, an dem das Experiment stattgefunden haben könnte.

»Dort«, sagte Nia, als ihre Suche mehrere Stunden andauerte. »Das sieht wie ein potenzieller Ort aus.«

Sie beobachteten das Bild im Teleskop und identifizierten die verkohlte Hülle einer Industriestadt. Mario stimmte zu, dass es der Ort sein könnte. »Es schadet nicht, zu landen und nachzusehen«, sagte er.

Sie gingen auf den Planeten hinunter und beobachteten eine dünne Atmosphäre, die ihn umgab. Sie zogen schweigend ihre Anzüge an, befestigten ihre Ohrhörer und Mundstücke für die Kommunikation und füllten den Sauerstoffvorrat auf.

Sie öffneten die Luke und verließen das Schiff in Richtung Land.

»Es ist so kalt«, sagte Jaxon.

»Du beschwerst dich, wenn es kalt ist. Du beschwerst dich, wenn es heiß ist. Wann bist du je zufrieden?«, sagte Nia und verdrehte die Augen.

»Wenn die Temperatur genau richtig ist«, erwiderte Jaxon.

Mario brachte sie zum Schweigen. »Jetzt ist ein guter Zeitpunkt, um ruhig zu sein, ihr beiden. Wir müssen Informationen sammeln, die uns mit dem Supercomputer-Host der Leere verbinden könnten. Weniger reden, mehr handeln.«

Sie hüpften über die zerbrochene Oberfläche des Planeten in Richtung eines großen Gebäudes in der Ferne. Der Himmel war schwarzes Nichts über ihnen, mit weniger Sternen, die in diesen Teilen die Weite schmückten.

Safira hüpfte allen voraus und vergrößerte plötzlich den Abstand.

»Safira«, sagte Mario, »du bewegst dich schnell. Magst du das erklären?«

»Diesen Ort«, sagte sie, »habe ich schon einmal gesehen. In den Erinnerungen, die ich aufgedeckt habe. Dieses Gebäude ist, wo es passiert ist.«

Die anderen eilten ohne zu zögern hinter ihr her. Sie erreichten das Gebäude, Schweiß tropfte ihnen den Rücken und die Gesichter herunter. Die riesige Tür öffnete sich mit wenig Widerstand, als sie sie aufdrückten. Sie keuchten, als sie das enorme Steinportal im Inneren sahen. Ranken umwickelten es, immer noch grün und üppig trotz des fehlenden atmosphärischen Schutzes.

»Alles an diesem Ort erstaunt mich«, sagte Jaxon, seine Stimme ehrfürchtig.

Die anderen konnten nichts sagen, verstanden aber genau, wie er sich fühlte.

Safiras Stimme kam aus dem Nichts. »So werden wir das machen. Wir müssen den Supercomputer aufwecken. Er wird ein Signal zeigen, das zu seinem Host über das Portal führt. Jemand muss die Signale mit den Energiefrequenzen des anderen Universums verbinden. Und wir können es zurück nach Hause verfolgen.«

»Und dann?«, fragte Alex.

»Ich werde dorthin gehen«, sagte sie.

»Was?«, riefen alle aus.

Safiras Rücken war den meisten von ihnen zugewandt, sodass sie den gequälten Ausdruck auf ihrem Gesicht nicht sehen konnten.

»Wenn ich die Energiesignatur von einem von euch bekomme, kann ich sie mit dem Computer hier synchronisieren und ein Portal erschaffen.«

»Wovon sprichst du, Safira?«, fragte Yasu, sein Herz schlug schnell. Er erinnerte sich an ihre Traurigkeit, als sie von den Ranken im Andorg herabfiel. »Was meinst du damit, dass du dorthin gehen wirst?«

Sie wandte sich ihnen zu, ihr Ausdruck entschlossen. »Ich muss es allein tun. Ich bin die einzige hier, die auserwählt ist. Ich bin die einzige, die es stoppen kann. Ich bin diejenige, die das tun muss.«

»Nein. Nein. Wir können es mit dir machen, Safira«, sagte Yasu und trat auf sie zu.

»Ich habe einen Brief für Yasu hinterlassen«, sagte sie leise. »Ich habe alles darin zu seinem Nutzen detailliert beschrieben. Aber ihr könnt ihn auch lesen. Das ist der einzige Weg. Wenn ich den Supercomputer zerstöre, könnte auch die Welt, die er erschaffen hat, verschwinden. Ich kann nicht zulassen, dass jemand anderes dort gefangen wird. Ich werde auf den Computer zugreifen und alles herunterfahren.«

Es folgte eine angespannte Stille, jeder überlegte, wie schwerwiegend Safiras Vorschlag war. Es war riskant und sie müssten sie opfern, aber es schien der einzige Weg zu sein. Mario trat vor und schüttelte ihr die Hand, lobte sie für ihren Mut.

»Ich war die ganze Zeit hart zu dir. Aber du hast dich bewährt. Lass uns diesen letzten Vorstoß machen und den Sieg sichern.«

Safira verabschiedete sich hastig von allen und umarmte jeden, der zu ihr kam. Yasu gab ihr eine stille Umarmung und spürte die Kleinheit ihres Körpers. Er beneidete sein alternatives Ich dafür, eine Frau mit ihrem Geist getroffen und sich in sie verliebt zu haben. Aber hinter dem Neid versteckte sich ein Hauch von Scham. Er hatte sie getroffen und war nicht in der Lage gewesen, sie zu retten.

Die Gruppe teilte sich mit Entschlossenheit in ihren Schritten auf. Safira, Mario, Tom und Yasu blieben am Portal, während die anderen zum Schiff zurückkehrten.

Safira nahm eine Blutprobe heraus und goss sie in einen kleinen Schlitz am Fuß der Ranke. Licht breitete sich vom Umfang des Portals aus und durchflutete den Bereich mit unnatürlicher Wärme.

»Habt ihr ein Signal bekommen?«, fragte Safira.

Alex und Nia saßen neben dem Quantum-Leap-Gerät und beobachteten die Anzeigen auf dem Bildschirm. Sie empfingen viele verzerrte Signale, aber nichts war klar. Es schien, als würde der Computer ihnen zu entgleiten versuchen, wohl wissend, dass er kurz vor dem Abschalten stand.

»Jaxon«, rief Alex, »ein bisschen Hilfe hier.«

Jaxon ging zu ihnen hinüber und starrte auf die durcheinandergewürfelten Zahlen auf dem Quantum-Leap-Gerät. Er setzte sich neben Nia und begann, an einigen Einstellungen herumzuspielen. »Ist es möglich, einen schnellen genetischen Scan der Ranken zu bekommen?«, fragte er schließlich.

»Klar«, sagte Yasu reflexartig. »Klar?« Er sah Safira an.

Safira nickte und ging zu einer der Ranken, schnitt sie mit einer kleinen Klinge an. Sie tropfte die Probe auf Yasus tragbaren Scanner, und er schickte die Informationen an die anderen.

»In Ordnung«, sagte Jaxon, während sein Herz schnell hämmerte. »Ich hab's.«

Die letzten Momente, die Safira bei ihnen war, waren von tiefen Emotionen geprägt. Yasu beobachtete sie von seiner Seite des Portals aus mit klopfendem Herzen. »Sie sah fast ätherisch aus, als sie durch das Portal ging«, sagte er später. »Ich war so erschüttert, sie gehen zu sehen.« Die anderen konnten ihn nicht dafür aufziehen, dass er so fühlte.

Als sie verschwand, fühlte sich die Luft etwas kälter an, und auch die Lichter, die das Portal umgaben, verschwanden. Yasu, Mario und Tom standen einige Minuten dort und sahen zu, wie die Minuten verstrichen. Sie hatten keine Möglichkeit zu wissen, ob ihre Mission erfolgreich war. Soweit sie wussten, hätten sie -

Mit einem donnernden Geräusch begannen die Ranken zu verhärten und zu brechen. Vom Schiff aus hörten die anderen in einem Zustand der Panik zu, wissend nur, dass ihre Freunde von dem Ort dieses zusammenbrechenden Monuments flohen.

Sie stürmten aus dem Gebäude, ihr Blut pumpte viel schneller.

»Könnte das es sein?«, fragte Jaxon niemand Bestimmten.

»Könnte sein«, erwiderte Mario. »Nur ein Weg, es herauszufinden. Wir warten ab und sehen, ob wir von zu Hause hören.«

Sie erhielten ein paar Tage später Nachricht von der Erde. Sie waren auf dem Weg zurück zum Andorg. Sie glaubten, selbst wenn sie erfolglos gewesen wären, könnten sie durch die Übersetzung der dort verfügbaren Bücher mehr herausfinden. Aber das war unnötig.

Der Kommandant sprach an diesem Tag mit ihnen. »Wir haben ein Signal vom Schiff mit euren Alternativ-Ichs erhalten«, sagte er. »Sie leben. Ziemlich verärgert, aber am Leben.«

Die Nachricht löste Freudenschreie auf dem ganzen Schiff aus. Für ein paar Minuten erlaubten sie sich, in ihrem Erfolg zu schwelgen und schoben die Trauer über den Preis, den sie für den Sieg zahlen mussten, beiseite. Es war das Leben einer Person gegen die Leben unzähliger anderer, und obwohl das Opfer groß gewesen war, überwog der Nutzen bei weitem.

Sie hielten an diesem Tag eine kleine Gedenkfeier für Safira ab. Tom erzählte Geschichten über sie, die alle in Lachkrämpfe versetzten, und sie tranken etwas Fruchtsaft aus den Vorräten des Schiffes.

»Was kommt als Nächstes?«, fragte Yasu, der schon darauf brannte, nach Hause zurückzukehren, um der Melancholie zu entkommen.

»Wir gehen nach Hause, nehme ich an.« Nia zuckte mit den Schultern. »Wenn wir zu ihrer Erde zurückkehren, riskieren wir, auf unsere Alternativ-Ichs zu treffen und die Anomalien auszulösen.«

Alex stimmte zu. »Wir müssen gehen, solange wir können. Natürlich gibt uns das eine ziemliche Reise, um zu unserer Erde zu gelangen, aber das lässt sich nicht ändern.«

Sie sprachen mit den anderen über ihre Pläne und erklärten im Detail, warum es wichtig war, so bald wie möglich abzureisen. Lucille wandte sich ab, als ob sie weinen wollte. Toms Augen füllten sich mit Tränen, aber er nahm es mit Würde. Mario, der ewige Griesgram, grunzte nur.

Sie wählten einen Tag für ihren Start und kommunizierten vorher mit dem Kommandanten. Er nahm die Nachricht traurig auf, da er erwartet hatte, sie ihren Alternativ-Ichs vorzustellen und mit ihnen die Anomalien zu untersuchen.

»Wir sind traurig, euch gehen zu sehen«, sagte er, »aber wir sind euch für eure Hilfe für immer dankbar. Diese Mission wäre ohne euren Einsatz unmöglich gewesen. Danke.«

Die Kadetten bereiteten ihre Rückkehr nach Hause vor. Sie passten die Einstellungen des Quantum-Leap-Geräts an und begannen, ihre Berichte für ihren Kommandanten vorzubereiten. Die anderen halfen ihnen, wo sie konnten, betankten ihr Schiff und versorgten sie mit Nahrungsmitteln für die lange Reise nach Hause.

Als der Tag ihrer Abreise kam, gab es auf beiden Seiten Tränen. Sie tauschten viele Dankesworte für die Hilfe aus, die sie von der anderen Seite erhalten hatten.

»Unsere Reisen haben uns dazu geführt, viele Dinge zu entdecken, die wir sonst nicht hätten finden können«, sagte Alex zu Mario. »Und wir glauben, dass jede Reise uns noch mehr Dinge lehren wird.«

»Hast du jemals Angst?«, fragte Mario.

»Jaxon hat Angst«, sagte Alex mit einem Grinsen. »Aber wer könnte es ihm verübeln?«

Jaxon warf einen Ball nach ihm, und alle lachten.

Die Kadetten zogen ihre Anzüge an und gingen an Bord des Raumschiffs. Sie bereiteten den Start vor, passten die Anzeigen auf ihren jeweiligen Konsolen an. Sie schickten eine letzte Nachricht an ihre neuen Freunde, in der sie ihnen mitteilten, dass sie dankbar für die Erfahrung waren.

Dann starteten sie und machten sich auf den Weg zurück in ihre Welt, um diese neue Erfahrung mit ihren Freunden zu Hause zu teilen.

EPILOG

YASUS ALTERNATIV-ICH BETRACHTETE mit wehmütigem Blick den klaren Nachthimmel. Er vermisste Safira mit jeder Faser seines Wesens. Sie hatte ihm einen Brief geschrieben, bevor sie in die andere Dimension ging, um den Computer abzuschalten, und ihn seinem Alternativ-Ich hinterlassen. Er hatte ihn mehrmals gelesen und dabei ihre Ängste bemerkt und wie sie glaubte, alles falsch zu machen und zu versagen.

Eine Passage lautete:

Ich träume nicht mehr davon, dass die Stimme der Leere mir sagt, sie müsse alles zerstören. Jetzt träume ich nur noch davon, in das andere Universum zu gehen und zu versagen. Versagen würde das Ende von allem bedeuten: dein Alternativ-Ich und seine Freunde, die Raum und Zeit durchquert haben, um unsere Welt zu finden, unsere Freunde und Liebsten. Und dich, der mir so früh genommen wurde. Wenn ich daran denke, was Versagen bedeutet, fühle ich mich gestärkt. Ich kann es mir nicht leisten, dich zu enttäuschen. Du musst zurückkehren. Selbst wenn nicht zu mir, du musst zurückkehren.

Aber was ist mit dir? wollte er fragen. *Warum kannst nicht auch du zurückkehren?*

Er blickte in den Himmel und versuchte zu begreifen, wie es

dazu gekommen war, dass er mit jemandem wie ihr zusammen sein konnte. Die Geschichten über ihre Herkunft überzeugten ihn von der Macht des Schicksals, davon, wie ein Krieg in einem fernen System Familien in seinen Sektor trieb. Ohne den Krieg hätte er sie vielleicht nie gesehen.

Er dachte auch über das Konzept alternativer Universen nach. Das Erscheinen der Kadetten aus einem anderen Universum deutete darauf hin, dass es vielleicht eine Welt gab, in der sie zusammen, glücklich und sicher vor lauernden Weltraumanomalien waren. Oder gab es die? Er wusste es nicht.

Er kehrte in seine Kammer zurück, wo seine Freunde saßen und Geschichten über ihre Abenteuer teilten. Der Rest des Multiversums war noch ein Rätsel, aber vielleicht würden sie es eines Tages entschlüsseln. Dann könnte er erneut versuchen, sie zu finden und zu sehen, dass sie frei und glücklich in einer wunderschönen Welt lebt.

Ende

DAS HERZ DES NEBELS

KAPITEL 27

ALEX RIVERA SAß an einem schattigen Platz im Garten der
Akademie und erledigte eine Quantenphysikaufgabe, die am Nachmittag fällig war. Der Dozent hatte gesagt, sie würde 10% der
Endnote ausmachen, und Alex wollte sie perfekt lösen. Er blendete
die Geräusche der anderen Studenten und Offiziere aus, die über
den Campus der Interstellaren Akademie schlenderten und über die
neuesten Entdeckungen in der interstellaren Raumfahrt und die
Forschung zum Multiversum diskutierten.

»Alex!«, rief eine Stimme.

Alex zuckte zusammen, als er seinen Namen hörte, und erkannte
die Stimme seines Freundes Jaxon Brooks.

Jaxon sprang eine kurze Treppe hinauf zum gepflasterten
Bereich, wo Alex auf einer Holzbank unter einer Birke saß. In seiner
Hand hielt er fest ein seltsames Gerät.

»Was ist das?«, fragte Alex und legte sein Tablet beiseite.

Jaxon setzte sich neben ihn auf die Bank. »Es ist etwas, woran ich
arbeite – ein Elektroschocker. Aber ich versuche, ihn mit den
Nervenenden in deiner Hand zu verbinden, sodass du nur zucken
musst, und er setzt einen desorientierenden Stromimpuls frei.« Er
bastelte ein bisschen daran herum, und es machte ein summendes

Geräusch. »Es ist noch nicht perfekt«, sagte er, zuckte mit den Schultern und schob es in seinen Ärmel.

»Warum bist du hier?«, fragte Alex. »Ich wollte diese Aufgabe ohne Ablenkung erledigen. Deshalb bin ich hierhergekommen.«

»Zwei Dinge«, sagte Jaxon und ignorierte seine vorherige Aussage. »Erstens, ich bin in etwas eingebrochen, in das ich nicht hätte einbrechen sollen.«

»Was?«

Jaxon ignorierte die Frage. »Und habe herausgefunden, dass sie Fortschritte machen bei dem, was die Nebenwirkungen bei Offizieren verursacht, wenn sie in andere Universen reisen.«

Alex' Herz schlug wild. Wenn sie solche Fortschritte bei den älteren Offizieren gemacht hätten, könnten sie beginnen, die Kadetten aus dem Multiversums-Forschungsprogramm auszuphasen. Das Programm war die größte Quelle der Aufregung in seiner Welt. Wenn er entfernt würde, müsste er den Unterricht und reguläre Aktivitäten wie alle anderen Kadetten besuchen.

»Zweitens, was läuft zwischen Nia und diesem Hockeyspieler?«

Alex runzelte die Stirn. »Nia?« Nia Chen war ihre andere Freundin und die Glucke ihrer kleinen Gruppe.

»Sie verbringt viel Zeit mit ihm.« Jaxon machte eine Show daraus, an seinen Fingernägeln herumzupicken. »Ich kenne seinen Namen nicht. Er ist groß, blond und hat einen starken Akzent.«

Alex wusste, von wem er sprach, konnte aber nicht verstehen, warum es wichtig war. »Was jetzt wichtig ist, ist, dass es bald sicher sein könnte, für die Offiziere, hinauszureisen.«

Jaxon nickte. »Ja. Und?«

»Wir werden ausgephast.«

Einen Moment lang zögerte Alex. Er hatte so viel Zeit seines Lebens damit verbracht, sich als unersetzlich für das Programm vorzustellen, doch hier war die nagende Möglichkeit, zurückgelassen zu werden. Es war nicht nur die Aufregung der Erkundung, die er fürchtete zu verlieren – es war der Sinn, den es ihm gab.

Jaxon konnte das Problem nicht sehen. Obwohl er die Abenteuer und den Kontakt mit den verschiedenen Technologien in anderen Welten genoss, wollte er eine Pause vom Adrenalin. Sie waren immer auf der Flucht vor etwas, kämpften gegen etwas und zerstörten etwas, wann immer sie in eine neue Welt übertraten. Er wollte als normaler Kadett an der Akademie existieren, im gleichen Tempo wie seine Kameraden lernen und nichts Lebensbedrohliches erleben.

Auf ihrer letzten Reise ins Multiversum hatten sie gegen eine Leere gekämpft, die von einem abtrünnigen organischen Supercomputer inszeniert wurde. Sie hätten fast alles verloren, aber eines der Besatzungsmitglieder, ein Mädchen aus diesem Universum namens Safira, hatte sich geopfert, um sie zu retten.

Sie waren in den letzten Wochen nicht zu einer weiteren Mission gerufen worden, und Jaxon fand das gut so. Sie führten verschiedene Übungen durch, flogen mit kleineren Raumschiffen ins All und führten Simulationen des Quantensprunggeräts durch. Das genügte ihm. Aber er kannte seinen Freund. Alex mochte den Nervenkitzel, eine neue Welt zu betreten und sich mit den wildesten Dingen zu messen, die in der Wildnis des Weltraums existierten.

Alex lehnte sich auf der Bank zurück und bedeckte sein Gesicht mit den Händen.

»Du bist schlau«, sagte Jaxon. »Ich bezweifle, dass sie dich ausphassen würden. Du bist unersetzlich für das Programm. Sie würden dich behalten.«

Alex ließ das nicht gelten. »Wir müssen die anderen finden.« Er stand auf und packte seine Sachen in seine Tasche, die Aufgabe vergessen. Er dachte, Nia und Yasu würden angemessen reagieren und wissen, wie ihre Chancen stünden, aus dem Programm entfernt zu werden.

Er ging in Richtung der Eishockeybahn, wo er Nia zu finden hoffte. Neben ihm lief Jaxon und redete über Nia. »Sie ist in letzter Zeit ziemlich unerreichbar, nicht wahr? Normalerweise lernt sie im Unterricht, aber jetzt...«

Sie trafen Nia außerhalb der Eisbahn, wo sie mit dem Hockey-spieler sprach. Er war ein Jahr älter als sie, also war er ein „normaler"

Kadett. Er besuchte alle üblichen Kurse und hatte genug Zeit für außerschulische Aktivitäten wie Hockey. Er und Nia waren so vertieft in ihr Gespräch, dass sie nicht bemerkten, als Alex und Jaxon sich ihnen näherten.

»Nia«, sagte Alex und kündigte seine Anwesenheit neben ihrer Schulter an. »Wir haben ein Problem.« Er sah den Hockeyspieler an, in der Erwartung, dass dieser verstehen und sie allein lassen würde.

»Wir wollen allein mit ihr sprechen«, sagte Jaxon und scheuchte mit den Händen. Jaxons Worte brachten Alex zurück zu den Zeiten, als sie schon früher in solchen Situationen gestanden hatten – zuerst auf Krissia, dann in den schattigen Weiten von Orion. Jedes Mal hatten sie gemeinsam dem Unbekannten getrotzt, und dennoch spürte er jetzt das Gewicht dieser Erinnerungen schwerer denn je.

»Aber wir haben uns bereits unterhalten, bevor ihr unterbrochen habt«, sagte der Spieler, seine tiefe Stimme grollend.

»Schon gut, Kel. Wir sehen uns später.« Nia winkte ihm schüchtern zu, als er wegging.

»Hat er schon immer so geklungen, oder hat er eine späte Pubertät durchgemacht?«, fragte Jaxon mit weit aufgerissenen Augen, während er der sich entfernenden Gestalt des älteren Jungen nachschaute.

Nia wollte Jaxons Behauptung widersprechen, überlegte es sich aber anders. »Ich wollte euch gerade suchen. Es scheint, dass wir bald eine neue Mission bekommen könnten. Früher am Tag, während Kel und ich...«

»Oh. Also seid ihr jetzt 'Kel und ich'?«, fragte Jaxon und hob seine Hände in gespieltem Schock.

Nia und Alex sahen ihn mit leichter Verwirrung an. »Was ist heute los mit dir?«, fragte Alex, versucht, ihn mit seiner Tasche zu schlagen.

»Es tut mir leid«, sagte Jaxon und senkte seinen Blick reumütig. »Bitte fahre fort.«

»Früher am Tag sind Kel und ich an einem der Besprechungsräume vorbeigegangen. Es scheint, dass sie über uns gesprochen haben. Ich habe deutlich gehört, wie sie 'Team Alpha' im Zusammenhang mit einer neuen Mission erwähnten. Anscheinend haben sie irgendeine Anomalie in einem anderen Universum entdeckt und schicken ein Team, um das zu untersuchen.«

Alex trat zurück. »Wirklich?« Neben ihm war Jaxon in sich zusammengesunken, aber er konnte es vor lauter Aufregung nicht bemerken.

Nia zuckte mit den Schultern. »Das war alles, was ich gehört habe. Warum wolltest du mich treffen?«

»Jaxon hat wieder mal unerlaubt rumgeschnüffelt«, sagte er und zeigte auf Jaxons gesenkten Kopf. Als Reaktion darauf kicherte Nia. »Und er hat herausgefunden, dass sie große Fortschritte mit den älteren Offizieren machen. Bald könnten sie durch das Multiversum reisen.«

Nias Gesicht erhellte sich zu einem breiten Grinsen. »Das sind großartige Neuigkeiten! Warum schaust du so niedergeschlagen?«

Alex' Gesichtsausdruck verwandelte sich in Entsetzen. »Weil, wenn sie es herausfinden, müssen wir vielleicht das Programm verlassen.«

Ihre Geräte piepten gleichzeitig und unterbrachen das Gespräch. Nia zog ihr Tablet heraus, um nachzusehen, und sagte: »Glaubst du? Vielleicht werden sie für einige Missionen ältere Offiziere einsetzen, aber sie werden uns nicht komplett rauswerfen. Zumindest...« Sie hielt inne und blickte auf ihren Tabletbildschirm. »Wir haben morgen früh ein Treffen mit dem Kommandanten.«

Alex war für den Rest des Tages von dem Gedanken an das Treffen gefangen. Er hetzte durch die Aufgabe und bereitete sie für die kommende Vorlesung vor, aber seine Gedanken schweiften immer wieder ab. Wenn es sich tatsächlich um eine Missionsbesprechung handelte, mussten sie ihr Bestes geben, um zu beweisen, dass sie für das Programm unersetzlich waren. Sie konnten es sich nicht leisten, entfernt zu werden. *Er* konnte es sich nicht leisten, entfernt zu werden. Er dachte an alles, was sie durchgemacht hatten – den Schatten des Imperiums, den abtrünnigen Supercomputer und jetzt diese Anomalie. Jede Mission hatte sie näher an etwas Größeres herangeführt, etwas, das sich anfühlte wie der Rand einer Entdeckung selbst. Er war noch nicht bereit, diesen Weg jetzt aufzugeben.

Aus seinen Interaktionen mit den anderen erkannte er, dass die Erforschung des Multiversums für sie nicht so wichtig war wie für ihn. Sie liebten das Abenteuer, waren aber relativ zufrieden mit dem, was sie in ihrem Universum antrafen. Er wäre am schlimmsten betroffen, wenn ihnen das Programm weggenommen würde.

Er konnte an diesem Abend kaum essen. Während die anderen plauderten und Jaxon spitze Bemerkungen über Kel und Nia machte, überlegte er, was der beste Weg wäre, seine Zukunft zu sichern. Er musste zeigen, dass er ein starker Anführer war, aber selbst wenn er kein Team leiten könnte, wäre er zufrieden, ein Statist in jemand anderem Team zu sein.

In dieser Nacht wälzte er sich in seinem Bett hin und her, was den Jungen im Etagenbett über ihm störte. Der Junge schlug mit seinem Bein aufs Bett und sagte: »Wenn du nicht schlafen kannst, solltest du vielleicht den Raum verlassen, damit ich schlafen kann.« Alex entschuldigte sich und zwang sich still zu liegen. Als er schließlich einschlief, träumte er von dem zusammenbrechenden Supercomputer aus seiner letzten Mission. Er sah Safira, und sie sprachen darüber, wie wenig die Welt sie und ihre Wünsche verstand.

Schweiß bedeckte jede Stelle seines Körpers, als er aus dem Bett hochfuhr.

Er blickte auf seine Uhr und, als er erkannte, dass er bereits zu spät dran war, zog er sich hastig seine Uniform an und eilte unordentlich zum Besprechungsort.

Die anderen saßen bereits und warteten, als er hereinkam. Jaxon und Nia sprachen demonstrativ nicht miteinander und saßen mit einem unbehaglichen Yasu zwischen ihnen. Yasu Garcia, das stillste Mitglied ihrer kleinen Gruppe, geriet gelegentlich zwischen die Fronten bei Meinungsverschiedenheiten zwischen Gruppenmitgliedern. Alex setzte sich neben Nia und senkte den Kopf, um um Vergebung zu bitten.

»Deine Unpünktlichkeit gehört genauso zu dir wie deine braunen Haare. Ich bezweifle, dass ich das ändern kann. Glücklicherweise für dich sind sie noch nicht eingetroffen. Sie wurden in einer anderen Besprechung aufgehalten.«

Um das Thema zu wechseln, fragte Alex, warum Nia und Jaxon nicht miteinander sprachen. Yasu deutete ihm an, es gut sein zu lassen, aber Alex war verzweifelt bemüht, die Aufmerksamkeit von sich abzulenken.

»Sag Jaxon, dass wir keine Kinder mehr sind. Seine Unreife ist nicht sehr liebenswert«, sagte Nia und funkelte in seine Richtung.

»Oh. Wirklich?«, sagte Jaxon und runzelte die Stirn. »Na, sag Nia, dass sie nicht einfach ihr Team für einen Außenseiter im Stich lassen kann.«

Nia schnappte gereizt nach Luft. »Ich habe nicht im Stich gelassen...«

In diesem Moment betrat der Kommandant den Raum. Yasu dankte still welcher Gottheit auch immer für die Rettung in letzter Sekunde zuständig war. Der Kommandant war mit einigen Offiziellen zusammen, deren Gesichter den Kadetten mittlerweile vertraut waren. Alle begrüßten sich, und die Lichter im Raum wurden gedimmt.

»Wieder einmal haben wir eine weitere Mission für euch, Kadetten. Wir haben eine Weile darüber beraten, welches Team wir schicken sollen, und angesichts eurer Fähigkeiten zur Problemlösung, eurer Neugier und eures schnellen Denkens haben wir entschieden, dass euer Team für diese Mission am besten geeignet ist.«

Das Multiversum-Raster erschien erneut über dem Tisch. Seit ihrem letzten Besuch im Besprechungsraum waren einige weitere Punkte hinzugefügt worden, die die neuen Universen zeigten, die von Reisenden der Akademie besucht worden waren.

Der Kommandant zeigte auf einen neuen Punkt, der durch ein blinkendes rotes Licht markiert war, welches sich zu einem neuen Fenster erweiterte. Es gab einige grundlegende Informationen darüber, einschließlich des Datums, an dem sie es zuerst lokalisiert hatten, und seiner Energiesignaturen.

»Dieses Universum ist kürzlich in unsere Aufmerksamkeit gerückt«, sagte der Kommandant. »Bei eurer letzten Mission habt ihr ein anderes Universum mit viel niedrigeren Energiesignaturen besucht. Hier haben wir jedoch einen ungewöhnlichen Ausschlag aufgezeichnet. Wir konnten gelegentliche Spitzen in seiner Signatur aus unserer Forschung identifizieren, und wir wollten das untersuchen.«

Alex lehnte sich nach vorne, dankbar für diese Gelegenheit. Er bemerkte nicht die besorgten Blicke seiner Kameraden. Sein einziger Gedanke war, dass dies eine Chance war, seinen Wert zu beweisen und zu zeigen, dass er für das multiversale Forschungsprogramm der Akademie unverzichtbar war.

KAPITEL 28

IHR TRAINING BEGANN am folgenden Tag. Sie hatten neue Ausbilder und eine neue, überarbeitete Diät, die auf wundersame Weise noch schlimmer schmeckte als die vorherige. Mit müden Augen aßen sie in der Kantine und stellten Vermutungen über die Mission an, um ihre Begeisterung aufrechtzuerhalten.

»Das letzte Mal hat die Leere die gesamte Energie in ein von ihr erschaffenes Pseudo-Universum gesaugt. Vielleicht kippt diesmal eine andere Leere die Energie dort hinein«, sagte Jaxon und spießte einen undefinierbaren Klumpen auf seinem Teller mit der Gabel auf.

Alex schüttelte den Kopf. »Das ergibt keinen Sinn.«

Jaxon zuckte mit den Schultern. »Ich bin weder Yasu noch Nia. Ich stelle nicht die klügsten Vermutungen an.«

Auf der anderen Seite des Tisches verdrehte Nia die Augen. »Die Oberen sagen, es könnte auch das Produkt eines unkontrollierten Experiments sein. In ihrer Welt könnte etwas Katastrophales passiert sein, das zu großen Energieschwankungen geführt hat.«

»Ich wünschte, wir würden eine Vorschau auf die Lage bekommen, bevor wir reingehen«, sagte Yasu und blickte auf seinen fast vollen Teller mit seltsamen, nährstoffreichen Häppchen. Der Koch ging mit finsterer Miene vorbei, und Yasu tat schnell so, als würde er einen Bissen nehmen.

»Irgendwie mag ich es, nichts zu wissen«, sagte Nia und schluckte schwer. »Es fühlt sich an wie ein Geschenk auspacken. Auch wenn der Inhalt mit dem Sensenmann zu tun haben könnte.«

Alex bedeutete ihnen, ihre Mahlzeit zu beenden. Sie hatten in ein paar Minuten eine Übung im Raumlabor. Er war entschlossen, diesmal bei jeder Aktivität pünktlich und bereit zu sein.

Als der Starttag endlich kam, gingen sie mit einer gewissen Beklommenheit vor. Alex hielt die Moral hoch, indem er sie an ihren Wunsch erinnerte, in die Geschichte der Akademie einzugehen. »Wenn andere Kinder hierherkommen und davon träumen, weit zu reisen, werden sie unsere Fotos und Geschichten in ihren Geschichtsbüchern sehen und dadurch inspiriert werden, härter zu arbeiten.« Die anderen tauschten hinter seinem Rücken Blicke aus, leicht genervt von seinem Enthusiasmus, aber bemüht, ihm zuliebe mitzumachen.

Eine Wolke hatte sich über der Akademie niedergelassen, und ein wilder Wind blies Staub und eisigen Regen umher. Die Kadetten gingen mit zusammengekniffenen Augen gegen das spritzende Wasser zur Startbahn. Als sie das Raumschiff betraten, bemerkten sie, dass die Vorgesetzten sie von ihren Plätzen im nahen Kontrollturm aus beobachteten.

»Dieser Regen scheint ein Omen zu sein«, sagte Nia in leichtem Tonfall. »Eine Dunkelheit, die sich über unseren Weg ausbreitet.«

»Da stimme ich zu«, sagte Jaxon. »Ist es zu spät zum Abbrechen?«

Alex drehte sich in seinem Stuhl zu ihm um. Der Ausdruck in seinem Gesicht sagte deutlich: »Kommt nicht in Frage!«

Nachdem er bestätigt hatte, dass alle angeschnallt waren, begann Alex den Initialisierungsprozess für den Start. Die anderen überwachten ihre Konsolen und stellten sicher, dass alle Bedingungen stimmten. Das Raumschiff schoss in den regnerischen Himmel, und das Geräusch des Wassers gegen die äußere Metalloberfläche vermischte sich mit dem Piepen und Quietschen der verschiedenen Geräte an Bord.

Einmal außerhalb der Erdatmosphäre startete Alex das Quantensprung-Gerät und gab den Befehl. Gemeinsam arbeiteten er und Jaxon daran, es mit dem richtigen Universum zu synchronisieren, und sie leiteten den Sprung ein. Das Raumschiff sauste durch Schall und Licht auf ihr Ziel zu. Das Schiff erzitterte, und die Kadetten beobachteten ehrfürchtig die wechselnden Farben und den Energiefluss.

Sie kamen auf der anderen Seite an, wieder einmal glücklich über eine erfolgreiche Reise.

»Alles scheint in Ordnung zu sein«, sagte Nia und blickte auf ihre Konsole. Der Himmel war normal mit Sternen und Systemen bevölkert. Was die abnormalen Energiewerte, die sie zu Hause registriert hatten, verursachen könnte, war nicht sofort erkennbar.

»Nein, nicht wirklich«, sagte Yasu leise. Er konnte in der Ferne etwas erkennen. Nach einem flüchtigen Blick bemerkte er eine Lücke, wo mehrere Systeme sein sollten. Stattdessen befand sich dort eine riesige Staub- und Gaswolke. Sie ähnelte dem Wolkendämon, dem sie auf Krissia begegnet waren, aber dies war vertrauter. Es war ein Nebel. »Um den Eos-Sektor herum«, sagte er. »Schaut genau hin.«

Nia holte tief Luft und stellte ihre Konsole ein, um die umliegenden Regionen zu scannen. Und da war es. »Ein Nebel? Könnte das die Ursache sein?«

»Sollten wir dorthin fliegen und es selbst untersuchen?«, fragte Alex und starrte auf die Bilder von seiner Seite.

»Auf keinen Fall!«, rief Jaxon, der endlich aus seinem anfänglichen Schock erwachte. »Wir werden auf dieser Erde landen, herausfinden, was wir über dieses Ding herausfinden können, und zurück nach Hause düsen. Ich glaube, es ist an der Zeit, uns daran zu erinnern, dass wir Entdecker sind, keine Helden.«

Nia und Yasu stimmten zu. Allein zu untersuchen, was falsch lief, wäre aufregend, aber auch ein riskantes Unterfangen. Sie alle waren sich einig, dass es am besten wäre, ihr Raumschiff zu landen und so viel wie möglich von den Menschen zu erfahren.

»Wir könnten auch herausfinden, ob das Raumfahrtprogramm dort irgendwelche Offiziere aussendet, um den Nebel zu erforschen«, fügte Alex hinzu. »Dann können wir mit ihnen mitkommen.«

»Klar«, sagte Jaxon. »Lass uns diese Brücke überqueren, wenn wir davor stehen, okay?«

Sie sendeten ein Signal zur Erde und erhielten keine Antwort. Sie begannen mit der Landesequenz, ihre Herzen klopften bis zum Hals, als die neue Phase ihres Abenteuers begann.

Als ihr Schiff durch die unbekannten Wolken dieser neuen Erde hinabsank, erhielten sie eine Nachricht von den Einwohnern des Planeten. Sie lautete einfach: »Willkommen, Fremde. Wir vertrauen darauf, dass ihr in Frieden kommt.«

»So kryptisch«, bemerkte Nia, als Alex es vorlas.

»Da stimme ich zu«, sagte Jaxon. »Wir sollten auf der Hut sein.«

Alex schickte eine Nachricht zurück und informierte sie über ihren Zweck als Entdecker, die neugierig waren, eine andere Welt kennenzulernen.

Sie brachten das Raumschiff auf einer geteerten Fläche zum Stehen. Vom Raumschiff aus konnten sie in der Ferne eine kleine Stadt mit Häusern sehen, die denen auf ihrem Heimatplaneten sehr ähnlich waren. Der Abend nahte, der Himmel war in strahlende Lila- und Orangetöne getaucht.

»Ich mag diesen Ort nicht«, sagte Nia. »Es fühlt sich leer an.«

»Ihr seid alle so negativ«, schnaubte Alex. Ihr Verhalten wurde langsam anstrengend. »Es könnte einfach sein, dass wir in einem Teil des Planeten gelandet sind, von dem die Menschen weggezogen sind.«

»Und was war der Grund für ihre Abwanderung, Kommandant?«, fragte Jaxon mit spöttischem Tonfall. »Vielleicht roch die Luft schrecklich?«

»Oder ihre Socken verschwanden nachts aus ihren Schränken?«, fügte Nia hinzu. »Yasu, was denkst du?«

Yasu lachte nur und überlegte ebenfalls, warum ihr Landeplatz unbewohnt war. Keiner der Gründe war gut. In allen vorherigen Universen, die sie besucht hatten, waren sie an diesem Ort gelandet, und die Akademie war auch in der Nähe gewesen. Während er die Konsole beobachtete, bemerkte er vier Schwebeautos, die von der verlassenen Stadt in der Ferne auf ihr Schiff zurasten.

»Okay. Ich verstehe«, sagte Alex, »aber wir sollten zumindest versuchen herauszufinden...« Er verstummte, sein Blick auf die Schwebeautos gerichtet, die auf sie zurasten. »Schwebeautos?«

»Ja«, sagte Yasu. »Es gibt also Menschen hier, aber das könnte trotzdem Ärger bedeuten.«

»Oder auch nicht«, beharrte Alex.

»Okay, Commander. Was ist der Plan?«, fragte Jaxon. »Wir können nicht einfach einsteigen und erwarten, dass alles wie von selbst läuft.«

»Lasst uns aus dem Raumschiff aussteigen, unser Verteidigungssystem aktivieren und auf sie warten. Wir sind nur zur Aufklärung hier. Wir wollen Informationen über den Nebel sammeln und wie er mit den Energiespitzen zusammenhängt. Vielleicht erfahren wir etwas Nützliches, nachdem wir mit den Leuten hier gesprochen haben.«

Sie verließen das Raumschiff und aktivierten das Schutzschild darum. Sie hatten diese Aufgabe gerade abgeschlossen, als das letzte der Schwebeautos ankam und neben den anderen auf dem Teer zum Stehen kam. Die Kadetten standen zusammen, die Hände an ihren Laserwaffen am Gürtel. Es war das erste Mal, dass sie auf all ihren Reisen Waffen mitgebracht hatten, aber nach viel Überzeugungsarbeit hatten die Vorgesetzten zugestimmt, dass sie nützlich sein könnten.

Die Türen der Autos öffneten sich, und von Kopf bis Fuß schwarz gekleidete Menschen stiegen aus, die schwere Lasergewehre trugen. Zwei schritten nach vorne, und einer zog seine Maske ab, wodurch ein Schopf blauen Haares und ein vertrautes Gesicht zum Vorschein kamen.

»Kel?« Jaxon fluchte leise und hatte das Bedürfnis, den Kerl zu erschießen, obwohl er wusste, dass sie dadurch in eine prekäre Lage geraten würden.

»Fremde«, sagte der junge Mann, der wie Kel aussah. Er hatte denselben großen Körperbau, aber seine Haltung und Ausstrahlung waren anders. Sie konnten an seiner Körperhaltung erkennen, dass diese Person arroganter war als der Kel, den sie kannten. »Ihr kommt auf unseren Planeten. Und wir hoffen, ihr kommt in Frieden, denn -« er schwenkte seine Waffe, und ein schiefes Grinsen verzerrte seine Gesichtszüge, »- wir sind bereit, euch zu begegnen.«

Die Kadetten tauschten angespannte Blicke untereinander aus. Die Mission begann bereits mit einem Knall, und sie waren nicht gerade begeistert von ihrer Flugbahn.

KAPITEL 29

Dieser Kel kannte ihre alternativen Versionen nicht. Er zeigte keine Spur von Wiedererkennen, als er seinen Männern befahl, sie zu durchsuchen und ihre Waffen zu nehmen. »Notwendige Vorsichtsmaßnahme«, sagte er, immer noch mit seinem enormen Grinsen. »Wir können nicht zulassen, dass Sie versuchen, unseren Oberherrscher zu beseitigen, oder?«

»Oberherrscher?«, fragte Jaxon. »Also bist du nicht der Anführer?«

Kel ging auf ihn zu, sein Kopf ragte über ihm empor. Aus dieser Höhe blickte er auf Jaxon herab, sein Blick wurde intensiver. »Nein. Nur der Anführer dieser Einheit.«

Nachdem seine Männer mit der Durchsuchung fertig waren, deutete er auf die Autos. »Beeilen wir uns. Wir haben Leute zu treffen.«

Alex versuchte, Fragen zu stellen, wurde aber mit lauten Grunzlauten und Zischgeräuschen zum Schweigen gebracht. Schließlich verfiel er in Stille und saß ruhig neben Nia in dem Auto, in dem sie sich befanden. Nia versuchte, ihm zu signalisieren, dass alles gut werden könnte. Sie versuchte lautlos zu formulieren: »Wir müssen nur ruhig bleiben, den nächsten Befehlshaber treffen und bitten, nach Hause zurückkehren zu dürfen.« Der Fahrer erwischte sie im Rückspiegel und drohte, ihr einen Knebel anzulegen. Schockiert von der Brutalität seiner Worte, schluckte sie den Rest ihrer Gedanken hinunter.

Die anderen beiden fuhren in einem anderen Auto mit ebenso schweigsamen Fahrern. Yasu beobachtete, wie der Tag in die Nacht überging, und dachte über alle möglichen Fluchtwege nach. Er dachte, ihr Team hätte ein Händchen für Schwierigkeiten. Aus den anderen Berichten, die er gelesen hatte, trafen die meisten anderen Teams auf ihre alternativen Ichs und lernten neue Kulturen kennen, die die Akademie dominierten. Aus irgendeinem Grund waren sie die Einzigen, die sich feindseligen Einheimischen gegen-übersahen.

Jaxon grübelte über die Wendung der Ereignisse. Er hasste es, dass Kels Gegenstück hier war und selbstsicherer und vielleicht sogar attraktiver aussah als in ihrer Welt. Sein einziger Trost war, dass sie nicht den Prototyp seines Elektroschockers genommen hatten. Er war noch nicht perfekt, aber für das ungeübte Auge sah er wie Plastikschrott aus. Und genau das hatte er ihnen auch erzählt.

Sie fuhren durch die Stadt, und wie sie bereits vermutet hatten, war sie verlassen. Einige Gebäude hatten geschwärzte Außenfassaden, die auf die Überreste von Feuerschäden hindeuteten, während andere zertrümmert waren, als hätte sie eine Rakete getroffen. Obwohl die Kadetten Fragen stellen wollten, wussten sie, dass sie keine Antworten bekommen würden. Sie bewahrten ihre Fragen für später auf, wenn sie Kels Gegenstück wiedertreffen würden. Die Schwebeautos schlängelten sich durch die verlassenen Straßen, bis sie an einem großen Komplex ankamen, der von hohen Mauern mit Elektrodrähten umgeben war.

Die großen schwarzen Tore öffneten sich mit einem leichten Quietschen, Lichter blinkten auf den Turmspitzen und vom Kontrollturm an der Seite. Innerhalb der Mauern ragte ein graues, zehnstöckiges Gebäude auf, umgeben von geparkten Schwebeautos und anderen fahrenden Fahrzeugen. Die Kadetten stiegen aus den

Autos aus, drängten sich zusammen und blickten zu dem Gebäude hinauf.

»Unser hervorragender und wohlwollendster Anführer hat uns mit seiner Anwesenheit beehrt«, verkündete Kel und breitete seine Arme in Richtung des Gebäudes aus. »Wir werden um eine Audienz bei ihm bitten, und er wird uns zu gegebener Zeit empfangen.«

»Wer ist dieser Anführer?«, fragte Alex.

Kel drehte sich mit einem halben Lächeln zu ihnen um. »Der Retter unseres Reiches. Derjenige, der über alle Dinge herrscht.«

Sie verstanden nicht, was das bedeutete, aber sie waren nicht in der Position, weitere Fragen zu stellen. Sie folgten der Reihe schwarz gekleideter Wachen und betrachteten die anderen Soldaten, die auf dem Gelände des Komplexes herumlungerten. Sie betraten das Gebäude über eine Treppe und große Holztüren. Hinter den Türen befand sich eine Lobby mit weiß-schwarzen Bodenfliesen. Ein Empfangstresen mit einem Schreibtisch und einem dunklen Holzregal stand in der Ecke. Kels Gegenstück schritt darauf zu, um mit der blonden, fuchsgesichtigen Frau dahinter zu sprechen.

»Hallo«, sagte er und lehnte sich mit einem verführerischen Lächeln an den Tisch. »Gäste für Seine Eminenz.«

Die Frau warf einen beißenden Blick auf die Kadetten und drehte sich dann um, um einen Anruf zu tätigen.

»Setzt euch«, sagte sie, als das Gespräch beendet war. »Ich werde euch Bescheid geben, wann ihr eintreten könnt.«

Kels Gegenstück winkte sie zu einer Gruppe metallener Wartestühle auf der anderen Seite des Raumes. »Jetzt warten wir.«

Sie saßen einige Momente da und lauschten der leichten Musik, die aus versteckten Lautsprechern strömte.

»Mein Name ist Dorian«, sagte er. Wieder erschien das Grinsen.

»Nicht Kel?«, fragte Jaxon.

Ein seltsamer Ausdruck huschte über Dorians Gesicht, aber Jaxon bemerkte es nicht wegen des Schmerzes, da Nia ihm in die Rippen stieß.

»Nicht Kel«, sagte er. »Dorian. Ich bin ein Teamleiter. Einer der geschätzten Kämpfer des Anführers. Ich beschütze diese Gegend vor Marodeurs.«

»Wir sind keine Marodeure«, sagte Alex. »Wir sind nur Entdecker aus einer anderen Welt.«

Dorian nickte. »Ja. Das habt ihr gesagt.« Er schlug die Beine übereinander und wippte mit einem Fuß. »Sehr interessant, das.« Sein Lächeln verschwand, fast wie ein Licht, das im Raum ausging.

»Was?«, fragte Alex und ignorierte die Kälte, die ihm den Rücken hinunterlief.

»Dieses Weltenkreuzen. Universumskreuzen. Man könnte meinen, das wäre bloße Fiktion.«

Dorian wandte sich ab, ohne ein weiteres Wort zu sagen. Und obwohl Alex mehr Fragen hatte, war er vorsichtig, sie zu stellen, da er den Mann nicht verärgern wollte. Er stieß Nia an, aber sie schüttelte den Kopf.

Für den Rest der Zeit saßen sie schweigend da. Yasu beobachtete die Anordnung des Gebäudes und erstellte mental eine Karte der möglichen Fluchtwege. Der Ort war eine Festung, stellte er fest. Wenn die Dinge schiefliefen, hätten sie keine Chance, lebend herauszukommen. Sie könnten versuchen wegzulaufen, aber mit all den schwarzgekleideten Männern, die das Gelände umgaben, müssten sie ihre Körperlichkeit teilweise verlieren, um den Laserschüssen zu entkommen.

Die Frau am Schreibtisch gestikulierte zu ihnen. »Er will euch jetzt sehen.«

»Perfekt!«, sagte Dorian und erhob sich mühelos. »Kommt mit mir.«

Nur zwei der anderen schwarz gekleideten Männer folgten ihnen zum Aufzug. Sie drängten sich hinein und betrachteten ihre Spiegelbilder auf der silbernen Oberfläche der Wände, ihre Herzen schlugen mit leichter Panik. Die Tür glitt lautlos auf und gab einen leeren Flur frei.

Dorian schritt stetig voran und führte sie zur Tür am Ende des

Flurs. Er klopfte zweimal, dann einmal, dann wieder zweimal. Im Raum hustete jemand und sagte: »Herein.«

Die Kadetten gingen mit Dorian und dem letzten der schwarz gekleideten Männer hinein. Drinnen hatte eine Wand vom Boden bis zur Decke reichende Fenster, die den friedlichen Nachthimmel zeigten. Die Kadetten atmeten tief durch und dachten daran, wie trostlos die Außenwelt ohne Lichter aussah.

Im Raum stand ein langer Konferenztisch mit Stühlen rundherum. Am Kopfende des Tisches, flankiert von zwei weiteren Männern in Schwarz, saß ein Mann in einem weißen Anzug.

Die Kadetten schauten in sein Gesicht und fühlten sich erneut niedergeschlagen. Sie erkannten ihn.

Oberst Klaus. In ihrer Welt war er einer der höheren Beamten, der sie immer wieder schikanierte, wenn sie bei ihren Missionen auf Schwierigkeiten stießen. Sie wollten sagen, dass er sie hasste, aber sie glaubten eher, dass er sie noch nicht für fähig hielt.

»Dieser Tag könnte nicht noch schlimmer werden«, murmelte Jaxon.

»Reisende«, sagte Dorian mit einer ausschweifenden Geste, »Unser Wohlwollender Herrscher, Lord Kedron.« Er neigte seinen Kopf, und die anderen taten es ihm unbeholfen nach.

Oberst Klaus' Gegenstück, Lord Kedron, trug ein schmallippiges Lächeln zur Schau. »Kinder«, sagte er, seine Stimme enthielt einen Hauch von Verachtung. »Aus welchen Gegenden seid Ihr zu uns gekommen?«

Alex wollte sprechen und versuchte, die übliche Floskel anzubringen, dass sie als Entdecker aus einer anderen Welt kämen, aber Dorian trat vor, um ihn zu unterbrechen.

»Sie kommen von einem Planeten, der weit, weit entfernt ist. Sie haben den Weg hierher auf sich genommen, mein Lord, um Ihr glorreiches Antlitz selbst zu erblicken. Um zu sehen, was so viele gesehen haben und in was sie sich verliebt haben.«

Lord Kedron lächelte, seine Augen verengten sich zu freudvollen Schlitzen. »Du hattest schon immer ein Händchen für Worte, Dorian.« Er lehnte sich in seinem Stuhl zurück und klatschte in die Hände. »Lasst unsere Gäste Platz nehmen.«

Die Kadetten, die ihre Verwirrung durch ihre weit aufgerissenen Blicke zum Ausdruck brachten, setzten sich nebeneinander auf eine Seite des Tisches. Dorian und die beiden Wachen saßen ihnen gegenüber. Dorians Lächeln verwandelte sich allmählich in einen vorsichtigen Blick, ähnlich dem eines Jägers, der vorsichtig seiner Beute durch ein Feld nachstellt

»Ihr kommt genau richtig«, sagte der lächelnde Lord. »Ich bin hierher gekommen, um zu sehen, wie es meinem Volk in diesen Gebieten geht. Und hier seid Ihr auch, glückverheißende Reisende. Ich liebe die Neuartigkeit von all dem.«

Unsicher, wie sie antworten sollten, blieben die Kadetten still. Sie beobachteten, wie er weitersprach. Er redete mit großer Bravour und wedelte mit theatralischen Handbewegungen. Aus seiner Rede erfuhren sie von dem Krieg, der durch die Region gewütet hatte. Er bezog sich auf eine tyrannische Regierung, die Wurzeln geschlagen hatte und die meisten Teile des Universums einer strengen Diktatur unterwarf. Schließlich arbeitete er sich die Befehlskette hinauf und ergriff die Macht. »Ich habe mein Volk beschützt«, sagte er und klopfte sich auf die Brust. »Ich habe diese Region beschützt. Sie verdanken mir alles.«

Die Wachen und Dorian bejubelten ihn, je mehr er sprach, und die Kadetten hätten schwören können, dass sie bemerkten, wie sein Kopf größer und röter wurde.

Alex hob eine Hand. »Dürfen wir eine Frage stellen?«

Die anderen lehnten sich vor, begierig zu erfahren, was er vorhatte. Keiner von ihnen hatte erwartet, dass die Dinge so laufen würden. Der Anführer schien freundlich genug zu sein, aber etwas an dem Verhalten der Wachen und Dorians wechselnden Stimmungen versetzte sie in höchste Alarmbereitschaft. Sie waren nicht sicher.

»Wir haben auf unserem Weg eine brillante Staub- und Gaswolke bemerkt. Sie sah blendend aus, ausgedehnt.« Alex suchte nach dem besten Weg, die Frage zu stellen. »Und wir fragten uns, was das war.«

Lord Kedron schaute ihn einen Moment schweigend an. Die anderen Wachen sahen ebenfalls zu, ihre Gesichter hinter ihren Masken verborgen. Dann brach der Anführer in Gelächter aus und warf seinen Kopf zurück, als sei er von Freude überwältigt. Die Wachen stimmten mit ein, obwohl ihr Lachen erzwungen und unaufrichtig wirkte.

»Nun«, sagte er und wischte eine verirrte Träne aus seinem Augenwinkel, »das ist die Nachwirkung unseres Einflusses. Und der Beginn unserer Vorherrschaft.«

KAPITEL 30

DORIAN BEGLEITETE die Kadetten zu einem Zimmer, wo sie die Nacht verbringen konnten. Er fragte mehrmals, ob Nia ein separates Zimmer haben möchte, aber sie sagten ihm, dass es für sie in Ordnung sei, das Zimmer mit ihr zu teilen. Jaxon wurde beim letzten Mal, als er fragte, unruhig, seine Augen funkelten feurig, als suche er nach einem Streit. Nia musste eingreifen und legte beruhigend eine Hand auf seine Brust. »Wenn wir auf Missionen gehen, teilen wir normalerweise ein Zimmer. Sie sind wie meine Brüder.«

Sobald sie im Zimmer waren, mit frischer Kleidung zur Verfügung, drehte sich Jaxon zu ihr um. »Du hättest nicht sagen müssen, dass wir wie deine Brüder sind«, sagte er.

Nia schaute ihn mit schlaftrunkenen Augen an. »Warum nicht? Aber ihr seid wie meine Brüder. Wir verbringen so viel Zeit zusammen...«

Jaxon legte eine Hand auf seine Brust. »Wie Brüder?«

»Wir haben größere Probleme, Jaxon«, sagte Alex von der Tür aus. »Die Tür ist abgeschlossen.«

Jaxon warf Nia einen letzten Blick zu, als wolle er sagen, dass das Gespräch noch nicht beendet sei, und sprang zur Tür. Wie Alex gesagt hatte, war sie verschlossen.

»Also sind wir gefangen?« sagte Jaxon. »Wir sind gefangen?«

Von ihrem Bett aus sagte Nia: »Immerhin ist es nicht noch eine fühlende Leere«, murmelte Nia, obwohl ihre Stimme zitterte. »Menschliche Bösewichte sind etwas weniger beängstigend... oder?«

»Nicht jetzt, Nia.«

»Wir sollten auch vorsichtig sein mit dem, was wir sagen«, sagte Yasu. »Sie könnten mithören.«

Alex kratzte sich am Kopf. »Wir hätten direkt zum Nebel fahren können...«

Jaxon schauderte. »Hast du gehört, was dieser seltsame Klaus gesagt hat? Dass es ihr Einfluss und ihre Dominanz ist. Das klang für mich nach schlechten Nachrichten. Vielleicht wären wir auf Schlimmeres gestoßen, wenn wir direkt zum Nebel gefahren wären.«

»Oder vielleicht auf etwas Besseres!«

Nia pfiff durch ihre Finger. »Es ist spät«, sagte sie in die folgende Stille hinein. »Wir sind alle schwach und erschöpft. Ich schlage vor, wir gehen alle ins Bett und überlegen morgen, was zu tun ist.«

Yasu ließ ein gewaltiges Gähnen hören und ließ sich wie auf Kommando auf sein Bett fallen. Er stimmte Nia zu. Er hatte den ganzen Tag versucht, ihre Lage zu entwirren, aber es war ihm nicht gelungen. Vielleicht würde der Schlaf die Falten in seinem Denkprozess glätten.

Widerwillig gingen auch Jaxon und Alex zu ihren Betten. Sie kuschelten sich unter die Bettdecken und lauschten dem Nichts von draußen.

»Wenn Mord am Ende unser Ausweg sein sollte«, sagte Jaxon schläfrig, »lasst mich die ganze Ehre tun. Damit ich nie wieder auf eine dieser Missionen mitkommen muss.«

Die anderen lachten, aber sie waren zu schläfrig, um noch mehr zu sagen.

Nia erwachte mit dem Gefühl einer Hand auf ihrem Mund. Sie geriet sofort in Panik und versuchte, die Person wegzustoßen, aber sie hörte eine vertraute Stimme, die sie zur Ruhe brachte.

»Ich bin es«, flüsterte die Person. »Kel.«

Als sie den Namen hörte, ließ ihre Entschlossenheit nach. Sie schaute in sein Gesicht im Dunkeln, unsicher, was geschah und warum er diesen Namen benutzte.

Er brachte seine Lippen wieder nah an ihr Ohr und sagte: »Sie müssen mir vertrauen.«

Sie wusste nicht, was sie davon halten sollte. Der Kel, den sie von zu Hause kannte, war anders: ruhig, entschlossen und etwas schüchtern. Die Vorstellung, dass er mitten in der Nacht in ihr Zimmer einbrach und ihr den Mund zuhielt, war befremdlich. Aber hier war er, oder zumindest eine Version von ihm. Und obwohl sein Verhalten ungewohnt war, vertraute sie darauf, dass er keine schlechte Person war.

»Wir werden den Raum verlassen«, sagte Dorian. »Ich habe viele der Sicherheitssysteme in diesem Ort deaktiviert, aber Sie müssen sehr leise sein. Wenn Sie ein Geräusch machen, wecken Sie die anderen und alarmieren alle über das, was vor sich geht.« Er lachte leicht. »Das wollen Sie jetzt nicht, oder?«

Das wollte sie nicht, also schüttelte sie den Kopf. Dorian nahm seine Hand von ihrem Mund, und sie atmete tief durch.

Mit hämmerndem Herzen in der Brust stand sie auf und verließ mit Dorian den Raum. Sie wusste nicht, warum sie ihm vertraute. Vielleicht, weil er Kels Gegenstück war oder weil sie inmitten des Chaos etwas Gutes wollte. Sie ballte ihre Hände an ihrer Seite zu Fäusten und folgte ihm mit leisen Schritten.

Sie gingen den Flur entlang, und er führte sie in einen anderen Raum. Es gab ein einzelnes Bett und einen Tisch in der Ecke. Nia vermutete, dass es das Zimmer sein musste, in dem er ursprünglich wollte, dass sie übernachtet.

»Was wollen Sie?« fragte sie.

»Ich kann Ihnen bei der Flucht helfen«, sagte er.

»Was?«

»Ja. Das kann ich. Ich mag ein Monster sein, aber ich helfe auch gerne Menschen.«

Nias Augen weiteten sich bei dem Wort »Monster«, ein Schauer lief ihr den Rücken hinunter.

»Ein Monster?« wiederholte sie, das Wort hing schwer in der Luft zwischen ihnen. Ihr Verstand raste, während sie versuchte, die Person vor ihr mit der Härte des Labels in Einklang zu bringen, das er sich selbst gegeben hatte.

»Warum bezeichnen Sie sich selbst so?« Ihre Stimme war eine Mischung aus Vorsicht und einem unwillkürlichen Funken Mitgefühl, während sie sein Gesicht nach einem Hinweis auf die Dunkelheit absuchte, die er zu besitzen behauptete. Trotz der Angst, die ihr Herz fesselte, kämpfte ihr Instinkt, zu verstehen, mit ihrem Wunsch zu fliehen.

»Aber warum würden Sie das tun?« Irgendetwas stimmte nicht, und Nia wusste nicht, was es war. Sie mochte nicht, wie verwirrend alles war. So sehr Jaxon auch die Wolken, Leeren und andere seltsame Phänomene hasste, sie bevorzugte diese, denn das waren Dinge, aus denen sie sich herausdenken konnte. Diese Situation mit dieser seltsamen, unlesbaren Version von Kel brachte sie aus der Fassung.

Dorian trat näher zu ihr, sein Gesichtsausdruck leer. »Weil Sie etwas haben, das ich will.«

Dorians Kiefer spannte sich an, als Erinnerungen vor seinem inneren Auge aufblitzten: Kedrons Versprechen der Erlösung, die sich in Forderungen nach Loyalität verwandelten, die Missionen, die seine Kameraden geistig gebrochen oder tot zurückließen, und der Moment, in dem er erkannte, dass er einfach nur ein weiterer Bauer war. Er konnte nicht zulassen, dass sich dieser Kreislauf wiederholte, nicht mit diesen Kadetten.

Nias Herz schlug schneller. »Was wollen Sie?«

»Sie sind mit etwas hierhergekommen. Und Sie haben die Grenzen unserer Welten überschritten, um uns zu finden. Was haben Sie mitgebracht?«

»Inwiefern ist das wichtig?«

»Wenn er die Macht im Zentrum des Nebels in die Hände bekommt, werden all unsere Welten zerfallen«, sagte Dorian. »Alles, was wir kennen. Er wird nehmen und nehmen und nehmen. Sein Blut fließt nur für Macht. Er hat etwas entdeckt.«

An diesem Punkt trat Dorian wieder näher. Zu fasziniert von dem feurigen Blick in seinen Augen, stand Nia bewegungslos da, wie festgenagelt.

Mit gesenkter Stimme, fast ein atemloses Flüstern, sagte Dorian: »Während des Krieges überquerte er in ein anderes Reich. Nein, nicht Universum. Reich. Ein Reich höherer Energie und Macht, wo kosmische Gottheiten und Wesen wandeln und Macht untereinander teilen. Er wollte auch an dieser Macht teilhaben. Er glaubte, er könnte dadurch alles Leid beenden.«

»Wie ist er dorthin gelangt?«, fragte Nia, unfähig zu verstehen. Könnten sie in dieser Welt Geräte haben, die Universumssprünge ermöglichen?

Dorian schüttelte ungeduldig den Kopf über ihr mangelndes Verständnis. »Ein Portal bildete sich während des Krieges. Er fiel hinein und kehrte als veränderter Mann zurück.«

Seine Rede war verwirrend. Nia wünschte, er würde langsamer sprechen, obwohl sie verstand, dass er wahrscheinlich schnell sprach, um ihre Chancen zu verringern, entdeckt zu werden.

»Was hindert ihn also daran, das Portal erneut zu betreten?«, fragte Nia.

»Er kann nicht in den Nebel gelangen. Er hat nicht die Werkzeuge dafür. Aber Sie haben sie.«

»Wir haben sie?«

»Ja«, sagte Dorian. »Sie sind irgendwie in diese Welt gekommen.

Was auch immer Ihnen erlaubt hat, hereinzukommen, wird Ihnen auch erlauben, das Portal zu betreten.«

Unsicher neigte Nia den Kopf zur Seite. Alles an diesem Kel war bizarr. Sie musste noch herausfinden, woher er diesen Namen kannte, aber sie musste beim Thema bleiben. Am wichtigsten war jetzt dieser Overlord und sein Machthunger.

Dorian kam näher, beugte sich vor, bis seine Lippen neben ihrem Ohr waren. »Ich möchte, dass Sie und Ihre Freunde ihn aufhalten.«

Nia konnte kaum atmen. Als er in ihren persönlichen Raum eindrang, nahm sie seinen Geruch wahr, und er roch so ähnlich wie die Version von ihm, die sie kannte. Die Ähnlichkeiten waren beunruhigend.

Mit scharfem Atem fragte sie: »Was, wenn wir es nicht können?«

»Oh«, sagte Dorian mit tödlicher Sanftheit. »Aber Sie müssen. Oder Sie werden nie wieder nach Hause gehen.«

KAPITEL 31

Nɪᴀ ꜱᴄʜʟɪᴇꜰ ᴜɴʀᴜʜɪɢ für den Rest der Nacht. Sie hätte es vielleicht seltsam gefunden, dass keiner der anderen aufwachte, während sie die ganze Zeit weg war, wenn Dorian ihr nicht gesagt hätte, dass er ihnen Schlafmittel gegeben hatte. Sie wollte wissen, wie und was er verwendet hatte, aber er brachte sie gerade zu ihrem Zimmer zurück, und sein Verhalten hatte sich geändert, was sein mangelndes Interesse an Gesprächen widerspiegelte.

Die anderen wachten zuerst auf und rüttelten Nia wach.

»Sie haben uns Frühstück gebracht«, verkündete Jaxon mit aufgeregtem Tonfall. »Und es ist richtiges Essen.«

Die anderen lachten und setzten sich mit ihren Tabletts auf ihre Betten.

Nia setzte sich auf und starrte auf ihr Tablett. Bruchstücke ihres Gesprächs vom Vorabend kamen ihr in den Sinn. »War Dorian heute Morgen hier?«

Jaxon sah sie mit einem gewissen Maß an Verärgerung an. »Du kannst einfach nicht genug von ihm bekommen, oder? Egal ob in diesem Universum oder in unserem.«

Alex ignorierte ihn und sagte: »Ja. Er kam mit der Person, die das Essen brachte. Interessanterweise hat er gefragt, ob du wach bist.«

Nia schaute sich im Raum um und versuchte herauszufinden, ob jemand mithören könnte. Dorian hatte ihr gesagt, dass der Raum vor fremden Ohren sicher sein würde, aber er hatte nie erwähnt, ob seine Ohren im Paket inbegriffen waren.

»Ich habe ihn gestern Nacht getroffen«, sagte sie.

Jaxons Gesicht verdüsterte sich.

»Was?«, fragte Alex, seine Gabel auf halbem Weg zum Mund erstarrt. »Was wollte er?«

»Er will, dass wir ihm helfen, Kedron zu stürzen.«

Alex legte seine Gabel auf den Teller und kratzte sich am Kopf. »Warum sollte er das wollen?«

Nia zuckte mit den Schultern. »Nicht jeder Diener mag seinen Herrn.«

Jaxon schaute sich im Raum um. »Hallo. Ein großer Elefant sitzt hier mit uns im Raum. Warum würde er sich mit Nia treffen und nicht mit dir? Oder sogar mit uns allen zusammen?«

»Er nannte sich Kel«, sagte sie und blickte Jaxon an. »Vielleicht kennt er eine Version von mir in dieser Welt. Oder kannte...«

»Hat er dir wehgetan?«, fragte Alex, seine Stirn vor Unbehagen gerunzelt. Er konnte nicht anders, als sich selbst für die falsche Wendung der Ereignisse die Schuld zu geben. Wenn er Fuß bei Fuß gehalten und darauf bestanden hätte, direkt zum Nebel zu fliegen, hätten sie vielleicht herausgefunden, was sie wissen mussten, und wären ohne Probleme nach Hause zurückgekehrt. Jetzt steckten sie an einem verdächtigen Ort mit verdächtigen Bewohnern und einem Herrscher mit unklaren Motiven fest. Und jetzt schlich sich einer in ihr Zimmer, um mit Nia zu reden. Jaxon verschränkte die Arme und versuchte, die brennende Verärgerung in seiner Brust zu unterdrücken. Er hasste es, wie die Gegenwart von Dorian – oder Kel, wer auch immer er war – Gefühle zum Vorschein brachte, die er sorgfältig unterdrückt hatte. Was ihn am meisten frustrierte, war die unausgesprochene Wahrheit: Er missgönnte Dorian nicht nur seine Kühnheit; er beneidete ihn darum. Er war sich nicht sicher, wie er es aufnehmen würde, wenn einem seiner Kameraden etwas zustoßen würde.

»Nein.« Nia schüttelte den Kopf. Dorian war bedrohlich gewesen, aber unter dem barschen Äußeren lag eine gewisse Sanftheit. Oder vielleicht spielte ihr Gehirn ihr einen Streich. Immerhin war er Kels Alternativversion, und Kel war immer sanft zu ihr gewesen. »Er sagte, er würde uns helfen, wenn wir ihm helfen.«

»Aber wie?« Jaxon hasste jeden Teil davon. Er hasste diese blau-haarige Version von Kel noch mehr als er die Klaus-Alternative hasste, die einen seltsamen universellen Krieg gewonnen hatte. Aber obwohl er versuchte, sich auf seine Priorität zu konzentrieren – von diesem Planeten wegzukommen – kehrte er immer wieder zu einem Bild von Nia und Kels Alternative zurück, die im Dunkeln miteinander flüsterten, während er schlief. Sein Appetit war verschwunden.

Nia senkte ihre Stimme und sprach zu ihrem Teller. »Deshalb habe ich gefragt, ob er hier war. Er sagte, wir würden uns als Wachen verkleiden und zum Raumschiff zurückkehren.«

»Heißt das, wir brechen heute Morgen auf?«, fragte Alex.

»Das sollte ich meinen.«

Jaxon gefiel nicht, wie vertrauensselig alle gegenüber diesem blau-haarigen Emporkömmling waren. Nia nachahmend, senkte er seine Stimme zu einem Flüstern. »Lasst uns alle mal einen Gang zurückschalten. Wie können wir ihm vertrauen?«

Die Position, in der Alex sich befand, ließ ihn orientierungslos. Er hatte keine Ahnung, wie er aus diesem Schlamassel ohne einen potentiellen Verbündeten herauskommen sollte. Nia vertraute Dorian, aber er konnte auch erkennen, dass ihr Urteilsvermögen möglicherweise getrübt war, aufgrund ihrer Beziehung zu seinem Alternativ-Ich.

»Yasu, wenn du eine bessere Idee hast, ist jetzt der Zeitpunkt, sie zu sagen«, schnappte Alex, wobei das Gewicht ihrer Situation schwer auf seiner Stimme lastete. Wenn jemand im Raum objektiv sein könnte, wäre es Yasu. Yasu hatte keine äußerlichen Gefühle bezüg-

278 / MARIE-HELENE LEBEAULT

lich Kel. Er könnte die Situation einschätzen und ihnen den besten Ausweg geben.

Yasus Teller stand sauber vor ihm. Während die anderen überlegten, hatte er sich bedient und alle Eier, Speck und Toast von seinem Teller verschwinden lassen. Er ließ ein lautloses Rülpsen verlauten und murmelte eine Entschuldigung, bevor er fortfuhr: »Wir haben zwei Möglichkeiten. Hier als Sitzende Enten bleiben, bis wir einen anderen Fluchtweg gefunden haben. Oder uns mit Dorian verbünden und sehen, wohin es uns führt.« Er hielt beide Hände ausgestreckt, jede repräsentierte eine Wahl. »Dieser Ort ist eine Festung. Ich habe ihn analysiert, seit wir hier sind. Herauszukommen wird nahezu unmöglich sein. Ich sage, wir nutzen die Chance.«

Alex nickte. »In Ordnung. Alle, esst euer Essen auf. Wir werden mit Dorian zusammenarbeiten.«

Dorian kehrte nach fünfzehn Minuten zurück, begleitet von einem schwarz gekleideten Wachmann, der einen verdeckten Wagen schob. Mit einem Lächeln, das durch den Raum ging, deutete Dorian auf den Wagen und sagte: »Uniformen. Ihr müsst sie schnell anziehen.«

Die Kadetten eilten, um die schwarzen Hosen, Hemden und Masken vom Wagen zu nehmen. Währenddessen sammelte der Wachmann ihre schmutzigen Teller ein und stellte sie auf den Wagen.

Er stand neben seinem Wachmann und gab ihnen Raum, um sich umzuziehen.

Da Jaxon nicht zulassen wollte, dass er auch nur einen Blick auf Nia beim Umziehen werfen konnte, überredete er die anderen dazu, eine Bettdecke hochzuhalten, um sie abzuschirmen. Dorian fand das lustig und lachte laut darüber.

Nachdem alle umgezogen waren, führte Dorian sie aus dem

Raum und wies den anderen Wachmann an, den Wagen in die Küche zu bringen. Die anderen fuhren mit dem Aufzug in den ersten Stock hinunter und trafen auf einen weiteren wartenden Wachmann. Die Person schloss sich ihnen an, als sie in die Lobby gingen.

Die Lobby war ein ganz anderer Ort im Morgenlicht. Sie hatte nichts von der Kälte, die sie in der vergangenen Nacht ausgestrahlt hatte. Warmes Sonnenlicht strömte durch die Fenster und ergoss sich fröhlich über die schwarz-weißen Fliesen.

Eine andere Frau hatte die fuchsgesichtige Dame von der letzten Nacht ersetzt. Auch sie hatte scharfe Gesichtszüge und wachsame Augen. Sie beobachtete, wie die Kadetten und Dorian die Weite der Lobby zur Tür durchquerten, ihre Augen folgten jeder ihrer Bewegungen. Dorian rief ihr zu: »Warum, meine Liebste? Du siehst heute absolut göttlich aus!«

Sie lächelte zurück. »Wohin seid ihr unterwegs?«

»Eine Umgebungskontrolle. Ich muss sehen, wie es draußen aussieht, jetzt da wir Gäste aus der Außenwelt empfangen haben.«

Sie gingen die Treppe hinunter und betraten den äußeren Bereich des Komplexes. »Meine Freundin, Laila, wird fahren«, sagte Dorian und trug immer noch sein aufgesetztes Lächeln.

Dorian warf ihrem stillen Wachmann ein Paar Schlüssel zu und blitzte einen anderen an, der sie aus der Ferne beobachtete. Durch blitzende Zähne sagte er, gerade laut genug, dass nur sie es hören konnten: »Verhaltet euch normal. Und bewegt euch schnell. Lord Kedron hat geplant, euch heute Nachmittag zu treffen. Wenn er herausfindet, dass ihr weg seid, werden sie uns verfolgen.« Zum Wachmann sagte er: »Davis, bist du das?«

Der Wachmann, der Davis sein musste, grunzte. »Zur Inspektion unterwegs?«

»Ja, Davis. Ich muss sicherstellen, dass das Gebiet für Lord Kedron sicher ist.«

Sie stiegen in die Schwebewagen. Dorian bestand darauf, Nia mitzunehmen, und Jaxon bestand darauf, mit ihnen zu gehen. Laila nahm die beiden anderen in einen anderen Schwebewagen mit.

Dorians Stimme erfüllte das Auto mit Alex, Yasu und Laila. »Seid ihr bereit, Kinder?«

Dorians Auto fuhr los, raste durch die Tore und in die verlassene Stadt. Laila tat ihr Bestes, um mitzuhalten, und steuerte den Schwebewagen flüssig.

»Ihr Kinder seid bezaubernd«, rief Dorians Stimme. »Wir müssen uns jedoch beeilen.« Sein Ton wurde warnend tiefer. »Sie haben entdeckt, dass ihr verschwunden seid.«

Yasu blickte hinter sich, halb erwartend, einen Haufen Schwebewagen zu sehen, die auf sie zukamen, aber da war nichts. Trotzdem mussten sie sich mit größerer Dringlichkeit bewegen. Wenn ihre ehemaligen Entführer sie einholten, könnten sie in einem schlimmeren Zustand gefangen sein. Sie könnten eingesperrt werden, und dann könnte die Flucht entmutigender sein.

Sie rasten an den verkohlten Gebäuden vorbei und fuhren entlang enger Kurven. Bald verließen sie die Stadt und fanden die Weite, wo sie am Vorabend gelandet waren. Sie hielten die Autos in Bewegung, Yasu schaute hinter ihnen nach Anzeichen einer Verfolgung. Schließlich sah er zwei Autos, die mit Höchstgeschwindigkeit auf sie zukamen.

»Wir haben Gesellschaft.«

»Oh nein«, sagte Laila. »Aber wir können es schaffen!«

Yasu bemerkte, dass die anderen Autos versuchten, auf sie zu schießen. »Haben wir Waffen?«, fragte er, während Sorge an seiner Kehle nagte.

»Ich glaube nicht«, antwortete Alex. Er konnte nur hoffen, dass sie es rechtzeitig schaffen würden.

Als sie bei dem Raumschiff ankamen, sprangen sie aus den noch schwebenden Autos und rannten zum Raumschiff. Nia und Yasu deaktivierten das Verteidigungsfeld, und Alex eilte durch die Luke zu seinem Sitz.

»Alle«, sagte er, während er seinen Sitz und die Einstellungen auf seiner Konsole anpasste, »geht auf eure Plätze.«

Sie eilten zu ihren Sitzen und schnallten sich schnell an. Es gab ein paar zusätzliche Sitze, die nicht mit Konsolen verbunden waren. Nia wies Dorian und Laila zu zweien davon, und sie schnallten sich prompt an.

Draußen vor dem Raumschiff waren ihre Verfolger auf der Bildfläche erschienen. Alex beobachtete sie auf seiner Konsole, während er den Startprozess einleitete. Er konnte die Laser hören, die auf das Äußere des Raumschiffs prasselten, aber es war zu robust, um beschädigt zu werden. Das Raumschiff stieg auf und stieß eine Wolke aus Dämpfen und Rauch aus, als es beschleunigte, um durch die Atmosphäre zu brechen und die Kadetten in Sicherheit zu bringen.

KAPITEL 32

DIE KADETTEN BRACHEN in freudige Jubelrufe aus. Obwohl sie mehrere brenzlige Situationen überlebt hatten, schien diese sie beinahe das Leben zu kosten. Sie konnten ihr Glück kaum fassen, so schnell entkommen zu sein.

»Jetzt gibt es nur noch eins zu tun«, sagte Alex. »Nach Hause zurückkehren.«

»Nicht so schnell.«

Sie drehten sich in Richtung von Dorians Stimme. Er hielt Nia an seine Brust gedrückt, eine Hand auf ihrem Mund, die andere hielt eine Stahlklinge an ihren Hals. Laila stand hinter ihm und richtete zwei Laserwaffen auf Yasu und Alex.

Jaxon schluckte, während sich seine Sicht rot färbte.

Alex erhob sich von seinem Sitz und versuchte, die Situation diplomatisch anzugehen. »Dorian, was tust du da?«

»Ihr wollt unseren Deal rückgängig machen.« Sein Lächeln war so beunruhigend und zog seine Lippen bis zu den Ohren in etwas, das fast wie eine Grimasse aussah. »Wir hatten eine Abmachung.«

Alex schüttelte den Kopf. »Nein, hatten wir nicht.«

»Ich habe Nia gesagt, dass ich euch retten würde, wenn ihr einwilligt, mich und mein Volk zu retten.«

»Wir können dich und dein Volk nicht retten«, sagte Alex. »Wir sind Kinder.«

»Die quer durch die Weiten des Weltraums gereist sind?«, sagte Dorian mit bösartigem Tonfall. »Glaubst du, ich wüsste nichts über die Möglichkeiten des Reisens? Ich war einmal an dieser dummen Akademie, die ihr und eure Freunde wahrscheinlich besucht. Dieselbe Akademie, die er in die Luft gejagt hat. Alle vier von euch; tot. Zusammen mit mehreren anderen Kollegen. Ich habe euch gestern gesehen und wusste sofort, was vor sich ging. Wir können nicht zulassen, dass dieser Mann tut, was er will.«

»Aber wir sind nicht ausgerüstet...«

»Hör auf, das zu sagen!«

Nia zuckte in seinem Griff zusammen, und er entspannte sich, als ob er besorgt wäre, sie zu fest zu halten. Die Gelegenheit nutzend, befreite sie sich aus seinem Griff. Jaxon sprang in Aktion, zog sein Elektroschockgerät und stürzte sich auf Dorian. Laila traf seinen Arm von hinten mit einem schnellen Tritt.

Die beiden anderen eilten in den Raum, in der Hoffnung, Dorian zu überwältigen, aber er war zu schnell und stark. Er verdrehte mühelos Yasus Handgelenk und schob ihn beiseite. Er wich Alex aus und sah zu, wie dieser einen harten Schlag von Laila einsteckte.

Mit wenig Aufwand überwältigten Laila und Dorian die Kadetten. Dorian packte Nia und hielt sie wieder fest an seine Brust gedrückt. »Ich will niemandem wehtun«, sagte er.

Von ihrer Geschwindigkeit, Präzision und Gelassenheit schockiert, holten die anderen zitternd Luft.

»Wir wollen dir auch nicht wehtun«, sagte Nia.

Dorian lachte, ein Laut, der etwas angespannt klang.

»Leute«, sagte Nia, während ihr Herz raste, »lasst uns kooperieren.«

»Nein!«, rief Jaxon.

»Wir haben keine Wahl. Lass uns einfach sehen, wohin das führt. Wenn er so an uns glaubt...«

Jaxon wollte nicht zuhören. »Du fühlst nur so, weil er Kel ist und du in ihn verliebt bist.«

Nia blinzelte. Yasu hustete.

Alex war der ganzen Angelegenheit überdrüssig. »Was willst du, dass wir tun?«

»Wir haben Zeit verschwendet«, sagte Dorian. »Ich will, dass ihr euch beeilt. Wir werden zu den äußeren Rändern des Nebels gelangen und können ihn anzapfen. Euer Gerät - das, was ihr für Sprünge benutzt habt - damit solltet ihr in der Lage sein, auf die andere Seite zu gelangen.«

»Welche andere Seite?«, fragte Alex mit gerunzelter Stirn. Er konnte nicht leugnen, dass der drängende Druck der Neugier auf ihm lastete. Vielleicht hätten sie, wenn sie nicht auf die feindseligen Eingeborenen des Planeten gestoßen wären, zu diesem Nebel reisen und finden können, wovon Dorian sprach.

Dorian war ruhiger. Obwohl sein Griff um Nias Gestalt derselbe blieb, hatte sich sein Gesicht wieder in sein gewohntes, freundliches Lächeln entspannt. »Der Nebel beherbergt ein Portal zu einem kosmischen Reich, das Geheimnisse über das Gefüge des Universums birgt. Ich habe Nia letzte Nacht davon erzählt. Sie hatte keine Zeit, es euch mitzuteilen.«

»Woher weißt du, welche Geheimnisse er birgt?«, fragte Yasu. Er war still gewesen, seit er seinen verletzten Arm pflegte.

»Wir haben in der Akademie davon erfahren. Ich bin fast überrascht, dass ihr nichts davon wusstet.« Mit seinem Messer deutete Dorian auf Alex. »Du warst damals besessen davon, hast nach einer Gelegenheit gesucht, es zu erforschen. Das war, nachdem Lord Kedron zum ersten Mal zurückkehrte.«

Jaxon stöhnte auf. Da war es. Noch mehr Köder für Alex. Wissend, dass Alex, wenn er auch nur den geringsten Gedanken hegte, sie könnten nach Hause zurückkehren, ohne je diesen Ort zu entdecken, gezwungen sein würde, es weiter zu untersuchen. Jaxon warf einen Blick auf Alex und erkannte den Kampf, den der Junge gegen seine feurige, instinktive Neugier führte - ein Kampf, den er letztendlich verlieren würde.

»Alex«, sagte er mit sanfter Stimme. »Tu es nicht.«

Alex gab ihm einen ausdruckslosen Blick und sagte mit einer Stimme, die ganz anders als seine eigene klang: »Wir stehen am Rande von etwas Wichtigem.«

Jaxon stieß einen kehligen Schrei aus. »Immer. Immer wieder!«

»Habe ich jemals falsch gelegen?«, fragte er und trat näher an Jaxon heran.

»Wir können hier anders rauskommen.« Jaxon zeigte auf Yasu, der dastand und alles beobachtete. »Sag es ihm, Yasu.«

»Die Zeit läuft«, rief Dorian. »Sie werden zu ihren Schiffen gehen. Wir hatten einen Vorsprung. Verschwenden wir ihn nicht.«

Alex wollte weder Nia verlieren noch die Chance verpassen, den Nebel zu erforschen. Die Antwort war für ihn offensichtlich, aber er brauchte die anderen an Bord. Eine Reise so weit weg würde mindestens ein paar Tage dauern. Vielleicht könnten sie unterwegs Dorian überwältigen und nach Hause rasen. Aber für jetzt...

»Lass uns gehen«, sagte er.

Den Blick auf Jaxons Gesicht ignorierend, eilte er zu seinem Sitz und schnallte sich an. Mit einem widerwilligen Seufzen begaben sich Jaxon und Yasu zu ihren jeweiligen Plätzen. Dorian hielt seinen Arm um Nia, und Laila blieb dahinter, ihre Waffen ruhig im Anschlag.

Als Alex an seiner Konsole saß, bemerkte er ein Objekt, das sich von der Erde näherte. »Könnt ihr das sehen?«, fragte er.

»Ja«, sagte Nia mit einem leisen Keuchen. »Sie kommen.«

Alex wies sie an, was sie als Nächstes tun würden. Ihr Fahrzeug hatte Geschwindigkeit als Vorteil, aber Alex konnte es nicht riskieren, erwischt zu werden.

»Wir werden zunächst einen kleinen Sprung machen«, sagte er und passte die Einstellungen am Quantensprunggerät an. Die Steuerung des Geräts war gut genug, um eine präzise Ankunft an weiter entfernten Zielen zu gewährleisten. Das Quantensprunggerät funktionierte durch die Erzeugung temporärer Pfade zwischen dimensionalen Barrieren, ein Kunststück, das präzise Berechnungen und enorme Energiereserven erforderte. Je näher sie jedoch einer Hochenergieanomalie wie dem Nebel kamen, desto unberechenbarer wurde seine Kalibrierung. Er war sicher, dass ihr Risiko, erwischt zu werden, viel geringer wäre, wenn sie diese Route nehmen würden.

Widerstrebend und erschöpft befolgten die anderen drei seine Anweisungen. Ein Seufzen ging durch das Fahrzeug, als wäre es erleichtert über den Richtungswechsel. Sie rasten in das temporäre Portal, das zwei Punkte im Raum verband. Ihr Sprung trug sie durch den Weltraum, und sie tauchten mehrere Lichtjahre entfernt wieder auf.

Vor ihnen erstreckte sich der Nebel. Eine Wolke aus Gas, Staub und Lichtsprenkeln. Sein Anblick war herrlich, und für einen Moment betrachteten die Kadetten ihn durch das Glas mit ehrfürchtigen Blicken. Erleichterung durchströmte Alex, als er die Konsole scannte und die anhaltenden roten Signale ihrer Verfolger endlich verblassten. »Wir sind frei«, verkündete er, aber die Anspannung in der Kabine löste sich nicht auf. Jaxon sackte in seinem Sitz zusammen, sein Gesicht bleich. »Frei für den Moment«, murmelte er. Nia lehnte sich vor, ihr Blick auf den Nebel gerichtet. »Was auch immer dort drin ist, wir müssen bereit sein. Wenn Kedrons Streitkräfte uns bis hierher folgen konnten, wer weiß, womit wir es sonst noch zu tun haben?« Alex schluckte schwer und umklammerte die Steuerung fester. »Wir haben Schlimmeres überstanden«, sagte er, obwohl seine Stimme gerade genug zitterte, um seine Unsicherheit zu verraten.

»Das war ein langer Sprung«, sagte Jaxon. Er hatte nie erwartet, dass sie so schnell so nah an ihr Ziel kommen würden.

Alex konnte es auch nicht glauben. Das Quantensprunggerät hätte sie in die Nähe gebracht, aber nur nah genug, um noch einige Erdentage zu reisen, bevor sie die Grenzen des Nebels erreichen würden. Entweder war das Gerät stärker als er dachte, oder...

Dorian schritt nach vorne, sein Handlanger hinter ihm mit den Laserwaffen. »Jetzt gehen wir hinein.«

»Wo hinein?«

»Ihr Gerät wird es wissen. Die kosmische Energie hier ist anders als alles andere. Es hat euer Fahrzeug gerufen.«

Alex sah ihn misstrauisch an. »Gerufen?«

»Die kosmische Kraft im Kern des Nebels heftet sich an die Technologie in Ihrem Sprunggerät. Die Kraft hat Sie gerufen.«

»Woher wissen Sie das alles?«, fragte Jaxon. »Gibt es auf dieser Seite ein Quantensprunggerät?«

Dorian schüttelte den Kopf. »Lord Kedron hat versucht, eines zu erschaffen. Er wusste, dass er, um in den Kern einzudringen und die gewünschte Macht zu erlangen, ein Gerät brauchte, das die Struktur des Raums durchbrechen kann.«

»Und er konnte dieses Gerät nicht herstellen?« Alex zog eine Augenbraue hoch.

»Es war in Produktion, bevor er die Akademie zerstörte.«

Jaxon gestikulierte mit seinen Händen. »Und?«

»Und nichts. Er hat einige Wissenschaftler, die für ihn arbeiten, und obwohl sie noch keine signifikanten Durchbrüche erzielt haben, könnten sie es irgendwann schaffen.«

»In Ordnung«, sagte Jaxon. »Ich muss zurückgehen. Wer ist dieser Kedron und warum will er diese Macht erlangen?«

»Hat Nia euch das nicht erzählt?« Dorian blickte zu Nia, die über einen Bildschirm gebeugt den Nebel beobachtete.

»Dafür hatten wir keine Zeit«, sagte Alex ungeduldig, begierig darauf, alle Informationen zu bekommen, die er von Dorian brauchte.

»Lord Kedron war ein hochrangiger Beamter an der Akademie. Er nannte sich früher Klaus. Er war der Kopf hinter einigen Missionen während des Krieges, um den Eos-Sektor zu schützen und in feindliche Verteidigungsanlagen einzudringen.«

»Welcher Krieg?«, fragte Jaxon und legte seine Hände auf seinen Kopf. Je mehr sie erfuhren, desto mehr gab es zu lernen. Und dieses Universum war so anders als die anderen. Bei den letzten Missionen hatten sie immer genug Zeit, Fragen zu stellen und auf Antworten zu warten. Jetzt rasten sie durch Entscheidungen und lernten ganze Geschichten in Minuten. Er brauchte eine lange Pause.

Dorian starrte sie alle an, seine Augen wanderten von einem Gesicht zum anderen. »Kein Wunder, dass ihr alle so schwach seid. Es gab keinen Krieg auf eurer Seite.«

Nia sah ihn an, die Härte in seinen Augen, und verstand, woher der Unterschied zwischen dem Kel, den sie kannte, und diesem hier kam. »Welcher Krieg?«

»Der Krieg gegen das Imperium.«

»Das Imperium?«, sagten die Kadetten im Chor. Sie erinnerten sich an das Imperium aus ihrer ersten Mission. In dieser Mission waren sie in ein Universum geraten, in dem ein zwielichtiges Imperium Teile davon beherrschte. Sie mussten ein wesentliches Artefakt zerstören, um die Kraftquelle des Imperiums zu schwächen.

»Sagt mir nicht, dass sie auf eurer Seite herrschen?«

»Das tun sie nicht«, sagte Jaxon, »aber wir kennen sie.«

Dorian sah nicht so aus, als ob er es verstand, aber er hatte keine Zeit, dabei zu verweilen.

»Der Krieg hat Lord Kedron gebrochen. Das Imperium hatte seltsame Waffen und setzte eine große Bombe ein, um ganze Systeme in Eos zu zerstören; deren Kraft war unglaublich. Sie riss ein Loch in die Struktur des Raums, und Lord Kedron und seine Männer wurden darin gefangen.«

»Aber nur Lord Kedron kam lebend heraus, allein in einem Schiff, treibend aus den brillanten Trümmern, die in Eos zurückblieben. Er kehrte zur Akademie zurück, nur noch ein Schatten seiner selbst. Anfangs sprach er lediglich von einem anderen Reich, in dem die Götter wohnten. Wir studierten es an der Akademie und hofften, eines Tages dorthin zu gehen und seine Geheimnisse persönlich zu entdecken. Aber Lord Kedron wurde zunehmend verwirrter. Er sagte, er könnte die Macht aus ihren Händen stehlen und diese Welt reparieren. Er würde ein Gott sein, allmächtig und gütig.«

»Ich nehme an, die anderen waren damit nicht einverstanden«, sagte Nia leise.

»Das waren sie nicht. Also übernahm er die Macht. Er erzwang einen Putsch und zerstörte alle Männer, die ihm im Weg standen, so schnell und ungestüm, dass niemand ihn kommen sah. Er hat sich seitdem darauf konzentriert, in das andere Reich zurückzukehren und behauptet, er könnte die Macht für sich selbst nehmen.«

»Das ist lächerlich«, sagte Jaxon und lehnte sich gegen eine Wand.

»Wirklich.«

»Nein, Dorian. Ich meine, Sie glauben, dass es für ihn möglich ist, das zu tun. Das ist lächerlich.«

Dorian setzte einen finsteren Blick auf. »Wir dachten auch nicht, dass er den Krieg gewinnen könnte, aber das hat er. Wir können das auch nicht dem Zufall überlassen.«

Alex schloss seine Augen und dachte über alles nach. Ein anderes Reich mit Göttern? Kosmische Wesen der Macht? Das war jenseits von allem, was er sich jemals vorstellen konnte. Er könnte hier aufhören, aber er wollte nicht.

»Wie halten wir es auf?«, fragte er mit geschlossenen Augen.

Er konnte hören, wie Dorian tief seufzte. »Ich hatte gehofft, Sie würden es wissen.«

KAPITEL 33

OBWOHL DORIAN DARAUF BESTAND, dass sie sofort in das andere Reich eintreten sollten, entschied Alex, dass sie eine Nacht darüber schlafen sollten. Die anderen Kadetten erhoben ihre Stimmen im Protest. Nia argumentierte, dass sie keine Pläne hätten und nicht einfach hineinstürmen könnten, stimmte aber zu, dass es einen Versuch wert sei. Wenn die Produktion eines Quantensprunggeräts im Gange war, konnte niemand sagen, wie schnell es fertig sein würde.

»Wir können dieses andere Reich sehen«, sagte sie. »Ich möchte dieses andere Reich sehen.«

Jaxon schmollte deswegen. Die anderen, obwohl nicht so begeistert wie Alex, wollten es trotzdem versuchen. Ihm gefiel die Ungewissheit nicht. Was, wenn sie in dieser neuen Welt etwas Gefährlicheres finden würden? Er ging vor den anderen schlafen und warf dabei Laila einen Blick zu.

Alex wachte auf, während die anderen schliefen, und ging in den Küchenbereich, um etwas zu trinken zu holen. Dort fand er Dorian, der durch das Glas auf die fernen Sterne starrte.

»Sie können nicht schlafen?«, fragte Dorian, ohne sich umzudrehen.

»Ich hatte nur Durst«, antwortete Alex.

»Sie waren damals so rastlos. Einfach nur ein weiterer Kadett in einem Team zur Erforschung von Multiversumssprüngen. Sie liefen an Klassenzimmern vorbei mit zerzaustem Haar und die Nase in einem Buch, in dem Sie Merkwürdigkeiten berechneten.«

Alex hatte nie wirklich mit Kel gesprochen. Er wusste, dass er einer der wenigen Studenten an der Akademie war, der nur aufgenommen wurde, weil sein Vater eine große Spende gemacht hatte. Vielleicht hätte er ihn nie bemerkt, wenn Jaxon nicht so besessen von Nias Freundschaft mit ihm gewesen wäre.

»Sie glauben also, dass ich das schaffen kann, weil mein Alternativ-Ich intelligent war?«

Dorian drehte sich um, um ihn anzusehen, und zuckte mit den Schultern. »Natürlich. Wenn jemand das schaffen kann, dann Sie vier. Natürlich gab es andere feurige ältere Offiziere, aber die haben wir jetzt nicht, oder?« Er trug ein trauriges Lächeln; ein Lächeln, das eine Müdigkeit in sich trug, die seinem Alter widersprach. »Sie können es schaffen. Und wenn wir es irgendwie nicht schaffen, können Sie mich dort sterben lassen und nach Hause zurückkehren.«

Dorians Worte lasteten auf Alex, als er in seiner Schlafstation lag. Es schien, als hätte seine Verantwortung zugenommen, und obwohl es eine Quelle der Ermutigung hätte sein sollen, nahm Alex es als Herausforderung an.

Als sie einige Stunden später aufwachten, war Alex entschlossen, was als Nächstes zu tun war.

»Wir werden auf die andere Seite gehen«, sagte er und blickte seinen Kameraden ins Gesicht. Die Stille, die Alex' Worten folgte, war schwerer als die Luft im Nebel. Jaxon schaute als Erster weg, sein Kiefer spannte sich an, als er murmelte: »Du weißt nie, wann du aufhören sollst, oder?« Nia berührte leicht seinen Arm, ihr Blick war fest. »Es geht nicht ums Aufhören, Jaxon. Es geht darum, zu beenden, was wir begonnen haben.« Yasu stand auf und verschränkte die Arme. »Wir sind so weit gekommen. Jetzt umzukehren würde nicht ungeschehen machen, was wir gesehen haben.« Alex nickte, das

Flackern der Entschlossenheit in ihren Augen spiegelte seine eigene wider. »Dann lass uns es gemeinsam zu Ende bringen.«

»Und wenn wir nicht wieder herauskommen können?«, fragte Jaxon.

»Werden wir.«

Jaxon stieß einen verzweifelten Atemzug aus. »Wann wird es genug für dich sein? An welchem Punkt wirst du einfach aufhören?« Er wirbelte herum, um den Rest anzusehen. »Ihr auch! Wir können sein Verhalten nicht weiter ermöglichen.«

Aber die anderen beiden teilten etwas von Alex' Neugier. So etwas war zwar gefährlich, aber die Mission an diesem Punkt aufzugeben, nachdem sie so weit gekommen waren, wäre schlimmer. Der Gedanke, nach Hause zurückzukehren und die Mission an andere Kadetten oder sogar höhere Offiziere zu übergeben, war zu viel für sie.

Yasu und Nia waren trotzdem beunruhigt. Nach ihren Beobachtungen konnte so vieles schief gehen, aber sie waren entschlossen durchzuhalten, getragen von Alex' Optimismus.

Alex erteilte jedem Anweisungen und schickte sie zu ihren verschiedenen Stationen. Dorian und sein stummer Wächter schnallten sich hinten an, beobachtend die sich entfaltende Spannung.

Wie Dorian gesagt hatte, rief die kosmische Kraft ihr Raumschiff mit dem Quantensprunggerät. Das Gerät hatte ungewohnte Einstellungen, die es Alex ermöglichten, sich mit einem Raum zu verbinden, den er sich nie hätte vorstellen können.

»Initiiere Sprung in 3, 2, 1...« Alex umklammerte die Konsole, seine Finger zitterten. Dies war nicht nur ein weiterer Sprung – dies war ein Sprung ins Unbekannte, eine Entscheidung, die ihren Platz in der Geschichte der Akademie definieren könnte. Die Kadetten tauschten Blicke aus, das Gewicht unausgesprochener Ängste war in ihren Gesichtern deutlich zu erkennen. Jaxon spannte seinen Kiefer an, seine Widerwilligkeit kaum verborgen, während Nias Hände über ihrer Konsole schwebten, ihre Lippen bewegten sich in einem stillen Gebet. Selbst Yasu, der Ruhigste unter ihnen, hatte die Schultern gestrafft, als würde er sich gegen einen Aufprall wappnen.

Er zog den Hebel und stemmte sich gegen den Aufprall, erwartete den üblichen Fluss ihres Raumschiffs durch verschiedene Energieschichten. Stattdessen schien das Raumschiff durch etwas wie einen Schauer aus glitzernden Lichtern zu gleiten, der Blendeffekt war fast blind machend. Die Kadetten bedeckten ihre Augen und hofften, dass es vorübergeht. Die Empfindung war vertraut und erinnerte sie an ihre Erfahrung mit dem Portal des Quantenschlüssels. Irgendwo in Alex' Gedanken fragte er sich, ob sie aus dem gleichen Material gemacht waren, mit Technologie, die aus dieser bizarren Ebene geschmiedet wurde.

Die Kadetten bemerkten, dass das Licht hinter ihren Augenlidern und behandschuhten Fingern verblasste. Sie hoben ihre Köpfe und beobachteten ihre Umgebung.

»Was ist das?«, fragte Yasu, seine Stimme ehrfürchtig. Die Weiße um sie herum schien sich bis in die Unendlichkeit zu erstrecken und drückte mit ihrer Schwerelosigkeit auf ihre Sinne. Alex konnte nicht anders, als zu fühlen, als würden sie durch die Seiten eines Mythos wandeln, ihre Handlungen wurden in eine universelle Chronik eingeschrieben. Er blickte zu seinen Freunden – Jaxon, der sich noch immer an seinem Sitz festhielt, als könnte er sich zwingen, am Boden zu bleiben; Nia, ihr Blick in die Ferne gerichtet, verloren in Gedanken, die sie noch nicht geteilt hatte; und Yasu, dessen übliche Stoik bröckelte, als er flüsterte: »Es ist, als wären wir nicht dazu bestimmt, hier zu sein.« In gewisser Weise schien es, als hätte er es schon einmal gesehen. Sein Gehirn war gespalten, Fragmente von Erinnerungen, auf die er keinen Zugriff haben sollte, kamen zu ihm. Er versuchte, sie beiseite zu schieben, um die Aussicht in sich aufzunehmen.

Die Welt um sie herum war weiß, als würde das Raumschiff innerhalb weicher Wolken reisen. Es waren keine anderen Wesen in Sicht, nur Weiße, mit Streifen aus hellem Licht und gelegentlichen Streifen aus Dunkelheit.

Die anderen führten ebenfalls einen Krieg gegen ihre bizarren

Erinnerungen. Stimmen drängten sich in ihren Köpfen nach Aufmerksamkeit, und sie konnten nicht auswählen, worauf sie hören sollten. Aber hinter dem Lärm gab es eine Gelassenheit, die sie durchflutete und jede Zelle mit Frieden füllte.

»Ich habe das Gefühl, ich könnte hier für immer schlafen«, murmelte Alex.

Die anderen murmelten zustimmend. Dieser Ort schien wie das Ende von allem, der Punkt, an dem alle Energien zusammenliefen, sich gegenseitig aufhoben und der Frieden sie fand.

»Aber...« Dorian schüttelte die Benommenheit aus seinem Kopf, eine seltsame Erinnerung daran, wie Nia ihn fragte, wie der Unterricht lief, wie er seinem Vater sagte, dass er keine Almosen von ihnen brauchte, und wie er ein Kind aus einem reißenden Bach rettete. »Wir müssen uns konzentrieren.«

Alle nickten.

»Sollten wir das Raumschiff vielleicht weiterbewegen?«, fragte Alex.

Die anderen stimmten zu.

Alex navigierte das Raumschiff durch das seltsame Gelände. Keines ihrer Kontrollpulte funktionierte, also mussten sie die Navigation blind durchführen. Aber das Schiff schien eine Richtung zu bevorzugen, sein Körper zitterte, als Alex es in eine andere Richtung neigte. Also folgte er dem Willen des Schiffes.

Sie reisten in eine Richtung für das, was mehrere Tage hätten sein können. Sie trafen auf nichts Bemerkenswertes, nur mehr Weiße und die Flut seltsamer Erinnerungen.

»Hat noch jemand das Gefühl, dass dies unsere anderen Leben sein könnten?«, fragte Alex und wünschte, er könnte das Bild von sich selbst ausblenden, wie er auf einem unbekannten Campus in eine Schlägerei mit einem größeren Jungen geriet, während andere Jungen sie umringten und anfeuernd riefen.

»Ich schon«, sagte Jaxon. Eine bestimmte Erinnerung erfreute ihn besonders. Er und Nia zusammen, wie sie die Messingminiatur des Sonnensystems betrachteten. Zwischen ihnen herrschte eine Zärtlichkeit, die ihrer gegenwärtigen Beziehungsdynamik fehlte.

Sie diskutierten darüber, während ihr Schiff durch die Leere glitt. Jede Person erwähnte einige der herausragenden Erinnerungen.

Nia sprach davon, wieder zu Hause zu sein, ihre Astronomen-Eltern wiederzusehen. Sie beschrieb den Stolz in ihren Gesichtern und die Liebe, die sie ihr in den gemeinsamen Momenten entgegenbrachten.

»Etwas stimmt nicht«, sagte Jaxon plötzlich und unterbrach Yasus Erinnerung an seine Arbeit bei einer Schifffahrtsgesellschaft. »Es scheint, als würden wir von etwas getroffen werden.«

»Getroffen?«

Die anderen eilten zu ihren eingefrorenen Konsolen und versuchten, Bilder von den Kameras am Umfang des Schiffes zu erfassen. Dorian rannte in den hinteren Teil des Raumschiffs und spähte durch eines der dortigen Fenster.

Nia gelang es, Bilder zu bekommen. »Wir haben Gesellschaft«, sagte sie. Auf ihrem Bildschirm war das große Schiff zu sehen, das sie gesehen hatten, bevor sie den Lichtsprung machten. Es ergab keinen Sinn, dass sie hier waren. Sie sollten keinen Zugang zu diesem Reich haben, es sei denn... Ihr Kopf klärte sich sofort. »Es scheint, als hätten sie ihr Quantensprunggerät perfektioniert. Sie sind auch hier.«

KAPITEL 34

Es BLIEB KEINE ZEIT, um zu überlegen, was als Nächstes zu tun war. Alex rief allen zu, sich anzuschnallen, und nachdem er sichergestellt hatte, dass alle festgeschnallt waren, beschleunigte er.

Eine wilde Verfolgungsjagd begann, wobei das größere Schiff sich viel schneller bewegte als er es je erwartet hätte. Alex hätte es vorgezogen, wenn alle anderen Erinnerungen verschwunden wären und ihm einen klaren Kopf zum Navigieren gelassen hätten, aber er konnte Überlappungen von sich selbst auf der Flucht sehen. Vage fragte er sich, ob dies nicht vergangene Ereignisse waren, sondern Dinge, die gerade passierten – verschiedene Versionen von ihm, die von unterschiedlichen Feinden gejagt wurden.

Er wich den Schüssen aus, die vom größeren Schiff abgefeuert wurden, und folgte dabei den Anweisungen von Yasu und Jaxon. Er steuerte weiterhin in die Richtung, in die das Schiff immer fliegen wollte, und ließ es nach jedem Ausweichmanöver in diese Richtung zurückschnappen.

»Können wir sie abschütteln?«, fragte Nia. So hatte sie sich den Verlauf nicht vorgestellt, aber ihr wurde klar, dass Erwartungen zu haben illusorisch war. Nichts an ihren Reisen durch die Multiversen war jemals so verlaufen wie erwartet.

»Ich gebe mein Bestes«, sagte Alex mit einem Grunzen.

Das Raumschiff schoss durch einen Spalt und flog in einen neuen Raum. Hier war das Weiß verschwunden, ersetzt durch eine große Wasserfläche und stabile, gewaltige Säulen, die ins Nichts ragten. Die Säulen schienen aus Spiegeln oder einem ähnlichen reflektierenden Material zu bestehen. Die Oberfläche reflektierte das unheimliche Leuchten, das die Umgebung, das Wasser und ihr Schiff erfüllte.

Sie steuerten das Schiff in die Mitte des Gewässers und betrachteten durch ihre Fenster den neuen, wundersamen Anblick.

»Wo könnten wir jetzt sein?«, fragte Jaxon mit leicht geöffnetem Mund.

»Irgendwelche Ideen, Dorian?« Nia blickte in seine Richtung. Er lehnte an einem Fenster und starrte hochkonzentriert hinaus.

»Ich war noch nie zuvor hier«, sagte Dorian.

Alex beobachtete das Wasser und zögerte, ihr Raumschiff in etwas zu steuern, das ein Loch oder ein weiteres Portal sein könnte. Doch sie hatten Verfolger. Wenn sie am falschen Ort blieben, könnten sie gefangen werden.

Bevor er entscheiden konnte, erhob sich etwas aus dem Wasser. Die Kadetten, Dorian und Laila drängten sich zum Fenster an der Vorderseite. Vor ihnen stieg eine dunkelgraue Kugel höher und höher. Die Kugel hatte keinen einzigen Wassertropfen an sich, als ob das, woraus sie aufgestiegen war, keine Feuchtigkeit hinterlassen könnte.

»Was ist das?«

»Reisende«, dröhnte eine Stimme, die in ihren Knochen widerhallte und in ihren Köpfen echote. Der Klang der Stimme war vielschichtig, als würde eine Menge als eine sprechen. Die Reisenden taumelten unter dem Gewicht der Stimme, unfähig zu begreifen, wie sie durch den Nebel in ihren Köpfen schnitt. »Ihr seid am Ende und am Anfang. Der Punkt, an dem alle Zeit, aller Raum und alle Energie zusammenlaufen. Willkommen.«

Der Klang zersplitterte ihre Gedanken. Alle hielten ihre Köpfe, versuchten, die fragmentierten Teile zusammenzuhalten, aber die Kraft war stärker.

Sie wirbelten durch ein endloses Meer von Bildern; Menschen, die redeten, liefen, kämpften, aßen, lebten. Die Welten verschmolzen, spalteten sich wieder und wieder, alle Geräusche prallten aufeinander und teilten sich.

Alex konnte es spüren; den furchterregenden Moment, in dem sein Verstand zu entgleiten drohte. Teile seines Bewusstseins erodierten unter dem Einfluss der vorherrschenden Kräfte. *Das ist es,* dachte er, *die Macht, die Kedron gesehen hat.* Das Ende und der Anfang von allem, was einen Verstand zerstören konnte.

Vage fragte er sich nach seinen Kameraden. Ob einer von ihnen auch unter dem, was sie sahen, zusammenbrach. Er konnte nicht lange nachdenken.

Sie stürzten durch den Nebel und landeten in einer leeren Halle. Es sah nicht sofort wie eine Halle aus. Der Boden bestand aus weißem, glänzendem Material, das ihrer Meinung nach Marmor ähnelte. Hoch über ihren Köpfen, fast zu weit entfernt, um es zu sehen, war eine graue Decke. Sie konnten keine Säulen in der Nähe erkennen, die die Decke stützten.

Sie drängten sich zusammen und nahmen die Umgebung in sich auf. Ihre früheren Kleider waren verschwunden, ersetzt durch ärmellose, weiße, fließende Gewänder. Die Kargheit hätte Kälte bringen sollen, aber die Temperatur war perfekt. Nicht zu warm, nicht zu kalt.

»Wo sind wir?«, fragte Nia, ihre Stimme hallte unheimlich wider.

»Keine Ahnung«, sagte Dorian. »Lord Kedron hat mir nie von seiner Reise erzählt; wo er gelandet ist oder was er gesehen hat. Er sprach nur in großartigen Begriffen von der Erfahrung und bezog sich auf die Reinheit der Energie, die in diesem Reich fließt.«

Dorian konnte eine Energie spüren. Er konnte all die Möglichkeiten erahnen, die darin lagen, solche Energie in den eigenen Händen zu halten, und er verstand Kedron. Energie dieser Art könnte die Welt in Ordnung bringen, alle krummen Stellen begradigen und die Last von Kriegen, Verlusten und Schmerzen lindern. Warum würden diese Wesen solche Macht besitzen und sie nicht für den richtigen Zweck einsetzen?

Die anderen diskutierten über die nächsten Schritte. Es gab keine Richtung, in die sie gehen konnten, aber sie wollten es versuchen. An diesem Ort hatten sie nichts. Keine Werkzeuge, keine Orientierung.

Ihre Diskussion wurde von einem lauten Krachen an ihrer Seite unterbrochen. Der Klang hallte durch den Raum, und sie drehten sich zur Quelle.

Kedron und acht seiner Männer standen dort und versuchten, sich zu orientieren. In dem weißen Gewand wirkte Kedron weniger bedrohlich als zuvor. Aber als er sich ihnen zuwandte und seine Augen auf sie richtete, wo sie zusammengedrängt standen, kehrte seine furchterregende Aura zurück.

»Ihr kleinen Schlingel«, sagte er und stampfte in ihre Richtung. Die Kadetten traten instinktiv einen Schritt zurück, ihre Ausbildung setzte trotz der surrealen Umstände ein. Alex' Gedanken rasten, jeder Schritt, den Kedron machte, klang wie ein Countdown. Der Mann war unbewaffnet, doch seine Präsenz erfüllte den Raum mit einer erstickenden Energie, einem dunklen Sturm, der sich in ihm zusammenballte. Jaxon verlagerte sein Gewicht, seine Finger zuckten zum verborgenen Prototyp in seinem Ärmel, während Nia flüsterte: »Bleib ruhig«, obwohl ihre Stimme ihre eigene aufsteigende Panik verriet.

»Besonders du, Dorian! Ich habe dich aufgenommen. Und nach allem, was passiert ist, drehst du dich um und verrätst mich mit Fremden. Und sieh mal an! Du hast Laila mitgebracht.«

»Du bist gefährlich«, sagte Dorian, seine Stimme zitterte leicht. »Du schadest dieser Welt und allen anderen Welten.«

Kedron blieb vor ihnen stehen und straffte die Schultern. »Ich bin die Erlösung.«

»Du bist ein Mensch. Du kannst mit einer Macht dieses Kalibers nicht umgehen.«

Kedrons Stimme senkte sich zu einem mörderischen Knurren. »Ich habe alle anderen beseitigt. Ich werde auch euch beseitigen. Wachen!«

Die Kadetten drehten sich um, um wegzurennen, in der Hoffnung, einen Vorsprung zu bekommen. Sie wussten nicht, wohin sie laufen sollten, aber es war besser als zu kämpfen.

Die gleiche Stimme wie zuvor durchschnitt die Luft. »Ruhe!«

Alle erstarrten an Ort und Stelle. Die Kadetten versuchten, sich weiter zu bewegen, aber sie konnten sich nicht rühren.

Sie hörten Schritte, die in der Halle widerhallten, als sich ein Wesen näherte. Das Wesen blieb stehen, und sie alle flogen im Kreis um es herum.

Das Wesen war eine Hülle aus Schwarz und Weiß, gesichtslos und fast formlos. Wie ein schwarz-weißes Tuch, das über eine menschliche Gestalt geworfen wurde.

»Unverschämte Kinder«, sagte das Wesen, seine Stimme erfüllte die Seelen aller mit sinkendem Grauen. Die Stimme war nicht mehr dieselbe. Es war ein einzelner Strang klaren Klangs, im Gegensatz zum Schichten von vorher. »Ihr kommt in unser Zuhause und entweiht diesen Ort mit euren gedankenlosen Streitereien.«

Seine Form hatte etwas Grenzenloses, als würde sie sich in die Vergangenheit und Zukunft erstrecken, hier und jetzt, dort und damals, alles auf einmal existierend. Es war auf kranke Weise schön, als könnten ihre Köpfe die Information nicht richtig erfassen, wenn sie es vollständig verstünden.

Eine andere Stimme rief aus der Ferne. »Diese sind so jung«, sagte sie. Es war ein klarer Klang, wie süße Musik, die aus dem Mund eines talentierten Sängers strömte. »Lasst uns ihnen Gnade erweisen.«

Eine neue Stimme grollte aus einer anderen Richtung, ein Donnerschlag. »Sie wirken unschuldig, aber dieser eine, diesen kennen wir. Einer seiner Fäden bedeutet Ärger.«

Die Kadetten fragten sich, wen sie meinten. Die meisten dachten, es könnte Kedron sein, also schwenkten ihre Köpfe in seine Richtung.

Das Wesen schien ihre Gedanken zu lesen. Es trat zu Yasu, berührte sein Kinn mit einer Phantomhand und hob sein Gesicht an.

»Arglos«, verkündete es. »Frei von Schuld und Makel. Und die Fäden seines Schicksals sind fruchtbar.«

Yasu verstand nicht. Er versuchte zu sprechen, aber konnte nicht. Irgendwo in seinem Geist sah er eine Menge unter sich, ehrfürchtige Gesichter, die ihn voller Ehrfurcht anblickten. Die Vision beunruhigte ihn und ließ eine eisige Hand seinen Rücken hochkriechen.

Irgendwie fand Alex als Erster seine Stimme wieder. »Wer seid ihr?«

Gelächter klingelte aus verschiedenen Teilen der Halle. Das Wesen fand es nicht amüsant. Es schwebte von Yasu weg und bewegte sich zu Alex hin.

»Ich erinnere mich an diesen«, sagte es. »In jeder Iteration neugierig. Es spielt keine Rolle, ob er in der Erde gräbt, um Nahrung zu finden, oder im Schoß des Luxus geboren wird, sein Gehirn bleibt hell mit dem Verlangen zu wissen. Ein Optimismus erfüllt seine Gestalt, scharf wie ein Messer, und drängt in die Arme der Torheit.«

Alex kämpfte ums Atmen. In der Form des Wesens sah er verschiedene Versionen seiner selbst gespiegelt, seine Augen hell und strahlend, seine Seele vor Fülle übersprudelnd. Er konnte auch seine Tode sehen; mit Klingen ausgeweidet, Explosionen, Verrat. Eine Träne rollte über seine Wange, und eine kalte Phantomhand wischte sie weg.

»Ich werde es dir sagen. In einfachen Worten, wir sind alles. Der Anfang. Das Ende. Die Führer. Die Wächter. Der Kompass. Gerechtigkeit. Macht. Schöpfung.« Es beugte sich über Alex' Gesicht, sein Atem eine erschreckende Kälte. »Wir hatten viele Namen, aber das Konzept ist das gleiche. Wir sind Gott. Einst kannten uns die Menschen. Wussten, wie man uns erreicht und verehrten uns, aber jetzt...«

Alex schluckte, das folgende Schweigen gefiel ihm nicht. Er

konnte keinen der anderen sehen und wusste nicht, ob sie zusahen. »Aber jetzt?«, bot er an.

»Sie versuchen, wie wir zu sein. Aber unsere Macht zu führen bedeutet, sich selbst aufzulösen«, fuhr die Wesenheit fort. »Selbst die mächtigsten Wesen können das Unendliche nicht enthalten, ohne zu zerbrechen. Kedrons Torheit ist nicht Ehrgeiz – es ist Hybris.« Die Wesenheit veränderte sich, eine Welle von Energie hallte durch den Raum. »Doch wie Motten zur Flamme kehren sie immer zurück. Sie zerstören die Ordnung der Dinge, und statt zufrieden zu sein, sie so zu lassen, wie sie sind, versuchen sie, sie weiter auszubeuten. Sie kriechen in unser Zuhause, in der Hoffnung, unsere Macht zu kosten. In der Hoffnung, uns zu werden.«

Mehr Stille. Das Wesen bewegte sich weg, fegte über den Boden. Es hatte keine Füße, aber sie hörten immer noch Schritte.

»Immer kämpfend. Immer zerstörend. Immer wollend, was nicht euer ist.«

»Aber ihr hättet das Portal einfach schließen können«, sagte Dorian. Auch er hatte seine Stimme wiedergefunden, irgendwo an der Basis seines Magens versteckt. »Ihr hättet es schließen und uns vor Männern retten können, die eure Macht für sich nehmen würden.«

»Aber jetzt«, sagte eine vierte Stimme, friedlich wie Wasser, das über glatte Steine in einem angenehmen Frühling fließt, »wo wäre da der Spaß?«

Gelächter klingelte durch den Raum, der Klang gleichermaßen unheimlich und humorvoll.

Die Kadetten nahmen die Situation in sich auf, wie verzweifelt sie war und wie gering ihre Fluchtchancen waren.

Jaxon wünschte, er könnte Alex ein letztes Mal in die Augen sehen, in der Hoffnung zu vermitteln, dass seine Neugier und sein Optimismus sie diesmal nicht gerettet hatten. Sie würden sterben, konfrontiert mit einem Schöpfer oder Wächter der Welten. Vielleicht wäre dieses Treffen perfekt gewesen, wenn die Menschen zu Hause davon wüssten. Aber ihre Reise hatte keine Spur hinterlassen.

Die Menschen würden an ihn denken und sich nur erinnern, dass er bei einer Mission verschwunden war und nie zurückkehrte.

Nia dachte an ihre Familie und wollte weinen. Ihre Eltern, renommierte Astronomen, hatten ihr immer vertraut, die richtigen Entscheidungen zu treffen. Jetzt hatte sie sie enttäuscht und würde dafür sterben. Hier, in dieser verwirrenden anderen Realität.

Yasus Verzweiflung war zweifach. Er machte sich Sorgen über die Bilder von der Unterwerfung einer ganzen Welt durch sein Alternativ-Ich. Aber er hasste auch die Tatsache, dass dieser Ort sein Ende sein könnte. Es gab so viel, was er noch tun wollte. Und jetzt würde alles hier enden. Er konnte nicht anders, als sich selbst die Schuld zu geben. Vielleicht hätten sie, wenn er auf Jaxon gehört und Alex überredet hätte, seine Meinung zu ändern, einen Weg finden können, Nia zu retten, Dorian und Laila zu überwältigen und nach Hause zurückzukehren.

»Sie sind jedoch Kinder«, kehrte die singende Stimme zurück. »Geben wir ihnen eine Chance.«

Das Wesen neigte, was vielleicht sein Kopf war, als ob es nachdenken würde.

»Nur die Kleinkinder«, sagte es. »Die Übrigen werden diesen Raum für immer durchwandern.«

Alle versuchten angestrengt, sich selbst zu erkennen. Wer waren die Kleinkinder? Und wer waren diejenigen, die für immer umherziehen würden? Sie bekamen keine Antwort. Der Boden öffnete sich unter ihnen, und sie stürzten in eine Leere, während die Stimme des Wesens um sie herum widerhallte: »Jetzt eine Prüfung.«

KAPITEL 35

ALEX KAM in einem leeren Raum zu sich. Er trug jetzt ein Hemd und kurze Hosen, ähnlich denen, die er als Kind auf dem Bauernhof seiner Eltern getragen hatte. Er hatte sich weit von diesen bescheidenen Anfängen entfernt. Er konnte sich nicht erinnern, wann er das letzte Mal den Hof besucht und den Geruch von organischem Material, Heu und verschwitzten Tieren eingeatmet hatte. Er vermisste es.

Er ging durch den leeren Raum und schaute aus den Fenstern. In alle Richtungen erstreckte sich ein Grasfeld bis in die Ferne. Der Himmel war von einem reinen Blau, mit weichen Wolken, die vorbeizogen. Aber es gab keine Sonne.

Alex lehnte sich an den Rahmen eines Fensters, genoss die kühle Brise und trank den heiteren Anblick in sich hinein.

»Ist es nicht wunderschön?« Eine Frau materialisierte sich und trat mit einer leeren Schale zum Fenster. Sie trug das Gesicht seiner Mutter; auffällige blaue Augen und ein starkes Kinn. Viele Leute in ihrer Heimatstadt hatten gesagt, er sähe genau wie sie aus. Er erinnerte sich an einen Nachbarn, der ihm sagte, wenn er ein Mädchen wäre, könnte er ihr Klon sein.

Alex öffnete und schloss seinen Mund. »Wie?«

»Ich bin nicht sie. Ich bin die Führerin. Ich begleite dich durch die Aufgabe des Tribunals, um zu sehen, ob du würdig bist.«

»Würdig?«

»Der Rückkehr. Du hast viele Dinge auf deiner Reise hierher gefunden. Du könntest korrumpiert worden sein.« Sie trug ein süßes Lächeln. »Wir können dich nicht gehen lassen, wenn du korrumpiert wurdest.«

Alex schluckte und nickte. »Wo sind die anderen?« Er musste wissen, dass seine Freunde in Sicherheit waren.

Das Wesen, das das Gesicht seiner Mutter trug, veränderte seine Form, durchlief verschiedene Iterationen seiner selbst, vielleicht Menschen darstellend, die seinen Freunden vertraut waren. »Bei mir.«

In der Annahme, dass dies bedeutete, sie wären in Sicherheit, sagte Alex: »Was ist die Aufgabe?«

Das Haus um ihn herum verschwand, und er befand sich auf dem offenen Feld, den brillanten Himmel über sich betrachtend. Er roch den Apfelkuchen seiner Mutter, und seine Nerven beruhigten sich etwas.

»Dies ist das Schlachtfeld«, sagte das Wesen. »Dein Wille, die natürliche Ordnung der Dinge zu respektieren, wird hier getestet werden. Dann kannst du nach Hause gehen.«

Alex konnte nicht erkennen, worin der Test bestehen könnte. Er starrte auf das Feld; das Gras, das sich im Wind neigte, das Licht ohne Quelle, und fühlte etwas Angst.

»Es ist einfach«, sagte das Wesen. Es legte die Schale in seine Hände, und Alex spürte sofort den Rausch der Macht, die sie enthielt. Sie war mit derselben kosmischen Energie aufgeladen, die er zu Beginn der Reise als allgegenwärtig empfunden hatte. »Du sollst die Macht nicht benutzen.«

Das ist alles?

»Ja.« Das Wesen lächelte strahlend. »Das ist alles.«

»Und die anderen?«, fragte Alex laut und schämte sich, dass es seine Gedanken gehört hatte.

»Der gleiche Test.«

Alex nickte, bereit.

Das Wesen strich ihm das Haar aus den Augen. »Wir sollen nicht wählerisch sein, aber du bist mein Favorit. Ich vertraue darauf, dass du gewinnst. In den kommenden Tagen gibt es auch noch viel Arbeit zu erledigen.«

Das Wesen ging von ihm weg, und wie aus dem Nichts verschwand es.

Alex stand mehrere Augenblicke in diesem Land, hielt die Schale voller tiefer kosmischer Energie. Ihre letzten Worte verfolgten ihn. *Welche Arbeit?*, dachte er. Aber er wusste, dass das nicht so wichtig war wie die gegenwärtige Aufgabe. Er überlegte, jemanden zu rufen, irgendjemanden, der zusah, um zu fragen, was als Nächstes käme, als sich die Szene änderte.

Er konnte es dann sehen: den Bauernhof. Er hörte die Kühe in ihren Gehegen brüllen, sah die Wachhunde mit tropfenden Zungen herumlaufen und beobachtete, wie einer seiner Brüder pfeifend Heu schaufelte. Es war wunderschön und gelassen. Alex wollte zu ihm gehen und ihn nach dem Hof und ihren Eltern, Onkeln und Tanten fragen, aber er befürchtete, unsichtbar zu sein, ein Schemen, ein Unbekannter.

»Alex!«, rief sein Bruder.

Alex hob die Hand zum Gruß. Die Schale verschwand aus seiner anderen Hand, aber er spürte sie immer noch in der Nähe schweben, wartend auf seinen Ruf. »Alfie!«

Sie rannten aufeinander zu und umarmten sich. Alfie roch nach Sonne, Gras und harter Arbeit. Es war ein tröstlicher Geruch, der Geruch von Zuhause.

»Wo sind alle?«, fragte Alex, seine Wangen schmerzten vom Lächeln. Alfie wiederzusehen war emotional. Er hatte die laute Stimme und Freundlichkeit seines älteren Bruders vermisst.

Alfie strich Alex das Haar aus dem Gesicht. »Alle sind drinnen. Mama macht Kuchen.«

Alex folgte ihm hinein. Er traf dort alle: seine Eltern, Onkel,

Tanten, Cousinen und andere Verwandte. Es war, als hätte er sie nie verlassen. Jeder fragte ihn nach seiner Zeit an der Akademie. »Wir haben dich in den Nachrichten gesehen«, sagte ein Onkel strahlend vor Stolz. »Du warst einer der ersten Menschen, die erfolgreich eine Reise zwischen den Welten gemacht haben.«

Seine Mutter hielt ihn an ihrer Seite. Sie roch nach Äpfeln, Zimt und Muskatnuss. »Ja. Das ist mein Junge!«

Sie aßen zusammen und lachten über den Hof. Alex wusste nicht, welcher Anlass alle so zusammengebracht hatte, aber er versuchte zu glauben, dass es alles für ihn war. Vielleicht hatten sie gehört, dass er von der Interstellaren Akademie zurückkehrte und wollten ihn wiedersehen.

Als die Mahlzeit sich dem Ende zuneigte, nahm der Wind draußen an Geschwindigkeit zu.

»Ein Sturm zieht auf«, sagte einer seiner Onkel und kratzte sich am kahlen Kopf.

Sie huschten durch das Haus und nach draußen, brachten Dinge in Ordnung, trieben die Tiere in die Scheune und riefen einander Anweisungen zu. Alex, unsicher, wie er helfen sollte, beobachtete das Geschehen durch das Fenster. Seine Mutter traf ihn dort und sagte ihm, er solle ruhig bleiben. »Es ist nur ein Sturm. Er wird bald vorüberziehen.« Ihre Stimme war ruhig, mit der Gewissheit von jemandem, der dies schon oft erlebt hatte.

Alex blieb drinnen, ruhig wie ein stehender Teich. Seine Mutter hüllte seine Schultern in eine Decke, und er blieb am Fenster, beobachtete, wie der Himmel dunkler wurde, und wartete auf den Regen.

Aber der Regen kam nie.

Stattdessen nahm der Wind zu und blies Staub, Schmutz, Blätter und Heu in die Luft. Das Haus bebte, die Fugen knarrten unter dem Einfluss der umgebenden Kräfte. Alle wurden panischer und sorgten sich darüber, was vor sich ging.

Alex blieb am Fenster stehen und beobachtete den nun dunklen Himmel. Er sah ein Schiff, das darin materialisierte; groß, silbern und schwarz, und in Form einer Untertasse. Es senkte sich, bis es knapp über dem Bauernhof schwebte.

»Aliens«, sagte sein Vater und starrte ehrfürchtig hinaus.

Alex wollte ihn korrigieren. In der Akademie hatte man ihnen beigebracht, dass der Begriff "Alien" abwertend sei. Die akzeptable Bezeichnung war Fremde oder Reisende. Aber jetzt war nicht der richtige Zeitpunkt dafür.

Alex erkannte das Symbol auf dem Schiff aus einer Erinnerung, von der er wusste, dass sie nicht seine eigene sein konnte. Es waren Soldaten des Imperiums.

»Wir müssen hier raus«, rief er. Aber wohin sollten sie gehen? Das Schiff war zu groß und zu schnell, um ihm zu entkommen.

Alex wusste, dass dies das Ende seiner Familie sein würde. Sein Herz schmerzte tief, verkrampfte sich und tat weh. Er versuchte, alle zusammenzubringen und dachte über die Sicherheitssysteme des Bauernhauses nach, aber es blieb keine Zeit.

Bald waren die Soldaten vom Schiff herabgestiegen. Sie standen vor der Tür, klopf-klopften an das Holz, bumm-bummten sich ihren Weg hinein. Sie trugen blau-silbern-schwarze Raumanzüge, ihre Gesichter hinter Atemmasken verborgen. Ihr Anführer, ein Mensch mit graumelierten Haaren, wies alle an, sich auf die Knie zu begeben.

Alex tat dies sofort und hielt Ausschau nach einem Ausweg. Die anderen Soldaten versammelten sich um sie herum und legten ihnen Handschellen an.

Der menschliche Anführer schritt vor ihnen auf und ab. Er sprach von etwas, das in ihrem Haus versteckt sei, einem wichtigen Werkzeug für das Imperium. »Wir wissen, dass es hier vergraben ist. Wir wollen es zurück.«

»Wir haben keine Ahnung, wovon Sie sprechen«, brüllte Alex' Vater. »Wir sind ehrliche Leute. Wir haben so etwas nicht in diesem Haus.«

Die Zeit zog sich hin, während der Mensch weitere Fragen stellte. Als er des Hin und Hers müde wurde, zog er Alex' Vater nach vorne und feuerte einen Schuss in seinen Kopf. Nach dem Schuss verlangte er nach einer anderen Waffe. Er wählte ein weiteres Familienmitglied aus, eine junge Cousine mit zahnlosen Stellen im vorderen Mundbereich. Auch sie tötete er.

Alex spürte, wie sein Körper kälter wurde. Er konnte den Ruf der Macht in der Schale spüren, den Wunsch, die Realität in etwas anderes zu dehnen, um seine Familie zu retten. Er könnte alles mit dieser Macht tun. Er könnte diese Leute töten und seine Familie wiederbeleben, aber er wusste, dass er sie nicht berühren durfte.

Er beobachtete, wie das Licht aus den Augen jeder Person wich, Schweiß bedeckte ihn in einem glänzenden Schimmer.

Seine Mutter war die Letzte, ihr Gesicht besorgt und Rotz lief aus ihrer Nase. »Bitte, bitte«, weinte sie. »Wir sind unschuldig.«

Aber das reichte nicht. Bald lag sie zusammengesunken auf dem Teppich, ihre leeren Augen starrten ins Nichts.

»Warum musstet ihr das tun?«, sagte Alex, seine Stimme gebrochen, sein Herz leer. Er hasste den Menschen mit einer Wut. Er wollte ihm wehtun, seine Glieder herausreißen und sie auf dem Bauernhof zur Schau stellen. Er wollte seine Familie zurück, ganz und lebendig, wie vor der Ankunft dieser Imperiumskämpfer. Er wollte Frieden und Unversehrtheit.

Er wusste, dass er es haben könnte. Und doch...

Der Mensch zog ihn nach vorne und trug ein mildes Lächeln. »Manchmal so töricht«, sagte er und drückte den Lauf seiner Pistole gegen Alex' Kopf. »So, so töricht.«

Alex hörte einen Knall, und die Lichter gingen aus.

KAPITEL 36

ALEX ÖFFNETE seine Augen und fand sich in einem Klassenzimmer der Akademie wieder. Er trug seine Kadettenuniform, aber sie saß anders an seinem Körper, so als hätte Nia sie zurechtgerückt. Er sah sich im Klassenraum um und fragte sich, wo die anderen waren.

Jaxon materialisierte als Erster neben ihm, kniete auf allen Vieren und atmete tief durch den Mund ein. Er stand langsam auf und verengte seinen Blick auf Alex. »Wo sind die anderen?«

»Auf dem Weg«, sagte Alex.

Jaxon zwang sich zu einem Lächeln. »Klar. Auf dem Weg.«

»Ich habe gesagt, dass alles gut ausgehen wird, und ich hatte nicht unrecht.«

Jaxon gestikulierte zur Seite hin. »Natürlich. Deshalb sind Nia und Yasu auch genau hier.«

In diesem Moment materialisierte Nia neben ihm, ihre Augen weit vor Schock. Sie nahm das Klassenzimmer wahr, Alex, und drehte sich zu Jaxons verblüfftem Gesicht um. Mit einem kleinen Quieken sprang sie in Jaxons Arme und vergrub ihre Nase im Raum zwischen seinem Hals und seiner Schulter. »Ich dachte, ich würde euch alle verlieren«, sagte sie. »Ich hatte solche Angst.«

Die Anspannung wich aus Jaxons Körper, seine Schultern

entspannten sich und sanken herab. Er drückte Nia an sich, spürte den Schlag ihres Herzens und hoffte, dass sie wirklich real war, wirklich echt. Nach allem, was er in den letzten Stunden gesehen hatte, schien die Realität so zerbrechlich. »Ja«, sagte er mit brechender Stimme. »Ich hatte auch Angst.«

Sie standen etwas zu lange so da. Alex beobachtete sie und verstand zum ersten Mal, was ihre Beziehung wirklich bedeutete. Er dachte gerade: Ich hoffe, das beendet jetzt ihre Streitereien, als Yasu hinten im Klassenzimmer materialisierte.

Yasu war still.

Die Umarmenden lösten sich voneinander, Köpfe drehten sich zu ihm.

»Hey Yasu«, rief Jaxon, »was ist los?«

Yasu wischte mit seiner Hand unter seinem rechten Auge entlang und betrachtete die Feuchtigkeit auf seiner Handfläche. Seine Brust schmerzte, ein festes, drehendes Ziehen. Er wusste nicht, was die anderen gesehen hatten, aber das, was er gesehen hatte, beunruhigte ihn.

Was für ein Test war das gewesen? Wer war dieser andere Er, gegen den er bis zum Tod kämpfen musste? Und warum? Warum war das so emotional belastend?

»Es ist nicht vorbei«, sagte Yasu.

»Was ist nicht vorbei?« Nia trat von Jaxon weg, leicht unwohl, jetzt wo ein neues Problem Vorrang hatte.

»Alles«, sagte Yasu, seine Stimme fremd und tödlich.

»Du redest keinen Sinn«, sagte Jaxon. Er zwang sein Herz, nicht mehr zu rasen. Wenn es nicht vorbei war, bedeutete das, dass dies nicht die Akademie war? Waren sie immer noch in Trance in der anderen Welt?

»Wir haben darüber gescherzt, dass ich ein Oberherr sei«, sagte Yasu und ging nach vorne zum Pult, wo die anderen standen. »Ein Witz. Ein sehr dummer Witz. Aber was, wenn ich euch sage, dass es wahr ist?«

Die anderen drei starrten ihn mit offenen Mündern an. »Einer deiner Alternativ-Ichs?«, fragte Jaxon, während sich ein Kopfschmerz von seinem Hinterkopf ausbreitete.

»Ja«, sagte Yasu und zwang sich zu einem wackeligen Lächeln.

»Oh nein«, sagte Jaxon.

»Oh nein«, wiederholte Nia.

Alex saugte die Informationen auf und beobachtete die sinkende Stimmung seiner Kameraden. Dieser Moment schien entscheidend. Zumindest waren sie auf dieser Seite, während sie es herausfanden.

»Lasst uns zum Kommandanten gehen«, sagte er.

»Was?«, riefen die anderen drei.

Alex zuckte mit den Schultern. »Ja. Lasst uns das tun. Wir sind jung, nicht so erfahren. Das scheint eine Aufgabe für die Oberen zu sein.«

Jaxon sah Alex mit etwas Bewunderung an. »Willst du nicht mehr darüber erfahren?«

»Doch, aber... wir hätten heute jemanden verlieren können. Vielleicht war es kein reines Glück, und wir sind wirklich beeindruckend für diese Wesen. Aber wir können nicht zulassen, dass sich solche Ereignisse wiederholen. Lasst uns das jetzt zu den richtigen Autoritäten bringen.« Er dachte auch an die „Arbeit", auf die das himmlische Wesen vor dem Test hingewiesen hatte. Wenn so etwas auftauchen konnte, mussten sie jemandem Kompetenteren davon erzählen.

Alle nickten und stimmten Alex' Schlussfolgerung zu. Sie versammelten sich zu einer letzten Umarmung, bevor sie zum Büro des Kommandanten gingen. Sie wussten, dass der Verlust des Schiffes und das Stürzen in eine seltsame Realität nicht Teil der Stellenbeschreibung waren. Bei ihrer ersten Mission, obwohl sie ohne ihr Schiff zurückgekehrt waren, waren sie damit durchgekommen, weil das Quantensprung-Gerät versagt und den Absturz verursacht hatte. Diesmal waren sie älter und hatten mehr Reisen unternommen. Ohne ihr Schiff zurückzukehren, war abscheulich. Aber sie waren alle zusammen, und das war wichtiger.

EPILOG

Als Dorian die Augen öffnete und sich mit Laila zurück auf der Erde wiederfand, liefen stille Tränen über sein Gesicht. Der Test hatte ihn bis ans Äußerste gebracht, seine Hände zuckten, als er zusah, wie die Soldaten seine Kameraden aus der Akademie zerrten und ihre Köpfe mit Strahlenwaffen zerfetzten. Er schrie unzählige Male *Nein, nein!*, aber seine Worte wurden von einem Nebel verschluckt.

Laila kam zu ihm, kroch auf Händen und Knien durch den losen Sand und Staub der verlassenen Stadt. Sie nahm ihn in die Arme, klopfte ihm auf den Rücken und strich ihm über sein blaues Haar.

»So vieles können wir nicht ändern«, sagte er mit heiserer Stimme. »Wir sind so machtlos. So zerbrechlich. Und selbst wenn wir Macht hätten, könnten wir sie nicht richtig einsetzen.«

Er verstand Lord Kedron besser als je zuvor. Nachdem er so viele Menschen im Krieg verloren hatte, hatten die Verluste vielleicht etwas in seinem Verstand zerbrochen. Er musste alle zurückbekommen, koste es, was es wolle, selbst wenn das bedeutete, etwas Heiliges zu zerstören.

Kedron war fort, das wusste er. Es gab keine Möglichkeit, dass er den Test überlebt hatte. Er war kein Kleinkind.

Auch die Kadetten waren weg. Er vermisste sie.

Er hatte Nia und Jaxon sagen wollen, dass sie die Chance, zusammen zu sein, nicht verpassen sollten. In seiner Welt hatten sie ihre Beziehung umkreist, ständig in jedem Klassenzimmer und in der Cafeteria während der Mahlzeiten gestritten. Aber er erinnerte sich, dass Nia diejenige war, die die meisten Tränen vergoss, als Jaxon starb. Er wollte Alex sagen, dass er neugierig bleiben sollte, dass er seinen Verstand ständig auf der Suche nach Informationen und Wegen, Neues zu entdecken, halten sollte, egal wie die Chancen standen. Er wollte Yasu sagen, dass er zwar ruhig war, aber so viel zu sagen hatte, und dass er alles sagen sollte.

Aber sie waren nicht mehr da.

»Glaubst du, sie haben es geschafft?«, murmelte er in Lailas Schulter.

Laila zuckte mit den Schultern.

Dorian entschied sich zu glauben, dass sie es geschafft hatten. Das mussten sie. Wenn nicht, wäre die Mission nicht vollständig erfolgreich gewesen, und damit könnte er nicht leben.

Ende

DIE STARBORNE PARADOXON

PROLOG

DER JUNGE BLICKTE zum schiefergrauen Himmel empor, während Tränen seinen Blick verschleierten. Seine Welt, wie er sie kannte, war verschwunden. Irgendwo unter den Trümmern seines Zuhauses lagen jetzt die leblosen Körper seiner Eltern und Geschwister. Er würde das Lachen seiner Mutter nie wieder hören. Er würde seinen Vater nie wieder denselben Witz über Brokkoli und Karotten erzählen hören, die zum Markt gingen. Seine Geschwister würden ihn nie wieder bitten, ihnen zu helfen, die Drachen nach draußen zu tragen.

Es begann zu regnen. Er saß weiterhin mitten auf der verlassenen Straße und starrte in den trostlosen Himmel.

Jemand jammerte in der Nähe. Er vermutete, dass es seine Nachbarin, Frau Yamamoto, war. Die Stimme klang vertraut. Ein Teil von ihm wollte zu ihr gehen, ihren gekrümmten Rücken tätscheln und ihr sagen, dass alles wieder gut werden würde. »Wir werden die Trümmer beseitigen, Yamamoto-san. Wir werden alles wieder aufbauen. Alles wird in Ordnung kommen.« Aber er konnte sich nicht bewegen. Er wollte sich mitten auf die Straße legen und vom Regen fortgespült werden.

Die Stimme verstummte zu einem Wimmern, als die Nacht

hereinbrach, und dann herrschte Stille. Er stand auf, seine Glieder schmerzten. In seiner Brust war sein Herz davongehüpft und davongelaufen, hatte ihn hohl zurückgelassen. Er spürte zwar den Schmerz seines Verlusts, der Verwüstung, aber nicht so, wie er ihn hätte spüren sollen. Ein Schleier stand zwischen ihm und dem vollen Ausmaß seiner Trauer.

Er lief in die Ferne, an zerstörten Gebäuden vorbei, und fragte sich, wie er überlebt hatte. Es schien besser, mit allen anderen gegangen zu sein. Seine Eltern müssten nicht mehr weinen, und seine Geschwister müssten nicht die Last tragen, hier zu sein, während alle anderen es nicht waren. Das war Mist. Er sollte nicht hier sein, dachte er.

In der Ferne sah er Lichter und ging, ohne nachzudenken, auf sie zu. Einige Menschen waren in Decken gehüllt, ihre Gesichter voller Qual. Andere unterhielten sich lebhaft mit dem weißgekleideten Personal, das sich um sie kümmerte.

Bevor er die Szene richtig erfassen konnte, kam jemand auf ihn zugerannt und packte seinen Arm. »Kleiner, wo sind deine Eltern?«

Die Person war vielleicht sechzehn Jahre alt, kaum mehr als ein Kind. Ein spärlicher Schnurrbart bedeckte seine Oberlippe, sein Kiefer war entschlossen und seine Augen leuchteten.

Der Junge starrte ihn an, zunächst zu erschrocken, um zu sprechen, und sagte dann langsam: »Bei den Ahnen. Tot.«

Der Junge mit dem Schnurrbart tätschelte ihm unbeholfen den Kopf und bemerkte die Lethargie des Jungen. »Wie alt bist du?«, fragte er.

Irgendwo in seinem Kopf suchte der Junge nach der Zahl. Sie war an einem dunklen Ort versteckt, den er bereits zu vergraben versuchte, wo alle seine anderen Erinnerungen zur Aufbewahrung hingegangen waren. »Neun«, sagte er schließlich mit einem leisen Ausatmen.

Der ältere Junge nickte. »Komm mit mir.«

Sie bahnten sich ihren Weg durch die Menge verzweifelter Menschen, umgingen die Schwere ihrer Emotionen, und bald erreichten sie das Ende. Dort standen einige Lastwagen, umgeben von ein paar jungen Jungen und Mädchen.

»Ich habe einen Neuen mitgebracht«, sagte der Junge mit dem Schnurrbart.

Jemand rief von hinten: »Bringt das Kind zu mir.«

Die Umstehenden machten höflich Platz, damit sie den unbekannten Sprecher treffen konnten. Der Junge mit dem Schnurrbart hielt den Oberarm des jungen Jungen fest und führte ihn dorthin. Der Sprecher saß auf einem hohen Metallhocker. Er war viel älter, ein graumelierter Bart bedeckte sein Kinn und sein Haar war kurz geschoren.

Einen Moment lang beobachtete er den Jungen, während er seine Waffe mit einem Tuch abwischte. Dann nickte er und winkte den Jungen heran.

Der Junge zuckte zusammen, als seine eiskalten Hände sein Kinn packten und sein Gesicht von einer Seite zur anderen drehten.

»So jung«, sagte der Mann, seine Stimme wie Kies. »Aber ich mag seine Augen. Sie sind feurig.« Er ließ das Gesicht des Jungen los. »Wie heißt du, Kleiner?«

Wieder einmal war die Erinnerung verloren. Sie glitt weiter weg, und der Junge griff in seinen Geist, um sie aus dem verborgenen Ort hervorzuholen. »Yasu Garcia«, wollte der Junge sagen, aber es war zu spät.

Der Mann hatte ihn abgewiesen. »Es spielt sowieso keine Rolle. Ihr alle bekommt eine Codenummer. Das ist von nun an eure neue Identifikation.«

Die Nummer des Jungen war 10-819. Er benutzte den Namen Yasu nie wieder.

KAPITEL 37

Es WAR ein kühler Tag an der Interstellaren Akademie. Ein trockener Wind fegte über den Campus und ließ alle Kadetten, Offiziere und Funktionäre frösteln. Der Himmel über ihnen war bewölkt, die Sonne lugte nur gelegentlich durch die schweren Wolken.

In einem leeren Klassenzimmer im Hauptgebäude kauerten vier Kadetten zusammen und blickten auf die dunklen Wolken hinter dem Fenster. Ihre Bücher lagen unbeachtet vor ihnen.

»Wie sind diese Träume so?«, fragte Jaxon Brooks und lehnte sich in seinem Stuhl zurück.

Yasu Garcia zuckte mit den Schultern. »Ich würde sie nicht als Träume bezeichnen; sie passieren nicht nachts. Sie könnten mitten am Tag auftreten. Ich könnte den Flur zum Unterricht entlanglaufen und bekomme dann diesen Blitz, wie eine Erinnerung.«

Alex Rivera starrte aus dem Fenster. »Könnten es Überreste von dem sein, was wir durchgemacht haben?«

Yasu zuckte mit den Schultern. »Keine Ahnung. Habt ihr anderen das auch?«

Alle schüttelten den Kopf.

Es war ein paar Wochen her seit ihrer letzten Mission. Auf dieser Mission reisten sie zu einem Planeten, der von einem seltsamen

Nebel dominiert wurde. Bald entdeckten sie, dass der Nebel ein Portal zu einer anderen Dimension enthielt. Ihre Reise durch das Portal führte sie in eine Welt voller himmlischer Wesen mit Zugang zu allen Universen des Multiversums.

Während sie sich in dieser Dimension aufhielten, hatten sie Zugang zu Erinnerungen ihrer anderen Versionen. Es war schwierig zu verstehen, was geschah, da ihre Gedanken Mühe hatten, mit den seltsamen neuen Informationen umzugehen. Doch bald wurde klar, dass sie Erinnerungen ihrer Alternativversionen erlebten.

Yasu hatte jedoch nicht aufgehört, diese Erinnerungen zu sehen. Die Erinnerungen einer Alternativversion verfolgten ihn weiterhin. Er sah diese seltsam mächtige und herrische Version seiner selbst, die ein Imperium aufgebaut und alles in seiner Welt übernommen hatte.

Yasu sah alles durch die Augen dieser Version: eine trostlose Welt und eine schwere Last auf seinen Schultern. Wann immer die Erinnerungen nachließen, blieb er mit einem sinkenden Gefühl der Angst zurück, als ob etwas Schreckliches auf sie zukäme.

»Von allem, was wir erlebt haben«, sagte Nia Chen, »könnte dies das Beispielloseste sein. Wer hätte gedacht, dass du jetzt diese Lasten tragen müsstest?«

»Sollten wir den Commander aber darüber informieren?«, fragte Jaxon. Diese neue Wendung der Ereignisse missfiel ihm. Er hatte gedacht, dass ihre letzte Mission vorerst das Ende ihrer Abenteuer markierte. Selbst wenn es bedeutete, dass er in den nächsten Jahren auf keine Missionen gehen würde, war er damit zufrieden, an der Akademie zu bleiben, in ihrem Universum, und zahmere Abenteuer zu erleben.

Nach ihrer Rückkehr sprachen sie mit dem Commander über die Gefahren, denen sie begegnet waren. Es schien, als ob der Commander und andere Offizielle Jaxons Meinung teilten. Wenn potenzielle Gefahren dieses Kalibers in anderen Universen existierten, wäre es unklug, weiterhin Kadetten auf Missionen zu schicken. Bei diesem Treffen erfuhren sie von neuen Entwicklungen für die älteren Offiziere.

»Vielleicht wird bald«, hatte der Commander gesagt, »dieses Programm gut entwickelt sein, und wir können unsere Kadetten mit unseren erfahreneren Offizieren zusammenbringen. Auf diese Weise wird es einen noch besseren Wissensfluss geben.«

In der Gegenwart sagte Alex: »Ich weiß nicht, ob wir es tun sollten. Das ist vielleicht keine so große Sache.«

Jaxon schüttelte den Kopf. »Es könnte durchaus wichtig sein. Als Yasu zurückkam, sprach er davon, wie diese andere Version von ihm auf dem Weg sei. Plötzlich haben wir das vergessen. Vielleicht sind diese Visionen, die er sieht, ein Zeichen. Der böse Yasu könnte näher kommen.«

Alex lachte. »Böser Yasu? Ist das unser Ansatz? Böser Yasu?«

»Hast du einen besseren Namen im Sinn?«, fragte Jaxon und hob eine Augenbraue. »Und jetzt ist nicht die Zeit, auf Namen und all das zu warten. Wir müssen proaktiv sein. Das bist du normalerweise auch. Was ist los mit dir?«

»Ich denke nur nicht, dass wir den Commander damit belästigen sollten«, antwortete Alex. Insgeheim wollte er, dass sie es genauer herausfanden, bevor sie es den Behörden meldeten. Jetzt, da seine Reisemöglichkeiten bis auf Weiteres gestrichen worden waren, brauchte er etwas anderes, woran er festhalten konnte. Daran zu arbeiten bot ihm etwas Aufregung. Wenn sie es zum Commander bringen würden, wäre nicht abzusehen, wie er oder andere höhere Offizielle reagieren würden.

»Ich denke, wir sollten«, sagte Nia. »Ich stimme Jaxon zu. Es könnte ernst sein. Aber letztendlich liegt die Entscheidung bei dir, Yasu. Was willst du tun?«

Yasu zeigte auf sich selbst. »Ich?«

Nia nickte.

»Ich weiß nicht.«

Yasu wollte es nicht zugeben, aber er war verängstigt. Das unheilvolle Gefühl, beobachtet zu werden, haftete ihm an, seit er von dem Test am Ende der Mission zurückgekehrt war. Er hatte die anderen nicht gefragt, wie ihre Tests verlaufen waren, aber seiner hatte ihn ausgehöhlt zurückgelassen.

Gefangen in einem Raum, ähnlich dem, in dem er aufgewachsen war, hatte er verzweifelt nach einem Ausweg gesucht. Die Wände schienen sich zu verengen, die Anime-Poster an der Wand wurden verzerrt und grotesk. Die Macht, die er nicht berühren sollte, lauerte irgendwo am Rande seines Bewusstseins.

Bald erschien eine Version seiner selbst, die größer und stolzer dastand als je zuvor. Sein Blick war scharf und durchbohrte Yasus Innersten.

»Wer bist du?«, hatte er gefragt und machte einen ängstlichen Schritt zurück.

»Das kann ich dir nicht sagen. Aber...«, er nahm eine Kampfhaltung ein, »du kannst diesen Ort nicht verlassen, ohne mich zu besiegen.«

Sie kämpften, was wie Stunden erschien. Der Test ergab für Yasu wenig Sinn. Warum musste er gegen diese gleich geschickte Version seiner selbst kämpfen, um seinen Wert gegenüber seltsamen himmlischen Wesen zu beweisen? Aber bald verstand er. Er hasste es, in einer Situation festzustecken, aus der es keinen Ausweg gab. Dies war eine endlose Schleife, dieser Kampf. Er würde nicht herauskommen, ohne die Kräfte zu nutzen, die er nicht berühren durfte.

Aber, aber, aber, erinnerte er sich. Ich darf sie nicht berühren!

Yasu war sich sicher, dass er den Test nicht bestanden hatte. Die Anziehungskraft der Machtkugel, die das Wesen ihm gegeben hatte, war zu stark. Er griff danach. Und genau dann nahmen die Dinge eine schlimme Wendung.

Der Raum verdunkelte sich, und die Augen seines Gegners füllten sich mit Tinte.

»Du«, sagte seine eisige Stimme, »und deine fiesen kleinen Freunde. Ihr habt herumgestöbert, wo ihr nicht herumstöbern solltet.«

Yasu versuchte, rückwärts zu kriechen und zu entkommen, aber sein Gegner hatte ihn auf dem Holzboden des Raumes festgenagelt. »Was meinst du?«, fragte er, die Stimme vor Angst gespannt.

»Ihr habt zerstört, was ihr nicht hättet zerstören sollen«, sagte sein Gegner. »Zweimal! Und ihr habt das Gleichgewicht in meiner Welt gestört.«

»Wovon redest du?«

Der Gegner drückte seine Hände fest gegen den Boden. »Du wirst es wissen. Bald.«

»Yasu!« Nia schnippte vor seinem Gesicht.

Yasu bewegte sich etwas unbehaglich. »Tut mir leid. Ich war in Gedanken.«

Nias Blick wurde sanfter, und sie tätschelte seinen Arm. »Es tut mir leid, dass ich deine Gedanken unterbrochen habe. Aber wir würden gerne wissen, was du als Nächstes tun möchtest.«

Yasu seufzte leise und zuckte mit den Schultern. »Ich denke, wir sollten zum Unterricht gehen.«

Die anderen schauten auf die Uhr und stellten fest, dass ihr Unterricht in wenigen Minuten beginnen würde. Sie packten ihre Bücher in ihre Taschen und eilten den Flur hinunter zu ihrem Hörsaal. Viele der Studenten saßen bereits und unterhielten sich mit leiser Stimme.

Die Kadetten fanden Plätze in der Mitte des Saals und bereiteten ihre Tablets vor, um mit der Arbeit zu beginnen, sobald der Ausbilder eintraf.

Der Ausbilder kam ein paar Minuten später herein und wischte sich mit einem Handtuch die Stirn ab. Er warf seine Bücher auf das Podium und wartete, bis das Gemurmel verstummte.

»Wir haben heute ein sehr spannendes Thema für euch!« Er ging zur Tafel und kritzelte „Fortgeschrittene Orbitalberechnungen" darauf. Er legte den Marker weg und klatschte in die Hände. »Gut! Wer hat die Aufgabe aus der letzten Stunde gemacht?«

Der Unterricht begann im Ernst. Alle hörten mit gespannter Aufmerksamkeit zu, durchforsteten ihre Notizen und schrieben die neue Formel auf, die der Ausbilder an die Tafel schrieb.

Yasu war so in den Vortrag vertieft, dass er nicht bemerkte, wie sein Bewusstsein ihm entglitt.

Er fiel aus dem Klassenzimmer und in eine neue, grellweiße Kammer. Die Empfindung erinnerte ihn an das andere Reich, das sie bei ihrer letzten Mission betreten hatten. Lichtenergie summte in der Luft, als ob dort eine andere Art von Energie eingeschlossen wäre.

»Yasu«, rief eine Stimme.

Gänsehaut breitete sich auf Yasus Körper aus. Er musste sich nicht umdrehen, um zu wissen, wer hinter ihm stand.

Sein Alternativ-Ich war ganz in Schwarz gekleidet, ein bodenlanger Umhang hing über seinen breiten Schultern. Unter einem Auge verlief eine Narbe über seine Wange bis zum Mundwinkel. Alles an seiner Haltung schrie Gefahr. Seltsamerweise schien er auch viel älter zu sein.

Das Alternativ-Ich ging auf ihn zu, die Absätze seiner schwarzen Stiefel machten ein furchterregendes Klickgeräusch. Er blieb vor Yasu stehen und bohrte seinen Blick in ihn.

»Ich habe dich gefunden«, sagte er. »Ich werde sehr bald da sein. Warte einfach auf mich.«

Verblüfft von dieser Enthüllung konnte Yasu weder Atem holen noch seine Gedanken ordnen. Er blieb wie erstarrt stehen. Als er in die Klasse zurückkehrte, knallte sein Kopf auf den Tisch.

Seine Freunde schauten ihn an, mit schockierten und besorgten Gesichtsausdrücken. Nia, die neben ihm saß, packte seinen Arm.

Von vorne rief der Ausbilder: »Gibt es dort hinten ein Problem?«

»Nein«, sagte Nia, als sie Yasus gestöhntes Nein hörte. »Alles ist in Ordnung.«

Aber sie und ihre Freunde wussten damals noch nicht, in welchem Ausmaß die Dinge nicht in Ordnung waren.

KAPITEL 38

Jaxon umklammerte mit zitternder Hand seine Gabel. »Wir müssen es dem Kommandanten sagen.«

Yasu saß still in der Kantine, während seine Freunde die nächsten Schritte besprachen. Sein Körper fühlte sich eiskalt an, und seine Stirn schmerzte, wo er sie angeschlagen hatte. Das Denken fiel ihm schwer. Es war, als hätte diese letzte Vision seine Gedanken durcheinandergebracht.

»Was, wenn er schon auf dem Weg hierher ist?« Nia war besorgt, ihr Essen stand unberührt vor ihr.

»Er ist höchstwahrscheinlich schon unterwegs«, sagte Alex. »Wir sollten zum Kommandanten gehen. Lasst uns essen.«

»Yasu«, Nias Stimme wurde sanft. »Iss was.«

Yasu starrte sie an, aber er sah sie nicht wirklich. Sein Blick ging ins Leere. »Wie konnte das passieren? Wie kann es eine böse Version von mir geben?«

»Ich bin sicher, es gibt böse Versionen von uns allen«, sagte Jaxon achselzuckend. »Es gibt vielleicht eine Technik-Genie-Version von mir, die begabt darin ist, Planeten von ihrem Kern aus zu zerreißen.«

»Aber keine deiner Versionen tut das hier. Meine tut es. Meine kommt hierher. Wir wissen nicht einmal, wofür er kommt und warum.« Yasu senkte sein Kinn auf den kühlen Tisch. »Außerdem haben sie im Götterreich nur mich angesehen, als sie über das Böse sprachen. Nicht einen von euch.«

Jaxon setzte erneut an. »Vielleicht sind unsere Versionen nicht so böse ...« Er verstummte, als er Yasus Gesichtsausdruck sah.

»Lasst uns essen«, sagte Alex. »Der Kommandant wird wissen, was zu tun ist.« Alex war sich nicht sicher, ob der Kommandant und die höheren Offiziere damit umgehen konnten, aber er und seine Freunde konnten es auch nicht. Er glaubte, es sei an der Zeit, die Kontrolle an ihre Vorgesetzten abzugeben, auch wenn der Gedanke ihn umbrachte.

Sie beeilten sich mit dem Essen und verließen die Kantine in Richtung des Büros des Kommandanten. Unterwegs trafen sie Tom, einen älteren Kadetten, der ein anderes multiversales Reiseteam leitete.

»Ich habe es gehört«, sagte er leise, seine Augen blitzten.

Alex hob eine Augenbraue. »Was hast du gehört?«

Tom trat näher, sein Blick huschte durch die Kantine. »Von Yasus Vorfall im Unterricht. Alle reden darüber.«

Alex warf einen flüchtigen Blick durch die Halle, in der die Mitglieder der Akademie ihre Mahlzeiten einnahmen. Viele Kadetten schauten in ihre Richtung und trugen Blicke kaum verhüllten Argwohns und Ärgers. Die Nachricht vom Stopp der multiversalen Reisen hatte sich nach ihrer letzten Mission wie ein Lauffeuer verbreitet. Viele der Kadetten an der Schule interessierten sich nicht besonders für das Programm, da sie ohnehin nicht einbezogen worden waren. Aber diejenigen, die es taten, hegten eine gewisse Abneigung gegenüber Alex und seinen Freunden. Immerhin war das Programm erst nach ihrer letzten Mission beendet worden. Außerdem hatten die Vorgesetzten aufgrund der besonderen Art ihrer Entdeckungen die damit verbundenen Informationen als geheim eingestuft. Niemand wusste, was sie entdeckt hatten und warum sie bestraft wurden.

Yasu trat näher an Tom heran. »Es war keine große Sache.«

Tom lachte. »Das ist aber nicht das, was alle anderen sagen. Sie meinten, du hättest wie ein Wahnsinniger deinen Kopf auf den Tisch geschlagen.«

»Das ist viel zu hart«, murmelte Nia.

Alex hatte genug. Klatsch mochte schädlich sein, aber sie hatten Wichtigeres zu erledigen. »Wir sehen uns später, Tom.«

Sie verließen das Gebäude und überquerten den Hof zum Hauptgebäude, wo sich das Büro des Kommandanten befand. Der Weg war angespannt und still, und die Kadetten überlegten, was ihre Position hier bedeutete.

Alex erinnerte sich an etwas und versuchte, es zu unterdrücken, bevor er aufgab. »Die Götter«, begann er, als sie den Aufzug betraten, »oder der Gott, derjenige, der uns durch den Test geführt hat.«

Jaxon erinnerte sich an seinen Testführer. Das Wesen war als sein naturwissenschaftlicher Lehrer aus der Mittelschule erschienen, ein dunkelhäutiger Mann mit buschigem Schnurrbart und Augenbrauen. Das Wesen hatte ihm nie etwas über sich selbst erzählt. Es hatte ihm lediglich gezeigt, was er tun musste, geflüstert, dass er den Tod nicht so sehr fürchten sollte, und war verschwunden. »Ich erinnere mich an ihn«, sagte Jaxon.

»Nun, ich erinnere mich an etwas, das sie mir gesagt hat.«

»Sie?« Jaxon kratzte sich am Kopf.

»Der Gott erschien als meine Mutter.«

»Oh.«

»Was hat sie dir gesagt?« fragte Nia.

»Sie sagte, es gäbe noch viel Arbeit zu erledigen. Oder so ähnlich. Könnte das die Arbeit sein? Die Auseinandersetzung mit diesem bösen Yasu?«

Nia dachte darüber nach. »Der Gott hat mir nichts dergleichen gesagt.«

Yasu und Jaxon zuckten zustimmend mit den Schultern.

»Na ja.«

Sie trafen den Kommandanten beim Verlassen des Aufzugs. Er

stand mit einem Techniker, den sie von ihrem Training kannten, dort und wartete darauf, mit dem Aufzug nach unten zu fahren.

»Wir wollten gerade zu Ihnen«, sagte Alex.

Der Gesichtsausdruck des Kommandanten war grimmig. »Wirklich?«

Die Kadetten nickten. »Es ist wichtig.«

Nachdem er dem Techniker einige Anweisungen gegeben hatte, führte er sie zu einem Konferenzraum den Flur hinunter. Er setzte sich an die Spitze des Tisches und legte die Fingerspitzen aneinander. »Ich höre.«

»Yasu hat Visionen«, platzte es aus Alex heraus.

»Wenn du es so formulierst«, sagte Jaxon mit einem leichten Knurren, »lässt du es weniger wichtig klingen, als es ist.«

Der Kommandant beobachtete sie mit milder Belustigung. »Was sind das für Visionen, Yasu?«

Yasu holte tief Luft. »Auf unserer letzten Mission sind wir auf eine Welt zwischen den Welten gestoßen. Und wir erhielten Zugang zu Erinnerungen – aus unseren anderen Leben. Den Leben, die unsere anderen Versionen führten.« Er starrte den Kommandanten an und überlegte, wie er die restlichen Informationen am besten präsentieren sollte. »Eine Erinnerung blieb haften.«

Die Augenbrauen des Kommandanten hoben sich. »Haften?«

»Ja«, sagte Yasu. »Haften. Ich bekomme diese Rückstände seines Lebens. Von seinem Kämpfen. Von seinen Reisen durch die Galaxien. Von seinem Triumph.«

»Ja«, sagte der Kommandant und nickte. »Ich erinnere mich daran aus Ihrem Missionsbericht. Sie erwähnten einige Erinnerungen, denen Sie alle begegnet sind. Aber warum ist das jetzt wichtiger?«

Mit einer Geste zu den anderen sagte Yasu: »Keiner der anderen sieht irgendwelche Erinnerungen von einem bestimmten Alternativ-Ich. Tatsächlich können sich die anderen kaum an etwas von irgendeinem ihrer Alternativ-Ichs erinnern.«

Die Stirn des Kommandanten runzelte sich. »Vielleicht sind Sie empfänglicher als die anderen?«

»Nein«, sagte Yasu. »Das ist nicht das Problem. Heute hatte ich einen Aussetzer während des Unterrichts, und ich sah meinen Alternativ-Ich. Er sagte, er käme, um uns zu holen.«

Der Kommandant lehnte sich in seinem Stuhl zurück. Vielleicht hatte die Absurdität davon ihn seiner Energie beraubt. Sein Gesichtsausdruck war angespannt. Eine Zeit lang blieb er still und beobachtete einen Punkt an der Decke. »Könnte es sein, Yasu, dass Sie einfach Angst vor Ihrer alternativen Version haben?«

»Angst? Wie das?«

»Nun, es könnte Ihnen schwerfallen, mit den Informationen klarzukommen, auf die Sie in der anderen Dimension gestoßen sind, und jetzt erfindet Ihr Verstand Dinge.«

Yasu verengte seine Augen. »Wie soll das Sinn machen?«

Mit einem Blick auf die anderen Kadetten kratzte sich der Kommandant am Kinn. »Ich versuche hier, andere Möglichkeiten zu erkunden. Wenn diese andere Version von Ihnen kommt, wie Sie sagen, was wird er tun?«

»Ich habe in meinem Bericht über ihn geschrieben.«

»Der Kriegsherr?«

Yasu nickte.

»Aber ist er nicht wie Sie? Ein Kind?«

Alex konnte es nicht ertragen. »Sir, Sie haben Kinder geschickt, um andere Universen zu erkunden. Vielleicht krönen sie in manchen Universen Kadetten zu Kaisern.«

Etwas war anders am Kommandanten, bemerkten die Kadetten. Normalerweise war er aufgeweckter. An diesem Tag wirkte er demoralisiert. Sie vermuteten, dass er vielleicht mit anderen Dingen konfrontiert war, von denen sie nichts wussten. Immerhin brachte es auch Tiefpunkte mit sich, zu den wichtigsten Personen einer angesehenen Institution zu gehören.

»Es erscheint einfach ziemlich absurd«, sagte der Kommandant. »Wie kommuniziert er mit Ihnen in Träumen?«

Verzweifelt warf Yasu die Hände in die Luft. »Das sind keine Träume!«

»Was sind sie dann?«

»Visionen! Oder Erinnerungen.« Yasu atmete schwer. »Ich weiß es nicht.« All das zehrte an seiner Energie. Er vermisste, wer er vor einigen Wochen gewesen war. Die Erkenntnis, dass er in einer Version so machthungrig sein konnte und von himmlischen Wesen als Ärgernis betrachtet wurde, ließ ihn erschaudern. Er wollte ein vernünftiges Gespräch mit diesem Kind führen und fragen, warum.

»Ebenso absurd«, sagte der Kommandant. »Allerdings haben viele unserer Missionen mit Absurdität zu tun. Ich kann Yasus Behauptungen also nicht völlig abweisen. Wir werden mit dem Rat zusammenkommen. Vielleicht müssen wir weitere Tests durchführen -«

»Oder die Sicherheit verstärken«, sagte Alex mit zusammengebissenem Kiefer.

Der Kommandant schaute Alex an, als hätte er den Jungen noch nie gesehen. »Oder die Sicherheit verstärken. Ja.«

⎯⎯ᚢ⎯⎯

In dem Versuch, die Spannung in der Gruppe zu lockern, sprach Jaxon während des Abendessens über andere Dinge. Mit bewusst lässigem Ton fragte er Nia nach Kel und wann sie sich zuletzt gesehen hatten. Nia erzählte ihm, dass Kel und der Rest des Hockeyteams für ein Turnier in ein anderes Land gefahren waren. Als Nia nicht über Kel schwärmte, war Jaxon erleichtert und lenkte das Gespräch in eine andere Richtung, indem er alle nach ihren Lieblingssportarten fragte.

»Ich habe gerne Fußball im Garten zu Hause mit meinen älteren Brüdern gespielt«, sagte Alex lachend.

Nia schaute ihn belustigt an. »Ich habe das noch nie gespielt.«

»Ich auch nicht«, sagte Jaxon. »Wir haben Basketball und Baseball in meiner Schule gespielt.« Er wandte sich dem stillen Yasu zu. »Was ist mit dir, Mann?«

Yasu war normalerweise ruhig, aber sein Gesichtsausdruck hielt gewöhnlich eine einladende Offenheit. Jetzt war sein Blick fern, seine Lippen zusammengepresst, als wäre sein Mund verschlossen.

»Ich habe Baseball gespielt«, sagte er leise. »Meine Geschwister und ich. Mit den Kindern der Nachbarn. Bis meine Eltern herausfanden, dass ich vielleicht ein Genie bin. Dann ließen sie mich in meinen Klassen immer weiter aufsteigen. Und die Arbeitslast nahm zu.« Er hielt inne. »Könnte das der Grund gewesen sein? Könnte die Arbeitslast meinen Alternativ-Ich zum Durchdrehen gebracht haben?«

Nia blickte um den Tisch zu Jaxon und Alex. »Wer könnte ihm das verübeln? Als meine Eltern entdeckten, dass ich diese natürliche Begabung für Zahlen und Wissenschaft hatte, wollten sie mich auch ausbluten. Ich musste einen Kurs nach dem anderen besuchen.«

»Sehr wenig Zeit zum Schlafen und Spielen«, sagte Alex und schüttelte den Kopf.

»So wenig. Du wirst ein Roboter für sie. Kurse. Aufgaben. Und noch mehr Kurse.«

»Und dann stürzt die Akademie wie ein Habicht herab.« Jaxon ahmte den Klang eines Raubvogels nach.

Gelächter ging über den Tisch. Selbst Yasu zeigte ein kleines Lächeln.

»Wir können nur hoffen, dass der Kommandant vielleicht recht hat«, sagte Nia schließlich und streckte die Hand über den Tisch, um Yasus eisige Hand zu drücken.

Yasu schätzte die Wärme ihrer Berührung. »Was, wenn er …«

Sie hörten einen lauten Knall draußen. Die Ränder ihres Sichtfelds verschwammen, als ob sie alle einen plötzlichen Blutdruckabfall erlebten. Alle saßen an ihren Tischen, ihre Augen verschleiert und ihre Gesichtsausdrücke verwirrt. Dann schnappten sie aus diesem Zustand und rannten zu den Fenstern, um hinauszuschauen.

Yasu wurde aschfahl. »Könnte er es sein?«

»Ich hoffe nicht«, antwortete Nia. »Ich hoffe aufrichtig nicht.«

Aber als sie zum Fenster eilten, wussten sie, dass er es sein könnte. Der dunkler werdende Himmel wurde von einem großen schwarzen Schiff verdeckt. Eine körperlose und tonlose Stimme drang aus dem Schiff und traf die Luft wie eine feste Oberfläche.

»Grüße, Menschen dieser angesehenen Einrichtung. Wir kommen nicht in Frieden. Aber ihr sollt Frieden haben, wenn Frieden ist, was ihr wollt. Bringt mir denjenigen, der Yasu Garcia genannt wird, zusammen mit seinen einmischenden Freunden. Oder tragt die Konsequenzen.«

KAPITEL 39

ALLE AUGEN im Raum richteten sich auf Yasu und seine Freunde, die hinter einer kleinen Gruppe von Leuten an einem Fenster standen. Jaxon hob leicht die Hand mit einem schmallippigen Lächeln und murmelte: »Ich glaube, wir sollten abhauen.«

»Ich glaube nicht, dass wir das tun sollten«, sagte Alex. »Das wird uns aussehen lassen, als -«

»Wir wollen nicht sterben«, sagte ein Junge mit scharfer Stimme in der Stille. »Sollten wir sie nicht einfach ausliefern?«

»Wir können das nicht einfach tun. Selbst wenn niemand sie mag«, entgegnete jemand anderes.

»Ist das nicht genau der Grund, warum wir das tun sollten?«, schrie ein drittes Kind, ein Mädchen, mit schriller Stimme. »Weil niemand sie mag? Sie werden weg sein, und wenn die Programme wieder geöffnet werden, kann die Schule Kadetten schicken, die weniger abenteuerlustig sind.«

Nia fand die gesamte Situation beunruhigend. Warum verhielten sich alle, als würden sie nicht direkt hier stehen? Sie ging näher zu Jaxon und griff nach seiner Hand, in der Hoffnung, dass er die Besorgnis in ihrem Händedruck verstehen würde.

Alex wurde wütend. Er war abenteuerlustig, aber zu hören, dass jemand anders das über ihn sagte, besonders während er direkt daneben stand, machte ihn rasend. »Seit wann ist Neugierde ein Verbrechen?«

»Neugierde?« Das Mädchen, das gesprochen hatte, trat vor. Sie hatte feine Gesichtszüge in einem blassen Gesicht und hüftlanges blondes Haar. »Du nennst das, was ihr tut, Neugierde?«

»Es ist mehr, als irgendjemand sonst hier je getan hat«, sagte Alex, der nach einem Streit gierte. Wenn sie kein Mädchen wäre, wäre er rübermarschiert und hätte sie herausgefordert.

»Genug!« Ein Offizier stand an der Tür der Halle, seine Haltung steif und seine Augen funkelnd. »Worum geht dieser Aufruhr?«

Die Kadetten verstummten alle und beobachteten, wie der Offizier sich näherte, flankiert von zwei gut gebauten und schwer bewaffneten Soldaten.

»Yasu Garcia«, sagte der Offizier. Erschöpfung hatte sich in seine Gesichtszüge gegraben, als hätte er den früheren Teil des Tages mit Training verbracht und fand die neue Wendung der Ereignisse schrecklich langweilig. »Treten Sie vor.«

Eine eisige Hand fuhr Yasu über den Rücken, als er vortrat. Er spürte, wie alle Kadetten in seine Richtung starrten, ihr Urteil schwappte in Wellen von ihnen herüber. »Jawohl, Sir«, murmelte er.

»Wo sind Ihre Freunde?«

Yasu drehte sich um, um seine Freunde anzusehen, und winkte sie mit einer Handbewegung nach vorne.

Die drei anderen Mitglieder des Alpha-Teams traten vor. Sie trugen identische Ausdrücke von Vorsicht, ein Schauer lief über ihre Haut.

»Sie sind nicht in Schwierigkeiten«, sagte der Offizier und verschränkte seine muskulösen Arme vor der Brust. »Aber kommen Sie mit mir.« Er erhob seine Stimme und ließ seinen durchdringenden Blick durch die Halle schweifen. »Der Rest von Ihnen, bleiben Sie ruhig. Unsere Soldaten sollten bald mit der Evakuierung beginnen. Bleiben Sie ruhig!«

Die vier befreundeten Kadetten waren alles andere als ruhig, als sie hinter dem Offizier und vor den Soldaten die Cafeteria verließen.

»Wohin gehen wir?«, fragte Alex.

»Alex Rivera, nicht wahr?« Der Offizier hielt es nicht für nötig, sich umzudrehen und ihm einen Blick zu schenken. »Ihr Ruf eilt Ihnen voraus. Ziemlich der Fragesteller.«

Alex verabscheute den herablassenden Ton des Mannes. »Nun?«

»Ein eiliges Tribunal«, sagte der Offizier. »Einer oder alle von Ihnen könnten den Schlüssel haben, um diese Krise abzuwenden.«

»Inwiefern?«, fragte Nia.

»Das werden wir herausfinden, wenn wir dort ankommen, oder?«

Sie verfielen in Schweigen.

Yasu dachte über das nach, was als Nächstes kommen würde. Es schien, als hätte sein böses Gegenstück eine Vendetta gegen ihn, aber warum zog er auch seine Freunde da mit hinein? Konnten sie ihm im anderen Universum irgendwie geschadet haben? Es schien unwahrscheinlich, dass all dies wegen Mobbing geschah, aber er konnte keine anderen Gründe finden, warum sein Gegenstück seine Freunde involvieren wollte.

Sie gingen in einen Raum in der obersten Etage des Gebäudes. Einige höhere Offiziere saßen wartend dort, der Kommandeur in ihrer Mitte. Sie erkannten auch Oberst Klaus, den Offizier, der wie ihr Todfeind erschien.

»Bitte, Kadetten, setzen Sie sich.«

Die Kadetten setzten sich nahe beieinander und starrten auf die anderen Gesichter im Raum.

»Es scheint, ich lag falsch, und Sie hatten recht«, sagte der Kommandeur mit grimmigem Gesichtsausdruck. »Aber jetzt ist nicht die Zeit, um zu diskutieren, wer Recht hatte. Wir müssen einen Ausweg finden. Und zwar schnell.« Seine Augen glitten zu Yasus Gesicht. »Was können Sie uns über diese Version von Ihnen erzählen?«

»Nicht viel«, sagte Yasu mit einem Achselzucken. »Und es spielt keine Rolle.«

Oberst Klaus grunzte auf der anderen Seite des Tisches. »Diese Kinder. Nichts spielt für sie eine Rolle.«

Der Kommandeur hob eine Hand, um ihn zum Schweigen zu bringen. »Hören wir uns zumindest an, warum.«

Yasu schloss die Augen und stellte sich die Menge von Anhängern vor, die er einmal gesehen hatte, wie sie nach der Zuneigung seines Gegenstücks gierten, und überlegte, wer sein Gegner war. Die Leute schienen nicht unterdrückt zu sein. Sie schienen eine echte Liebe für ihren Anführer zu haben. »Ich will ihn selbst treffen.«

»Oh, mein Gott!« Jaxon hob verzweifelt die Hände. »Dich selbst?«

Yasu begegnete seinem Blick mit Standhaftigkeit. »Ja. Allein.«

»Was ist mit dem Rest von uns? Ich dachte, wir sind ein Team?«

Der Kommandeur wedelte mit den Händen und wischte Jaxons Worte beiseite. »Ihr mögt ein Team sein, aber das ist irrelevant, es gibt ...«

Die tonlose Stimme rief wieder: »Zeit ist niemandes Freund. Ich könnte versucht sein, selbst mit der Suche zu beginnen.« Die Stimme veränderte sich dann und bekam die Qualität eines unzufriedenen jungen Mannes. »Und wenn ich das tue, werdet ihr mich nicht besonders mögen.«

»Eine Suche?«, sagte ein Offizier. »Wie beabsichtigt er, das Schutzfeld zu durchqueren?«

Der Kommandeur drehte sich um, um durch das Fenster hinter ihm zu schauen. Es gab nichts Bemerkenswertes zu sehen. Der Himmel war dunkel, und Licht ergoss sich, kalt und einsam, aus offenen Fenstern in den nahen Gebäuden und den Umgrenzungslampen. »Ich glaube nicht, dass wir warten sollten, um es herauszufinden«, sagte er. Er sah Yasu und seine Freunde an und fragte: »Was glaubt ihr, will er von euch?«

»Ich kann nur raten. Ich denke, wir haben etwas für ihn Wichtiges zerstört.«

Die anderen drei wandten überrascht ihre Köpfe zu ihm. Dies

war das erste Mal, dass er es erwähnte. Bisher hatten sie nur gewusst, dass er Visionen von seinem Gegenstück hatte.

»Etwas wie was?«, fragte der Kommandant.

»Ich weiß nicht. Was auch immer es war, es hat das Gleichgewicht in seiner Welt destabilisiert. Und er will Rache.«

Einen Moment lang herrschte nur Stille. Dann blickte Oberst Klaus zum Kommandanten und sagte: »Haben sie nicht bei ihren Ausflügen einige wichtige Artefakte zerstört?«

Der Kommandant fuhr mit einer Hand über den rauen Salz-und-Pfeffer-Bart in seinem Gesicht. »Definieren Sie 'einige', Oberst.«

»Nun, zwei. Den Quanten-Schlüssel und den organischen Computer, der ein Void entwickelt hat.«

Hinter seinem Brustkorb schlug Yasus Herz heftig. Das könnten sie sein. Aber wie standen sie mit dieser bösen Version von ihm in Verbindung? Es sei denn ...

»Aber würde das nicht bedeuten, dass er irgendwie mit diesen Phänomenen verbunden ist?«, fragte Alex und blickte sich im Raum um. »Heißt das, er ist schon vor jetzt zwischen Universen gesprungen?«

»Ist das so schwer zu glauben?«, fragte der Kommandant.

Die Stimme dröhnte wieder, diesmal voller Unruhe. »Ich gebe euch eine Minute. Ich will meine Beute, oder ich werde alles zerstören!«

Obwohl er Angst hatte, stand Yasu auf und straffte seinen Rücken mit einem mutigen Gesichtsausdruck. »Ich muss gehen.«

»Was wenn ...«

»Wir kommen mit dir«, sagte Alex und stand ebenfalls auf.

»Setzen Sie sich«, sagte der Kommandant. »Es ist viel zu gefährlich. Unsere Wachtürme haben den Befehl, ihn niederzuschießen, wenn er etwas versucht, das er nicht sollte. Und das Kraftfeld sollte halten.«

»Und was ist die Garantie, dass Ihre Türme gegen ihn wirken? Was, wenn seine Waffen das von Ihnen eingerichtete Kraftfeld beschädigen?« Yasus Stimme zitterte ein wenig, und er hasste es.

»Was, wenn er stärker ist? Lassen Sie uns zuerst Diplomatie einsetzen.«

Der Kommandant rutschte unbehaglich hin und her. »Sie werden mit einigen Wachen gehen«, sagte er. Er zeigte auf den Offizier, der sie hergebracht hatte. »Offizier Alexeev, Sie werden sie begleiten. Die Wachtürme sind auch in Bereitschaft. Hoffen wir, dass es nicht dazu kommt.«

Die Kadetten verließen den Raum mit zwei Wachen und trafen vor der Tür auf ein Gefolge von sechs weiteren. Sie schlurften zum Aufzug und fuhren in das Erdgeschoss hinunter. Die Gänge waren verlassen, rote Lichter blinkten in Intervallen. Sie vermuteten, dass die anderen Kadetten nun an einen sichereren Ort gebracht worden waren.

Draußen war es kalt. Der Wind heulte wie eine Todesfee, peitschte gegen die Metalloberflächen der Gebäude und fegte durch die Bäume. Der Himmel war dunkel, aber sie konnten die klare Silhouette des schwarzen, untertassenförmigen Schiffs ihres Feindes sehen, mit einem Kreis weißer Lichter, die an seinem Körper leuchteten.

Als sie im Hof waren, nahm Offizier Alexeev ein Mikrofon von einer Wache. Er klopfte darauf und hörte, wie der Ton durch die Lautsprecheranlage der Akademie hallte.

»Fremder, wir wollen keinen Kampf. Wir haben Yasu Garcia mitgebracht, wie Sie es verlangt haben. Allerdings ...«

»Ausgezeichnet!«, antwortete die Stimme.

Eine Luke öffnete sich am Boden des Schiffes, und brillantes Licht strömte heraus. Licht filtert normalerweise durch Kraftfelder, als ob es auf eine durchscheinende Oberfläche träfe. Dieses Licht fiel auf den Hof der Akademie, als wäre nichts da. Was auch immer im Licht oder in der Energie des Schiffes war, es durchschnitt die Verteidigungsanlagen der Akademie mit erschreckender Leichtigkeit.

Sie beobachteten ehrfürchtig, wie eine umhangtragende Gestalt, ganz in Schwarz gekleidet, herabstieg. Er landete sanft auf dem Beton des Hofes und strich pechschwarzes Haar aus seinem Gesicht, während ein Grinsen auf seinen Lippen tanzte. Er sah genau wie Yasu aus, aber seine Präsenz hatte eine andere Wirkung, eine unheimliche.

»Warum habt ihr solche Angst?«, sagte er und neigte seinen Kopf. »Ich beabsichtige keinen Schaden. Ich möchte lediglich reden.«

Es waren etwa fünfzehn Schritte zwischen ihnen. Dennoch jagte der junge Mann ihnen Angst ein.

Yasu drängte sich zwischen den Wachen hindurch und trat vor, wobei er die Protestrufe seiner Freunde ignorierte. »Worüber willst du reden?«

Ein geisterhaftes Lächeln berührte die Lippen des Alternativ-Yasu.

»Über dich und deine Freunde natürlich. Ihr mischt euch ein. Viel zu viel!«

Tens Grinsen wankte, nur für einen Moment. »Glaubst du, ich wollte das?«, fragte er, seine Stimme leise, aber erfüllt von einem Unterton der Wut. »Glaubst du, ich habe darum gebeten, die Last eines ganzen Universums zu tragen? Gott zu spielen, während meine Leute um Erlösung flehten? Ihr habt das wenige Gleichgewicht zerstört, das mir noch geblieben war, und jetzt bin ich hier, um es zu korrigieren.«

Yasu wollte mutiger klingen, eine stärkere Entgegnung haben, aber keine Worte formten sich. Er konnte spüren, wie die Soldaten um ihn herumtraten, um ihn zurückzuziehen.

Und dann konnte er sie nicht mehr spüren. Sie waren verschwunden. Der Hof der Akademie war verschwunden. Sein Alternativ-Ich. Das schwarze Untertassenschiff und seine blinkenden Lichter. Weg.

Er stand in der Halle ihrer letzten Mission. Der Ort, an dem sie dem verhüllten Wächter in ihrer letzten Mission begegnet waren. Der Boden war weiß, und die Decke, fast zu weit über seinem Kopf, um gesehen zu werden, war grau.

KAPITEL 40

FÜR EINEN MOMENT sog Yasu Garcia den Raum in sich auf, wie
betäubt. Er bildete sich ein, er könnte in eine andere Erinnerung oder
Trance geglitten sein. Aber warum jetzt? Er hatte seinem anderen
Ich nichts zu sagen gehabt, aber so abzuhauen ließ ihn schwach
erscheinen.

»Yasu!«

Es war Nias Stimme, und sie kam von hinter ihm. Die anderen
waren auch bei ihr.

»Leute!«, rief er, leicht außer Atem. »Ist das real? Seid ihr echt?«

Sie kamen auf ihn zu, ihre Gesichtsausdrücke besorgt. »Was
meinst du?«, fragte Jaxon. »Natürlich sind wir echt. Und verärgert.«

»Sprich für dich selbst«, sagte Alex.

»Ich könnte auch für Yasu sprechen. So hat er sich seinen Tag
nicht vorgestellt. Nia auch nicht.«

»Ich weiß nicht, warum du immer so negativ bist!«

Jaxon hob seine Hände in gespielter Kapitulation. »Bin ich
nicht.«

Yasu schüttelte den Kopf. »Beruhigen wir uns. Wie real ist das?«

»Willst du, dass wir dich schlagen?«, fragte Jaxon.

Nia stieß einen genervten Seufzer aus. »Es heißt kneifen, Jaxon.

Niemand bittet um einen Schlag, um die Gültigkeit seiner Realität zu überprüfen.«

»Nun, vielleicht wollte er einen ...«

»Aber wenn das real ist, warum sind wir hier?«, fragte Yasu besorgt. »Wie sind wir hierhergekommen?«

Alex fuhr sich mit der Hand durch die Haare. »Erinnert ihr euch, vor meinem Test sagte das Wesen, dass es noch Arbeit zu erledigen gäbe. Vielleicht hat sie darauf angespielt. Vielleicht würden sie es erklären.«

»'Sie' sind die Wesen in diesem Reich, ja?«, fragte Nia.

»Ja.«

»Aber wenn wir hier sind, was passiert dann zu Hause?«, fragte Jaxon.

Sie verfielen in Schweigen und überlegten. Sie hatten nicht lange mit dem bösen Yasu gesprochen. Ihre Interaktion war so spärlich gewesen, dass sie nicht beurteilen konnten, ob ihr Verschwinden ihn in eine Akademie-zerstörende Raserei versetzen würde. Er hatte gestört geklungen, aber nur leicht.

»Wie lange werden wir hier bleiben?«, fragte Nia.

»Nicht lange.«

Ein Fremder stand in ihrer Mitte, gekleidet in die gleichen weißen Gewänder wie sie. Der Fremde hatte kein Gesicht. Wo sein Gesicht hätte sein sollen, war nur eine beunruhigende Glätte. Das Haar des Fremden war eine blendende Mischung aus Braun, Grau, Rot, Silber und Blond, das in lockigen Strähnen bis zu seinen Füßen fiel.

Erschrocken wichen die Kadetten von dem Wesen zurück. Sie bemerkten die Aura, die von ihm ausging, und glaubten, dass sie Ähnlichkeiten mit der des Wesens vom Test aufwies, waren sich aber nicht sicher.

»Ich bin Frieden«, sagte es und neigte den Kopf. Langsam veränderte sich sein Aussehen. Zuerst wurde es zu Nias Vater, kahl mit einem dicken schwarzen Bart. Dann wurde es zu Alex' Mutter, Onkel Koike und Jaxons Grundschullehrer für Naturwissenschaften.

»Ich war euer Führer durch den Test. Jetzt bin ich euer Führer durch diese Mission.«

»Ich dachte, wir hätten den Test, weil wir nicht hier sein sollten«, fragte Alex. »Jetzt haben wir einen weiteren Test?«

»Diesmal seid ihr hier durch unsere Wahl. Das ist nicht dasselbe.«

»Warum sind wir hier?«, fragte Yasu.

»Wegen Zehn.«

»Zehn?«

»Ja. Die Yasu-Garcia-Version von Erde-3446.«

Jaxon dachte, sein Kopf könnte explodieren. »Erde-3446? Wie viele Erden gibt es?«

»Sie sind unzählbar. Die Realität ist unendlich.«

Das war wichtig, aber nicht so wichtig für Yasu. Im Moment interessierte ihn nur – »Warum Zehn?«

Das Wesen schwang sein leeres Gesicht zu ihm. »Es ist der Anfang seiner Codenummer. Es ist der Name, den er in seinen prägenden Jahren trug.«

Yasu verstand nicht.

Vielleicht hätten sich die Gesichtszüge des Wesens erweicht, wenn es ein Gesicht gehabt hätte. »Sie werden bald vollständig verstehen.«

Es trat in ihre Mitte, schob sie beiseite und formte einen schwarzen Kreis auf dem weißen Boden. Als sie vom Kreis zurücktraten, bemerkten die Kadetten, dass sich darauf Farben bildeten, als ob es ein Monitor oder Fernsehbildschirm wäre.

Sie sahen Bilder eines Krieges, Explosionen, Zerstörung und verängstigte Menschen. »Nicht alle Universen sind wie eures: friedlich. Einige leben im Schatten des Imperiums und tragen die schwere Last einer furchtbaren Diktatur.«

Sie beobachteten, wie die Szenen zu einer friedlichen Nachbarschaft wechselten. Yasu erkannte die weißen Wände, roten Dächer und gepflegten Gärten. »Dort bin ich aufgewachsen!«, sagte er, leicht aufgeregt. Er hatte den Ort seit Ewigkeiten nicht besucht. Er vermisste alle zu Hause.

»Zehn ist dort auch aufgewachsen. Das heißt, bis sein Zuhause zerstört wurde.«

Raketen schlugen in der Nachbarschaft ein und verwandelten alles in brennende Überreste. Einige Menschen saßen inmitten der Verwüstung und trauerten um ihre Verluste. Eine Version von Yasu, Zehn, mehrere Jahre jünger, ging mit einem nackten Fuß und einer zerrissenen Sandale am anderen Fuß. Ein Soldat, der ein schlankes schwarzes Gewehr schwang, nahm ihn auf.

Die Szene wechselte zu einem etwas älteren Zehn, jetzt in einer grauen und marineblau Uniform gekleidet, der mit einer pelzbedeckten Kreatur kämpfte.

»Zehn kämpfte viele Jahre für den Widerstand«, sagte das Wesen leise.

»Den Widerstand?«, fragte Alex.

»Ja. Gegen die Streitkräfte des Imperiums. Sie wollten Frieden in ihrer Region und kämpften tapfer täglich, um deren Einfluss zu verringern.«

Die Szene wechselte ständig und zeigte Zehn in verschiedenen Kampfpositionen. Er flog Schiffe, arbeitete mit Messern und war geschickt im Umgang mit Waffen.

»Hat es funktioniert?«, fragte Nia.

Das Wesen schaute sie an. »Was?«

»Manchmal sind einige dieser Kämpfe sinnlos. Haben ihre Bemühungen etwas gebracht?«

Mit geneigtem Kopf sagte das Wesen: »Das hängt von Ihrer Perspektive ab. Man könnte sagen, die Herrschaft des Imperiums zu akzeptieren, wäre der beste Weg, mit der Situation umzugehen. Schließlich werden zwar einige Menschen sterben, aber viele andere werden in relativem Wohlstand leben. Ungeachtet dessen werden die Menschen immer für Freiheit kämpfen. Es liegt in ihrer Natur.«

Als sich die Szene als nächstes änderte, schwebte ein Nebel, ähnlich dem, auf den die Kadetten in ihrer letzten Mission gestoßen waren, in der Weite des Weltraums. Tens Raumschiff schwebte am Rand, und er flog hinein. Sein Schiff navigierte zwischen fliegenden Trümmern, Staub und Klumpen geladener Partikel. Im Kern befand sich ein dunkles Loch, das scheinbar jegliche Energie in der Umgebung aufsaugte.

Tens Gesicht war entschlossen. Er passte seine Einstellungen an und steuerte das Raumschiff hinein.

Alex schluckte. »Ist das …«

»Ein Portal in unsere Dimension, ja.«

»Also war Ten hier?«, fragte Nia.

»Für uns scheint es erst Minuten her zu sein. Aber es ist schon einige Zeit vergangen. Er war hier.«

Die Bilder waren an diesem Punkt verzerrt, fluktuierende Momentaufnahmen, die zeigten, wie Ten einen seltsamen Saal nach dem anderen betrat, durch Wasser watete, durch Wolken schwebte und durch ein Bett aus glänzenden Kugeln glitt. Er tauchte mit einer Kugel in der Halle auf, in der sie standen.

»Was ist gerade passiert?«, fragte Alex.

Das Wesen sprach eine Zeit lang nicht.

Ten hantierte mit der Kugel herum, und seine Stirn runzelte sich, während seine Gestalt flackerte und durcheinander geriet. Schließlich schien er mit dem, was er erschaffen hatte, zufrieden zu sein. Energie brach aus der Kugel hervor und hüllte die Halle in blendendes Licht.

»Ordnung hat einen Handel mit ihm geschlossen«, sagte das Wesen.

Jaxon kratzte sich am Kopf. »Was?«

»Wir kennen die Details nicht. Aber es wollte Freiheit. Und im Austausch teilte es einen Teil unserer Macht mit Ten.«

»Freiheit?«, fragte Alex. »Freiheit wovon?«

»Von hier. Dieser Ort ist unser Zuhause. Aber dieser Ort ist auch unser Gefängnis. Wir haben die Entstehung der Welt zu Beginn der Realität beobachtet, aber wir können diesen Ort nie verlassen. Wir haben nicht die Macht dazu.«

Nia versuchte, die Teile zusammenzusetzen. »Also ist Ordnung jetzt auf freiem Fuß?« Wenn Ordnung im Multiversum unterwegs wäre, befreit von seinen früheren Fesseln, warum war die Welt dann immer noch so durcheinander?

»Nein. Ten hat es nicht freigelassen. Ten nahm die Macht und manipulierte sie selbst. Er kehrte in seine Heimat zurück und erschuf ein Universum nach seinen eigenen Vorstellungen.«

Der Kreis zeigte Energie, die sich über den Weltraum ausbreitete, durch ihre Dimension schnitt und in andere Dimensionen schwappte.

»Die Sache ist, Ten war klüger als jeder andere, der je unser Zuhause gefunden hat.«

»Wie?« Obwohl es unvernünftig war, fühlte Yasu Eifersucht. Nicht nur war da eine abtrünnige Version von ihm selbst unterwegs, diese Version war auch so viel besser als viele andere intelligente Lebensformen, die in die Dimension der Götter spaziert waren. Das ließ ihn sich fühlen wie ein Kaugummi, der unter jemandes Schuh klebte.

Das Wesen schüttelte seinen Kopf. »Entgegen dem, was der Wächter euch beim letzten Mal erzählt hat, sind wir keine Schöpfer. Wir behaupten nicht, alles zu wissen. Gelegentlich entsteht etwas aus der Zufälligkeit des Lebens und überlistet uns. Ten war ein solches Phänomen.«

Die Szene wechselte zu Ten, der in seine Welt zurückkehrte, mit latenter Macht in der Kugel, die er umklammerte. Sein Gesicht trug einen spöttischen Ausdruck.

Alex kniete sich neben den Kreis und beobachtete Tens Fortschritt auf dem Heimweg. Seine Welt erblühte langsam, die Feuer erloschen und das Chaos zog sich an die Ränder zurück, bis die Vision verblasste und der Kreis wieder schwarz wurde. »Aber wie hängt das mit uns zusammen? Was haben wir zerstört? Ten sagte, wir hätten etwas zerstört.«

Das Wesen klang, als würde es lächeln. »Habt ihr.« Es machte eine Aufwärtsbewegung mit seinen langfingrigen Händen, und der

Kreis am Boden teilte sich in sechs kleinere Kreise. Die kleineren Kreise schwebten nach oben, und auf ihnen bildeten sich winzige 3D-Bilder.

»Ist das nicht der organische Computer?«, bemerkte Jaxon und erkannte das Portal, das Safira, eine Kadettin von einer ihrer Missionen, ihnen geholfen hatte zu zerstören.

»Und der Quantenschlüssel«, sagte Nia und zeigte auf den Quantenschlüssel von ihrer ersten Mission, der auf einer erhöhten Oberfläche schwebte.

Es gab andere Dinge in den anderen schwebenden schwarzen Kreisen. Ein zackiges, glitzerndes Messer. Etwas, das wie ein kristallisiertes Auge aussah. Ein Berg, bedeckt mit violetten Pflanzen.

»Es gab viele andere Auswirkungen von Tens Manipulation. Seine Effekte durchschnitten die Zeit, da er nicht wusste, wie er die Macht angemessen nutzen sollte. Was er tat, übertrug einen Teil der Macht in Artefakte in verschiedenen Universen. Einige Auswirkungen haben wir noch nicht gesehen. Jedoch sind dies einige Auswirkungen aus Universen, die eurem nahe sind.«

Alex schaute auf das gesichtslose Gesicht des Wesens. »Also...«

»Als ihr den Quantenschlüssel und den abtrünnigen Supercomputer zerstört habt, habt ihr eine Destabilisierung in seiner Welt verursacht. Die Artefakte, obwohl über das Multiversum verstreut, waren durch dieselben Fäden der Macht verbunden, die Ten in seine Welt gewoben hatte. Eines zu zerstören war wie einen Faden aus einem Wandteppich zu ziehen – es schwächte das Ganze. Tens Universum, bereits zerbrechlich, hatte begonnen, an den Rändern zu zerfasern.«

Jaxon schloss seinen offenen Mund. »Was?«

»Er mag die Macht gespalten haben, aber alle Mächte waren noch verbunden. Alle Artefakte sind noch mit dem verbunden, was er in seinem Universum hatte.«

»Und deshalb ist er hinter uns her?« Alex fand die ganze Sache unglaublich.

Das Wesen nickte. »Ja. Deshalb.«

»Aber was will er mit uns machen?«, fragte Nia. »Wir konnten unmöglich wissen, dass unsere Handlungen seine Welt beeinflussen würden. Außerdem, wenn er eure Macht in Ruhe gelassen hätte, wie es sein sollte, würde nichts davon passieren.«

»Ungeachtet dessen, was sein sollte und was nicht sein sollte, sind wir jetzt hier. Eure Handlungen haben euer Schicksal mit dem von Ten verbunden.«

Jaxon sah eine weitere gefährliche Mission vor sich und mochte es nicht. »Ich hasse es, wie ihr in Rätseln sprecht. Was wollt ihr? Warum sind wir hier?«

Das Wesen stand größer da. Seine Stimme veränderte sich dann, überlagerte sich mit mehreren anderen Stimmen, als ob die anderen Wesen in der Dimension durch seine nicht vorhandenen Lippen sprächen. »Wir wollen, dass ihr uns helft, Ten zu besiegen.«

Jaxon lachte, beugte sich vor und hockte sich dann hin, als der Ton sich weigerte, ihn zu verlassen. »Wie?«

»Wir werden euch helfen. Wir werden euch Führung geben.«

Alex klopfte auf Jaxons Schulter, um ihn zu beruhigen. »Aber warum wir? Ihr hättet jeden anderen auswählen können?«

»Jeder hat eine Rolle zu spielen. Eure Handlungen haben Wellen durch Zeit und Raum geschickt, von denen ihr die meisten nicht richtig begreifen könntet, selbst wenn ihr die Möglichkeit bekämt, sie zu konfrontieren. Dies ist eure Chance, eure Fehler zu korrigieren.«

»Also sagt ihr uns, dass unsere Handlungen zu weiteren Instabilitäten über Tens Universum hinaus geführt haben?«

Jaxon stieß ein bitteres Lachen aus. »Was ist, wenn wir nicht wollen? Was ist, wenn wir uns entscheiden, die Macht für uns selbst zu nehmen?«

Das Wesen drehte seinen Kopf zu ihm, und obwohl dort kein Gesicht lag, hätte Jaxon schwören können, dass es ihm einen mitleidigen Blick zuwarf. »Ihr habt den Test bestanden. Ihr werdet die Macht nicht nehmen.«

KAPITEL 41

Ohne auf ihre Bestätigung zu warten, erläuterte das Wesen die Pläne für ihre Abreise. Seine Stimme kehrte zur Normalität zurück, ein einzelner Strang ruhigen Klangs.

»Ten benutzte ein Fragment der Kugel, um in eure Welt zu reisen. Aber er bewahrt den größten Teil der Kugel in seinem Universum auf. Das Fragment war nicht nur ein Werkzeug – es war ein Stück des Gewebes des Reiches selbst, durchdrungen mit der Fähigkeit, Zeit und Raum zu manipulieren. Doch mit der Macht kam das Chaos, und Tens Unfähigkeit, es vollständig zu kontrollieren, hat Risse in seinem Universum hinterlassen. Jede Handlung breitete sich wellenartig aus und drohte, nicht nur seine Welt, sondern auch andere, die damit verbunden waren, auseinanderzureißen.«

»Also willst du einfach, dass wir dorthin gehen und es finden?«, fragte Alex und folgte dem Wesen, während es sich von ihnen entfernte.

»Ja. Und bringt es zurück. Wir übernehmen dann von dort.«

Jaxon lag auf dem weißen Boden und stöhnte vor Ärger über diese Wendung der Ereignisse. Nia kniete neben ihm, um seine Schulter zu tätscheln und ihn zu beruhigen. »Es wird schon gut gehen«, sagte sie, obwohl sich ihre Brust eng anfühlte.

Yasu wusste nicht, was er von all dem halten sollte. »Aber weißt du wenigstens, wo in seinem Universum es sich befindet?«, fragte er.

»Wir können nicht auf sein Universum zugreifen. Das ist das Problem. Wir können überall sonst hinsehen, aber nicht in sein Universum. Es ist wie ein schwarzes Loch in unserem Bewusstsein.«

»Das macht alles viel besser«, rief Jaxon.

Das Wesen ignorierte ihn. Es winkte, und ein goldenes Schiff, geformt wie eine Untertasse, ähnlich dem von Ten, erschien vor ihnen.

Jaxon setzte sich auf und starrte auf die glänzende Oberfläche. Neben ihm ließ Nia ein leises Keuchen hören.

»Es ist wunderschön«, hauchte sie.

»Ja«, stimmte Jaxon zu. »Aber Gold? Wird uns das nicht auffällig machen?«

Yasu nickte. In seinem Kopf formte sich ein Plan. »Wenn wir seinen Planeten durchsuchen wollen, bräuchten wir ein Schiff, das seinem ähnlicher sieht. Schwarz.«

Das Wesen nickte, als wäre es beeindruckt. »Das würdet ihr brauchen. Ihr müsstet wie er denken, wenn ihr ihn fangen wollt.« Es winkte, und das Schiff wurde schwarz. Die Kadetten starrten es ehrfurchtsvoll an.

Alex sah ihn mit gerunzelter Stirn an. »Was überlegst du noch, Yasu?«

»Ich denke, ich sollte ihn imitieren«, sagte er. »Wir gehen in sein Universum und ich tue so, als wäre ich er.«

Nia fand, dass es ein guter Plan sein könnte. »Aber wie gut wird das funktionieren? Wir können nicht auf ihre Kommunikationskanäle zugreifen. Woher sollen sie wissen, dass es ihr Ten ist? Außerdem wissen wir nicht, für welche Mission er angeblich seine Heimat verlassen hat. Wir können nicht einfach mit Lücken in unserem Gedächtnis auftauchen.«

»Oder vielleicht müssen wir das gar nicht«, sagte Yasu. »Vielleicht kann ich mit etwas Kraft von dir ...«, er warf dem Wesen einen vielsagenden Blick zu, »auf seine Erinnerungen zugreifen und sehen, was wir brauchen, um erfolgreich zu sein.«

Das Wesen drehte sich auf den Fersen, seine lockige Mähne schwingend. »Ist dem so?«

Yasu spürte, wie sein Mut schwand, aber er zwang sich zu sagen: »Ja. Dem ist so.«

Das Wesen beobachtete ihn, und die anderen beobachteten die beiden. Um sich weiter zu beweisen, fügte Yasu hinzu: »Und du kannst mich töten, wenn ich etwas Verdächtiges versuche.«

Nickend beschwor das Wesen eine kleine schwebende Lichtkugel. Es ging zu Yasu und stieß sie ohne zu zögern in seinen Schädel. Yasu stieß einen schmerzerfüllten Laut aus, sein Kopf neigte sich nach oben, und aus seinen Augen, seinem Mund und seinen Ohren trat Licht aus.

Nias Herz schlug schnell, besorgt um ihren Freund. »Und jetzt?«

»Wir warten. Und sehen zu.«

Alex wurde von vielen Fragen über dieses Reich und seine anderen verzehrt. »Wer sind die anderen?«, platzte es aus ihm heraus, während Nia fragte: »Kannst du sagen, was zu Hause vor sich geht?«

Das Wesen wandte sein Gesicht Alex zu, antwortete aber Nia. »Ja. Nichts.«

Alex schluckte. »Was bedeutet das?«

»Die Zeit fließt hier nicht auf die gleiche Weise wie dort. Hier können wir Zeitblasen erschaffen. Bei all unseren Interaktionen ist kein Moment vergangen, seit ihr gegangen seid. Ten ist mitten in seinem Lachen erstarrt. Die Wachen beobachten mit gespannter Aufmerksamkeit. Wenn ihr bereit seid, euch zu bewegen, wird alles zurückgesetzt.«

Das klang unappetitlich. Nia war erneut verstört. »Wird er uns nicht zuerst nachjagen?«

»Genau«, sagte Jaxon. »Und stell dir vor, wie es ist, vor jemandem mit gottgleichen Kräften zu fliehen, der ein ganzes Universum beherrscht!«

»Sapiens sind so anstrengend«, sagte das Wesen. »Das Schiff ist

getarnt. Wenn Ten entdeckt, dass ihr weg seid, wird er zuerst hierherkommen. Er wird nicht bemerken, dass ihr in seine Welt eingedrungen seid. Und während er hier ist, werden wir ihn so lange
festhalten, wie wir können, bis ihr zurückkehrt.«

»Und wenn ihr das nicht könnt?«, fragte Jaxon.

»Ihr unterschätzt uns.«

Jaxon hob in gespielter Kapitulation die Hände. »Nein, tue ich
nicht. Ihr unterschätzt euch selbst. Ihr habt gesagt, ihr könnt hier
nicht weg. Ihr habt gesagt, ein Mensch sei hergekommen und hätte
euch überlistet. Aber plötzlich unterschätze ich euch. Klar.«

»Haltet euren Teil der Abmachung ein. Wir werden unseren
einhalten.«

Alex war jetzt mehr um Yasu besorgt. Blut tropfte aus seinen
Körperöffnungen und befleckte das Weiß seiner Roben. »Wird er ...«

Die Kugel schwebte aus seiner Stirn heraus, und Yasu brach
keuchend zusammen. Seine Freunde eilten an seine Seite, Nia
wischte seine blutigen Wangen mit dem Saum ihrer Robe ab.

Sein Atem beruhigte sich schließlich, und mit leiser Stimme
sagte er: »Ich hab's jetzt.«

Alex und Jaxon saßen an den Kontrollen des Schiffs und bestaunten
die bizarre Technologie darin. Jaxon hatte ein wenig Zeit gehabt, sich
damit vertraut zu machen, und bald hatte er es gut genug im Griff,
um einen Flugversuch zu wagen.

Yasu saß mit Nia an der Navigationskonsole und wischte sich
immer noch Blut von der Nase. Er hatte eine falsche Narbe bekommen, ein einfaches Geschenk von Peace. Sie verlief entlang einer
Wange, ähnlich wie die von Ten.

Auf dem Schiff verfügten sie über eine kleine Armee von Robo-
tersoldaten, die mit verschiedenen Aufgaben für das Wohlbefinden

des Schiffes betraut waren. Sie bewegten sich durch das Schiff, abgestimmt auf Yasus Befehle.

»Fühlst du dich okay?«, fragte Nia.

Yasu wusste es nicht. »Ich fühle mich verantwortlich. Macht das Sinn?«

Da sie nicht in seiner Haut steckte, konnte Nia nicht sagen, ob er dasselbe Verantwortungsgefühl hatte wie sie. »Ich weiß nicht. Ich fühle mich auch ein bisschen verantwortlich. Ich möchte die Dinge verbessern. Ich wünschte nur, wir hätten mehr Zeit.«

»Die haben wir aber nicht.« Yasus Stimme klang fast wehmütig. »Wir haben kaum Zeit. Wenn wir nicht schnell und entschlossen handeln, könnten wir alles verlieren. Seine Erinnerungen zu sehen, hat mich erkennen lassen, dass ...«

Nia wartete darauf, dass er den Gedanken vollendete. Aber er saß nur da und starrte ins Leere. »Was erkannt?«

»Dass ich vielleicht leicht inkompetent bin.« Er sah sie an, ihre weit aufgerissenen Augen. »Sind alle bereit?«, rief er.

»Ja, Lord Ten«, sagte Jaxon.

Yasu schüttelte den Kopf und zoomte auf der Konsole heraus. »Es ist einfach nur Ten.«

»Was?«

»Es ist nicht Lord Ten. Sein Volk nennt ihn Ten.«

Jaxon sah aus, als würde er es nicht verstehen, aber er nickte nur und ließ es dabei. »Was kommt als Nächstes?«

»Wir sind bereit!«, rief Alex. Das Wesen stand vor dem Schiff und beobachtete sie. Es nickte auf Alex' Signal hin.

»Lebt wohl, Team Alpha. Möget ihr Erfolg haben.«

Das Wesen deutete nach oben, und ein Portal öffnete sich über dem Schiff. Sie reckten die Hälse, um es zu sehen, und erblickten nur Schwärze.

»Ihr werdet Tens Welt finden, wenn ihr dort hindurchfliegt«, sagte es. »Reist sicher.«

Alex justierte die Kontrollen. »Also gut, Team. Lasst es uns tun!«

KAPITEL 42

AUF DER ANDEREN Seite gab es nicht viel zu bemerken. Tens Universum hätte ihres sein können. Am Himmel waren die richtige Anzahl Sterne zu sehen, und ihre Konsolen kalibrierten sich mit den verfügbaren Informationen.

»Wohin?«, fragte Jaxon und starrte auf seine Konsole. Die Bedienung des Schiffes war völlig anders als alles, womit er je gearbeitet hatte. Es war, als würde man mit einem heißen Messer durch Butter schneiden.

Yasu studierte seine Konsole. »Wir befinden uns irgendwo nahe dem Orion-Sektor. Wir müssen zum Gaia-Sektor. Sein Versteck ist auf dem Planeten Amateru, im inneren Ring des Gaia-Sektors. Und wir müssen uns beeilen. Wie schnell können wir es dorthin schaffen?«

»Das hängt vom Schiff ab. Wie weit sind die Lichtsprünge? Und wie viele kann es gleichzeitig machen?« Jaxon führte mit Alex einige Berechnungen durch.

Nia und Yasu arbeiteten ebenfalls an Berechnungen.

»Geht es dir gut?«, fragte Nia, als sie einen weiteren Bluttropfen sah, der aus seiner Nase fiel.

»Mir geht's gut«, sagte er, wischte mit der Hand über sein Gesicht und hinterließ einen schwachen blutigen Streifen. »Nur ein bisschen müde.«

»Wir können das übernehmen. Du solltest schlafen.«

»Nein, ich kann nicht.«

»Hör auf Nia«, sagte Alex und stand mit seinem Notizblock auf. »Du hast bisher viel geleistet. Du solltest dich ausruhen. Sonst brichst du noch zusammen.«

Jetzt, da sie vom Schlafen gesprochen hatten, spürte Yasu, wie die volle Wucht seiner Müdigkeit über ihn hereinbrach. Seine Augen wurden schwer. »Was ist mit den Robotern?«

Alex deutete auf Jaxon. »Er hat sie unter Kontrolle. Sie nehmen zwar einige Anweisungen von dir entgegen, aber Jaxon kann das umgehen, um dir eine Pause zu gönnen.«

Jaxon salutierte. »Jawohl, Ten. Alles unter Kontrolle. Schlaf jetzt.«

Yasu fand seine Kammer und kletterte aufs Bett, ohne seine schwarzen Gewänder abzulegen. Seine Augen schlossen sich, und er driftete weg, sobald sein Kopf das Kissen berührte.

Eine Zeitlang trieb sein Bewusstsein im Nichts. Dann fand er sich in seiner Nachbarschaft wieder, mit den weißen Häusern und roten Dächern. Er ging die Straße hinunter und nannte die Namen der Bewohner der Häuser, an denen er vorbeikam. Am Ende der Straße traf er auf sich selbst als Kind.

Diese jungenhaftere Version seiner selbst hielt seinen Blick für das, was wie Stunden erschien. Schließlich sagte er: »Hier hat es angefangen. Dies war der Verzweigungspunkt.«

»Was bedeutet das?«, fragte Yasu und trat näher.

»Du stellst so viele Fragen. Aber du hast nicht so viele Antworten.«

Yasu sah sich um. Die Nachbarschaft war leer, als wären alle weggezogen.

»Er ging an diesem Tag los, um Eier zu kaufen. Und als er

zurückkam, waren sie tot.« Das Kind starrte weiter. »Die Kraft kann Vergangenheit, Gegenwart und Zukunft manipulieren.«

Yasu konnte erkennen, worauf das hinauslief, aber es gefiel ihm nicht. »Du willst, dass ich...«

Das Kind lächelte. »Ich will nicht, dass du es tust. Du willst, dass du es tust. Wähle weise. Diese Option kann alles zurücksetzen. Andere Optionen...«

Das Kind drehte sich um und ging weg. Yasu rief immer wieder nach ihm, aber die Entfernung zwischen ihnen wurde immer größer, mehr Häuser sprossen an den Straßenseiten hervor.

Der Traum wandelte sich zu anderen unverständlichen Dingen. Er jagte einen Tintenfisch am Strand. Er rannte einem Hund im Park hinterher. Er spielte mit seinen Freunden in der Schule.

Er wachte auf, als Jaxon seinen Arm schüttelte und eine Schüssel Suppe in der Hand hielt. »Du musst auch essen.«

Yasu setzte sich auf und lehnte seinen müden Kopf an die Wand hinter dem Bett.

»Wie geht's den anderen?«, fragte er und schloss die Augen.

»Gut. Sie machen sich Sorgen um dich. Wie geht es dir?«

»Besser«, log er. Er war nicht sicher, ob sein aktueller Zustand als besser bezeichnet werden konnte. Es war, als würde in seinem Kopf ein Sturm toben. »Wie lange, bis wir ankommen?«

»Etwa zwei Tage und einige Stunden.«

»Kann ich mit den anderen sprechen?«

Jaxons Augenbraue hob sich. »Bist du stark genug?«

»Stark genug.«

Yasu stolperte aus dem Raum und ging mit Jaxon zum Kontrollraum. Die anderen schienen froh, ihn zu sehen.

»Hast du die Suppe gegessen?«, fragte Nia und drückte ihr Tablet an die Brust.

»Ich esse sie später. Ich hatte nur...« Yasu atmete schwer. »Ich hatte einen seltsamen Traum.«

»Iss erst deine Suppe!« Nia zeigte auf Jaxon. »Gib ihm die Schüssel.«

Jaxon war verärgert über ihren Ton. »Hab ich versucht. Er wollte nicht.«

»Yasu, setz dich und iss. Jetzt!«

Yasu wollte protestieren, aber er war viel zu schwach. Seine Sicht verschwamm an den Rändern, und seine Knie wurden schwächer. Er fand einen Sitz und ließ sich darauf nieder. Jaxon brachte ihm die Schüssel, und er machte sich daran. Die Suppe hatte wenig Geschmack, aber er dachte, wenn das alles wäre, was er zu essen hätte, würde er damit klarkommen.

Als er fertig war, nahm Nia ihm die leere Schüssel ab und tätschelte seinen Kopf, während sie wegging.

»Also«, begann Alex, »was ist so wichtig, dass du hierher gestürmt bist, als hättest du einen Geist gesehen?«

Mit geschlossenen Augen erzählte Yasu ihnen seinen Traum und legte die Fakten so klar wie möglich dar. »Ich glaube, dieses Kind war ein Teil meines Unterbewusstseins. Und ich glaube, ein Teil von mir will einfach diese Version von mir töten, um allem ein Ende zu setzen.«

Alex saß ruhig da und strich sich übers Kinn. Diese Offenbarung fügte der Mission eine neue Wendung hinzu, aber er war sich nicht sicher, ob sie ihm gefiel. Außerdem war Yasu normalerweise nicht derjenige, der Umwege dieser Art vorschlug. Das schien viel von ihm zu kommen. »Wenn wir ihn loswerden, könnten wir alles zurücksetzen. Aber ich glaube nicht, dass das ist, was die Götter von uns wollen.«

Neben Jaxon nickte Nia, die leere Suppenschüssel noch in der Hand. »Da stimme ich zu. Unsere Anweisungen waren, Ten in dieses Reich zu bringen, und sie würden sich um ihn kümmern. Wir können nicht unsere eigenen Entscheidungen treffen und versuchen, ihn selbst zu erledigen. Was, wenn wir wieder etwas anderes vermasseln?«

Alex nickte. »Genau. Und dann müssten wir uns mit neuen Konsequenzen auseinandersetzen. Ich sage, wir halten uns an den ursprünglichen Plan.«

Yasu wandte sich an Jaxon und erwartete eine Antwort von ihm. »Du?«

»Tut mir leid, Ten.«

»Bitte nenn mich nicht Ten.«

»Entschuldige, Yasu. Ich denke nicht, dass dein Traum die ultimative Weisheit ist. Ich stimme den anderen zu.«

Yasus Augen fielen wieder zu. »Ich bin wie er«, sagte er leise. Die Worte hingen schwerer in der Luft, als er beabsichtigt hatte. Er sah, wie seine Freunde besorgte Blicke austauschten, aber Yasus Gedanken waren woanders. Wie viele kleine Entscheidungen hatten Ten zu dem Kriegsherrn geformt, der er geworden war? Könnten dieselben Entscheidungen ihn auf einen ähnlichen Weg führen? Er ballte seine Fäuste, um den erschreckenden Gedanken zu vertreiben. Er musste doch glauben, dass er anders war – oder nicht?

Alex gefiel nicht, wie das klang, und er ging zu ihm hinüber und tippte ihm auf die Schulter. »Was bedeutet das?«

»Warum habe ich an so etwas gedacht? Keiner von euch hat daran gedacht, aber ich schon. Er hat die Macht an sich gerissen, weil er glaubte, er könnte die Welt reparieren. Vielleicht hat er eine Art Utopie erschaffen, aber er hat es nicht gut genug gemacht. Nur ein paar Aktionen von uns, und das Gleichgewicht, das er geschaffen hat, war ruiniert. Ich war kurz davor, etwas Ähnliches zu tun. Warum sollte ich denken, dass so ein Reset klug wäre?«

»Ich glaube nicht, dass du ihm überhaupt ähnlich bist«, sagte Alex, ein wenig nachdrücklicher als beabsichtigt. »Du bist bereit, um Hilfe zu bitten. Du bist bereit, andere Meinungen einzuholen.«

»Ich stimme zu.« Nias Stimme war schrill, aber irgendwie brachte sie die Worte heraus. »Wir alle kämpfen damit, die volle Dynamik dieser Mission zu verstehen. Das Gute ist, dass du nicht all das für dich behalten hast.«

Alex legte ihm eine Hand auf die Schulter. »Du bist kein schlechter Mensch, Yasu.«

Yasu sprach die anderen Gedanken, die er über sich selbst hatte, nicht aus. Er schloss einfach die Augen und ließ den Rest ihrer

Worte über sich waschen. Obwohl seine Angst vor dem letzten Teil der Mission blieb, war er jetzt etwas entschlossener. Mit seinen Freunden konnte er erfolgreich sein.

KAPITEL 43

DIE KADETTEN BEOBACHTETEN, wie der Planet Amateru näher kam.

»Jetzt landen wir, folgen Yasu oder Ten, schnappen uns die Kugel und verschwinden wieder«, sagte Alex.

Nia kicherte und erinnerte sich an all die anderen Reisepläne, die sie im Laufe der Jahre gehabt hatten und von denen keiner vollständig funktioniert hatte. »Vielleicht läuft es nicht so ab.«

»Oder doch. Lass uns ausnahmsweise mal positiv denken.«

Yasu brauchte Alex' Positivität. Vielleicht war es der Teil von Alex' Persönlichkeit, den er am meisten liebte. Alles, was er in diesem Moment fühlte, war Unbehagen.

Eine Nachricht vom Sicherheitstrupp des Planeten erreichte ihr Schiff. Es war ein durcheinander gewürfelter Mix aus Zahlen und Figuren. Die Kadetten starrten auf den Bildschirm und versuchten, ihn zu entschlüsseln.

»Kommt dir das bekannt vor?«, fragte Alex Yasu.

Obwohl er es sofort als völligen Unsinn abtun wollte, kam ihm etwas daran bekannt vor. Er griff nach einem Notizblock und kritzelte es auf. »Ich hab's«, murmelte er.

»Du hast es?« Für Jaxon ergab nichts davon einen Sinn.

»Es ist etwas, was mein Onkel früher mit mir als Kind gespielt hat. Es ist nur... ich kann's nicht erklären.« Er setzte sich vor die Konsole, seine Finger flogen über die Tastatur und tippten eine Antwort.

Die anderen schauten ihm verwirrt über die Schulter.

»Das ergibt überhaupt keinen Sinn.« Jaxon schüttelte den Kopf und beschloss, dass er das nie verstehen würde.

Diese neue Wendung der Dinge bereitete Yasu irgendwie Freude. Er lachte und schaute die anderen an. »Für euch sieht das wahrscheinlich so aus. Aber für mich ergibt es viel Sinn.« Er drückte auf Senden.

Eine Antwort kam zurück. »Willkommen zurück, Ten.«

Die Kadetten jubelten. Ein Teil ihrer Infiltration war geschafft. Aber jetzt, wo sie drin waren...

»Ich will ja nicht die Regenwolke an unserem sonnigen Tag sein, aber wie landen wir?«, fragte Jaxon inmitten des Gelächters.

Seine Worte waren tatsächlich wie eine Regenwolke. Alle verstummten und starrten einander an.

»Ich bin sicher, wir können das herausfinden«, sagte Yasu und durchsuchte sein Gedächtnis nach allem, was damit zu tun haben könnte.

»Aber wir müssen bald landen. In Minuten. Wo landen wir?«

Jaxons Beharrlichkeit irritierte Yasu ein wenig. »Wir werden es herausfinden!«

Jaxon hob die Hände. »Na gut, dann mach mal.«

Während er seinen Atem zwang, langsamer zu werden, setzte sich Yasu neben Alex an den Kontrollpult. Er öffnete den Navigator auf dem Panel und nahm das Layout des Planeten in sich auf. »Hier ist es«, sagte er und zeigte auf einen Teil des Planeten. »Dort landen wir.«

»Woher weißt du das?«, fragte Jaxon hinter ihm.

»Ich weiß es einfach. Es sticht in den Erinnerungen hervor, die ich wiedererlangt habe.«

Der auf dem Navigator hervorgehobene Raumhafen war riesig und bedeckte eine Fläche, die viel größer als ihre Akademie war. Alex zoomte näher heran, um die Gebäude, Kontrolltürme und Landebahnen zu betrachten. »Aber wo ist die Kugel selbst?«

»Sie ist nicht weit weg. Ten hat den Hafen so gebaut, dass er leichten Zugang zur Kugel hat. Sie befindet sich in einem geheimen Versteck unter der Erde.«

Zufrieden mit Yasus Erklärung klatschte Alex, bereit, die Landesequenz zu beginnen. »Lasst es uns tun. Anschnallen, alle.«

Die Kadetten wappneten sich für die Landung und beobachteten, wie der Raumhafen immer näher kam. Die Gebäude waren vielfältig und einzigartig, mit glänzenden Stahllegierungen und flexiblen transparenten Verbundstoffen. Lichter funkelten von verschiedenen Lampen und beleuchteten alle Oberflächen angemessen. Sogar die Landebahn war mit brillanten weißen Lichtern beleuchtet, die einen kalten Schimmer auf ihr Schiff warfen.

Sie verließen das Schiff über eine herunterfahrende Treppe. Draußen wartete ein kleines Publikum verschiedener Spezies mit Blumen, Essen und hochtoniger klingelnder Musik.

Ein Mann vorne, ein Wesen, das Yasu aus dem Orion-Sektor bekannt vorkam, verbeugte sich tief. Seine Haut hatte eine schuppige Textur in einem tiefen Blau, das fast schwarz war, und er trug eine weiße Uniform mit einem violetten Umhang. »Willkommen zu Hause, Ten.«

Yasu straffte seinen Rücken und schritt auf den Mann zu. Während er ging, versuchte er sich an seinen Namen zu erinnern, konnte es aber nicht. Unbeholfen kam er an der Seite des Mannes an, verbeugte sich und sagte: »Danke!«

Der Mann warf ihm einen neugierigen Blick zu, überrascht von seinem Verhalten, sagte aber nichts weiter. Er beobachtete die anderen Kadetten, die in weißen, umhanglosen Uniformen und mit passiven Gesichtsausdrücken hinter ihm hergingen.

»Sie sind mit neuen Freunden zurückgekehrt, wie ich sehe«, sagte er mit kratzender Stimme. »Wie war Ihre Reise, Ten?«

Ohne sein Tempo zu verlangsamen, winkte Yasu den Mann zu sich und gab eine beiläufige Antwort. »Unerwartet. Diese Reise war anders als alle anderen. Und ja. Ich bin mit neuen Freunden zurückgekehrt. Dies sind die Freunde meines Alternativs.«

Mit klickenden Stiefeln beeilte sich der Mann, neben ihm herzulaufen. Die Musik klingelte weiter um sie herum, und sie schritten mit einer Entourage von begrüßenden Offiziellen zum Hauptgebäude.

»Wir haben ein Festmahl für Ihre Rückkehr vorbereitet, Ten«, sagte der Mann, und als Yasu den flehenden Ton in seiner Stimme hörte, griff er sofort darauf zu.

»Glauben Sie, dass ich unzufrieden bin?«, fragte er, hielt an und drehte sich, um den Mann anzusehen. Der Name fiel ihm dann wieder ein, Kaida.

Ein Kloß ging Kaidas Kehle hinunter. »Ja, Ten. Sie scheinen... anders. Kalt. War die Mission erfolglos? Sie haben den Planeten des Jungen doch zerstört, nicht wahr?«

Yasu winkte mit angenommener abweisender Miene zu den Kadetten. »Ja, natürlich. Aber ich mache mir Sorgen.«

Kaida zwang sich zu einem Lächeln. »Worüber, Ten?«

»Die Kugel.«

Kaidas Stirn runzelte sich. »Oh, du meine Güte.«

»In meinem Zorn fürchte ich, dass ich es übertrieben habe. Es scheint, ich habe etwas beschädigt.«

»Oh weh.«

Yasu senkte seinen Blick und hasste, wie anmaßend er klang. »Ich muss überprüfen, ob das, was ich hier habe, in Ordnung ist.«

»Selbstverständlich, Ten! Hier entlang!«

Kaida beschleunigte sein Tempo und übernahm die Führung. Er grüßte die Sicherheitsleute am Tor, die sich auch tief vor Yasu verbeugten und seine Freunde neugierig anstarrten. Als sie das Gebäude betraten und ihre Schritte widerhallten, fragte Kaida: »Werden Sie seine Freunde mitnehmen, Ten?«

»Natürlich! Sie müssen sehen, was ich sonst noch vorhabe, bevor ich sie loswerde.«

Ihre Reise führte sie weiter durch einen sterilen weißen Flur, der von Leuchtstoffröhren an der Decke erhellt wurde. Mehrere Mitglieder ihrer Begleitung trennten sich von der Gruppe und betraten verschiedene Räume an den Seiten. Die Kadetten sogen die Organisation des Ortes in sich auf und staunten über die Vielfalt der Mitarbeiter des Gebäudes und ihren Zusammenhalt bei der Ausführung ihrer Aufgaben.

Alex wollte hier arbeiten. Dieser Hafen mit seinen geschäftigen Aktivitäten und den aufeinandertreffenden verschiedenen Kulturen schien eine aufregende Umgebung zu sein.

»Nun, da die Reise vorbei ist, Ten«, nahm Kaida das Gespräch wieder auf, als sie um eine Biegung gingen und nur noch zwei zusätzliche Wachen in ihrem Gefolge verblieben waren, »wären Sie in der Lage, die Anomalien zu lösen?«

Yasu blieb still, und sie gingen weiter.

»Ten?«

»Das weiß ich nicht. Es scheint, ich habe endlich etwas gefunden, das mich überwältigen kann.«

»Sicherlich nicht, Ten!« rief Kaida. »Ich bin sicher, dass Sie als der weise und friedliche Anführer, der Sie sind, einen Ausweg finden werden. Bald.«

Obwohl Yasu gerne gewusst hätte, welche Anomalien ihre Handlungen in diesem Universum verursacht hatten, konnte er nur nicken. Es war etwas, das er im Reich der Götter herausfinden konnte. Und erst nachdem ihre Mission beendet war. Immerhin hatten die Götter zuvor wegen Tens Schutz keinen Zugang zu dieser Welt.

Schließlich kamen sie an einer geheimen Tür an. Kaida drückte seinen Daumen auf den biometrischen Scanner an der Tür, und die Tür öffnete sich mit einem Zischen.

»Gehen wir rein«, sagte Yasu und winkte alle hinein.

Sie traten ein und gingen zu einer anderen Tür am anderen Ende. Kaida drückte seinen Daumen erneut gegen den dortigen Scanner. Als sich die Tür öffnete, strömte Nebel dahinter hervor. Als sich der Nebel lichtete, wurde eine kleine Kammer sichtbar.

Yasu betrachtete sie mit leichter Verwirrung.

»Ten, ist alles in Ordnung? Gehen Sie hinein.«

Yasu blickte ihn an, seine Stirn runzelte sich. »Ich erinnerte mich nur an einige Teile meiner Reise. Gehen wir hinein.«

Sie betraten nacheinander die Kammer, und Yasu erkannte, dass es sich um einen Aufzug handelte. Er erinnerte sich auch an etwas Entscheidendes. Sein Fingerabdruck war der einzige, der ihn zum Starten bringen konnte. Er trat zum biometrischen Scanner, streifte seinen Handschuh ab und drückte seinen Daumen gegen den Scanner. Die Tür schloss sich zischend, und der Aufzug fuhr hinab.

Sie fuhren schweigend hinunter, und unten angekommen öffnete sich die Tür wieder und enthüllte einen langen, dunklen Flur. Yasu ging den anderen voraus in den Flur, klatschte in die Hände und rief: »Raito!« Die Lichter flammten auf und tauchten den Flur in ein gelblich-oranges Leuchten.

Aus irgendeinem seltsamen Grund verspürte er den Drang, sich schneller zu bewegen. Er ging voran und eilte zur Kammer am Ende. Es schien, als könnte er die Fragen in den Schritten seiner Freunde hören.

»Warum haben Sie es so eilig, Ten?« fragte Kaida, fast außer Atem.

Yasu ignorierte die Frage und rannte die letzten Schritte zur Kammer. Er drückte seinen Daumen in den biometrischen Scanner und senkte seine Augen für einen Netzhautscan. Die schweren Schlösser an der Tür lösten sich mit lauten Quietschen und Klicken. Dann Stille.

Die Tür öffnete sich, und weicher, kalter Nebel strömte von innen heraus. Mattes rotes Licht erhellte die karge Umgebung und zeigte die Kugel in ihrem Schutzgehäuse in der Mitte. Energie summte in der Kammer und deutete auf die Anwesenheit einer höheren Macht hin.

Yasu trat ein und schritt vorsichtig, als fürchte er, der Boden könnte mit Fallen gespickt sein. Er berührte das Schutzgehäuse ehrfürchtig, voller Respekt für sein Alternativ-Ich.

Hinter ihm betraten seine Freunde den Raum, ihre Augen wanderten durch den dunklen Raum. Die hohe Decke war mit blinkenden Sensoren bestückt, und am Boden wirbelte kalter Nebel. Sie sogen die Energie im Raum in sich auf und dachten an all die Möglichkeiten, die ein Artefakt dieser Größenordnung ihnen eröffnen könnte.

Voller Ehrfurcht drückte Yasu seine Handflächen gegen die Scanner an den Seiten des Schutzgehäuses. Das Gehäuse glitt lautlos nach oben und weg. Yasu berührte die Kugel und schloss seine Augen, um sich gegen den Energiestoß zu wappnen, der auf ihn einschlug.

Ein lauter Knall ertönte außerhalb der Kammer hinter ihnen.

Alle außer Yasu, der noch unter dem Einfluss der Macht stand, drehten sich um, um nachzusehen.

Ten stand dort, sein Oberkörper entblößt und umgeben von einem ätherischen Leuchten. Sein Lachen hallte den Flur entlang, klang wie aus einem Alptraum und jagte ihnen eine Gänsehaut über den Körper.

Verwirrt stand Kaida da, den Kopf zwischen den Kadetten in der Kammer und dem Ten, der den Flur entlang kam, hin und her schwenkend.

»Yasu!« rief Alex. »Jetzt wäre ein guter Zeitpunkt, aus was auch immer dich gerade gefangen hält, aufzuwachen.«

Die Worte erreichten Yasu durch einen dichten Nebel. Er verstand die Dringlichkeit, konnte aber nicht die Kraft finden, sich zu beeilen. Wenn er sich dieser Version seiner selbst in einem Kampf stellen müsste, würde er es tun. Und er würde gewinnen.

Er spaltete einen Teil der Macht ab, wickelte sie wie geschickte Leinen um seine Freunde und schleuderte sie durch ein Portal seiner

Erschaffung. Er stellte sich den Ort vor, von dem sie gekommen waren, die weißen Hallen und die weißen Gewänder, und schickte sie direkt in die Arme des Friedens.

Nun beruhigt wandte er sich Ten zu.

Seine Stimme überraschte ihn, als sie herauskam. »Lass uns irgendwo spielen gehen, wo uns niemand aufhalten kann.«

KAPITEL 44

Die Kraft war seltsam. Yasu hätte verängstigt sein sollen, aber er verspürte plötzlich ein Gefühl der Ruhe. Diese Version von ihm war voller Energie, sprudelnd mit einer himmlischen Fähigkeit, zu der er eigentlich keinen Zugang haben sollte, aber Yasu hatte keine Angst. Die Energie erfüllte jede Zelle seines Körpers und machte ihn übermäßig aufmerksam für seine Umgebung. Er konnte die in der Luft schwebenden Partikel klar sehen, das entfernte Arbeiten der Ausrüstung über der Erde hören und spüren, wie Schweiß aus einer Pore auf Kaidas dunkler Haut trat.

Vor allem war er voller einer fast unnatürlichen Zuversicht. Er konnte das schaffen. Er brauchte seine Freunde, die mit den Göttern zusammenarbeiten würden, um Ten im richtigen Moment zu fassen, und er vertraute darauf, dass sie ihn nicht enttäuschen würden.

Ten schlich den Flur zu ihm herunter. Die Wachen und Kaida drückten sich gegen die Wand, um der Hitze zu entkommen, die von seinem Körper ausging.

Als Ten nah genug an der Tür war, öffnete Yasu ein Portal am Boden und sprang hinein. Ten folgte ihm.

Alex, Nia und Jaxon krachten auf den kalten, weißen Boden der großen himmlischen Halle. Sie trugen wieder die fließenden Gewänder, und ihre Gedanken überschlugen sich angesichts dessen, was sie gerade miterlebt hatten. Wenn Ten in ihrem Universum aufgetaucht war, dann...?

»Er ist entkommen«, sagte eine Stimme. Es war Peace. Es sah immer noch gleich aus, ruhig und unbeeindruckt von der aktuellen Wendung der Ereignisse.

»Wie konnte das passieren?«, fragte Alex und warf die Hände in die Luft.

»Er hat uns überlistet.«

Jaxon lachte hart auf. »Sehr schöne Ausrede. Er hat euch überlistet. Was wäre, wenn wir gestorben wären? Wir waren dort draußen schutzlos!«

Alex ging auf das Wesen zu, alle Vorsicht über Bord werfend. »Wir haben unseren Teil der Abmachung erfüllt. Ihr solltet dafür sorgen, dass wir sicher bleiben. Und das habt ihr nicht getan.«

Die Brust des Wesens hob sich, als würde es tief Luft holen. »Aber ihr seid jetzt sicher, oder?«

Mit einem Ausbruch nervösen und gequälten Lachens gestikulierte Jaxon vor sich. »Deshalb können wir Yasu auch genau hier sehen. Wie er hier steht. Uns anschaut. Sehr sicher.«

»Also gut, Leute.« Nias Stimme zitterte, aber sie kämpfte sich durch. »Beruhigen wir uns.«

»Beruhigen? Die Lage ist katastrophal!«

»Diesmal bin ich auf Jaxons Seite. Ich sehe keinen Ausweg aus dieser Situation.«

Nia rieb sich die Nase und verlagerte ihr Gewicht zwischen ihren beiden Füßen hin und her. »Nun, ich auch nicht. Aber lasst uns mit Peace zusammenarbeiten, um zu sehen...«

Nia trat nach vorne, ihre Stimme war fest trotz des Zitterns ihrer Hände. »Wir brauchen einen Plan«, sagte sie entschlossen, ihr Blick traf jeden ihrer Freunde. »In Panik zu geraten hilft Yasu nicht. Er hat uns vertraut, diese Mission zu beenden, und ich weigere mich, ihn zu enttäuschen.« Ihre Überzeugung durchschnitt die aufkommende Spannung und brachte sie alle in den Moment zurück.

Jaxon wischte ihre Worte mit einem energischen Kopfschütteln beiseite. »Nicht noch mehr! Schau, wie sie ihren Teil des Deals vermasselt haben. Wir haben ihnen vertraut!«

»Und vielleicht ist ein Fehler passiert.« Nias Herz hämmerte schnell.

Alex hob eine Augenbraue. »Welcher Fehler und wie? Wir haben keine Fehler gemacht. Selbst Yasu hat keine Fehler gemacht. Warum haben sie dann welche gemacht?«

Mit den Händen fest an den Ohren schrie Nia: »Lasst. Uns. Alle. Jetzt. Beruhigen.«

Die anderen beiden sahen sie mit identischen besorgten Gesichtsausdrücken an. Peace neigte seinen Kopf in ihre Richtung, als wäre es beeindruckt von der Schärfe ihres Schreis.

»Yasu gibt sein Bestes, um aufzuhalten, was passiert. Lass uns nicht auch noch von unserer Seite aus Mist bauen. Wir müssen herausfinden, was wir von hier aus tun können.« Nia schaute Peace an, Tränen füllten ihre Augen. »Was können wir tun, um zu helfen?«

Wieder bewegte sich die Brust des Wesens, als würde es tief Luft holen. »Es gibt nicht viel. Wir müssen uns konzentrieren, sonst bekommen wir vielleicht nie wieder eine Chance.«

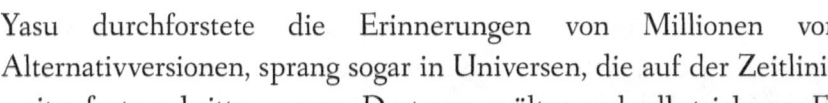

Yasu durchforstete die Erinnerungen von Millionen von Alternativversionen, sprang sogar in Universen, die auf der Zeitlinie weiter fortgeschritten waren. Dort war er älter und selbstsicherer. Er wickelte seine Energie um Ten und zog ihn mit sich. Er konnte Tens Verzweiflung hören, seine Verärgerung darüber, dass er von jemandem ausgetrickst wurde, den er für weniger fähig hielt als sich selbst.

Ein Universum stach für Yasu heraus. Es lag weiter in der Vergangenheit, mit einer Version von Yasu, die in Shorts durch die Nachbarschaft lief. Yasu hielt sich daran fest und zog Ten mit sich.

***

Unfähig, stillzustehen, ging Jaxon auf und ab, während Peace erklärte, was sie tun mussten. Er konnte die Verbindungen nicht sehen, die Yasu an ihnen befestigt hatte, aber Peace sagte, alle Himmlischen könnten sie sehen.

»Also führt sie zu Yasu?«

Das Wesen nickte. »Und wenn Ten seine Deckung fallen lässt, wird er das Signal geben.«

Nia suchte an ihrem Körper nach den Verbindungen, fand aber nichts. »Das klingt nach einem Plan.«

»Wer wird ihn aber reinziehen?«, fragte Alex, die Arme vor der Brust verschränkt.

Peaces Stimme wurde wieder vielschichtig, alle anderen Götter sprachen gleichzeitig. »Wir werden es tun.«

***

Yasu und Ten stürzten aus dem Strudel der Erinnerungen, den Yasu erschaffen hatte, und fielen in einen Raum. Yasu landete mühelos auf dem Holzboden, während Ten aufs Bett fiel und verärgert aufstand. Seine Augen loderten, Blut tropfte aus ihnen.

»Du«, knurrte Ten.

»Ich«, sagte Yasu und klang dabei fast gelangweilt. Er wusste nicht, warum er jemals Angst vor Ten gehabt hatte. Hier und jetzt wirkte sein Gegenstück fast erbärmlich, rotäugig und erschöpft von der Anstrengung.

»Warum? Warum konntest du nicht einfach stillhalten?« Ten sah fast so aus, als würde er flehen, doch das Feuer in seinen Augen erzählte eine andere Geschichte.

»Stillhalten?«

»Ich habe niemandem wehgetan. Ich wollte nur, dass meine Leute sicher sind.«

»Du hast dir Macht angeeignet, die dir nicht gehört.«

Tens Lachen war kalt und spöttisch. »Als ob du das nicht auch getan hättest.«

»Wenn ich es getan hätte, würde man auch mich jagen und zur Rechenschaft ziehen.« Jetzt schwand Yasus Selbstvertrauen. So viel Energie in sich zu halten, zehrte an seiner eigenen Kraft. Er wusste, wenn er das nicht bald beenden würde, würde er das Bewusstsein verlieren. Und alles verlieren.

Ten lachte weiter und warf den Kopf zurück. »Du hast noch Zeit. Gib mir meine Macht zurück, und ich lasse dich mit einer milden Strafe davonkommen.«

Yasu hob eine Augenbraue. »Deine Macht?«

Ten stürzte sich auf ihn, wobei Hitze aus seinen Poren strömte. Yasu hatte seinen Angriff vorausgesehen und trat zur Seite, sodass Ten gegen die Wand prallte. Doch kurz bevor er aufprallen konnte, erschuf Yasu ein Energiepolster, das den Aufprall zu einem dumpfen Schlag abschwächte. Stark genug, um Ten zu schwächen, aber gedämpft genug, um den Lärm zu reduzieren.

Yasu hielt den Atem an und wartete.

Onkel Koike öffnete die Zimmertür und hielt einen Baseballschläger fest umklammert. Er stand in der Tür, sein Gesichtsausdruck verwirrt. »Wer bist du?«, fragte er auf Japanisch.

Der Moment war gekommen. Yasu hatte Recht gehabt. Der

Anblick von Onkel Koike reichte aus. Ten stand einen Moment lang da, seine Deckung war gesunken, seine Augen füllten sich mit Tränen. In diesem Augenblick klammerte sich Yasu an ihn, verflocht sein Wesen mit Tens Geist und kroch unter seine Haut, um ihn bloßzulegen.

Er öffnete ein weiteres Portal auf dem Boden, ergriff Tens Hand und fiel hindurch in die Dunkelheit.

»Was wird das Signal sein?«, fragte Jaxon und blickte auf den dunklen Kreis aus trübem Nichts auf dem Boden der Halle. Um sie herum waren fremdartige Energien. Jaxon vermutete, dass es die anderen Himmelswesen waren, die sich versammelten und darauf warteten, gebraucht zu werden.

»Keine Ahnung«, sagte Nia. »Aber ich bin sicher, sie werden es wissen.«

»Aber geht es Yasu gut? Ich denke, das ist wichtiger.« Alex konzentrierte sich auf den behelfsmäßigen Kreisbildschirm, aber er konnte Yasu nicht sehen oder erkennen, ob es ihm gut ging.

»Es ist Zeit«, sagte Peace.

Die Kadetten spürten ein Ziehen um ihren Kern. Ihre Augen rollten nach hinten, und sie schwebten über dem weißen Boden.

Tens Kopf war ein Durcheinander aus schreienden, emotional aufgeladenen Gedanken, die hinter Käfigen eingesperrt waren. Es war, als hätte er einen Gedanken bemerkt, der zu einer Emotion führte, mit der er sich nicht auseinandersetzen wollte, und ihn in Ketten gelegt, um ihn zu verbergen.

Seine Erinnerungen an Onkel Koike wurden ähnlich behandelt. Yasu kämpfte damit, das Gesicht des Mannes zu finden, seine Stimme und das Gefühl seiner Hand, die über Tens seidiges Haar strich. Es war wie eine beschädigte Datei, bestehend aus zersplitterten Bildern und zackigen Pixeln.

Genauso verhielt es sich mit den Erinnerungen an den Rest seiner Familie. Seine Mutter, seinen Vater und seine Schwestern. Es war kaum noch etwas von ihnen übrig, und was übrig war, war verunreinigt, als hätte er in sein Gehirn eingegriffen, um die Erinnerungen immer wieder umzuschreiben, bis nichts Entzifferbares mehr übrig war.

Ten hasste diesen Eingriff. Als Yasu eine Erinnerung aufdeckte, spürte er Tens Ärger, sein Bemühen, die Erinnerungen durcheinanderzubringen und sie in einem schlimmeren Zustand zu hinterlassen als zuvor. Aber Yasu ließ nicht nach.

Yasu grub tiefer in ihm, fand den Tag, an dem seine Eltern starben. Er sah durch Tens Augen, wie er losging, um Eier zu kaufen. Durch die Fenster sahen sie die Raketen vom Himmel fallen und wussten, wo sie eingeschlagen hatten. Sie ließen die Eier fallen und rannten nach Hause, ohne auf die Sandale zu achten, die von ihrem Fuß rutschte. Sie rannten, rannten und rannten.

»Ich habe mich so sehr gehasst«, sagte Ten mit leiser Stimme. »Ich hätte zu Hause sein sollen. Mein Herz... ich hatte das Gefühl, ich könnte es herausreißen. Ich wollte es herausreißen.«

Yasu verstand. In gewisser Weise fühlte es sich an, als hätte auch er den Verlust erlebt.

»Ich wollte eine Welt, in der so etwas nie passieren müsste. In der alle sicher sein könnten. In der alle friedlich wären. Natürlich würde ich Gott sein, aber ich war bereit, diese Last zu tragen. Ich wusste, dass es falsch war, aber ich war bereit, es zu ertragen.«

»Ich verstehe«, sagte Yasu sanft.

Er streckte die Hand nach Ten aus, und Ten zog sich nicht zurück. Er hüllte ihn in Energie ein, zog an dem Seil, das er um seine Freunde gelegt hatte, und wartete darauf, aus dieser Realität herausgezogen zu werden.

KAPITEL 45

ALEX WACHTE auf einem weichen weißen Bett in einem weißen Raum mit drei großen Fenstern auf, die ins Nichts blickten. Drei weitere Betten standen im Raum, und seine Freunde lagen friedlich darauf. Sie schnarchten alle, ihre Münder leicht geöffnet.

»Es ist friedlich, nicht wahr?« Peace war wieder seine Mutter. Sie trug ein Kleid mit Blumenmuster und Puffärmeln, ihre Haare hoch aufgetürmt.

Alex nickte und blickte in die Weißheit jenseits der Fenster. »Friedlich. Ruhig.« Er schaute zu seinen schlummernden Freunden. »Was ist passiert? Ich hoffe, wir waren erfolgreich.«

Das Wesen betrat den Raum, seine nackten Füße klatschten auf den Fliesen. »Das waren wir. Wir haben Ten eingesperrt.«

Alex ließ einen leisen Seufzer hören, dem schnell ein lautes Gähnen folgte. »Das ist gut. Das ist sehr gut.«

Peace nickte.

»Was passiert als Nächstes? Werdet ihr uns nach Hause schicken?«

Das Wesen lachte, seine Augen kräuselten sich. »Ihr seid bereits zu Hause. Dies ist ein Traum. Ein Traum, den ihr alle habt.«

Alex schaute verwirrt zu den anderen. Er versuchte, sich zu kneifen, und war noch verwirrter, als er sein Fleisch nicht greifen konnte.

»Siehst du«, lachte Peace, »ein Traum.«

»Wo sind also unsere Körper?«

»In eurer Welt. In der Krankenstation eurer Akademie.« Es wandte sich zu Yasu um. »Es könnte eine Weile dauern, bis dieser wieder aufsteht. Was er getan hat, hat Spuren bei ihm hinterlassen.«

Alex nickte. Er versuchte sich vorzustellen, wie Yasu mit so viel Druck allein auf ihm zurechtkam, aber er konnte nicht weit denken. Er war überglücklich, dass alles vorbei war.

»Keine weiteren multiversellen Missionen mehr«, sagte er und ließ einen weiteren Seufzer hören. »Ich glaube, wir haben für ein Leben genug überirdische Abenteuer erlebt.«

Das Wesen lachte, drehte sich um und ging weg. »Ich weiß nicht, ob das stimmt.« Seine Stimme hallte durch den Raum und erfüllte Alex' Bewusstsein mit einer seltsamen und angenehmen Leichtigkeit. Seine Augen öffneten sich, und er fand sich in der Krankenstation wieder.

Jaxon saß im Bett gegenüber von seinem, trug ein Krankenhauskittel, sein Gesicht in Missfallen verzogen. »Du bist wach«, sagte er.

»Warum bist du so mürrisch?«, fragte Alex. »Wir sind wieder zu Hause. Alle sind in Sicherheit. Ist das nicht eine gute Sache?«

Jaxon kratzte sich am Kopf. »Ich weiß nicht, ob das stimmt. Ich habe nach Yasu gefragt, als ich aufwachte. Und sie sagten, er sei in kritischem Zustand.«

Ein stechender Schmerz durchzuckte Alex' Herz. »Das kann nicht dein Ernst sein. Der Gott sagte...«

»Dass er gestresst, aber in Ordnung sei. Das haben sie mir auch gesagt. Aber als ich hier ankam und...«

Alex' Stirn runzelte sich. »Lasst uns hoffen, dass es ihm gut gehen wird.«

Sie saßen schweigend da. Alex bemerkte bald Nias Bett neben seinem. Sie lag auf dem Rücken; ihr Gesicht friedlich in ihrer Ruhe.

»Sie sieht so wunderschön aus, wenn sie schläft, nicht wahr?«

Ein kleines Lächeln erhellte Jaxons Gesicht, während er sie beim Schlafen beobachtete.

»Vielleicht kannst du sie endlich um ein Date bitten, wenn sie aufwacht«, sagte Alex.

»Auf keinen Fall!«

»Warum nicht? Vor ein paar Monaten warst du besorgt wegen ihr und Kel. Du solltest sie fragen, bevor sie anfängt, mit jemand anderem abzuhängen und du dich wieder sorgst.«

Jaxon öffnete und schloss seinen Mund ungläubig. »Solltest du dich nicht mehr auf deine Bücher konzentrieren? Warum kümmerst du dich um das Privatleben von Nia und mir?«

Alex lachte lang und laut. Jaxon fragte ihn immer wieder, was so lustig sei, aber Alex hatte keine Antworten. Er war einfach schwindelig von allem, was passiert war. Natürlich machte er sich auch Sorgen um Yasu, und vielleicht lag diese Angst unter dem Lachen und würde ihn später in ein nervöses Wrack verwandeln. Vorerst aber war er mehr erfreut darüber, dass sie nach Hause zurückgekehrt waren. Er hätte sich nicht vorstellen können, dass sie all die Dinge durchmachen würden, die sie nach ihrer ersten Mission durchgemacht hatten. Sie hatten gegen abtrünnige Anführer und abtrünnige interstellare Phänomene gekämpft, und dennoch lebten sie. Er wusste nicht, was die Zukunft bringen würde, aber er wusste, dass sie jetzt weiser waren und besser gerüstet, um sich ihr zu stellen.

EPILOG

WOCHENLANG WACHTE YASU NICHT AUF. Die anderen Kadetten besuchten sein Zimmer täglich, brachten Blumen und ihre Notizen mit. Sie sprachen über die Schule und die Fortschritte bei der Forschung. Multiversale Reisen waren immer noch ausgesetzt, obwohl die Wissenschaftler erhebliche Fortschritte dabei machten sicherzustellen, dass die älteren Offiziere an zukünftigen Reisen teilnehmen konnten. Sie waren auch immer noch eine Art Außenseiter an der Akademie. Einige Kadetten hielten sie für mutig, weil sie sich einem übernatürlichen Bösewicht gestellt hatten und zurückgekehrt waren, während andere es nicht interessierte.

»Was, wenn er stirbt?«, fragte Jaxon. Sie gingen gerade von seinem Zimmer zum Unterricht.

Nia blieb mitten im Flur stehen und schlug ihm auf die Schulter. »Wage es nicht, so etwas zu denken!«

»Autsch.«

Nias Augen waren feucht. »Er darf nicht sterben.«

Jaxon schüttelte heftig den Kopf. »Nein, das darf er nicht.«

»Das ist kein Witz, Jaxon. Wenn er stirbt, wäre das einfach furchtbar.«

»Ich weiß, Nia«, sagte er. »Es tut mir leid.« Er öffnete seine Arme für eine Umarmung und sie trat in seine Umarmung, schniefend.

Alex beobachtete sie mit einem wissenden Blick.

Sie gingen zum Unterricht und konzentrierten sich so gut sie konnten auf das Quantenmechanik-Thema vor ihnen. Es war mitten in dieser Stunde, als ein Bediensteter in den Hörsaal stürzte, sein Gesicht strahlend.

»Yasu Garcia ist aufgewacht!«, rief er.

Die Kadetten warteten nicht auf die Erlaubnis zu gehen. Sie ließen ihre Bücher auf den Tischen liegen und stürmten aus dem Hörsaal, eilten den Flur hinunter zum Aufzug, fuhren damit ins Erdgeschoss und rannten aus dem Gebäude zur Krankenstation.

Yasu lag auf dem Bett, seine Augen auf einen Punkt in der Ecke der Decke fixiert. Er hörte die Schritte und schaute zur Tür, bevor sie sich öffnete. »Hallo«, sagte er, seine Stimme ein schwaches Krächzen.

»Yasu!«, riefen sie alle und scharten sich in tränenreicher Freude um sein Bett. »Wir dachten, wir hätten dich verloren«, sagte Jaxon.

Yasu lachte schwach. »Leider braucht es mehr als das, um mich loszuwerden.«

Jaxon strich ihm unbeholfen das weiche, schwarze Haar aus dem Gesicht. Alex richtete seine Decke. Nia fragte, während sie sanft seine Hand hielt: »Wie fühlst du dich?«

»Müde«, sagte Yasu. »Lass uns das nie wieder machen.«

Alle begannen zu lachen. Sie wussten nicht warum, aber es schien alles zu sein, was sie tun konnten. Tränen strömten über ihre Gesichter, und sie dachten an den Stress, dem sie in den letzten Wochen begegnet waren. Sie hofften, dass sie in eine ruhigere Phase ihres Lebens eintraten, gefüllt mit mathematischen Berechnungen und gemütlichen Spaziergängen über den Campus.

Ende

Hat dir *Die Chroniken der Sternengeborenen Kadetten, Band 1*
gefallen?

Bitte erwäge, es auf Goodreads oder zu bewerten oder zu rezensieren. Rezensionen helfen mir, neue Leser zu erreichen.

Möchtest du mehr Geschichten aus der Reihe **Die Chroniken der Sternengeborenen Kadetten**? Sobald ich über 25 Rezensionen habe, veröffentliche ich die nächsten 5!

Hast du das KOSTENLOSE Prequel schon gelesen?

ÜBER DIE AUTORIN

Positive, aufbauende Bücher und Geschichten.
Marie-Helene Lebeault lebt in Quebec, Kanada und ist Mutter von zwei jungen Erwachsenen. Als pensionierte Lehrerin verbringt sie ihre Tage nun damit, zu schreiben, akademische Handbücher zu übersetzen und ihre Stimme für Unternehmensschulungsvideos zu leihen. Sie liest gerne, wandert und geht an den Strand. Außerdem ist sie ein begeisterter Achterbahn-Fan und hat es sich zur Aufgabe gemacht, mit ihrer Tochter alle Six Flags Freizeitparks zu besuchen. Jedes Jahr unternimmt sie eine dreiwöchige Solo-Reise in einen neuen Teil der Welt.

www.mhlebeault.com
Folge ihr in den sozialen Medien, sie würde sich freuen, von dir zu hören!

facebook.com/mhlebeaultauthor

x.com/mhlebeault

instagram.com/mhlebeault

amazon.com/author/mhlebeault

bookbub.com/authors/marie-helene-lebeault

goodreads.com/mhlebeault

linkedin.com/in/mhlebeault

tiktok.com/@mhlebeaultauthor

BÜCHER VON DIE AUTORIN

<u>Auf Deutsch</u>

Fee Großmutter-Serie – Bilderbücher für Kinder von 3 bis 7 Jahren

Mila geht in die Antarktis

Mila geht zum Nordpol

Mila geht nach China

Mila geht nach Afrika

Die Evers-Reihe

Der Schlüssel der Ahnen

Die Akademie

Die Zeitwanderin

Die Weltenwandlerin

Blutmagie-Reihe

Blutmagier

Blutmagie

Bluterbe

Legenden Wiedergeboren-Reihe

Ein Fluch aus Schnee und Asche

Ein Fluch aus Dornen und Schlummer

Ein Fluch aus Glas und Schatten

Ein Flush aus Silben und Narben

Verteidiger des Reiches

Die Schlacht der Aufblühenden Flamme (Gratis)

Standalones

Die zwölf Leben der Clare

Utopia

Auf Englisch

Legends Reborn (Fairytale Retellings)

A Curse of Snow and Ash

A Curse of Thorns and Slumber

A Curse of Glass and Shadows

A Curse of Iron and Roses

A Curse of Briars and Hearts

The Chronicles of the Starborne Cadets

Stars Beyond Realms

Shadows of Orion

Echoes of the Void

The Nebula's Heart

The Starborne Paradox

Defenders of the Realm

A Journey to Power

The Quest for the Emerald Rattleback

A Summer of Discovery

The Quest for the Sacred Tree

A Summer of Opposites

The Quest for the Phantom Feather

A Summer of Courage

The Quest for the Kraken's Ink

A Summer of Destiny

The Quest for the Cursed Mirrors

A Summer of Unity

Defenders of the Realm - Special Edition Hardcover Set

The Evers Series

The Ancestors' Key

The Academy

The Time Walker

The World Jumper

5th Anniversary Edition Omnibus

The Traveler's Handbook

The Lost Key

Blood Magick Trilogy

The Blood Mage

Blood Magick

Blood Legacy

Extended Edition Omnibus

Standalones

Clarity Castle

What Happens Next?

Ghost Stories

Holiday Shifters

Echoes of Tomorrow

Utopia

Picture Books

Fairy Grandmother: Millie Goes to Antarctica

Fairy Grandmother: Millie Goes to the North Pole

Fairy Grandmother: Millie Goes to China

Fairy Grandmother: Millie Goes to Africa

(Also available in French, Spanish, German, and Italian)